NOUVELLES
HISTOIRES EXTRAORDINAIRES

POCKET CLASSIQUES

collection dirigée par Claude AZIZA

EDGAR ALLAN POE

NOUVELLES HISTOIRES EXTRAORDINAIRES

Traduction de Charles BAUDELAIRE

Préface et commentaires de
Emmanuel MARTIN et Daniel MORTIER

© Pocket, 1991, pour la préface, les commentaires
et le dossier historique et littéraire.

© Pocket, 1998, pour « Au fil du texte » in « Les clés de l'œuvre ».

ISBN 2-266-08285-X

SOMMAIRE

* Pour approfondir votre lecture, *Au fil du texte* vous propose une
sélection commentée :
  • de morceaux « classiques » devenus incontournables, signalés
    par ●◆ (droit au but).
  • d'extraits représentatifs de l'œuvre, signalés par ∽◈ (en flânant).

PRÉFACE

Une autre nouvelle histoire extraordinaire

L'histoire de la traduction des contes de Poe par Baudelaire est elle-même assez extraordinaire. Qu'on en juge plutôt. Tout commença par une découverte de lecture en 1847 : treize ans plus tard, Baudelaire dira qu'elle produisit chez lui une « commotion singulière ». Connaissant assez bien la langue anglaise, mais peu au fait des américanismes, il entreprit néanmoins de traduire les textes de l'écrivain américain et publia une première traduction dès 1848.

Poe, qui vivait encore alors — il mourut en 1849 —, n'avait fait paraître en recueil que ses récits publiés entre 1831 et 1840 (*Contes grotesques et arabesques*) et une sélection de tous ceux publiés avant 1845 (*Contes*). Le lecteur et traducteur Baudelaire dut par conséquent mener depuis la France une patiente recherche pour avoir une connaissance plus complète de l'œuvre et de son auteur. Il questionna les Américains de passage à Paris et se procura les journaux dans lesquels le journaliste Poe avait fait paraître ses écrits. Après la mort de Poe, une édition de ses *Œuvres* fut mise en vente et Baudelaire la fit venir de Londres en

1851. Elle avait été réalisée par Griswold, le peu scrupuleux exécuteur testamentaire que Poe avait désigné et dont on juge aujourd'hui sévèrement le rôle. Mais l'image négative que Griswold donnait de Poe convenait finalement bien à Baudelaire, qui ne pouvait que se sentir des affinités avec un « poète maudit », et Baudelaire, grâce à Griswold, put disposer dès lors de cette édition de référence qui lui manquait.

Ajoutons à cela que pendant cette période Baudelaire composa et publia de nombreux poèmes et que sa vie privée connaissait des désordres devenus célèbres, et l'on comprendra aisément que l'entreprise de traduction se soit prolongée sur de nombreuses années. Les récits traduits finirent par être publiés en feuilleton dans *Le Pays*, du 25 juillet 1854 au 25 avril 1855. L'éditeur Michel Lévy accepta, en 1855, de les faire paraître en deux volumes, mais les *Histoires extraordinaires* et les *Nouvelles Histoires extraordinaires* sortirent des presses les premières en 1856 et les secondes en 1857, un retard qui avait entre autres pour cause les nombreuses corrections apportées par Baudelaire à ses traductions.

Il est vraisemblable que celles-ci, à partir d'un certain moment, lui ont paru utiles pour acquérir une respectabilité et ainsi mieux faire admettre ses poèmes jugés scandaleux. Ce qui est sûr, c'est que, criblé de dettes, il recevra du ministre de l'Instruction publique une indemnité de 200 puis 100 francs pour le premier volume et une autre de 300 francs pour le second, alors que la Chambre correctionnelle l'aura condamné à 300 francs d'amende pour le délit d'outrage à la morale publique commis par *Les Fleurs du mal* (pour mieux évaluer ces sommes, il suffit de se souvenir que chaque volume des traductions fut mis en vente au prix d'un franc). En outre, les *Histoires extraordinaires* connurent un relatif succès, puisqu'elles en étaient à leur sixième édition à la mort du poète. Les *Nouvelles Histoires extraordinaires* ne bénéficièrent pas de la même curiosité, mais la « nouvelle édition » de 1865 était la quatrième, alors que *Les Fleurs du mal* n'en étaient qu'à leur deuxième édition.

La stratégie éditoriale ne peut toutefois à elle seule expliquer que Baudelaire se soit mis si longuement et si passionnément au service de l'œuvre de Poe. L'activité de traduction lui a probablement permis maintes fois d'échapper aux vertigineux abîmes de la création, et ce d'autant plus qu'il s'agissait de traduire les œuvres d'un écrivain revendiquant une écriture totalement maîtrisée, tout entière subordonnée à un effet à produire. Il lui plaisait aussi de révéler au public français un auteur américain « produit d'un siècle infatué de lui-même, enfant d'une nation plus infatuée d'elle-même qu'aucune autre », mais qui « a vu clairement, a imperturbablement affirmé la méchanceté naturelle de l'homme » (*Notes nouvelles sur Edgar Poe*).

Et il s'est surtout produit un curieux phénomène. Baudelaire, tel un héros que Poe aurait pu imaginer, avait l'impression de lire et de traduire les textes écrits par un double qui lui ressemblait étrangement. Il a ainsi non seulement commis quelques petites erreurs, mais encore parfois ajouté quelques connotations baudelairiennes aux mots utilisés par Poe. Mais traitant ceux-ci comme s'ils avaient été les siens, il a fait preuve à leur égard globalement d'un tel respect et en même temps voulu leur conserver une telle efficacité, que sa traduction a suscité en France des lectures passionnées, à commencer par celles de Mallarmé et de Valéry, et paraît aujourd'hui encore inégalable.

Ce n'est peut-être, après tout, pas si miraculeux qu'il y paraît à première vue. La plupart des traductions, si vite périmées, ne sont pas signées par des écrivains de génie, encore moins par des poètes entretenant avec les textes originaux une relation de proximité respectueuse. Enfin, les traducteurs sont rarement ceux-là mêmes qui sont à l'origine, comme Baudelaire, d'un bouleversement esthétique, appelé souvent la « modernité », dont nous sommes encore les héritiers, et qui constitue, pour le public français, un moyen d'accès approprié

à l'œuvre de l'écrivain américain, né seulement douze
ans avant Baudelaire.

Lecture d'aujourd'hui

Le projet du recueil de *Nouvelles Histoires extraordinaires* est rigoureusement contemporain de celui des
Histoires extraordinaires. L'idée de Baudelaire était la
suivante : il s'agissait de publier en deux volumes distincts les trente-six récits traduits en 1855. Le retard
avec lequel fut publié le premier volume, puis le second,
donna l'occasion à Baudelaire de remettre en question
la composition de ce dernier. Il envisagea même un
moment d'y faire figurer des poèmes à côté de certains
contes.

Il ne nous paraît pas évident que le recueil définitif
soit, comme Baudelaire l'avait annoncé à Sainte-Beuve,
« d'un fantastique plus relevé » que le précédent. En
revanche, la diversité des vingt-trois récits retenus est
plus représentative des soixante-dix contes publiés par
Poe dans des journaux et des revues.

La part des récits satiriques et parodiques est notamment plus grande, et correspond mieux à la proportion
qu'ils occupent dans la production d'un écrivain qui
jugeait sévèrement les mœurs, y compris littéraires, de
son pays, et qui, ne l'oublions pas, était par ailleurs
un journaliste tout à fait remarquable.

Près d'un siècle et demi plus tard, un lecteur, surtout
français, ne perçoit pas aisément ce qui était exactement raillé. Avant de devenir l'objet d'investigations
psychiatriques ou psychanalytiques, *Bérénice* fut écrit
pour pasticher les outrances des revues américaines en
matière de fantastique. Poe y exploitait la recette à la
mode, tant appréciée du public : « l'absurde poussé
jusqu'au grotesque, le terrible poussé jusqu'à l'horrible,
le spirituel exagéré jusqu'au burlesque, le singulier porté
jusqu'à l'étrange et au mystérieux ».

Dans *Le Roi Peste*, c'est encore un fantastique de
convention qui est visé, et, plus précisément, comme

l'indique le sous-titre, celui qui ne sert que de masque à une leçon moralisatrice et bien-pensante. Cette aventure d'ivrognes s'inspirait du *Vivian Grey* de Benjamin Disraéli (1826), dont le propos était antialcoolique. *Le Diable dans le beffroi*, lui, fait allusion à la campagne présidentielle de 1839 : Poe s'y était engagé ostensiblement aux côtés des Républicains, non sans en escompter quelque avantage. Le démon, c'était, pour les lecteurs de Poe, le président sortant Van Buren dont il ne souhaitait pas la réélection (et qui fut finalement battu, mais Poe n'en tira guère de bénéfices). *Lionnerie* s'attaque aux jeunes gens à la mode, que l'on appelait les « lions », ancêtres des dandys. Dans le héros bestial de *Quatre Bêtes en une*, les lecteurs pouvaient, paraît-il, reconnaître la satire du président Andrew Jackson. Enfin *Petite Discussion avec une momie* s'attaque à la mode égyptienne et à l'engouement contemporain pour les momies.

Si l'on dit souvent que les textes satiriques sont vite périmés, c'est là cependant un lieu commun contestable. Les modes passent, certes, mais elles manifestent toujours les mêmes comportements qu'une satire habile aura su viser. Les excès du fantastique ne sont plus illustrés par des revues, mais le cinéma a pris la relève. La mode des momies n'est plus, mais qui n'a pas envie d'interroger celles que contiennent nos musées ?

Les campagnes électorales se suivent et se ressemblent : on y met toujours en scène la menace d'un désordre. Quant aux présidents, ils ont toujours tendance à s'offrir de grands spectacles triomphaux, et ils sont encore perçus comme les vedettes d'un grand zoo politique.

Les cibles que nous imputons aux récits ne sont certes pas exactement celles que se fixait Poe et que reconnaissaient sans doute ses premiers lecteurs. De ce point de vue, nous réécrivons ses contes. Mais n'est-ce pas à ce prix que survivent tous les grands écrivains du passé et n'est-ce pas ce pourquoi nous leur sommes reconnaissants ? Ajoutons qu'Edgar Poe, avec ses satires,

nous permet aussi de satisfaire une attente qu'ont
oubliée les journalistes et que ne comblent plus que les
caricaturistes. Si seulement quelque nouvel Edgar Poe
pouvait se glisser dans les salles de rédaction de nos
journaux...

Effets de recueil

L'autre originalité de ces *Nouvelles Histoires extraordinaires* traduites et rassemblées par Baudelaire est
d'inviter le lecteur à ne pas lire chacune des histoires
isolément, mais au contraire à les mettre en permanente
relation.

Sans respecter l'ordre chronologique de parution, le
livre s'ouvre par *Le Démon de la perversité*, écrit
en 1845, qui, grâce à son long développement initial,
explicite, autant que faire se peut, un comportement
« pervers » que l'on retrouve dans *Le Chat noir* (1843),
William Wilson (1840) et *Le Cœur révélateur* (1843).
La connotation morale que le mot de « perversité »
peut avoir ne résiste pas à la lecture de cet ensemble.
Suggérée lorsqu'il s'agit de pendre le chat noir, elle est
niée au dénouement de ce récit : comme les autres
meurtriers, et comme William Wilson qui se reconnaît
en son double, le personnage provoque lui-même sa
perte. Il faut en revenir à la définition qui est donnée
dans *Le Démon de la perversité* : « sous son influence,
nous agissons sans but intelligible ; ou, si cela apparaît
comme une contradiction dans les termes, nous pouvons modifier la proposition jusqu'à dire que, sous son
influence, nous agissons par la raison que *nous ne le
devrions pas* ».

À l'autre bout, les derniers textes *Colloque entre
Monos et Una*, *Conversation d'Eiros et Charmion*,
Ombre, *Silence* et *L'Île de la Fée*, de caractère nettement philosophique, semblent nous dire que toutes les
histoires soit horribles soit burlesques qui nous ont été
racontées réclament un élargissement de la perspective,
nous dire que celles-ci trouvent à la fois une origine

et un aboutissement dans le drame que connaît toute créature. L'impossible unité et la mort qu'on voudrait nier deviennent des préoccupations explicites, rejetant les voiles de l'anecdote, qui les entouraient jusque-là dans *William Wilson* ou *Le Masque de la Mort Rouge*.

L'ultime conte, *Le Portrait ovale*, donne une impression de clôture, dès lors que sa lecture nous apporte une révélation décisive, comme le ferait un dénouement. Poe nous y raconte l'aventure d'un peintre qui tua sa femme en voulant faire d'elle un portrait aussi vivant que nature : « En vérité, c'est la Vie elle-même », s'écrie-t-il, tel un démiurge, lorsque son œuvre est terminée.

Or le lecteur peut se souvenir que le « démon de la perversité » s'est emparé d'un narrateur qui avait commis un crime parfait : « Je n'avais pas laissé l'ombre d'un fil qui pût servir à me convaincre ou même me faire soupçonner du crime. » Le tortionnaire du *Chat noir* s'attaquait à l'animal dans lequel une ancienne croyance populaire voyait une sorcière déguisée : l'exorciste ne réussit finalement qu'à faire apparaître la figure menaçante du Démon. William Wilson « dépassa Hérode en dissipations, et donna un nom à une multitude de vices qui régnaient alors dans l'université la plus dissolue de l'Europe ». Le héros du *Cœur révélateur*, meurtrier d'un vieillard, accomplit son crime sans laisser de traces ; il est allé ouvrir la porte aux officiers de police « avec un cœur léger, — car qu'avais-je à craindre *maintenant* ? » Montrésor enfin, dans *La Barrique d'amontillado*, entendait exercer une vengeance parfaite sur Fortunato : « Je devais non seulement punir, mais punir impunément. Une injure n'est pas redressée quand le châtiment atteint le redresseur ; elle n'est pas non plus redressée quand le vengeur n'a pas soin de se faire connaître à celui qui a commis l'injure. »

Nous prenons alors conscience que tous ces personnages sont plus que de simples criminels. Ils ont tous une monstrueuse prétention, qui peut les ranger parmi les fous. Même le narrateur de *La Chute de la Maison Usher* croyait pouvoir réduire le mal dont souffrait son ami Usher à l'effet conjugué d'un décor et d'une sensibilité maladive héréditaire. Et au dénouement chacun d'entre eux est châtié pour s'être cru tout-puissant, plutôt que pour avoir commis des actes dont l'horreur lui échappe totalement. Les meurtriers du *Démon de la perversité* et du *Cœur révélateur* se dénoncent alors qu'aucun soupçon ne pèse sur eux. Le héros du *Chat noir* en est réduit à voir le triomphe du Diable dans la justice que finit par incarner l'animal : « avec la gueule rouge dilatée et l'œil unique flamboyant, était perchée la hideuse bête dont l'astuce m'avait induit à l'assassinat, et dont la voix révélatrice m'avait livré au bourreau ». L'ami de Roderick Usher doit s'enfuir « de cette chambre et de ce manoir, frappé d'horreur ».

Les héros tragiques grecs, eux aussi, étaient punis pour leur démesure, pour avoir oublié leur simple condition de mortel. Et l'on comprend alors aisément que le narrateur d'une nouvelle de Maupassant intitulée *Le Tic* puisse dire des personnages évoqués par lui : « Ils me firent l'effet, tout de suite, de personnages d'Edgar Poe [...] je me les représentai comme des victimes de la fatalité. »

Sur un autre registre, les contes satiriques raillent aussi des démesures. Dans *Quatre Bêtes en une*, la foule salue Épiphanes « *Prince des Poètes et Gloire de l'Orient*, puis *Délices de l'Univers*, enfin *Le plus étonnant des Caméléopards* ». Le héros de *Lionnerie* souffre de ce qu'on appelle maintenant une hypertrophie du Moi : « Il y avait MOI. Je parlai de moi, — de moi, de moi, et de moi ; — de nosologie, de ma brochure et de moi. Je dressai mon nez, et je parlai de moi. » *Petite conversation avec une momie* tourne en dérision la prétention, à la mode, d'interroger les momies ou les morts.

Le lecteur que tant de pessimisme effraie se souviendra sans peine qu'en revanche, Hop-Frog, le bouffon nain et boiteux, est parvenu à tirer une spectaculaire

vengeance du tyran qui a frappé et humilié Tripetta le
suppliant d'épargner son ami. Dans un monde où la
réalisation de desseins parfaits est réservée à Dieu, et
où le prisonnier du *Puits et le pendule* ne doit son
salut qu'à l'arrivée miraculeuse d'un général français,
Hop-Frog et Tripetta non seulement châtièrent le roi
et ses sept conseillers privés, mais encore « s'enfuirent
ensemble vers leur pays ; car on ne les a jamais revus ».

D'autre part, si parfois, notamment dans *Bérénice*
ou *La Chute de la Maison Usher*, on peut se sentir
entraîné dans une véritable descente aux enfers, celle-
ci reste toujours ostensiblement racontée. Et Poe ne
cesse de mettre en scène ce pouvoir de la parole dont
use tout conteur et que le journaliste qu'il était savait
consciemment utiliser. La critique moderne, à commencer par Lacan, n'a d'une certaine façon fait que gloser
le titre de l'une de ces *Nouvelles Histoires extraordinaires*, à savoir *Puissance de la parole*, dont l'un des
protagonistes, Agathos, va même jusqu'à affirmer la
« puissance matérielle de la parole ».

Dans *Le Roi Peste*, le propos allégorique voilé d'un
roman comme *Vivian Grey* de Benjamin Disraéli, où
la fable fantastique illustre les méfaits de l'alcool, est
pris au pied de la lettre. La femme du peintre du
Portrait ovale meurt au moment où celui-ci crie sa
satisfaction « d'une voix éclatante ». Les meurtriers du
Démon de la perversité et du *Cœur révélateur* révèlent
par des mots des forfaits qu'aucune trace matérielle ne
trahissait. Et l'on peut estimer que leur châtiment continue, dans la mesure où ils doivent raconter à la première
personne ce qui leur est arrivé et parvenir à convaincre
le lecteur dans une pseudo-confession : « Vrai, je suis
très nerveux, je l'ai toujours été, mais pourquoi
prétendez-vous que je suis fou ? La maladie a aiguisé
mes sens, elle ne les a pas détruits, elle ne les a pas
émoussés [...] Comment donc suis-je fou ? Attention !
Et observez avec quelle santé, avec quel calme je puis
vous raconter toute l'histoire » (*Le Cœur révélateur*).
William Wilson aussi voudrait nous « persuader qu'il

a été en quelque sorte l'esclave de circonstances qui défiaient tout contrôle humain ». Le narrateur et héros du *Chat noir* « n'attend ni ne sollicite la créance », mais affirme qu'il n'est pas fou et ne rêve pas. Maupassant et, plus près de nous encore, Julio Cortázar, se souviendront du procédé.

Ainsi ces *Nouvelles Histoires extraordinaires* sont des contes, non seulement parce qu'elles s'attachent moins à créer des effets de réalité qu'à suggérer une certaine sagesse, mais aussi parce qu'elles se donnent toujours pour ce qu'elles sont, à savoir des histoires narrées. Il est vraiment dommage que le titre *A Tell-Tale Heart* ne puisse être traduit que par *Cœur révélateur*. En effet, ce cœur-là, en anglais, se contente de raconter une histoire, mais quelle histoire !

NOUVELLES
HISTOIRES EXTRAORDINAIRES

LE DÉMON DE LA PERVERSITÉ

Dans l'examen des facultés et des penchants, — des mobiles primordiaux de l'âme humaine —, les phrénologistes[1] ont oublié de faire une part à une tendance qui, bien qu'existant visiblement comme sentiment primitif, radical, irréductible, a été également omise par tous les moralistes qui les ont précédés. Dans la parfaite infatuation de notre raison, nous l'avons tous omise. Nous avons permis que son existence échappât à notre vue, uniquement par manque de croyance, — de foi —, que ce soit la foi dans la Révélation ou la foi dans la Cabale. L'idée ne nous en est jamais venue, simplement à cause de sa qualité surérogatoire[2]. Nous n'avons pas senti le besoin de constater cette impulsion, — cette tendance. Nous ne pouvions pas en concevoir la nécessité. Nous ne pouvions pas saisir la notion de ce *primum mobile*[3], et, quand même elle se serait introduite de force en nous, nous n'aurions jamais pu comprendre quel rôle il jouait dans l'économie des choses humaines, temporelles ou éternelles. Il est impossible de nier que la phrénologie et une bonne partie des sciences métaphysiques ont été brassées *a priori*.

1. Spécialistes de l'étude des caractères et des intelligences selon la conformation extérieure du crâne.
2. Qui est au-delà de ce qu'on est obligé de faire.
3. « Mobile primordial. »

L'homme de la métaphysique[1] ou de la logique, bien plutôt que l'homme de l'intelligence et de l'observation, prétend concevoir les desseins de Dieu, — lui dicter des plans. Ayant ainsi approfondi à sa pleine satisfaction les intentions de Jéhovah, d'après ces dites intentions, il a bâti ses innombrables et capricieux systèmes. En matière de phrénologie, par exemple, nous avons d'abord établi, assez naturellement d'ailleurs, qu'il était dans les desseins de la Divinité que l'homme mangeât. Puis nous avons assigné à l'homme un organe d'alimentivité, et cet organe est le fouet avec lequel Dieu contraint l'homme à manger, bon gré, mal gré. En second lieu, ayant décidé que c'était la volonté de Dieu que l'homme continuât son espèce, nous avons découvert tout de suite un organe d'amativité[2]. Et ainsi ceux de la combativité, de l'idéalité, de la causalité, de la constructivité, — bref, tout organe représentant un penchant, un sentiment moral ou une faculté de la pure intelligence. Et dans cet emménagement des principes de l'action humaine, des Spurzheimistes[3], à tort ou à raison, en partie ou en totalité, n'ont fait que suivre, en principe, les traces de leurs devanciers ; déduisant et établissant chaque chose d'après la destinée préconçue de l'homme et prenant pour base les intentions de son Créateur.

Il eût été plus sage, il eût été plus sûr de baser notre classification (puisqu'il nous faut absolument classifier) sur les actes que l'homme accomplit habituellement et ceux qu'il accomplit occasionnellement, toujours occasionnellement, plutôt que sur l'hypothèse que c'est la Divinité elle-même qui les lui fait accomplir. Si nous ne pouvons pas comprendre Dieu dans ses œuvres visibles,

1. Une traduction plus exacte serait « l'homme du rationalisme ».
2. Dans le vocabulaire de la phrénologie, la pulsion amoureuse en tant qu'instinct de procréation.
3. Disciples de Spurzheim (1776-1832), un phrénologue célèbre aux États-Unis, dans les années 1830.

comment donc le comprendrions-nous dans ses inconcevables pensées, qui appellent ces œuvres à la Vie ? Si nous ne pouvons le concevoir dans ses créatures objectives, comment le concevrons-nous dans ses modes inconditionnels et dans ses phases de création ?

L'induction *a posteriori* aurait conduit la phrénologie à admettre comme principe primitif et inné de l'action humaine un je ne sais quoi paradoxal, que nous nommerons *perversité*, faute d'un terme plus caractéristique. Dans le sens que j'y attache, c'est, en réalité, un mobile sans motif, un motif non motivé. Sous son influence, nous agissons sans but intelligible ; ou, si cela apparaît comme une contradiction dans les termes, nous pouvons modifier la proposition jusqu'à dire que, sous son influence, nous agissons par la raison que *nous ne le devrions pas*. En théorie, il ne peut pas y avoir de raison plus déraisonnable ; mais, en fait, il n'y en a pas de plus forte. Pour certains esprits, dans de certaines conditions, elle devient absolument irrésistible. Ma vie n'est pas une chose plus certaine pour moi que cette proposition : la certitude du péché ou de l'erreur inclus dans un acte quelconque est souvent l'unique *force* invincible qui nous pousse, et seule nous pousse à son accomplissement. Et cette tendance accablante à faire le mal pour l'amour du mal n'admettra aucune analyse, aucune résolution en éléments ultérieurs. C'est un mouvement radical, primitif, — élémentaire. On dira, je m'y attends, que, si nous persistons dans certains actes parce que nous sentons que nous *ne devrions pas* y persister, notre conduite n'est qu'une modification de celle qui dérive ordinairement de la *combativité* phrénologique. Mais un simple coup d'œil suffira pour découvrir la fausseté de cette idée. La combativité phrénologique a pour cause d'existence la nécessité de la défense personnelle. Elle est notre sauvegarde contre l'injustice. Son principe regarde notre bien-être ; et ainsi, en même temps qu'elle se développe, nous sentons s'exalter en nous le désir du bien-être. Il suivrait de là que le désir du bien-être devrait être simultanément excité avec tout principe qui ne serait qu'une modification de la combativité ; mais, dans le cas de ce je ne sais quoi que je définis *perversité*, non seulement le désir du bien-être n'est pas éveillé, mais encore apparaît un sentiment singulièrement contradictoire.

Tout homme, en faisant appel à son propre cœur, trouvera, après tout, la meilleure réponse au sophisme dont il s'agit. Quiconque consultera loyalement et interrogera soigneusement son âme, n'osera pas nier l'absolue radicalité du penchant en question. Il n'est pas moins caractérisé qu'incompréhensible. Il n'existe pas d'homme, par exemple, qui à un certain moment n'ait été dévoré d'un ardent désir de torturer son auditeur par des circonlocutions. Celui qui parle sait bien qu'il déplaît ; il a la meilleure intention de plaire ; il est habituellement bref, précis et clair ; le langage le plus laconique et le plus lumineux s'agite et se débat sur sa langue ; ce n'est qu'avec peine qu'il se contraint lui-même à lui refuser le passage, il redoute et conjure la mauvaise humeur de celui auquel il s'adresse. Cependant, cette pensée le frappe, que par certaines incises et parenthèses il pourrait engendrer cette colère. Cette simple pensée suffit. Le mouvement devient une velléité, la velléité se grossit en désir, le désir se change en un besoin irrésistible, et le besoin se satisfait, — au profond regret et à la mortification du parleur, et au mépris de toutes les conséquences.

Nous avons devant nous une tâche qu'il nous faut accomplir rapidement. Nous savons que tarder, c'est notre ruine. La plus importante crise de notre vie réclame avec la voix impérative d'une trompette l'action et l'énergie immédiates. Nous brûlons, nous sommes consumés de l'impatience de nous mettre à l'ouvrage ; l'avant-goût d'un glorieux résultat met toute notre âme en feu. Il faut, il faut que cette besogne soit attaquée aujourd'hui, — et cependant nous la renvoyons à demain ; — et pourquoi ? Il n'y a pas d'explication, si ce n'est que nous sentons que cela est *pervers* ;

— servons-nous du mot sans comprendre le principe. Demain arrive, et en même temps une plus impatiente anxiété de faire notre devoir ; mais avec ce surcroît d'anxiété arrive aussi un désir ardent, anonyme, de différer encore, — désir positivement terrible, parce que sa nature est impénétrable. Plus le temps fuit, plus ce désir gagne de force. Il n'y a plus qu'une heure pour l'action, cette heure est à nous. Nous tremblons par la violence du conflit qui s'agite en nous, — de la bataille entre le positif et l'indéfini, entre la substance et l'ombre. Mais, si la lutte en est venue à ce point, c'est l'ombre qui l'emporte, — nous nous débattons en vain. L'horloge sonne, et c'est le glas de notre bonheur. C'est en même temps pour l'ombre qui nous a si longtemps terrorisés le chant réveille-matin, la diane du coq[1] victorieuse des fantômes. Elle s'envole, — elle disparaît —, nous sommes libres. La vieille énergie revient. Nous travaillerons *maintenant*. Hélas ! il est *trop tard*.

Nous sommes sur le bord d'un précipice. Nous regardons dans l'abîme, — nous éprouvons du malaise et du vertige. Notre premier mouvement est de reculer devant le danger. Inexplicablement nous restons. Peu à peu notre malaise, notre vertige, notre horreur se confondent dans un sentiment nuageux et indéfinissable. Graduellement, insensiblement, ce nuage prend une forme, comme la vapeur de la bouteille d'où s'élevait le génie des *Mille et une Nuits*. Mais de *notre* nuage, sur le bord du précipice, s'élève, de plus en plus palpable, une forme mille fois plus terrible qu'aucun génie, qu'aucun démon des fables ; et cependant ce n'est qu'une pensée, mais une pensée effroyable, une pensée qui glace la moelle même de nos os, et les pénètre des féroces délices de son horreur. C'est simplement cette idée : Quelles seraient nos sensations durant le parcours d'une chute faite d'une telle hauteur ? Et cette chute, — cet anéantissement foudroyant —, par la simple

1. Le chant de réveil du coq.

raison qu'ils impliquent la plus affreuse, la plus odieuse
de toutes les plus affreuses et de toutes les plus odieuses
images de mort et de souffrance qui se soient jamais
présentées à notre imagination, — par cette simple raison, nous les désirons alors plus ardemment. Et parce
que notre jugement nous éloigne violemment du bord,
à cause de cela même, nous nous en rapprochons plus
impétueusement. Il n'est pas dans la nature de passion
plus diaboliquement impatiente que celle d'un homme
qui, frissonnant sur l'arête d'un précipice, rêve de s'y
jeter. Se permettre, essayer de *penser* un instant seulement, c'est être inévitablement perdu ; car la réflexion
nous commande de nous en abstenir, et c'est *à cause
de cela même*, dis-je, que nous *ne le pouvons pas*. S'il
n'y a pas là un bras ami pour nous arrêter, ou si nous
sommes incapables d'un soudain effort pour nous rejeter loin de l'abîme, nous nous élançons, nous sommes
anéantis.

Examinons ces actions et d'autres analogues, nous
trouverons qu'elles résultent uniquement de l'esprit de
perversité. Nous les perpétrons simplement à cause que
nous sentons que *nous ne le devrions pas*. En deçà ou
au-delà, il n'y a pas de principe intelligible ; et nous
pourrions, en vérité, considérer cette perversité comme
une instigation directe de l'Archidémon, s'il n'était pas
reconnu que parfois elle sert à l'accomplissement du
bien.

Si je vous en ai dit aussi long, c'était pour répondre
en quelque sorte à votre question, — pour vous expliquer pourquoi je suis ici —, pour avoir à vous montrer
un semblant de cause quelconque qui motive ces fers
que je porte et cette cellule de condamné que j'habite.
Si je n'avais pas été si prolixe, ou vous ne m'auriez pas
du tout compris, ou, comme la foule, vous m'auriez
cru fou. Maintenant vous percevrez facilement que je
suis une des victimes innombrables du Démon de la
Perversité.

Il est impossible qu'une action ait jamais été mani-
gancée avec une plus parfaite délibération. Pendant des

semaines, pendant des mois, je méditai sur les moyens d'assassinat. Je rejetai mille plans, parce que l'accomplissement de chacun impliquait une *chance* de révélation. À la longue, lisant un jour quelques mémoires français, je trouvai l'histoire d'une maladie presque mortelle qui arriva à madame Pilau, par le fait d'une chandelle accidentellement empoisonnée. L'idée frappa soudainement mon imagination. Je savais que ma victime avait l'habitude de lire dans son lit. Je savais aussi que sa chambre était petite et mal aérée. Mais je n'ai pas besoin de vous fatiguer de détails oiseux. Je ne vous raconterai pas les ruses faciles à l'aide desquelles je substituai, dans le bougeoir de sa chambre à coucher, une bougie de ma composition à celle que j'y trouvai. Le matin, on trouva l'homme mort dans son lit, et le verdict du coroner fut : *Mort par la visitation de Dieu*[*] [1].

J'héritai de sa fortune, et tout alla pour le mieux pendant plusieurs années. L'idée d'une révélation n'entra pas une seule fois dans ma cervelle. Quant aux restes de la fatale bougie, je les avais moi-même anéantis. Je n'avais pas laissé l'ombre d'un fil qui pût servir à me convaincre ou même me faire soupçonner du crime. On ne saurait concevoir quel magnifique sentiment de satisfaction s'élevait dans mon sein quand je réfléchissais sur mon absolue sécurité. Pendant une très longue période de temps, je m'accoutumai à me délecter dans ce sentiment. Il me donnait un plus réel plaisir que tous les bénéfices purement matériels résultant de mon crime. Mais à la longue arriva une époque à partir de laquelle le sentiment de plaisir se transforma, par une gradation presque imperceptible, en une pensée qui me hantait et me harassait. Elle me harassait parce

[*] Formule anglaise : mort subite (C. B.).

1. Les notes appelées par un astérisque sont de Charles Baudelaire ; celles qui sont appelées par des chiffres ont été rédigées par le préfacier et le commentateur de la présente édition.

qu'elle me hantait. À peine pouvais-je m'en délivrer pour un instant. C'est une chose tout à fait ordinaire que d'avoir les oreilles fatiguées, ou plutôt la mémoire obsédée par une espèce de tintouin, par le refrain d'une chanson vulgaire ou par quelques lambeaux insignifiants d'opéra. Et la torture ne sera pas moindre, si la chanson est bonne en elle-même ou si l'air d'opéra est estimable. C'est ainsi qu'à la fin je me surprenais sans cesse rêvant à ma sécurité, et répétant cette phrase à voix basse : *Je suis sauvé*[1] !

Un jour, tout en flânant dans les rues, je me surpris moi-même à murmurer, presque à haute voix, ces syllabes accoutumées. Dans un accès de pétulance, je les exprimais sous cette forme nouvelle : *Je suis sauvé, — je suis sauvé ; — oui —, pourvu que je ne sois pas assez sot pour confesser moi-même mon cas !*

À peine avais-je prononcé ces paroles, que je sentis un froid de glace filtrer jusqu'à mon cœur. J'avais acquis quelque expérience de ces accès de perversité (dont je n'ai pas sans peine expliqué la singulière nature), et je me rappelais fort bien que dans aucun cas je n'avais su résister à ces victorieuses attaques. Et maintenant cette suggestion fortuite, venant de moi-même, — que je pourrais bien être assez sot pour confesser le meurtre dont je m'étais rendu coupable, — me confrontait comme l'ombre même de celui que j'avais assassiné, — et m'appelait vers la mort.

D'abord, je fis un effort pour secouer ce cauchemar de mon âme. Je marchai vigoureusement, — plus vite, — toujours plus vite ; — à la longue je courus. J'éprouvais un désir enivrant de crier de toute ma force. Chaque flot successif de ma pensée m'accablait d'une nouvelle terreur ; car, hélas ! je comprenais bien, trop bien, que *penser*, dans ma situation, c'était me perdre. J'accélérai encore ma course. Je bondissais comme un fou à travers les rues encombrées de monde. À la

---

1. Exactement : « Je ne risque rien. »

longue, la populace prit l'alarme et courut après moi. Je sentis *alors* la consommation de ma destinée. Si j'avais pu m'arracher la langue, je l'eusse fait ; — mais une voix rude résonna dans mes oreilles, — une main plus rude encore m'empoigna par l'épaule. Je me retournai, j'ouvris la bouche pour aspirer. Pendant un moment, j'éprouvai toutes les angoisses de la suffocation ; je devins aveugle, sourd, ivre : et alors quelque démon invisible, pensai-je, me frappa dans le dos avec sa large main. Le secret si longtemps emprisonné s'élança de mon âme.

On dit que je parlai, que je m'énonçai très distinctement, mais avec une énergie marquée et une ardente précipitation, comme si je craignais d'être interrompu avant d'avoir achevé les phrases brèves, mais grosses d'importance, qui me livraient au bourreau et à l'enfer.

Ayant relaté tout ce qui était nécessaire pour la pleine conviction de la justice [1], je tombai terrassé, évanoui.

Mais pourquoi en dirais-je plus ? Aujourd'hui je porte ces chaînes, et suis *ici* ! Demain, je serai libre ! — *mais où* ?

---

1. Rend l'énoncé incompréhensible. Poe écrit : « pour la condamnation à la peine suprême ».

LE CHAT NOIR

Relativement à la très étrange et pourtant très familière histoire que je vais coucher par écrit, je n'attends ni ne sollicite la créance. Vraiment, je serais fou de m'y attendre dans un cas où mes sens eux-mêmes rejettent leur propre témoignage. Cependant, je ne suis pas fou, — et très certainement je ne rêve pas. Mais demain je meurs, et aujourd'hui je voudrais décharger mon âme. Mon dessein immédiat est de placer devant le monde, clairement, succinctement et sans commentaire, une série de simples événements domestiques. Dans leurs conséquences, ces événements m'ont terrifié, — m'ont torturé, — m'ont anéanti. — Cependant, je n'essayerai pas de les élucider. Pour moi, ils ne m'ont guère présenté que de l'horreur : — à beaucoup de personnes ils paraîtront moins terribles que *baroques*. Plus tard peut-être, il se trouvera une intelligence qui réduira mon fantôme [1] à l'état de lieu commun, — quelque intelligence plus calme, plus logique et beaucoup moins excitable que la mienne, qui ne trouvera dans les circonstances que je raconte avec terreur qu'une succession ordinaire de causes et d'effets très naturels.

Dès mon enfance, j'étais noté pour la docilité et l'humanité de mon caractère. Ma tendresse de cœur était même si remarquable qu'elle avait fait de moi

---

1. Il s'agit plutôt de « mon fantasme ».

le jouet de mes camarades. J'étais particulièrement fou des animaux, et mes parents m'avaient permis de posséder une grande variété de favoris. Je passais presque tout mon temps avec eux, et je n'étais jamais si heureux que quand je les nourrissais et les caressais. Cette particularité de mon caractère s'accrut avec ma croissance, et, quand je devins homme, j'en fis une de mes principales sources de plaisir. Pour ceux qui ont voué une affection à un chien fidèle et sagace, je n'ai pas besoin d'expliquer la nature ou l'intensité des jouissances qu'on peut en tirer. Il y a dans l'amour désintéressé d'une bête, dans ce sacrifice d'elle-même, quelque chose qui va directement au cœur de celui qui a eu fréquemment l'occasion de vérifier la chétive amitié et la fidélité de gaze de l'homme *naturel*.

Je me mariai de bonne heure, et je fus heureux de trouver dans ma femme une disposition sympathique à la mienne. Observant mon goût pour ces favoris domestiques, elle ne perdit aucune occasion de me procurer ceux de l'espèce la plus agréable. Nous eûmes des oiseaux, un poisson doré, un beau chien, des lapins, un petit singe et *un chat*.

Ce dernier était un animal remarquablement fort et beau, entièrement noir, et d'une sagacité merveilleuse. En parlant de son intelligence, ma femme, qui au fond n'était pas peu pénétrée de superstition, faisait de fréquentes allusions à l'ancienne croyance populaire qui regardait tous les chats noirs comme des sorcières déguisées. Ce n'est pas qu'elle fût toujours *sérieuse* sur ce point, — et, si je mentionne la chose, c'est simplement parce que cela me revient, en ce moment même, à la mémoire.

Pluton — c'était le nom du chat — était mon préféré, mon camarade. Moi seul, je le nourrissais, et il me suivait dans la maison partout où j'allais. Ce n'était même pas sans peine que je parvenais à l'empêcher de me suivre dans les rues.

Notre amitié subsista ainsi plusieurs années, durant lesquelles l'ensemble de mon caractère et de mon tem-

pérament, — par l'opération du démon Intempérance,
je rougis de le confesser, — subit une altération, radicalement mauvaise. Je devins de jour en jour plus
morne, plus irritable, plus insoucieux des sentiments
des autres. Je me permis d'employer un langage brutal
à l'égard de ma femme. À la longue, je lui infligeai
même des violences personnelles. Mes pauvres favoris,
naturellement, durent ressentir le changement de mon
caractère. Non seulement je les négligeais, mais je les
maltraitais. Quant à Pluton, toutefois, j'avais encore
une considération suffisante qui m'empêchait de le malmener, tandis que je n'éprouvais aucun scrupule à maltraiter les lapins, le singe et même le chien, quand, par
hasard ou par amitié, ils se jetaient dans mon chemin.
Mais mon mal m'envahissait de plus en plus, — car
quel mal est comparable à l'alcool ? — et à la longue
Pluton lui-même, qui maintenant se faisait vieux et
qui naturellement devenait quelque peu maussade, —
Pluton lui-même commença à connaître les effets de
mon méchant caractère.

Une nuit, comme je rentrais au logis très ivre, au
sortir d'un de mes repaires habituels des faubourgs, je
m'imaginai que le chat évitait ma présence. Je le saisis ;
— mais lui, effrayé de ma violence, il me fit à la main
une légère blessure avec les dents. Une fureur de démon
s'empara soudainement de moi. Je ne me connus plus,
mon âme originelle sembla tout d'un coup s'envoler
de mon corps, et une méchanceté hyperdiabolique,
saturée de gin, pénétra chaque fibre de mon être. Je
tirai de la poche de mon gilet un canif, je l'ouvris ; je
saisis la pauvre bête par la gorge, et, délibérément, je
fis sauter un de ses yeux de son orbite ! Je rougis, je
brûle, je frissonne en écrivant cette damnable atrocité !

Quand la raison me revint avec le matin, — quand
j'eus cuvé les vapeurs de ma débauche nocturne, —
j'éprouvai un sentiment moitié d'horreur, moitié de
remords, pour le crime dont je m'étais rendu coupable ; mais c'était tout au plus un faible et équivoque
sentiment, et l'âme n'en subit pas les atteintes. Je me

replongeai dans les excès, et bientôt je noyai dans le vin tout le souvenir de mon action.

Cependant, le chat guérit lentement. L'orbite de l'œil perdu présentait, il est vrai, un aspect effrayant, mais il n'en parut plus souffrir désormais. Il allait et venait dans la maison selon son habitude ; mais, comme je devais m'y attendre, il fuyait avec une extrême terreur à mon approche. Il me restait assez de mon ancien cœur pour me sentir d'abord affligé de cette évidente antipathie de la part d'une créature qui jadis m'avait tant aimé. Mais ce sentiment fit bientôt place à l'irritation. Et alors apparut, comme pour ma chute finale et irrévocable, l'esprit de PERVERSITÉ. De cet esprit la philosophie ne tient aucun compte. Cependant, aussi sûr que mon âme existe, je crois que la perversité est une des primitives impulsions du cœur humain, — une des indivisibles premières facultés, ou sentiments, qui donnent la direction au caractère de l'homme. Qui ne s'est pas surpris cent fois commettant une action sotte ou vile, par la seule raison qu'il savait devoir *ne pas* la commettre ? N'avons-nous pas une perpétuelle inclination, malgré l'excellence de notre jugement, à violer ce qui est *la Loi*, simplement parce que nous comprenons que c'est *la Loi* ? Cet esprit de perversité, dis-je, vint causer ma déroute finale. C'est ce désir ardent, insondable de l'âme *de se torturer elle-même*, — de violenter sa propre nature, — de faire le mal pour l'amour du mal seul, — qui me poussait à continuer, et finalement à consommer le supplice que j'avais infligé à la bête inoffensive. Un matin, de sang-froid, je glissai un nœud coulant autour de son cou, et je le pendis à la branche d'un arbre ; — je le pendis avec des larmes plein mes yeux, — avec le plus amer remords dans le cœur ; — je le pendis, *parce que* je savais qu'il m'avait aimé, et *parce que* je sentais qu'il ne m'avait donné aucun sujet de colère ; — je le pendis, *parce que* je savais qu'en faisant ainsi je commettais un péché, — un péché mortel qui compromettait mon âme immortelle, au point de la placer, — si une telle chose était possible,

— même au-delà de la miséricorde infinie du Dieu Très-Miséricordieux et Très-Terrible.

Dans la nuit qui suivit le jour où fut commise cette action cruelle, je fus tiré de mon sommeil par le cri « Au feu ! » Les rideaux de mon lit étaient en flammes. Toute la maison flambait. Ce ne fut pas sans une grande difficulté que nous échappâmes à l'incendie, — ma femme, un domestique, et moi. La destruction fut complète. Toute ma fortune fut engloutie, et je m'abandonnai dès lors au désespoir.

Je ne cherche pas à établir une liaison de cause à effet entre l'atrocité et le désastre, je suis au-dessus de cette faiblesse. Mais je rends compte d'une chaîne de faits, — et je ne veux pas négliger un seul anneau. Le jour qui suivit l'incendie, je visitai les ruines. Les murailles étaient tombées, une seule exceptée ; et cette seule exception se trouva être une cloison intérieure, peu épaisse, située à peu près au milieu de la maison, et contre laquelle s'appuyait le chevet de mon lit. La maçonnerie avait ici, en grande partie, résisté à l'action du feu, — fait que j'attribuai à ce qu'elle avait été récemment remise à neuf. Autour de ce mur ; une foule épaisse était rassemblée, et plusieurs personnes paraissaient en examiner une portion particulière avec une minutieuse et vive attention. Les mots : Étrange ! singulier ! et autres expressions analogues, excitèrent ma curiosité. Je m'approchai, et je vis, semblable à un bas-relief sculpté sur la surface blanche, la figure d'un gigantesque *chat*. L'image était rendue avec une exactitude vraiment merveilleuse. Il y avait une corde autour du cou de l'animal.

Tout d'abord, en voyant cette apparition, — car je ne pouvais guère considérer cela que comme une apparition, — mon étonnement et ma terreur furent extrêmes. Mais enfin, la réflexion vint à mon aide. Le chat, je m'en souvenais, avait été pendu dans un jardin adjacent à la maison. Aux cris d'alarme, ce jardin avait été immédiatement envahi par la foule, et l'animal avait dû être détaché de l'arbre par quelqu'un, et jeté dans

ma chambre à travers une fenêtre ouverte. Cela avait
été fait, sans doute, dans le but de m'arracher au
sommeil. La chute des autres murailles avait comprimé
la victime de ma cruauté dans la substance du plâtre
fraîchement étendu ; la chaux de ce mur, combinée avec
les flammes et l'ammoniaque du cadavre, avait ainsi
opéré l'image telle que je la voyais.

Quoique je satisfisse ainsi lestement ma raison, sinon
tout à fait ma conscience, relativement au fait surprenant que je viens de raconter, il n'en fit pas moins sur
mon imagination une impression profonde. Pendant
plusieurs mois je ne pus me débarrasser du fantôme du
chat ; et durant cette période un demi-sentiment revint
dans mon âme, qui paraissait être, mais qui n'était pas
le remords. J'allai jusqu'à déplorer la perte de l'animal,
et à chercher autour de moi, dans les bouges méprisa-
bles que maintenant je fréquentais habituellement, un
autre favori de la même espèce et d'une figure à peu
près semblable pour le suppléer.

Une nuit, comme j'étais assis à moitié stupéfié, dans
un repaire plus qu'infâme, mon attention fut soudainement attirée vers un objet noir, reposant sur le haut
d'un des immenses tonneaux de gin ou de rhum qui
composaient le principal ameublement de la salle.
Depuis quelques minutes, je regardais fixement le haut
de ce tonneau, et ce qui me surprenait maintenant,
c'était de n'avoir pas encore aperçu l'objet situé dessus.
Je m'en approchai, et je le touchai avec ma main.
C'était un chat noir, — un très gros chat, — au moins
aussi gros que Pluton, lui ressemblant absolument,
excepté en un point. Pluton n'avait pas un poil blanc
sur tout le corps ; celui-ci portait une éclaboussure large
et blanche, mais d'une forme indécise, qui couvrait
presque toute la région de la poitrine.

À peine l'eus-je touché, qu'il se leva subitement,
ronronna fortement, se frotta contre ma main, et parut
enchanté de mon attention. C'était donc là la vraie
créature dont j'étais en quête. J'offris tout de suite au
propriétaire de le lui acheter ; mais cet homme ne le

revendiqua pas — ne le connaissait pas, — ne l'avait jamais vu auparavant.

Je continuai mes caresses, et, quand je me préparai à retourner chez moi, l'animal se montra disposé à m'accompagner. Je lui permis de le faire ; me baissant de temps à autre, et le caressant en marchant. Quand il fut arrivé à la maison, il s'y trouva comme chez lui, et devint tout de suite le grand ami de ma femme.

Pour ma part, je sentis bientôt s'élever en moi une antipathie contre lui. C'était justement le contraire de ce que j'avais espéré; mais — je ne sais ni comment ni pourquoi cela eut lieu — son évidente tendresse pour moi me dégoûtait presque et me fatiguait. Par de lents degrés, ces sentiments de dégoût et d'ennui s'élevèrent jusqu'à l'amertume de la haine. J'évitais la créature ; une certaine sensation de honte et le souvenir de mon premier acte de cruauté m'empêchèrent de la maltraiter. Pendant quelques semaines, je m'abstins de battre le chat ou de le malmener violemment ; mais graduelle-ment, — insensiblement, — j'en vins à le considérer avec une indicible horreur, et à fuir silencieusement son odieuse présence, comme le souffle d'une peste.

Ce qui ajouta sans doute à ma haine contre l'animal, fut la découverte que je fis le matin, après l'avoir amené à la maison, que, comme Pluton, lui aussi avait été privé d'un de ses yeux. Cette circonstance, toutefois, ne fit que le rendre plus cher à ma femme, qui, comme je l'ai déjà dit, possédait à un haut degré cette tendresse de sentiment qui jadis avait été mon trait caractéristi-que et la source fréquente de mes plaisirs les plus simples et les plus purs.

Néanmoins, l'affection du chat pour moi paraissait s'accroître en raison de mon aversion contre lui. Il suivait mes pas avec une opiniâtreté qu'il serait diffi-cile de faire comprendre au lecteur. Chaque fois que je m'asseyais, il se blottissait sous ma chaise, ou il sautait sur mes genoux, me couvrant de ses affreuses caresses. Si je me levais pour marcher, il se fourrait dans mes jambes, et me jetait presque par terre, ou bien, enfonçant ses griffes longues et aiguës dans mes habits, grimpait de cette manière jusqu'à ma poitrine. Dans ces moments-là, quoique je désirasse le tuer d'un bon coup, j'en étais empêché, en partie par le souvenir de mon premier crime, mais principalement — je dois le confesser tout de suite — par une véritable *terreur* de la bête.

Cette terreur n'était pas positivement la terreur d'un mal physique, — et cependant je serais fort en peine de la définir autrement. Je suis presque honteux d'avouer, — oui, même dans cette cellule de malfaiteur, je suis presque honteux d'avouer que la terreur et l'horreur que m'inspirait l'animal avaient été accrues par une des plus parfaites chimères qu'il fût possible de concevoir. Ma femme avait appelé mon attention plus d'une fois sur le caractère de la tache blanche dont j'ai parlé, et qui constituait l'unique différence visible entre l'étrange bête et celle que j'avais tuée. Le lecteur se rappellera sans doute que cette marque, quoique grande, était primitivement indéfinie dans sa forme ; mais, lentement, par degrés, — par des degrés imperceptibles, et que ma raison s'efforça longtemps de considérer comme imaginaires, — elle avait à la longue pris une rigoureuse netteté de contours. Elle était maintenant l'image d'un objet que je frémis de nommer, — et c'était là surtout ce qui me faisait prendre le monstre en horreur et en dégoût, et m'aurait poussé à m'en délivrer, *si je l'avais osé* ; — *c'était* maintenant, dis-je, l'image d'une hideuse, — d'une sinistre chose, — l'image du GIBET ! — oh ! lugubre et terrible machine ! machine d'Horreur et de Crime, — d'Agonie et de Mort !

Et, maintenant, j'étais en vérité misérable au-delà de la misère possible de l'Humanité. Une bête brute, — dont j'avais avec mépris détruit le frère, — *une bête brute* engendrer pour moi, — pour moi, homme façonné à l'image du Dieu Très-Haut, — une si grande et si intolérable infortune ! Hélas ! je ne connaissais plus la béatitude du repos, ni le jour ni la nuit ! Durant

le jour la créature ne me laissait pas un seul moment ;
et, pendant la nuit, à chaque instant, quand je sortais
de mes rêves pleins d'une intraduisible angoisse, c'était
pour sentir la tiède haleine de la *chose* sur mon visage,
et son immense poids, — incarnation d'un cauchemar
que j'étais impuissant à secouer, — éternellement posé
sur mon *cœur* !

Sous la pression de pareils tourments, le peu de bon
qui restait en moi succomba. De mauvaises pensées
devinrent mes seules intimes, — les plus sombres et les
plus mauvaises de toutes les pensées. La tristesse de
mon humeur habituelle s'accrut jusqu'à la haine de
toutes choses et de toute humanité ; cependant, ma
femme, qui ne se plaignait jamais, hélas ! était mon
souffre-douleur ordinaire, la plus patiente victime des
soudaines, fréquentes et indomptables éruptions d'une
furie à laquelle je m'abandonnai dès lors aveuglément.

Un jour, elle m'accompagna pour quelque besogne
domestique dans la cave du vieux bâtiment où notre
pauvreté nous contraignait d'habiter. Le chat me suivit
sur les marches roides de l'escalier, et, m'ayant presque
culbuté la tête la première, m'exaspéra jusqu'à la folie.
Levant une hache, et oubliant dans ma rage la peur
puérile qui jusque-là avait retenu ma main, j'adressai
à l'animal un coup qui eût été mortel, s'il avait porté
comme je voulais ; mais ce coup fut arrêté par la main
de ma femme. Cette intervention m'aiguillonna jusqu'à
une rage plus que démoniaque ; je débarrassai mon
bras de son étreinte et lui enfonçai ma hache dans le
crâne. Elle tomba morte sur la place, sans pousser un
gémissement.

Cet horrible meurtre accompli, je me mis immédiatement et très délibérément en mesure de cacher le
corps. Je compris que je ne pouvais pas le faire dis-
paraître de la maison, soit de jour, soit de nuit, sans
courir le danger d'être observé par les voisins. Plusieurs
projets traversèrent mon esprit. Un moment j'eus l'idée
de couper le cadavre par petits morceaux, et de les
détruire par le feu. Puis je résolus de creuser une fosse

dans le sol de la cave. Puis je pensai à le jeter dans le puits de la cour, — puis à l'emballer dans une caisse comme marchandise, avec les formes usitées, et à charger un commissionnaire de le porter hors de la maison. Finalement, je m'arrêtai à un expédient que je considérai comme le meilleur de tous. Je me déterminai à le murer dans la cave, — comme les moines du Moyen Age muraient, dit-on, leurs victimes.

La cave était fort bien disposée pour un pareil dessein. Les murs étaient construits négligemment, et avaient été récemment enduits dans toute leur étendue d'un gros plâtre que l'humidité de l'atmosphère avait empêché de durcir. De plus, dans l'un des murs, il y avait une saillie causée par une fausse cheminée, ou espèce d'âtre, qui avait été comblée et maçonnée dans le même genre que le reste de la cave. Je ne doutais pas qu'il ne me fût facile de déplacer les briques à cet endroit, d'y introduire le corps, et de murer le tout de la même manière, de sorte qu'aucun œil n'y pût rien découvrir de suspect.

Et je ne fus pas déçu dans mon calcul. À l'aide d'une pince, je délogeai très aisément les briques, et, ayant soigneusement appliqué le corps contre le mur intérieur, je le soutins dans cette position jusqu'à ce que j'eusse rétabli, sans trop de peine, toute la maçonnerie dans son état primitif. M'étant procuré du mortier, du sable et du poil avec toutes les précautions imaginables, je préparai un crépi qui ne pouvait pas être distingué de l'ancien, et j'en recouvris très soigneusement le nouveau briquetage. Quand j'eus fini, je vis avec satisfaction que tout était pour le mieux. Le mur ne présentait pas la plus légère trace de dérangement. J'enlevai tous les gravats avec le plus grand soin, j'épluchai pour ainsi dire le sol. Je regardai triomphalement autour de moi, et me dis à moi-même : Ici, au moins, ma peine n'aura pas été perdue !

Mon premier mouvement fut de chercher la bête qui avait été la cause d'un si grand malheur ; car à la fin, j'avais résolu fermement de la mettre à mort. Si j'avais pu la rencontrer dans ce moment, sa destinée était claire ; mais il paraît que l'artificieux animal avait été alarmé par la violence de ma récente colère, et qu'il prenait soin de ne pas se montrer dans l'état actuel de mon humeur. Il est impossible de décrire ou d'imaginer la profonde, la béate sensation de soulagement que l'absence de la détestable créature détermina dans mon cœur. Elle ne se présenta pas de toute la nuit, — et ainsi ce fut la première bonne nuit, — depuis son introduction dans la maison, — que je dormis solidement et tranquillement ; oui, je *dormis* avec le poids de ce meurtre sur l'âme !

Le second et le troisième jour s'écoulèrent, et cependant mon bourreau ne vint pas. Une fois encore je respirai comme un homme libre. Le monstre, dans sa terreur, avait vidé les lieux pour toujours ! Je ne le verrais donc plus jamais ! Mon bonheur était suprême ! La criminalité de ma ténébreuse action ne m'inquiétait que fort peu. On avait bien fait une espèce d'enquête, mais elle s'était satisfaite à bon marché. Une perquisition avait même été ordonnée, — mais naturellement on ne pouvait rien découvrir. Je regardais ma félicité à venir comme assurée.

Le quatrième jour depuis l'assassinat, une troupe d'agents de police vint très inopinément à la maison, et procéda de nouveau à une rigoureuse investigation des lieux. Confiant, néanmoins, dans l'impénétrabilité de la cachette, je n'éprouvai aucun embarras. Les officiers me firent les accompagner dans leur recherche. Ils ne laissèrent pas un coin, pas un angle inexploré. À la fin, pour la troisième ou quatrième fois, ils descendirent dans la cave. Pas un muscle en moi ne tressaillit. Mon cœur battait paisiblement, comme celui d'un homme qui dort dans l'innocence. J'arpentais la cave d'un bout à l'autre ; je croisais mes bras sur ma poitrine, et me promenais çà et là avec aisance. La police était pleinement satisfaite et se préparait à décamper. La jubilation de mon cœur était trop forte pour être réprimée. Je brûlais de dire au moins un mot, rien qu'un mot, en manière de triomphe, et de rendre deux fois plus convaincue leur conviction de mon innocence.

— Gentlemen, — dis-je à la fin, — comme leur troupe remontait l'escalier, — je suis enchanté d'avoir apaisé vos soupçons. Je vous souhaite à tous une bonne santé et un peu plus de courtoisie. Soit dit en passant, gentlemen, voilà — voilà une maison singulièrement bien bâtie (dans mon désir enragé de dire quelque chose d'un air délibéré, je savais à peine ce que je débitais), — je puis dire que c'est une maison *admirablement* bien construite. Ces murs, — est-ce que vous partez, gentlemen ? — ces murs sont solidement maçonnés.

Et ici, par une bravade frénétique, je frappai fortement avec une canne que j'avais à la main juste sur la partie du briquetage derrière laquelle se tenait le cadavre de l'épouse de mon cœur.

Ah ! qu'au moins Dieu me protège et me délivre des griffes de l'Archidémon ! — À peine l'écho de mes coups était-il tombé dans le silence, qu'une voix me répondit du fond de la tombe ! — une plainte, d'abord voilée et entrecoupée, comme le sanglotement d'un enfant, puis, bientôt, s'enflant en un cri prolongé, sonore et continu, tout à fait anormal et antihumain, — un hurlement, — un glapissement, moitié horreur et moitié triomphe, — comme il en peut monter seulement de l'Enfer, — affreuse harmonie jaillissant à la fois de la gorge des damnés dans leurs tortures, et des démons exultant dans la damnation.

Vous dire mes pensées, ce serait folie. Je me sentis défaillir, et je chancelai contre le mur opposé. Pendant un moment, les officiers placés sur les marches restèrent immobiles, stupéfiés par la terreur. Un instant après, une douzaine de bras robustes s'acharnaient sur le mur. Il tomba tout d'une pièce. Le corps, déjà grandement délabré et souillé de sang grumelé, se tenait droit devant les yeux des spectateurs. Sur sa tête, avec la gueule rouge dilatée et l'œil unique flamboyant, était perchée la hideuse bête dont l'astuce m'avait induit à l'assassinat, et dont la voix révélatrice m'avait livré au bourreau. J'avais muré le monstre dans la tombe !

WILLIAM WILSON

Qu'en dira-t-elle ? Que dira cette CONSCIENCE affreuse,
Ce spectre qui marche dans mon chemin ?

CHAMBERLAYNE, *Pharronida* [1].

Qu'il me soit permis pour le moment, de m'appeler
William Wilson. La page vierge étalée devant moi ne
doit pas être souillée par mon véritable nom. Ce nom
n'a été que trop souvent un objet de mépris et d'horreur, — une abomination pour ma famille. Est-ce que
les vents indignés n'ont pas ébruité jusque dans les plus
lointaines régions du globe son incomparable infamie ?
Oh ! de tous les proscrits, le proscrit le plus abandonné [2] ! — n'es-tu pas mort à ce monde à jamais ?
à ses honneurs, à ses fleurs, à ses aspirations dorées ?
— et un nuage épais, lugubre, illimité, n'est-il pas éternellement suspendu entre tes espérances et le ciel ?

Je ne voudrais pas, quand même je le pourrais, enfermer aujourd'hui dans ces pages le souvenir de mes
dernières années d'ineffable misère et d'irrémissible
crime. Cette période récente de ma vie a soudainement
comporté une hauteur de turpitude dont je veux simple-

1. La citation de l'épigraphe est tirée d'une pièce en vers de William
Chamberlayne (1610-1685).
2. Poe écrit : « le plus dépravé ».

ment déterminer l'origine. C'est là pour le moment mon seul but. Les hommes, en général, deviennent vils par degrés. Mais moi, toute vertu s'est détachée de moi en une minute d'un seul coup, comme un manteau. D'une perversité relativement ordinaire, j'ai passé, par une enjambée de géant, à des énormités plus qu'héliogabaliques [1]. Permettez-moi de raconter tout au long quel hasard, quel unique accident a amené cette malédiction. La Mort approche et l'ombre qui la devance a jeté une influence adoucissante sur mon cœur. Je soupire, en passant à travers la sombre vallée, après la sympathie — j'allais dire la pitié — de mes semblables. Je voudrais leur persuader que j'ai été en quelque sorte l'esclave des circonstances qui défiaient tout contrôle humain. Je désirerais qu'ils découvrissent pour moi, dans les détails que je vais leur donner, quelque petite oasis de *fatalité* dans un Sahara d'erreur. Je voudrais qu'ils accordassent — ce qu'ils ne peuvent pas se refuser à accorder — que, bien que ce monde ait connu de grandes tentations, jamais l'homme n'a été jusqu'ici tenté de cette façon, — et certainement n'a jamais succombé de cette façon. Est-ce donc pour cela qu'il n'a jamais connu les mêmes souffrances ? En vérité, n'ai-je pas vécu dans un rêve ? Est-ce que je ne meurs pas victime de l'horreur et du mystère des plus étranges de toutes les visions sublunaires ?

Je suis le descendant d'une race qui s'est distinguée en tout temps par un tempérament imaginatif et facilement excitable ; et ma première enfance prouva que j'avais pleinement hérité du caractère de famille. Quand j'avançai en âge, ce caractère se dessina plus fortement ; il devint, pour mille raisons, une cause d'inquiétude sérieuse pour mes amis et de préjudice positif pour moi-même. Je devins volontaire, adonné aux plus sauvages caprices ; je fus la proie des plus indomptables

1. Dignes de l'empereur romain débauché Héliogabale (204-222 après J.-C.).

passions. Mes parents, qui étaient d'un esprit faible et que tourmentaient des défauts constitutionnels de même nature, ne pouvaient pas faire grand-chose pour arrêter les tendances mauvaises qui me distinguaient. Il y eut de leur côté quelques tentatives, faibles, mal dirigées, qui échouèrent complètement, et qui tournèrent pour moi en triomphe complet. À partir de ce moment, ma voix fut une loi domestique ; et, à un âge où peu d'enfants ont quitté leurs lisières, je fus abandonné à mon libre arbitre, et devins le maître de toutes mes actions, — excepté de nom.

Mes premières impressions de la vie d'écolier sont liées à une vaste et extravagante maison du style d'Elisabeth, dans un sombre village d'Angleterre, décoré de nombreux arbres gigantesques et noueux, et dont toutes les maisons étaient excessivement anciennes. En vérité, c'était un lieu semblable à un rêve et bien fait pour charmer l'esprit que cette vénérable vieille ville. En ce moment même, je sens en imagination le frisson rafraîchissant de ses avenues profondément ombreuses, je respire l'émanation de ses mille taillis, et je tressaille encore, avec une indéfinissable volupté, à la note profonde et sourde de la cloche, déchirant à chaque heure, de son rugissement soudain et morose, la quiétude de l'atmosphère brune dans laquelle s'enfonçait et s'endormait le clocher gothique tout dentelé.

Je trouve peut-être autant de plaisir qu'il m'est donné d'en éprouver maintenant à m'appesantir sur ces minutieux souvenirs de l'école et de ses rêveries. Plongé dans le malheur comme je le suis, — malheur, hélas ! qui n'est que trop réel, — on me pardonnera de chercher un soulagement, bien léger et bien court, dans ces puérils et divagants détails. D'ailleurs, quoique absolument vulgaires et risibles en eux-mêmes, ils prennent dans mon imagination une importance circonstancielle, à cause de leur intime connexion avec les lieux et l'époque où je distingue maintenant les premiers avertissements ambigus de la destinée, qui depuis lors m'a si profondément enveloppé de son ombre. Laissez-moi donc me souvenir.

La maison, je l'ai dit, était vieille et irrégulière. Les terrains étaient vastes, et un haut et solide mur de briques, couronné d'une couche de mortier et de verre cassé, en faisait le circuit. Ce rempart digne d'une prison formait la limite de notre domaine ; nos regards n'allaient au-delà que trois fois par semaine, — une fois chaque samedi, dans l'après-midi, quand, accompagnés de deux maîtres d'étude, on nous permettait de faire de courtes promenades en commun à travers la campagne voisine, et deux fois le dimanche, quand nous allions, avec la régularité des troupes à la parade, assister aux offices du matin et du soir dans l'unique église du village. Le principal de notre école était pasteur de cette église. Avec quel profond sentiment d'admiration et de perplexité avais-je coutume de le contempler, de notre banc relégué dans la tribune, quand il montait en chaire d'un pas solennel et lent ! Ce personnage vénérable, avec ce visage si modeste et si bénin, avec une robe si bien lustrée et si cléricalement ondoyante, avec une perruque si minutieusement poudrée, si roide et si vaste, pouvait-il être le même homme qui, tout à l'heure, avec un visage aigre et dans des vêtements souillés de tabac, faisait exécuter, férule en main, les lois draconiennes de l'école ? Oh ! gigantesque paradoxe, dont la monstruosité exclut toute solution !

Dans un angle du mur massif rechignait une porte plus massive encore, solidement fermée, garnie de verrous et surmontée d'un buisson de ferrailles denticulées. Quels sentiments profonds de crainte elle inspirait ! Elle ne s'ouvrait jamais que pour les trois sorties et rentrées périodiques dont j'ai déjà parlé ; alors, dans chaque craquement de ses gonds puissants, nous trouvions une plénitude de mystère, — tout un monde d'observations solennelles, ou de méditations plus solennelles encore.

Le vaste enclos était d'une forme irrégulière et divisé en plusieurs parties, dont trois ou quatre des plus grandes constituaient la cour de récréation. Elle était aplanie et recouverte d'un sable menu et rude. Je me rappelle bien qu'elle ne contenait ni arbres ni bancs, ni quoi que ce soit d'analogue. Naturellement elle était située derrière la maison. Devant la façade s'étendait un petit parterre, planté de buis et d'autres arbustes ; mais nous ne traversions cette oasis sacrée que dans de bien rares occasions, telles que la première arrivée à l'école ou le départ définitif, ou peut-être quand, un ami, un parent nous ayant fait appeler, nous prenions joyeusement notre course vers le logis paternel, aux vacances de Noël ou de la Saint-Jean.

Mais la maison ! — quelle curieuse vieille bâtisse cela faisait ! — Pour moi quel véritable palais d'enchantements ! Il n'y avait réellement pas de fin à ses détours, — à ses incompréhensibles subdivisions. Il était difficile, à n'importe quel moment donné, de dire avec certitude si l'on se trouvait au premier ou au second étage. D'une pièce à l'autre, on était toujours sûr de trouver trois ou quatre marches à monter ou à descendre. Puis les subdivisions latérales étaient innombrables, inconcevables, tournaient et retournaient si bien sur elles-mêmes, que nos idées les plus exactes relativement à l'ensemble du bâtiment n'étaient pas très différentes de celles à travers lesquelles nous envisagions l'infini. Durant les cinq ans de ma résidence, je n'ai jamais été capable de déterminer avec précision dans quelle localité lointaine était situé le petit dortoir qui m'était assigné en commun avec dix-huit ou vingt autres écoliers.

La salle d'étude était la plus vaste de toute la maison — et même du monde entier ; du moins, je ne pouvais m'empêcher de la voir ainsi. Elle était très longue, très étroite et lugubrement basse, avec des fenêtres en ogive et un plafond en chêne. Dans un angle éloigné, d'où émanait la terreur, était une enceinte carrée de huit à dix pieds, représentant le *sanctum* [1] de notre principal,

1. « Le sanctuaire. »

le révérend docteur Bransby, durant les heures d'études. C'était une solide construction, avec une porte massive ; plutôt que de l'ouvrir en l'absence du *Dominie*[1], nous aurions tous préféré mourir de *la peine forte et dure*. À deux autres angles étaient deux autres loges analogues, objets d'une vénération beaucoup moins grande, il est vrai, mais toutefois d'une terreur assez considérable ; l'une, la chaire du maître d'humanités, — l'autre, du maître d'anglais et de mathématiques. Éparpillés à travers la salle, d'innombrables bancs et des pupitres, effroyablement chargés de livres maculés par des doigts, se croisaient dans une irrégularité sans fin, — noirs, anciens, ravagés par le temps, et si bien cicatrisés de lettres initiales, de noms entiers, de figures grotesques et d'autres nombreux chefs-d'œuvre du couteau, qu'ils avaient entièrement perdu le peu de forme originelle qui leur avait été réparti dans les jours très anciens. À une extrémité de la salle se trouvait un énorme seau plein d'eau, et, à l'autre, une horloge d'une dimension prodigieuse.

Enfermé dans les murs massifs de cette vénérable école, je passai toutefois sans ennui et sans dégoût les années du troisième lustre[2] de ma vie. Le cerveau fécond de l'enfance n'exige pas un monde extérieur d'incidents pour s'occuper ou s'amuser, et la monotonie en apparence lugubre de l'école abondait en excitations plus intenses que toutes celles que ma jeunesse plus mûre a demandées à la volupté, ou ma virilité au crime. Toutefois, je dois croire que mon premier développement intellectuel fut, en grande partie, peu ordinaire et même déréglé. En général, les événements de l'existence enfantine ne laissent pas sur l'humanité, arrivée à l'âge mûr, une impression bien définie. Tout est ombre grise, débile et irrégulier souvenir, fouillis confus de faibles plaisirs et de peines fantasmagoriques.

---

1. Appellation familière, en anglais, pour le maître d'école.
2. Période de cinq ans.

Pour moi, il n'en est pas ainsi. Il faut que j'aie senti dans mon enfance, avec l'énergie d'un homme fait, tout ce que je trouve encore aujourd'hui frappé sur ma mémoire en lignes aussi vivantes, aussi profondes et aussi durables que les exergues [1] des médailles carthaginoises.

Et cependant, dans le fait, — au point de vue ordinaire du monde, — qu'il y avait là peu de chose pour le souvenir ! Le réveil du matin, l'ordre du coucher, les leçons à apprendre, les récitations, les demi-congés périodiques et les promenades, la cour de récréation avec ses querelles, ses passe-temps, ses intrigues, — tout cela, par une magie psychique disparue, contenait en soi un débordement de sensations, un monde riche d'incidents, un univers d'émotions variées et d'excitations des plus passionnées et des plus enivrantes. *Oh ! le bon temps, que ce siècle de fer* [2] !

En réalité, ma nature ardente, enthousiaste, impérieuse, fit bientôt de moi un caractère marqué parmi mes camarades, et, peu à peu, tout naturellement, me donna un ascendant sur tous ceux qui n'étaient guère plus âgés que moi, — sur tous, un seul excepté. C'était un élève qui, sans aucune parenté avec moi, portait le même nom de baptême et le même nom de famille ; — circonstance peu remarquable en soi, — car le mien, malgré la noblesse de mon origine, était une de ces appellations vulgaires qui semblent avoir été de temps immémorial, par droit de prescription, la propriété commune de la foule. Dans ce récit, je me suis donc donné le nom de William Wilson, — nom fictif qui n'est pas très éloigné du vrai. Mon homonyme, seul parmi ceux qui, selon la langue de l'école, composaient notre *classe*, osait rivaliser avec moi dans les études de l'école, — dans les jeux et les disputes de la récréation,

---

1. Partie inférieure de la face d'une médaille, distincte du motif principal.
2. Citation extraite du *Mondain* de Voltaire (1736).

— refuser une créance aveugle à mes assertions et une soumission complète à ma volonté, — en somme, contrarier ma dictature dans tous les cas possibles. Si jamais il y eut sur la terre un despotisme suprême et sans réserve, c'est le despotisme d'un enfant de génie sur les âmes moins énergiques de ses camarades.

La rébellion de Wilson était pour moi la source du plus grand embarras ; d'autant plus qu'en dépit de la bravade avec laquelle je me faisais un devoir de le trai- ter publiquement, lui et ses prétentions, je sentais au fond que je le craignais, et je ne pouvais m'empêcher de considérer l'égalité qu'il maintenait si facilement vis- à-vis de moi comme la preuve d'une vraie supériorité, — puisque c'était de ma part un effort perpétuel pour n'être pas dominé. Cependant, cette supériorité, ou plu- tôt cette égalité, n'était vraiment reconnue que par moi seul ; nos camarades, par un inexplicable aveuglement, ne paraissaient même pas la soupçonner. Et vraiment, sa rivalité, sa résistance, et particulièrement son imper- tinente et hargneuse intervention dans tous mes des- seins, ne visaient pas au-delà d'une intention privée. Il paraissait également dépourvu de l'ambition qui me poussait à dominer et de l'énergie passionnée qui m'en donnait les moyens. On aurait pu le croire, dans cette rivalité dirigé uniquement par un désir fantasque de me contrecarrer, de m'étonner, de me mortifier ; bien qu'il y eût des cas où je ne pouvais m'empêcher de remarquer avec un sentiment confus d'ébahissement, d'humiliation et de colère, qu'il mêlait à ses outrages, à ses imperti- nences et à ses contradictions, de certains airs d'affec- tuosité les plus intempestifs, et, assurément, les plus déplaisants du monde. Je ne pouvais me rendre compte d'une si étrange conduite qu'en la supposant le résul- tat d'une parfaite suffisance se permettant le ton vul- gaire du patronage et de la protection.

Peut-être était-ce ce dernier trait, dans la conduite de Wilson, qui, joint à notre homonymie et au fait purement accidentel de notre entrée simultanée à l'école, répandit parmi nos condisciples des classes

supérieures l'opinion que nous étions frères. Habituellement ils ne s'enquièrent pas avec beaucoup d'exactitude des affaires des plus jeunes. J'ai déjà dit, ou
j'aurais dû dire, que Wilson n'était pas, même au degré
le plus éloigné, apparenté avec ma famille. Mais assurément, si nous avions été frères, nous aurions été
jumeaux ; car, après avoir quitté la maison du docteur
Bransby, j'ai appris par hasard que mon homonyme
était né le 19 janvier 1813, — et c'est là une coïncidence
assez remarquable, car ce jour est précisément celui de
ma naissance.

Il peut paraître étrange qu'en dépit de la continuelle
anxiété que me causait la rivalité de Wilson et son insupportable esprit de contradiction, je ne fusse pas porté
à le haïr absolument. Nous avions, à coup sûr, presque
tous les jours une querelle, dans laquelle, m'accordant
publiquement la palme de la victoire, il s'efforçait en
quelque façon de me faire sentir que c'était lui qui
l'avait méritée ; cependant, un sentiment d'orgueil de
ma part, et de la sienne une véritable dignité, nous
maintenaient toujours dans des termes de stricte conve-
nance, pendant qu'il y avait des points assez nombreux
de conformité dans nos caractères pour éveiller en moi
un sentiment que notre situation respective empêchait
seule peut-être de mûrir en amitié. Il m'est difficile, en
vérité, de définir ou même de décrire mes vrais sentiments à son égard ; ils formaient un amalgame bigarré
et hétérogène, — une animosité pétulante qui n'était
pas encore de la haine, de l'estime, encore plus de
respect, beaucoup de crainte et une immense et inquiète
curiosité. Il est superflu d'ajouter, pour le moraliste,
que Wilson et moi nous étions les plus inséparables des
camarades.

Ce fut sans doute l'anomalie et l'ambiguïté de nos
relations qui coulèrent toutes mes attaques contre lui
— et, franches ou dissimulées, elles étaient nombreuses
— dans le moule de l'ironie et de la charge (la bouffonnerie ne fait-elle pas d'excellentes blessures ?) plutôt
qu'en une hostilité plus sérieuse et plus déterminée.

Mais mes efforts sur ce point n'obtenaient pas régulièrement un parfait triomphe, même quand mes plans
étaient le plus ingénieusement machinés ; car mon
homonyme avait dans son caractère beaucoup de cette
austérité pleine de réserve et de calme, qui, tout en
jouissant de la morsure de ses propres railleries, ne
montre jamais le talon d'Achille et se dérobe absolument au ridicule. Je ne pouvais trouver en lui qu'un
seul point vulnérable, et c'était dans un détail physique,
qui, venant peut-être d'une infirmité constitutionnelle,
aurait été épargné par tout antagoniste moins acharné
à ses fins que je ne l'étais ; — mon rival avait une faiblesse dans l'appareil vocal qui l'empêchait de jamais
élever la voix *au-dessus d'un chuchotement très bas*.
Je ne manquais pas de tirer de cette imperfection tout
le pauvre avantage qui était en mon pouvoir.

Les représailles de Wilson étaient de plus d'une sorte,
et il avait particulièrement un genre de malice qui me
troublait outre mesure. Comment eut-il dans le principe
la sagacité de découvrir qu'une chose aussi minime pouvait me vexer, c'est une question que je n'ai jamais pu
résoudre ; mais, une fois qu'il l'eut découvert, il pra-
tiqua opiniâtrement cette torture. Je m'étais toujours
senti de l'aversion pour mon malheureux nom de
famille, si inélégant, et pour mon prénom, si trivial,
sinon tout à fait plébéien. Ces syllabes étaient un poison pour mes oreilles ; et, quand le jour même de mon
arrivée, un second William Wilson se présenta dans
l'école, je lui en voulus de porter ce nom, et je me
dégoûtai doublement du nom parce qu'un étranger le
portait, — un étranger qui serait cause que je l'enten-
drais prononcer deux fois plus souvent, — qui serait
constamment en ma présence, et dont les affaires, dans
le train-train ordinaire des choses de collège, seraient
souvent et inévitablement, en raison de cette détestable
coïncidence, confondues avec les miennes.

Le sentiment d'irritation créé par cet accident devint
plus vif à chaque circonstance qui tendait à mettre en
lumière toute ressemblance morale ou physique entre

mon rival et moi. Je n'avais pas encore découvert ce très remarquable fait de parité dans notre âge ; mais je voyais que nous étions de la même taille, et je m'apercevais que nous avions même une singulière ressemblance dans notre physionomie générale et dans nos traits. J'étais également exaspéré par le bruit qui courait sur notre parenté, et qui avait généralement crédit dans les classes supérieures. — En un mot, rien ne pouvait plus sérieusement me troubler (quoique je cachasse avec le plus grand soin tout symptôme de ce trouble) qu'une allusion quelconque à une similitude entre nous, relative à l'esprit, à la personne, ou à la naissance ; mais vraiment je n'avais aucune raison de croire que cette similitude (à l'exception du fait de la parenté, et de tout ce que savait voir Wilson lui-même) eût jamais été un sujet de commentaires ou même remarquée par nos camarades de classe. Que *lui*, il l'observât sous toutes ses faces, et avec autant d'attention que moi-même, cela était clair ; mais qu'il eût pu découvrir dans de pareilles circonstances une mine si riche de contrariétés, je ne peux l'attribuer, comme je l'ai déjà dit, qu'à sa pénétration plus qu'ordinaire.

Il me donnait la réplique avec une parfaite imitation de moi-même, — gestes et paroles, — et il jouait admirablement son rôle. Mon costume était chose facile à copier ; ma démarche et mon allure générale, il se les était appropriées sans difficulté ; en dépit de son défaut constitutionnel, ma voix elle-même ne lui avait pas échappé. Naturellement, il n'essayait pas les tons élevés, mais la clef était identique, *et sa voix, pourvu qu'il parlât bas, devenait le parfait écho de la mienne*.

À quel point ce curieux portrait (car je ne puis pas l'appeler proprement une caricature) me tourmentait, je n'entreprendrai pas de le dire. Je n'avais qu'une consolation, — c'était que l'imitation, à ce qu'il me semblait, n'était remarquée que par moi seul, et que j'avais simplement à endurer les sourires mystérieux et étrangement sarcastiques de mon homonyme. Satisfait d'avoir produit sur mon cœur l'effet voulu, il semblait s'épanouir [1] en secret sur la piqûre qu'il m'avait infligée et se montrer singulièrement dédaigneux des applaudissements publics que le succès de son ingéniosité lui aurait si facilement conquis. Comment nos camarades ne devinaient-ils pas son dessein, n'en voyaient-ils pas la mise en œuvre, et ne partageaient-ils pas sa joie moqueuse ? ce fut pendant plusieurs mois d'inquiétude une énigme insoluble pour moi. Peut-être la lenteur graduée de son imitation la rendit-elle moins voyante, ou plutôt devais-je ma sécurité à l'air de *maîtrise* que prenait si bien le copiste, qui dédaignait la *lettre*, — tout ce que les esprits obtus peuvent saisir dans une peinture, — et ne donnait que le parfait esprit de l'original pour ma plus grande admiration et mon plus grand chagrin personnel.

J'ai déjà parlé plusieurs fois de l'air navrant de protection qu'il avait pris vis-à-vis de moi, et de sa fréquente et officieuse intervention dans mes volontés. Cette intervention prenait souvent le caractère déplaisant d'un avis ; avis qui n'était pas donné ouvertement, mais suggéré, — insinué. Je le recevais avec une répugnance qui prenait de la force à mesure que je prenais de l'âge. Cependant, à cette époque déjà lointaine, je veux lui rendre cette stricte justice de reconnaître que je ne me rappelle pas un seul cas où les suggestions de mon rival aient participé à ce caractère d'erreur et de folie, si naturel dans son âge, généralement dénué de maturité et d'expérience ; — que son sens moral, sinon ses talents et sa prudence mondaine, était beaucoup plus fin que le mien ; et que je serais aujourd'hui un homme meilleur et conséquemment plus heureux, si j'avais rejeté moins souvent les conseils inclus dans ces chuchotements significatifs qui ne m'inspiraient alors qu'une haine si cordiale et un mépris si amer.

Aussi je devins, à la longue, excessivement rebelle à

---

1. Poe écrit : « il semblait rire à la dérobée ».

son odieuse surveillance, et je détestai chaque jour plus ouvertement ce que je considérais comme une intolérable arrogance. J'ai dit que, dans les premières années de notre camaraderie, mes sentiments vis-à-vis de lui auraient facilement tourné en amitié ; mais, pendant les derniers mois de mon séjour à l'école, quoique l'importunité de ses façons habituelles fût sans doute bien diminuée, mes sentiments, dans une proportion presque semblable, avaient incliné vers la haine positive. Dans une certaine circonstance, il le vit bien, je présume, et dès lors il m'évita, ou affecta de m'éviter.

Ce fut à peu près vers la même époque, si j'ai bonne mémoire, que, dans une altercation violente que j'eus avec lui, où il avait perdu de sa réserve habituelle, et parlait et agissait avec un laisser-aller presque étranger à sa nature, je découvris ou m'imaginai découvrir dans son accent, dans son air, dans sa physionomie générale, quelque chose qui d'abord me fit tressaillir, puis m'intéressa profondément, en apportant à mon esprit des visions obscures de ma première enfance, — des souvenirs étranges, confus, pressés, d'un temps où ma mémoire n'était pas encore née. Je ne saurais mieux définir la sensation qui m'oppressait qu'en disant qu'il m'était difficile de me débarrasser de l'idée que j'avais déjà connu l'être placé devant moi, à une époque très ancienne, — dans un passé même extrêmement reculé. Cette illusion toutefois s'évanouit aussi rapidement qu'elle était venue ; et je n'en tiens note que pour marquer le jour du dernier entretien que j'eus avec mon singulier homonyme.

La vieille et vaste maison, dans ses innombrables ☞ subdivisions, comprenait plusieurs grandes chambres qui communiquaient entre elles et servaient de dortoirs au plus grand nombre des élèves. Il y avait néanmoins (comme cela devait arriver nécessairement dans un bâtiment aussi malencontreusement dessiné) une foule de coins et de recoins, — les rognures et les bouts de la construction, et l'ingéniosité économique du docteur Bransby les avait également transformés en dortoirs ;

☞ Voir *Au fil du texte*, p. XII.

mais, comme ce n'étaient que de simples cabinets, ils ne pouvaient servir qu'à un seul individu. Une de ces petites chambres était occupée par Wilson.

Une nuit, vers la fin de ma cinquième année à l'école, et immédiatement après l'altercation dont j'ai parlé, profitant de ce que tout le monde était plongé dans le sommeil, je me levai de mon lit, et, une lampe à la main, je me glissai, à travers un labyrinthe d'étroits passages, de ma chambre à coucher vers celle de mon rival. J'avais longuement machiné à ses dépens une de ces méchantes charges, une de ces malices dans lesquelles j'avais si complètement échoué jusqu'alors. J'avais l'idée de mettre dès lors mon plan à exécution et je résolus de lui faire sentir toute la force de la méchanceté dont j'étais rempli. J'arrivai jusqu'à son cabinet, j'entrai sans faire de bruit, laissant ma lampe à la porte avec un abat-jour dessus. J'avançai d'un pas, et j'écoutai le bruit de sa respiration paisible. Certain qu'il était bien endormi, je retournai à la porte, je pris ma lampe, et je m'approchai de nouveau du lit. Les rideaux étaient fermés ; je les ouvris doucement et lentement pour l'exécution de mon projet ; mais une lumière vive tomba en plein sur le dormeur, et en même temps mes yeux s'arrêtèrent sur sa physionomie. Je regardai ; — et un engourdissement, une sensation de glace pénétrèrent instantanément tout mon être. Mon cœur palpita, mes genoux vacillèrent, toute mon âme fut prise d'une horreur intolérable et inexplicable. Je respirai convulsivement, — j'abaissai la lampe encore plus près de la face. Étaient-ce, — étaient-ce bien là les traits de William Wilson ? Je voyais bien que c'étaient les siens, mais je tremblais, comme pris d'un accès de fièvre, en m'imaginant que ce n'étaient pas les siens. Qu'y avait-il donc mieux qui pût me confondre à ce point ? Je le contemplais, — et ma cervelle tournait sous l'action de mille pensées incohérentes. Il ne m'apparaissait pas *ainsi*, — non, certes, il ne m'apparaissait pas *tel*, aux heures actives où il était éveillé. Le même nom ! les mêmes traits ! entrés le même jour à l'école ! Et puis cette hargneuse et inexplicable imitation de ma démarche, de ma voix, de mon costume et de mes manières ! Était-ce, en vérité, dans les limites du possible humain, que *ce que je voyais maintenant* fût le simple résultat de cette habitude d'imitation sarcastique ? Frappé d'effroi, pris de frisson, j'éteignis ma lampe, je sortis silencieusement de la chambre, et quittai une bonne fois l'enceinte de cette vieille école pour n'y jamais revenir.

Après un laps de quelques mois, que je passai chez mes parents dans la pure fainéantise, je fus placé au collège d'Eton. Ce court intervalle avait été suffisant pour affaiblir en moi le souvenir des événements de l'école Bransby, ou au moins pour opérer un changement notable dans la nature des sentiments que ces souvenirs m'inspiraient. La réalité, le côté tragique du drame, n'existait plus. Je trouvais maintenant quelques motifs pour douter du témoignage de mes sens, et je me rappelais rarement l'aventure sans admirer jusqu'où peut aller la crédulité humaine, et sans sourire de la force prodigieuse d'imagination que je tenais de ma famille. Or, la vie que je menais à Eton n'était guère de nature à diminuer cette espèce de scepticisme. Le tourbillon de folie où je me plongeai immédiatement et sans réflexion balaya tout, excepté l'écume de mes heures passées, absorba d'un seul coup toute impression solide et sérieuse, et ne laissa absolument dans mon souvenir que les étourderies de mon existence précédente.

Je n'ai pas l'intention, toutefois, de tracer ici le cours de mes misérables dérèglements, — dérèglements qui défiaient toute loi et éludaient toute surveillance. Trois années de folies, dépensées sans profit, n'avaient pu me donner que des habitudes de vice enracinées, et avaient accru d'une manière presque anormale mon développement physique. Un jour, après une semaine entière de dissipation abrutissante, j'invitai une société d'étudiants des plus dissolus à une orgie secrète dans ma chambre. Nous nous réunîmes à une heure avancée de la nuit, car notre débauche devait se prolonger religieusement jusqu'au matin. Le vin coulait librement, et d'autres séductions plus dangereuses peut-être n'avaient pas été négligées ; si bien que, comme l'aube pâlissait le ciel à l'orient, notre délire et nos extravagances étaient à leur apogée. Furieusement enflammé par les cartes et par l'ivresse, je m'obstinais à porter un toast étrangement indécent, quand mon attention fut soudainement distraite par une porte qu'on entrebâilla vivement et par la voix précipitée d'un domestique. Il me dit qu'une personne qui avait l'air fort pressée demandait à me parler dans le vestibule.

Singulièrement excité par le vin, cette interruption inattendue me causa plus de plaisir que de surprise. Je me précipitai en chancelant, et en quelques pas je fus dans le vestibule de la maison. Dans cette salle basse et étroite, il n'y avait aucune lampe, et elle ne recevait d'autre lumière que celle de l'aube, excessivement faible, qui se glissait à travers la fenêtre cintrée. En mettant le pied sur le seuil, je distinguai la personne d'un jeune homme, de ma taille à peu près, et vêtu d'une robe de chambre de casimir blanc, coupée à la nouvelle mode, comme celle que je portais en ce moment. Cette faible lueur me permit de voir tout cela ; mais les traits de la face, je ne pus les distinguer. À peine fus-je entré qu'il se précipita vers moi, et, me saisissant par le bras avec un geste impératif d'impatience, me chuchota à l'oreille ces mots :

— William Wilson !

En une seconde, je fus dégrisé.

Il y avait dans la manière de l'étranger, dans le tremblement nerveux de son doigt qu'il tenait levé entre mes yeux et la lumière, quelque chose qui me remplit d'un complet étonnement ; mais ce n'était pas là ce qui m'avait si violemment ému. C'était l'importance, la solennité d'admonition[1] contenue dans cette parole

---

1. Remontrance.

singulière, basse, sifflante ; et, par-dessus tout, le caractère, le ton, *la clef* de ces quelques syllabes, simples, familières, et toutefois mystérieusement *chuchotées*, qui vinrent, avec mille souvenirs accumulés des jours passés, s'abattre sur mon âme, comme une décharge de pile voltaïque[1]. Avant que j'eusse pu recouvrer mes sens, il avait disparu.

Quoique cet événement eût à coup sûr produit un effet très vif sur mon imagination déréglée, cependant cet effet, si vif, alla bientôt s'évanouissant. Pendant plusieurs semaines, à la vérité, tantôt je me livrai à l'investigation la plus sérieuse, tantôt je restai enveloppé d'un nuage de méditation morbide. Je n'essayai pas de me dissimuler l'identité du singulier individu qui s'immisçait si opiniâtrement dans mes affaires et me fatiguait de ses conseils officieux. Mais qui était, mais qu'était ce Wilson ? — Et d'où venait-il ? — Et quel était son but ? Sur aucun de ces points je ne pus me satisfaire ; — je constatai seulement, relativement à lui, qu'un accident soudain dans sa famille lui avait fait quitter l'école du docteur Bransby dans l'après-midi du jour où je m'étais enfui. Mais, après un certain temps, je cessai d'y rêver, et mon attention fut tout absorbée par un départ projeté pour Oxford. Là j'en vins bientôt — la vanité prodigue de mes parents me permettant de mener un train coûteux et de me livrer à mon gré au luxe déjà si cher à mon cœur — à rivaliser en prodigalités avec les plus superbes héritiers des plus riches comtés de la Grande-Bretagne.

Encouragé au vice par de pareils moyens, ma nature éclata avec une ardeur double, et, dans le fol enivrement de mes débauches, je foulai aux pieds les vulgaires entraves de la décence. Mais il serait absurde de m'appesantir sur le détail de mes extravagances. Il suffira de dire que je dépassai Hérode en dissipations, et que, donnant un nom à une multitude de folies nouvelles,

---

1. Pile électrique inventée par Volta en 1800.

j'ajoutai un copieux appendice au long catalogue des vices qui régnaient alors dans l'université la plus dissolue de l'Europe.

Il paraîtra difficile à croire que je fusse tellement déchu du rang de gentilhomme, que je cherchasse à me familiariser avec les artifices les plus vils du joueur de profession, et, devenu un adepte de cette science méprisable, que je la pratiquasse habituellement comme moyen d'accroître mon revenu, déjà énorme, aux dépens de ceux de mes camarades dont l'esprit était le plus faible. Et cependant, tel était le fait. Et l'énormité même de cet attentat contre les sentiments de dignité et d'honneur, était évidemment la principale, sinon la seule raison de mon impunité. Qui donc, parmi mes camarades les plus dépravés, n'aurait pas contredit le plus clair témoignage de ses sens, plutôt que de soupçonner d'une pareille conduite le joyeux, le franc, le généreux William Wilson, — le plus noble et le plus libéral compagnon d'Oxford, — celui dont les folies, disaient ses parasites, n'étaient que les folies d'une jeunesse et d'une imagination sans frein, — dont les erreurs n'étaient que d'inimitables caprices, — les vices les plus noirs, une insoucieuse et superbe extravagance ?

J'avais déjà rempli deux années de cette joyeuse façon, quand arriva à l'université un jeune homme de fraîche noblesse, — un nommé Glendinning, — riche, disait la voix publique, comme Hérodès Atticus, et à qui sa richesse n'avait pas coûté plus de peine. Je découvris bien qu'il était d'une intelligence faible, et naturellement je le marquai comme une excellente victime de mes talents. Je l'engageai fréquemment à jouer, et m'appliquai, avec la ruse habituelle du joueur, à lui laisser gagner des sommes considérables, pour l'enlacer plus efficacement dans mes filets. Enfin, mon plan étant bien mûri, je me rencontrai avec lui, — dans l'intention bien arrêtée d'en finir, — chez un de nos camarades, M. Preston, également lié avec nous deux, mais qui — je dois lui rendre cette justice — n'avait pas le moindre soupçon de mon dessein. Pour donner à tout cela une meilleure couleur, j'avais eu soin d'inviter une société de huit ou dix personnes, et je m'étais particulièrement appliqué à ce que l'introduction des cartes parût tout à fait accidentelle et n'eût lieu que sur la proposition de la dupe que j'avais en vue. Pour abréger en un sujet aussi vil, je ne négligeai aucune des basses finesses, si banalement pratiquées en pareille occasion, que c'est merveille qu'il y ait toujours des gens assez sots pour en être les victimes.

Nous avions prolongé notre veillée assez avant dans la nuit, quand j'opérai enfin de manière à prendre Glendinning pour mon unique adversaire. Le jeu était mon jeu favori, l'écarté. Les autres personnes de la société, intéressées par les proportions grandioses de notre jeu, avaient laissé leurs cartes et faisaient galerie autour de nous. Notre parvenu, que j'avais adroitement poussé dans la première partie de la soirée à boire richement, mêlait, donnait et jouait d'une manière étrangement nerveuse, dans laquelle son ivresse, pensais-je, était pour quelque chose, mais qu'elle n'expliquait pas entièrement. En très peu de temps, il était devenu mon débiteur pour une forte somme, quand ayant avalé une longue rasade d'oporto [1], il fit juste ce que j'avais froidement prévu, — il proposa de doubler notre enjeu, déjà fort extravagant. Avec une heureuse affectation de résistance, et seulement après que mon refus réitéré l'eut entraîné à des paroles aigres qui donnèrent à mon consentement l'apparence d'une pique, finalement je m'exécutai. Le résultat fut ce qu'il devait être : la proie s'était complètement empêtrée dans mes filets ; en moins d'une heure, il avait quadruplé sa dette. Depuis quelque temps sa physionomie avait perdu le teint fleuri que lui prêtait le vin ; mais, alors, je m'aperçus avec étonnement qu'elle était arrivée à une pâleur vraiment terrible. Je dis avec étonnement, car j'avais pris sur Glendinning de soigneuses informations ; on me l'avait

---

1. Ou porto.

représenté comme immensément riche, et les sommes qu'il avait perdues jusqu'ici, quoique réellement fortes, ne pouvaient pas — je le supposais du moins — le tracasser très sérieusement, encore moins l'affecter d'une manière aussi violente. L'idée qui se présenta le plus naturellement à mon esprit fut qu'il était bouleversé par le vin qu'il venait de boire ; et, dans le but de sauvegarder mon caractère aux yeux de mes camarades, plutôt que par un motif de désintéressement, j'allais insister péremptoirement pour interrompre le jeu, quand quelques mots prononcés à côté de moi parmi les personnes présentes, et une exclamation de Glendinning qui témoignait du plus complet désespoir, me firent comprendre que j'avais opéré sa ruine totale, dans des conditions qui avaient fait de lui un objet de pitié pour tous, et l'auraient protégé même contre les mauvais offices d'un démon.

Quelle conduite eussé-je adoptée dans cette circonstance, il me serait difficile de le dire. La déplorable situation de ma dupe avait jeté sur tout le monde un air de gêne et de tristesse ; et il régna un silence profond de quelques minutes, pendant lequel je sentais en dépit de moi mes joues fourmiller sous les regards brûlants de mépris et de reproche que m'adressaient les moins endurcis de la société. J'avouerai même que mon cœur se trouva momentanément déchargé d'un intolérable poids d'angoisse par la soudaine et extraordinaire interruption qui suivit. Les lourds battants de la porte de la chambre s'ouvrirent tout grands, d'un seul coup, avec une impétuosité si vigoureuse et si violente, que toutes les bougies s'éteignirent comme par enchantement. Mais la lumière mourante me permit d'apercevoir qu'un étranger s'était introduit, — un homme de ma taille à peu près, et étroitement enveloppé d'un manteau. Cependant, les ténèbres étaient maintenant complètes, et nous pouvions seulement *sentir* qu'il se tenait au milieu de nous. Avant qu'aucun de nous fût revenu de l'excessif étonnement où nous avait tous jetés cette violence, nous entendîmes la voix de l'intrus :

— Gentlemen, — dit-il, *d'une voix très basse*, mais distincte, d'une voix inoubliable qui pénétra la moelle de mes os, — gentlemen, je ne cherche pas à excuser ma conduite, parce qu'en me conduisant ainsi je ne fais qu'accomplir un devoir. Vous n'êtes sans doute pas au fait du vrai caractère de la personne qui a gagné cette nuit une somme énorme à l'écarté à lord Glendinning. Je vais donc vous proposer un moyen expéditif et décisif pour vous procurer ces très importants renseignements. Examinez, je vous prie, tout à votre aise, la doublure du parement de sa manche gauche et les quelques petits paquets que l'on trouvera dans les poches passablement vastes de sa robe de chambre brodée.

Pendant qu'il parlait, le silence était si profond qu'on aurait entendu tomber une épingle sur le tapis. Quand il eut fini, il partit tout d'un coup, aussi brusquement qu'il était entré. Puis-je décrire, décrirai-je mes sensations ? Faut-il dire que je sentis toutes les horreurs du damné ? J'avais certainement peu de temps pour la réflexion. Plusieurs bras m'empoignèrent rudement, et on se procura immédiatement de la lumière. Une perquisition suivit. Dans la doublure de ma manche, on trouva toutes les figures essentielles de l'écarté, et, dans les poches de ma robe de chambre, un certain nombre de jeux de cartes exactement semblables à ceux dont nous nous servions dans nos réunions, à l'exception que les miennes étaient de celles qu'on appelle, proprement *arrondies*, les honneurs étant très légèrement convexes sur les petits côtés et les basses cartes imperceptiblement convexes sur les grands. Grâce à cette disposition, la dupe qui coupe, comme d'habitude, dans la longueur du paquet, coupe invariablement de manière à donner un honneur à son adversaire ; tandis que le grec [1], en coupant dans la largeur, ne donnera jamais à sa victime rien qu'elle puisse marquer à son avantage.

Une tempête d'indignation m'aurait moins affecté

---

1. Le joueur professionnel.

que le silence méprisant et le calme sarcastique qui accueillirent cette découverte.

— Monsieur Wilson, — dit notre hôte en se baissant pour ramasser sous ses pieds un magnifique manteau doublé d'une fourrure précieuse, — monsieur Wilson, ceci est à vous. (Le temps était froid, et, en quittant ma chambre, j'avais jeté par-dessus mon vêtement du matin un manteau que j'ôtai en arrivant sur le théâtre du jeu.) Je présume, — ajouta-t-il en regardant les plis du vêtement avec un sourire amer, — qu'il est bien superflu de chercher ici de nouvelles preuves de votre savoir-faire. Vraiment, nous en avons assez. J'espère que vous comprendrez la nécessité de quitter Oxford, — en tout cas de sortir à l'instant de chez moi.

Avili, humilié ainsi jusqu'à la boue, il est probable que j'eusse châtié ce langage insultant par une violence personnelle immédiate, si toute mon attention n'avait pas été en ce moment arrêtée par un fait de la nature la plus surprenante. Le manteau que j'avais apporté était d'une fourrure supérieure, — d'une rareté et d'un prix extravagants, il est inutile de le dire. La coupe était une coupe de fantaisie, de mon invention ; car dans ces matières frivoles j'étais difficile, et je poussais les rages du dandysme jusqu'à l'absurde. Donc, quand M. Preston me tendit celui qu'il avait ramassé par terre, auprès de la porte de la chambre, ce fut avec un étonnement voisin de la terreur que je m'aperçus que j'avais déjà le mien sur mon bras, où je l'avais sans doute placé sans y penser, et que celui qu'il me présentait en était l'exacte contrefaçon dans tous ses plus minutieux détails. L'être singulier qui m'avait si désastreusement dévoilé était, je me le rappelais bien, enveloppé d'un manteau ; et aucun des individus présents, excepté moi, n'en avait apporté avec lui. Je conservai quelque présence d'esprit, je pris celui que m'offrait Preston ; je le plaçai sans qu'on y prît garde, sur le mien ; je sortis de la chambre avec un défi et une menace dans le regard ; et, le matin même, avant le point du jour, je m'enfuis précipitamment d'Oxford vers le continent, dans une vraie agonie d'horreur et de honte.

Je fuyais en vain. Ma destinée maudite m'a poursuivi, triomphante, et me prouvant que son mystérieux pouvoir n'avait fait jusqu'alors que de commencer. À peine eus-je mis le pied dans Paris, que j'eus une preuve nouvelle du détestable intérêt que le Wilson prenait à mes affaires. Les années s'écoulèrent, et je n'eus point de répit. Misérable ! — À Rome, avec quelle importune obséquiosité, avec quelle tendresse de spectre il s'interposa entre moi et mon ambition ! — Et à Vienne ! — et à Berlin ! — et à Moscou ! Où donc ne trouvai-je pas quelque amère raison de le maudire du fond de mon cœur ? Frappé d'une panique, je pris enfin la fuite devant son impénétrable tyrannie, comme devant une peste, et jusqu'au bout du monde j'ai fui, *j'ai fui en vain*.

Et toujours, et toujours interrogeant secrètement mon âme, je répétais mes questions : Qui est-il ? — D'où vient-il ? — Et quel est son dessein ? — Mais je ne trouvais pas de réponse. Et j'analysais alors avec un soin minutieux les formes, la méthode et les traits caractéristiques de son insolente surveillance. Mais, là encore, je ne trouvais pas grand-chose qui pût servir de base à une conjecture. C'était vraiment une chose remarquable que, dans les cas nombreux où il avait récemment traversé mon chemin, il ne l'eût jamais fait que pour dérouter des plans ou déranger des opérations qui, s'ils avaient réussi, n'auraient abouti qu'à une amère déconvenue. Pauvre justification, en vérité, que celle-là, pour une autorité si impérieusement usurpée ! Pauvre indemnité pour ces droits naturels de libre arbitre si opiniâtrement, si insolemment déniés !

J'avais aussi été forcé de remarquer que mon bourreau, depuis un fort long espace de temps, tout en exerçant scrupuleusement et avec une dextérité miraculeuse cette manie de toilette identique à la mienne, s'était toujours arrangé, à chaque fois qu'il posait son intervention dans ma volonté, de manière que je ne

pusse voir les traits de sa face. Quoi que pût être ce
damné Wilson, certes un pareil mystère était le comble
de l'affectation et de la sottise. Pouvait-il avoir supposé
un instant que dans mon donneur d'avis à Eton, —
dans le destructeur de mon honneur à Oxford, — dans
celui qui avait contrecarré mon ambition à Rome, ma
vengeance à Paris, mon amour passionné à Naples, en
Égypte ce qu'il appelait à tort ma cupidité, — que dans
cet être, mon grand ennemi et mon mauvais génie, je
ne reconnaîtrais pas le William Wilson de mes années
de collège, — l'homonyme, le camarade, le rival, —
le rival exécré et redouté de la maison Bransby ? —
Impossible ! — Mais laissez-moi courir à la terrible
scène finale du drame.

Jusqu'alors je m'étais soumis lâchement à son impérieuse domination. Le sentiment de profond respect
avec lequel je m'étais accoutumé à considérer le caractère élevé, la sagesse majestueuse, l'omniprésence et
l'omnipotence apparentes de Wilson, joint à je ne sais
quelle sensation de terreur que m'inspiraient certains
autres traits de sa nature et certains privilèges, avaient
créé en moi l'idée de mon entière faiblesse et de mon
impuissance, et m'avaient conseillé une soumission sans
réserve, quoique pleine d'amertume et de répugnance,
à son arbitraire dictature. Mais, depuis ces derniers
temps, je m'étais entièrement abandonné au vin, et son
influence exaspérante sur mon tempérament héréditaire
me rendait de plus en plus impatient de tout contrôle.
Je commençai à murmurer, — à hésiter, — à résister.
Et fût-ce simplement mon imagination qui m'induisait
à croire que l'opiniâtreté de mon bourreau diminuerait
en raison de ma propre fermeté ? Il est possible ; mais,
en tout cas, je commençais à sentir l'inspiration d'une
espérance ardente, et je finis par nourrir dans le secret
de mes pensées la sombre et désespérée résolution de
m'affranchir de cet esclavage.

C'était à Rome, pendant le carnaval de 18.. ; j'étais
à un bal masqué dans le palais du duc Di Broglio, de
Naples. J'avais fait abus du vin encore plus que de

coutume, et l'atmosphère étouffante des salons encombrés m'irritait insupportablement. La difficulté de me frayer un passage à travers la cohue ne contribua pas peu à exaspérer mon humeur ; car je cherchais avec anxiété (je ne dirai pas pour quel indigne motif) la jeune, la joyeuse, la belle épouse du vieux et extravagant Di Broglio. Avec une confiance passablement imprudente, elle m'avait confié le secret du costume qu'elle devait porter ; et, comme je venais de l'apercevoir au loin, j'avais hâte d'arriver jusqu'à elle. En ce moment, je sentis une main qui se posa doucement sur mon épaule, — et puis cet inoubliable, ce profond, ce maudit *chuchotement* dans mon oreille !

Pris d'une rage frénétique, je me tournai brusquement vers celui qui m'avait ainsi troublé et je le saisis violemment au collet. Il portait, comme je m'y attendais, un costume absolument semblable au mien : un manteau espagnol de velours bleu, et autour de la taille une ceinture cramoisie où se rattachait une rapière. Un masque de soie noire recouvrait entièrement sa face.

— Misérable ! — m'écriai-je d'une voix enrouée par la rage, et chaque syllabe qui m'échappait était comme un aliment pour le feu de ma colère, — misérable ! imposteur ! scélérat maudit ! tu ne me suivras plus à la piste, — tu ne me harcèleras pas jusqu'à la mort ! Suis-moi, ou je t'embroche sur place !

Et je m'ouvris un chemin de la salle de bal vers une petite antichambre attenante, le traînant irrésistiblement avec moi.

En entrant, je le jetai furieusement loin de moi. Il alla chanceler contre le mur ; je fermai la porte en jurant, et lui ordonnai de dégainer. Il hésita une seconde ; puis, avec un léger soupir, il tira silencieusement son épée et se mit en garde.

Le combat ne fut certes pas long. J'étais exaspéré par les plus ardentes excitations de tout genre, et je me sentais dans un seul bras l'énergie et la puissance d'une multitude. En quelques secondes, je l'acculai par la force du poignet contre la boiserie, et, là, le tenant à ma discrétion, je lui plongeai, à plusieurs reprises et coup sur coup, mon épée dans la poitrine avec une férocité de brute.

En ce moment, quelqu'un toucha à la serrure de la porte. Je me hâtai de prévenir une invasion importune, et je retournai immédiatement vers mon adversaire mourant. Mais quelle langue humaine peut rendre suffisamment cet étonnement, cette horreur qui s'emparèrent de moi au spectacle que virent alors mes yeux. Le court instant pendant lequel je m'étais détourné avait suffi pour produire, en apparence, un changement matériel dans les dispositions locales à l'autre bout de la chambre. Une vaste glace — dans mon trouble, cela m'apparut d'abord ainsi — se dressait là où je n'en avais pas vu trace auparavant ; et, comme je marchais frappé de terreur vers ce miroir, ma propre image, mais avec une face pâle et barbouillée de sang, s'avança à ma rencontre d'un pas faible et vacillant.

C'est ainsi que la chose m'apparut, dis-je, mais telle elle n'était pas. C'était mon adversaire, — c'était Wilson qui se tenait devant moi dans son agonie. Son masque et son manteau gisaient sur le parquet, là où il les avait jetés. Pas un fil dans son vêtement, — pas une ligne dans toute sa figure si caractérisée et si singulière, — qui ne fût *mien*, — qui ne fût *mienne* ; — c'était l'absolu dans l'identité !

C'était Wilson, mais Wilson ne chuchotant plus ses paroles maintenant ! si bien que j'aurais pu croire que c'était moi-même qui parlais quand il me dit :

— *Tu as vaincu, et je succombe. Mais dorénavant tu es mort aussi, — mort au Monde, au Ciel et à l'Espérance ! En moi tu existais, — et vois dans ma mort, vois par cette image qui est la tienne, comme tu t'es radicalement assassiné toi-même !*

L'HOMME DES FOULES

> Ce grand malheur de ne pouvoir être seul.
>
> LA BRUYÈRE.

On a dit judicieusement d'un certain livre allemand :
Es læsst sich nicht lesen, — il ne se laisse pas lire. Il
y a des secrets qui ne veulent pas être dits. Des hommes
meurent la nuit dans leurs lits, tordant les mains des
spectres qui les confessent et les regardant pitoyable-
ment dans les yeux ; — des hommes meurent avec le
désespoir dans le cœur et des convulsions dans le gosier
à cause de l'horreur des mystères qui *ne veulent pas*
être révélés. Quelquefois, hélas ! la conscience humaine
supporte un fardeau d'une si lourde horreur, qu'elle
ne peut s'en décharger que dans le tombeau. Ainsi
l'essence du crime reste inexpliquée.

Il n'y a pas longtemps, sur la fin d'un soir d'automne,
j'étais assis devant la grande fenêtre cintrée du café D...
à Londres. Pendant quelques mois, j'avais été malade ;
mais j'étais alors convalescent, et, la force me revenant,
je me trouvais dans une de ces heureuses dispositions
qui sont précisément le contraire de l'ennui, — dispositions où l'appétence morale est merveilleusement
aiguisée, quand la taie qui recouvrait la vision spirituelle
est arrachée, l'$\overset{c}{\alpha}\chi\lambda\acute{v}s$ $\overset{c}{\eta}$ $\pi\varrho\acute{\iota}\nu$ $\overset{c}{\epsilon}\pi\eta\epsilon\nu$ [1], — où l'esprit

---

1. « La taie qui était dessus auparavant. » Citation tirée de l'*Iliade*,
V, 127.

électrisé dépasse aussi prodigieusement sa puissance journalière que la raison ardente et naïve de Leibnitz l'emporte sur la folle et molle rhétorique de Gorgias. Respirer seulement, c'était une jouissance, et je tirais un plaisir positif même de plusieurs sources très plausibles de peine. Chaque chose m'inspirait un intérêt calme, mais plein de curiosité. Un cigare à la bouche, un journal sur mes genoux, je m'étais amusé, pendant la plus grande partie de l'après-midi, tantôt à regarder attentivement les annonces, tantôt à observer la société mêlée du salon, tantôt à regarder dans la rue à travers les vitres voilées par la fumée.

Cette rue est une des principales artères de la ville et elle avait été pleine de monde toute la journée. Mais, à la tombée de la nuit, la foule s'accrut de minute en minute ; et, quand tous les réverbères furent allumés, deux courants de population s'écoulaient, épais et continus, devant la porte. Je ne m'étais jamais senti dans une situation semblable à celle où je me trouvais en ce moment particulier de la soirée, et ce tumultueux océan de têtes humaines me remplissait d'une délicieuse émotion toute nouvelle. À la longue, je ne fis plus aucune attention aux choses qui se passaient dans l'hôtel, et je m'absorbai dans la contemplation de la scène du dehors.

Mes observations prirent d'abord un tour abstrait et généralisateur. Je regardais les passants par masses, et ma pensée ne les considérait que dans leurs rapports collectifs. Bientôt, cependant, je descendis au détail, et j'examinai avec un intérêt minutieux les innombrables variétés de figure, de toilette, d'air, de démarche, de visage et d'expression physionomique.

Le plus grand nombre de ceux qui passaient avaient un maintien convaincu et propre aux affaires, et ne semblaient occupés qu'à se frayer un chemin à travers la foule. Ils fronçaient les sourcils et roulaient les yeux vivement ; quand ils étaient bousculés par quelques passants voisins, ils ne montraient aucun symptôme d'impatience, mais rajustaient leurs vêtements et se dépêchaient. D'autres, une classe fort nombreuse encore, étaient inquiets dans leurs mouvements, avaient le sang à la figure, se parlaient à eux-mêmes et gesticulaient, comme s'ils se sentaient seuls par le fait même de la multitude innombrable qui les entourait. Quand ils étaient arrêtés dans leur marche, ces gens-là cessaient tout à coup de marmotter, mais redoublaient leurs gesticulations, et attendaient, avec un sourire distrait et exagéré, le passage des personnes qui leur faisaient obstacle. S'ils étaient poussés, ils saluaient abondamment les pousseurs, et paraissaient accablés de confusion. — Dans ces deux vastes classes d'hommes, au-delà de ce que je viens de noter, il n'y avait rien de bien caractéristique. Leurs vêtements appartenaient à cet ordre qui est exactement défini par le terme : décent. C'était indubitablement des gentilshommes, des marchands, des attorneys, des fournisseurs, des agioteurs, — les eupatrides [1] et l'ordinaire banal de la société, — hommes de loisir et hommes activement engagés dans des affaires personnelles, et les conduisant sous leur propre responsabilité. Ils n'excitèrent pas chez moi une très grande attention.

La race des commis sautait aux yeux, et, là, je distinguai deux divisions remarquables. Il y avait les petits commis des maisons à *esbroufe*, — jeunes messieurs serrés dans leurs habits, les bottes brillantes, les cheveux pommadés et la lèvre insolente. En mettant de côté un certain je ne sais quoi de fringant dans les manières qu'on pourrait définir *genre calicot*, faute d'un meilleur mot, le genre de ces individus me parut un exact *fac-similé* de ce qui avait été la perfection du bon ton douze ou dix-huit mois auparavant. Ils portaient les grâces de rebut de la *gentry* ; — et cela, je crois, implique la meilleure définition de cette classe.

1. Nobles au pouvoir à Athènes aux VIIIe et VIIe siècles avant Jésus-Christ.

Quant à la classe des premiers commis de maisons solides, ou des *steady old fellows*, il était impossible de s'y méprendre. On les reconnaissait à leurs habits et pantalons noirs ou bruns, d'une tournure confortable, à leurs cravates et à leurs gilets blancs, à leurs larges souliers d'apparence solide, avec des bas épais ou des guêtres. Ils avaient tous la tête légèrement chauve, et l'oreille droite, accoutumée dès longtemps à tenir la plume, avait contracté un singulier tic d'écartement. J'observai qu'ils ôtaient ou remettaient toujours leurs chapeaux avec les deux mains, et qu'ils portaient des montres avec de courtes chaînes d'or d'un modèle solide et ancien. Leur affectation, c'était la respectabilité, — si toutefois il peut y avoir une affectation aussi honorable.

Il y avait bon nombre de ces individus d'une apparence brillante que je reconnus facilement pour appartenir à la race des filous de la *haute pègre* dont toutes les grandes villes sont infestées. J'étudiai très curieusement cette espèce de *gentry*, et je trouvai difficile de comprendre comment ils pouvaient être pris pour des gentlemen par les gentlemen eux-mêmes. L'exagération de leurs manchettes, avec un air de franchise excessive, devait les trahir du premier coup.

Les joueurs de profession — et j'en découvris un grand nombre — étaient encore plus aisément reconnaissables. Ils portaient toutes les espèces de toilettes, depuis celle du parfait maquereau, joueur de gobelets, au gilet de velours, à la cravate de fantaisie, aux chaînes de cuivre doré, aux boutons de filigrane, jusqu'à la toilette cléricale, si scrupuleusement simple, que rien n'était moins propre à éveiller le soupçon. Tous cependant se distinguaient par un teint cuit et basané, par je ne sais quel obscurcissement vaporeux de l'œil, par la compression et la pâleur de la lèvre. Il y avait, en outre, deux autres traits qui me les faisaient toujours deviner : un ton bas et réservé dans la conversation, et une disposition plus qu'ordinaire du pouce à s'étendre jusqu'à faire angle droit avec les doigts. — Très souvent, en

compagnie de ces fripons, j'ai observé quelques hommes
qui différaient un peu par leurs habitudes ; cependant,
c'étaient toujours des oiseaux de même plumage. On
peut les définir : des gentlemen qui vivent de leur esprit.
Ils se divisent, pour dévorer le public, en deux batail-
lons, — le genre dandy et le genre militaire. Dans la
première classe, les caractères principaux sont longs
cheveux et sourires ; et dans la seconde, longues redin-
gotes et froncements de sourcils.

En descendant l'échelle de ce qu'on appelle *gentility*,
je trouvai des sujets de méditation plus noirs et plus
profonds. Je vis des colporteurs juifs avec des yeux de
faucon étincelants dans des physionomies dont le reste
n'était qu'abjecte humilité ; de hardis mendiants de
profession bousculant des pauvres d'un meilleur titre,
que le désespoir seul avait jetés dans les ombres de la
nuit pour implorer la charité ; des invalides tout faibles et pareils à des spectres sur qui la mort avait placé
une main sûre, et qui clopinaient et vacillaient à travers
la foule, regardant chacun au visage avec des yeux
pleins de prières, comme en quête de quelque consolation fortuite, de quelque espérance perdue ; de modes-
tes jeunes filles qui revenaient d'un labeur prolongé vers
un sombre logis, et reculaient plus éplorées qu'indignées
devant les œillades des drôles dont elles ne pouvaient
même pas éviter le contact direct ; des prostituées de
toute sorte et de tout âge, — l'incontestable beauté dans
la primeur de sa féminéité, faisant rêver de la statue
de Lucien [1] dont la surface était de marbre de Paros et
l'intérieur rempli d'ordures, — la lépreuse en haillons,
dégoûtante et absolument déchue, — la vieille sorcière,
ridée, peinte, plâtrée, chargée de bijouterie, faisant un
dernier effort vers la jeunesse, — la pure enfant à la

---

1. Sans doute allusion à un passage du dialogue de Lucien
(125-195), *Le Songe ou Le Coq*, où une statue creuse est la méta-
phore, approximative d'ailleurs, de l'opposition entre la toute-
puissance apparente des rois et les angoisses qui minent ceux-ci.

forme non mûre, mais déjà façonnée par une longue camaraderie aux épouvantables coquetteries de son commerce, et brûlant de l'ambition dévorante d'être rangée au niveau de ses aînées dans le vice ; des ivrognes innombrables et indescriptibles, ceux-ci déguenillés, chancelants, désarticulés, avec le visage meurtri et les yeux ternes, — ceux-là avec leurs vêtements entiers, mais sales, une crânerie légèrement vacillante, de grosses lèvres sensuelles, des faces rubicondes et sincères, — d'autres vêtus d'étoffes qui jadis avaient été bonnes, et qui maintenant encore étaient scrupuleusement brossées, — des hommes qui marchaient d'un pas plus ferme et plus élastique que nature, mais dont les physionomies étaient terriblement pâles, les yeux atrocement effarés et rouges, et qui, tout en allant à grands pas à travers la foule, agrippaient avec des doigts tremblants tous les objets qui se trouvaient à leur portée ; et puis des pâtissiers, des commissionnaires, des porteurs de charbon, des ramoneurs ; des joueurs d'orgue, des montreurs de singes, des marchands de chansons, ceux qui vendaient avec ceux qui chantaient ; des artisans déguenillés et des travailleurs de toute sorte épuisés à la peine, — et tous pleins d'une activité bruyante et désordonnée qui affligeait l'oreille par ses discordances et apportait à l'œil une sensation douloureuse.

À mesure que la nuit devenait plus profonde, l'intérêt de la scène s'approfondissait aussi pour moi ; car non seulement le caractère général de la foule était altéré (ses traits les plus nobles s'effaçant avec la retraite graduelle de la partie la plus sage de la population, et les plus grossiers venant plus vigoureusement en relief, à mesure que l'heure plus avancée tirait chaque espèce d'infamie de sa tanière), mais les rayons des becs de gaz, faibles d'abord quand ils luttaient avec le jour mourant, avaient maintenant pris le dessus et jetaient sur toutes choses une lumière étincelante et agitée. Tout était noir, mais éclatant — comme cette ébène à laquelle on a comparé le style de Tertullien.

Les étranges effets de la lumière me forcèrent à examiner les figures des individus ; et, bien que la rapidité avec laquelle ce monde de lumière fuyait devant la fenêtre m'empêchât de jeter plus d'un coup d'œil sur chaque visage, il me semblait toutefois que, grâce à ma singulière disposition morale, je pouvais souvent lire dans ce bref intervalle d'un coup d'œil l'histoire de longues années.

Le front collé à la vitre, j'étais ainsi occupé à examiner la foule, quand soudainement apparut une physionomie (celle d'un vieux homme décrépit de soixante-cinq à soixante-dix ans), — une physionomie qui tout d'abord arrêta et absorba toute mon attention, en raison de l'absolue idiosyncrasie de son expression. Jusqu'alors je n'avais jamais rien vu qui ressemblât à cette expression, même à un degré très éloigné. Je me rappelle bien que ma première pensée, en le voyant, fut que Retzch [1], s'il l'avait contemplé, l'aurait grandement préféré aux figures dans lesquelles il a essayé d'incarner le démon. Comme je tâchais, durant le court instant de mon premier coup d'œil, de former une analyse quelconque du sentiment général qui m'était communiqué, je sentis s'élever confusément et paradoxalement dans mon esprit les idées de vaste intelligence, de circonspection, de lésinerie, de cupidité, de sang-froid, de méchanceté, de soif sanguinaire, de triomphe, d'allégresse, d'excessive terreur, d'intense et suprême désespoir. Je me sentis singulièrement éveillé, saisi, fasciné. — Quelle étrange histoire, me dis-je à moi-même, est écrite dans cette poitrine ! — Il me vint alors un désir ardent de ne pas perdre l'homme de vue, — d'en savoir plus long sur lui. Je mis précipitamment mon paletot, je saisis mon chapeau et ma canne, je me jetai dans la rue, et me poussai à travers la foule dans la direction que je lui avais vu prendre ; car il avait

1. Peintre allemand, spécialiste de scènes mythologiques (1779-1857).

déjà disparu. Avec un peu de difficulté, je parvins enfin
à le découvrir, je m'approchai de lui et le suivis de très
près, mais avec de grandes précautions, de manière à
ne pas attirer son attention.

Je pouvais maintenant étudier commodément sa personne. Il était de petite taille, très maigre et très faible
en apparence. Ses habits étaient sales et déchirés ; mais,
comme il passait de temps à autre dans le feu éclatant
d'un candélabre, je m'aperçus que son linge, quoique
sale, était d'une belle qualité ; et, si mes yeux ne m'ont
pas abusé, à travers une déchirure du manteau, évidemment acheté d'occasion, dont il était soigneusement
enveloppé, j'entrevis la lueur d'un diamant et d'un
poignard. Ces observations surexcitèrent ma curiosité,
et je résolus de suivre l'inconnu partout où il lui plairait
d'aller.

Il faisait maintenant tout à fait nuit, et un brouillard
humide et épais s'abattait sur la ville, qui bientôt se
résolut en une pluie lourde et continue. Ce changement
de temps eut un effet bizarre sur la foule, qui fut agitée
tout entière d'un nouveau mouvement, et se déroba
sous un monde de parapluies. L'ondulation, le coudoie-
ment, le brouhaha, devinrent dix fois plus forts. Pour
ma part, je ne m'inquiétai pas beaucoup de la pluie,
— j'avais encore dans le sang une vieille fièvre aux
aguets, pour qui l'humidité était une dangereuse
volupté. Je nouai un mouchoir autour de ma bouche,
et je tins bon. Pendant une demi-heure, le vieux homme
se fraya son chemin avec difficulté à travers la grande
artère, et je marchais presque sur ses talons dans la
crainte de le perdre de vue. Comme il ne tournait jamais
la tête pour regarder derrière lui, il ne fit pas attention
à moi. Bientôt il se jeta dans une rue traversière, qui
bien que remplie de monde, n'était pas aussi encombrée que la principale qu'il venait de quitter. Ici, il se
fit un changement évident dans son allure. Il marcha
plus lentement, avec moins de décision que tout à
l'heure, avec plus d'hésitation. Il traversa et retraversa
la rue fréquemment, sans but apparent ; et la foule

était si épaisse, qu'à chaque nouveau mouvement j'étais
obligé de le suivre de très près. C'était une rue étroite
et longue, et la promenade qu'il y fit dura près d'une
heure, pendant laquelle la multitude des passants se
réduisit graduellement à la quantité de gens qu'on voit
ordinairement à Broadway, près du parc, vers midi,
— tant est grande la différence entre une foule de
Londres et celle de la cité américaine la plus populeuse.
Un second crochet nous jeta sur une place brillamment
éclairée et débordante de vie. La première *manière* de
l'inconnu reparut. Son menton tomba sur sa poitrine,
et ses yeux roulèrent étrangement sous ses sourcils
froncés, dans tous les sens, vers tous ceux qui l'enveloppaient. Il pressa le pas, régulièrement, sans interruption. Je m'aperçus toutefois avec surprise, quand
il eut fait le tour de la place, qu'il retournait sur ses
pas. Je fus encore bien plus étonné de lui voir recom-
mencer la même promenade plusieurs fois ; — une fois,
comme il tournait avec un mouvement brusque, je fail-
lis être découvert.

À cet exercice il dépensa encore une heure, à la fin
de laquelle nous fûmes beaucoup moins empêchés par
les passants qu'au commencement. La pluie tombait
dru, l'air devenait froid, et chacun rentrait chez soi.
Avec un geste d'impatience, l'homme errant passa dans
une rue obscure, comparativement déserte. Tout le long
de celle-ci, un quart de mille à peu près, il courut avec
une agilité que je n'aurais jamais soupçonnée dans un
être aussi vieux, — une agilité telle que j'eus beaucoup
de peine à le suivre. En quelques minutes, nous débou-
châmes sur un vaste et tumultueux bazar. L'inconnu
avait l'air parfaitement au courant des localités, et il
reprit une fois encore son allure primitive, se frayant
un chemin çà et là, sans but, parmi la foule des ache-
teurs et des vendeurs.

Pendant une heure et demie, à peu près, que nous
passâmes dans cet endroit, il me fallut beaucoup de
prudence pour ne pas le perdre de vue sans attirer
son attention. Par bonheur, je portais des claques en

caoutchouc, et je pouvais aller et venir sans faire le moindre bruit. Il ne s'aperçut pas un seul instant qu'il était épié. Il entrait successivement dans toutes les boutiques, ne marchandait rien, ne disait pas un mot, et jetait sur tous les objets un regard fixe, effaré, vide. J'étais maintenant prodigieusement étonné de sa conduite et je pris la ferme résolution de ne pas le quitter avant d'avoir satisfait en quelque façon ma curiosité à son égard.

Une horloge au timbre éclatant sonna onze heures, et tout le monde désertait le bazar en grande hâte. Un boutiquier, en fermant un volet, coudoya le vieux homme, et à l'instant même je vis un violent frisson parcourir tout son corps. Il se précipita dans la rue, regarda un instant avec anxiété autour de lui, puis fila avec une incroyable vélocité à travers plusieurs ruelles tortueuses et désertes, jusqu'à ce que nous aboutîmes de nouveau à la grande rue d'où nous étions partis, — la rue de l'hôtel D... Cependant, elle n'avait plus le même aspect. Elle était toujours brillante de gaz ; mais la pluie tombait furieusement, et l'on n'apercevait que de rares passants. L'inconnu pâlit. Il fit quelques pas d'un air morne dans l'avenue naguère populeuse ; puis, avec un profond soupir, il tourna dans la direction de la rivière, et, se plongeant à travers un labyrinthe de chemins détournés, arriva enfin devant un des principaux théâtres. On était au moment de le fermer, et le public s'écoulait par les portes. Je vis le vieux homme ouvrir la bouche, comme pour respirer, et se jeter parmi la foule ; mais il me sembla que l'angoisse profonde de sa physionomie était en quelque sorte calmée. Sa tête tomba de nouveau sur sa poitrine ; il apparut tel que je l'avais vu la première fois. Je remarquai qu'il se dirigeait maintenant du même côté que la plus grande partie du public, — mais, en somme, il m'était impossible de rien comprendre à sa bizarre obstination.

Pendant qu'il marchait, le public se disséminait ; son malaise et ses premières hésitations le reprirent. Pendant quelque temps, il suivit de très près un groupe de dix ou douze tapageurs ; peu à peu, un à un, le nombre s'éclaircit et se réduisit à trois individus qui restèrent ensemble, dans une ruelle étroite, obscure et peu fréquentée. L'inconnu fit une pause, et pendant un moment parut se perdre dans ses réflexions ; puis, avec une agitation très marquée, il enfila rapidement une route qui nous conduisit à l'extrémité de la ville, dans des régions bien différentes de celles que nous avions traversées jusqu'à présent. C'était le quartier le plus malsain de Londres, où chaque chose porte l'affreuse empreinte de la plus déplorable pauvreté et du vice incurable. À la lueur accidentelle d'un sombre réverbère, on apercevait des maisons de bois, hautes, antiques, vermoulues, menaçant ruine, et dans de si nombreuses et si capricieuses directions qu'à peine pouvait-on deviner au milieu d'elles l'apparence d'un passage. Les pavés étaient éparpillés à l'aventure, repoussés de leurs alvéoles par le gazon victorieux. Une horrible saleté croupissait dans les ruisseaux obstrués. Toute l'atmosphère regorgeait de désolation. Cependant, comme nous avancions, les bruits de la vie humaine se ravivèrent clairement et par degrés ; et enfin de vastes bandes d'hommes, les plus infâmes parmi la populace de Londres, se montrèrent, oscillantes çà et là. Le vieux homme sentit de nouveau palpiter ses esprits, comme une lampe qui est près de son agonie. Une fois encore il s'élança en avant d'un pas élastique. Tout à coup, nous tournâmes au coin ; une lumière flamboyante éclata à notre vue, et nous nous trouvâmes devant un des énormes temples suburbains de l'Intempérance, — un des palais du démon Gin.

C'était presque le point du jour ; mais une foule de misérables ivrognes se pressaient encore en dedans et en dehors de la fastueuse porte. Presque avec un cri de joie, le vieux homme se fraya un passage au milieu, reprit sa physionomie primitive, et se mit à arpenter la cohue dans tous les sens, sans but apparent. Toutefois, il n'y avait pas longtemps qu'il se livrait à cet exercice, quand un grand mouvement dans les portes témoigna que l'hôte allait les fermer en raison de l'heure. Ce que j'observai sur la physionomie du singulier être que j'épiais si opiniâtrement fut quelque chose de plus intense que le désespoir. Cependant, il n'hésita pas dans sa carrière [1], mais, avec une énergie folle, il revint tout à coup sur ses pas, au cœur du puissant Londres. Il courut vite et longtemps, et toujours je le suivais avec un effroyable étonnement, résolu à ne pas lâcher une recherche dans laquelle j'éprouvais un intérêt qui m'absorbait tout entier. Le soleil se leva pendant que nous poursuivions notre course, et, quand nous eûmes une fois encore atteint le rendez-vous commercial de la populeuse cité, la rue de l'Hôtel D..., celle-ci présentait un aspect d'activité et de mouvement humains presque égal à ce que j'avais vu dans la soirée précédente. Et, là encore, au milieu de la confusion toujours croissante, longtemps je persistai dans ma poursuite de l'inconnu. Mais, comme d'ordinaire, il allait et venait, et de la journée entière il ne sortit pas du tourbillon de cette rue. Et, comme les ombres du second soir approchaient, je me sentais brisé jusqu'à la mort, et, m'arrêtant tout droit devant l'homme errant, je le regardai intrépidement en face. Il ne fit pas attention à moi, mais reprit sa solennelle promenade, pendant que, renonçant à le poursuivre, je restais absorbé dans cette contemplation.

— Ce vieux homme, — me dis-je à la longue, — est le type et le génie du crime profond. Il refuse d'être seul. *Il est l'homme des foules*. Il serait vain de le suivre ; car je n'apprendrai rien de plus de lui ni de ses actions. Le pire cœur du monde est un livre plus rebutant que le *Hortulus animæ**, et peut-être est-ce une des grandes miséricordes de Dieu que *es lœsst sich nicht lesen*, — qu'il ne se laisse pas lire.

---

* *Hortulus animæ, cum oratiunculis aliquibus superadditis*, de Grunninger [2].

1. Poe écrit « course ».
2. Auteur d'un livre de prières publié en 1500.

LE CŒUR RÉVÉLATEUR

Vrai ! — je suis très nerveux, épouvantablement nerveux, — je l'ai toujours été ; mais pourquoi prétendez-vous que je suis fou ? La maladie a aiguisé mes sens, — elle ne les a pas détruits, — elle ne les a pas émoussés. Plus que tous les autres, j'avais le sens de l'ouïe très fin. J'ai entendu toutes choses du ciel et de la terre. J'ai entendu bien des choses de l'enfer. Comment donc suis-je fou ? Attention ! Et observez avec quelle santé, — avec quel calme je puis vous raconter toute l'histoire.

Il est impossible de dire comment l'idée entra primitivement dans ma cervelle ; mais, une fois conçue, elle me hanta nuit et jour. D'objet, il n'y en avait pas. La passion n'y était pour rien. J'aimais le vieux bonhomme. Il ne m'avait jamais fait de mal. Il ne m'avait jamais insulté. De son or je n'avais aucune envie. Je crois que c'était son œil ! Oui, c'était cela ! Un de ses yeux ressemblait à celui d'un vautour, — un œil bleu pâle, avec une taie dessus. Chaque fois que cet œil tombait sur moi, mon sang se glaçait ; et ainsi, lentement, — par degrés, — je me mis en tête d'arracher la vie du vieillard, et par ce moyen de me délivrer de l'œil à tout jamais.

Maintenant, voici le hic ! Vous me croyez fou. Les fous ne savent rien de rien. Mais si vous m'aviez vu ! Si vous aviez vu avec quelle sagesse je procédai ! — avec quelle précaution, — avec quelle prévoyance,

— avec quelle dissimulation je me mis à l'œuvre ! Je
ne fus jamais plus aimable pour le vieux que pendant
la semaine entière qui précéda le meurtre. Et, chaque
nuit, vers minuit, je tournais le loquet de sa porte, et
je l'ouvrais, — oh ! si doucement ! Et alors, quand je
l'avais suffisamment entrebâillée pour ma tête, j'intro-
duisais une lanterne sourde, bien fermée, bien fermée,
ne laissant filtrer aucune lumière ; puis je passais la tête.
Oh ! vous auriez ri de voir avec quelle adresse je passais
ma tête ! Je la mouvais lentement, — très, très lentement, — de manière à ne pas troubler le sommeil du
vieillard. Il me fallait bien une heure pour introduire
toute ma tête à travers l'ouverture, assez avant pour
le voir couché sur son lit. Ah ! un fou aurait-il été aussi
prudent ? — Et alors, quand ma tête était bien dans
la chambre, j'ouvrais la lanterne avec précaution, —
oh ! avec quelle précaution, avec quelle précaution !
— car la charnière criait. — Je l'ouvrais juste pour
qu'un filet imperceptible de lumière tombât sur l'œil
de vautour. Et cela, je l'ai fait pendant sept longues
nuits, — chaque nuit juste à minuit ; — mais je trouvai
toujours l'œil fermé ; — et ainsi il me fut impossible
d'accomplir l'œuvre ; car ce n'était pas le vieux homme
qui me vexait, mais son mauvais œil. Et, chaque matin,
quand le jour paraissait, j'entrais hardiment dans sa
chambre, je lui parlais courageusement, l'appelant par
son nom d'un ton cordial et m'informant comment il
avait passé la nuit. Ainsi, vous voyez qu'il eût été un
vieillard bien profond, en vérité, s'il avait soupçonné
que, chaque nuit, juste à minuit, je l'examinais pendant
son sommeil.

La huitième nuit, je mis encore plus de précaution
à ouvrir la porte. La petite aiguille d'une montre se
meut plus vite que ne faisait ma main. Jamais, avant
cette nuit, je n'avais senti toute l'étendue de mes
facultés, — de ma sagacité. Je pouvais à peine contenir
mes sensations de triomphe. Penser que j'étais là,
ouvrant la porte, petit à petit, et qu'il ne rêvait même
pas de mes actions ou de mes pensées secrètes ! À cette

idée, je lâchai un petit rire ; et peut-être m'entendit-il, car il remua soudainement sur son lit comme s'il se réveillait. Maintenant, vous croyez peut-être que je me retirai, — mais non. Sa chambre était aussi noire que de la poix, tant les ténèbres étaient épaisses, — car les volets étaient soigneusement fermés, de crainte des voleurs, — et, sachant qu'il ne pouvait pas voir l'entre-bâillement de la porte, je continuai à la pousser davantage, toujours davantage.

J'avais passé ma tête, et j'étais au moment d'ouvrir la lanterne, quand mon pouce glissa sur la fermeture de fer-blanc, et le vieux homme se dressa sur son lit, criant : — Qui est là ?

Je restai complètement immobile et ne dis rien. Pendant une heure entière, je ne remuai pas un muscle, et pendant tout ce temps je ne l'entendis pas se re-coucher.

Il était toujours sur son séant, aux écoutes ; — juste comme j'avais fait pendant des nuits entières, écoutant les horloges-de-mort dans le mur.

Mais voilà que j'entendis un faible gémissement, et je reconnus que c'était le gémissement d'une terreur mortelle. Ce n'était pas un gémissement de douleur ou de chagrin ; — oh ! non, — c'était le bruit sourd et étouffé qui s'élève du fond d'une âme surchargée d'effroi. Je connaissais bien ce bruit. Bien des nuits, à minuit juste, pendant que le monde entier dormait, il avait jailli de mon propre sein, creusant avec son terrible écho les terreurs qui me travaillaient. Je dis que je le connaissais bien. Je savais ce qu'éprouvait le vieux homme, et j'avais pitié de lui, quoique j'eusse le rire dans le cœur. Je savais qu'il était resté éveillé, depuis le premier petit bruit, quand il s'était retourné dans son lit. Ses craintes avaient toujours été grossissant. Il avait tâché de se persuader qu'elles étaient sans cause, mais il n'avait pas pu. Il s'était dit à lui-même : — Ce n'est rien, que le vent dans la cheminée ; — ce n'est qu'une souris qui traverse le parquet ; — ou : c'est simplement un grillon qui a poussé son cri. Oui, il s'est efforcé de se fortifier avec ces hypothèses ; mais tout cela a été vain. *Tout a été vain*, parce que la Mort qui s'approchait avait passé devant lui avec sa grande ombre noire, et qu'elle avait ainsi enveloppé sa victime. Et c'était l'influence funèbre de l'ombre inaperçue qui lui faisait sentir, — quoiqu'il ne vît et n'entendît rien, — qui lui faisait *sentir* la présence de ma tête dans la chambre.

Quand j'eus attendu un long temps très patiemment, sans l'entendre se recoucher, je me résolus à entrouvrir un peu la lanterne, mais si peu, si peu que rien. Je l'ouvris donc, — si furtivement, si furtivement que vous ne sauriez l'imaginer, — jusqu'à ce qu'enfin un seul rayon pâle, comme un fil d'araignée, s'élançât de la fente et s'abattît sur l'œil de vautour.

Il était ouvert, — tout grand ouvert, et j'entrai en fureur aussitôt que je l'eus regardé. Je le vis avec une parfaite netteté, — tout entier d'un bleu terne et recouvert d'un voile hideux qui glaçait la moelle dans mes os ; mais je ne pouvais voir que cela de la face ou de la personne du vieillard ; car j'avais dirigé le rayon, comme par instinct, précisément sur la place maudite.

Et maintenant, ne vous ai-je pas dit que ce que vous preniez pour de la folie n'est qu'une hyperacuité des sens ? — Maintenant, je vous le dis, un bruit sourd, étouffé, fréquent vint à mes oreilles, semblable à celui que fait une montre enveloppée dans du coton. *Ce son-là*, je le reconnus bien aussi. C'était le battement du cœur du vieux. Il accrut ma fureur, comme le battement du tambour exaspère le courage du soldat.

Mais je me contins encore, et je restai sans bouger. Je respirais à peine. Je tenais la lanterne immobile. Je m'appliquais à maintenir le rayon droit sur l'œil. En même temps, la charge infernale du cœur battait plus fort ; elle devenait de plus en plus précipitée, et à chaque instant de plus en plus haute. La terreur du vieillard *devait* être extrême ! Ce battement, dis-je, devenait de plus en plus fort à chaque minute ! — Me suivez-vous bien ? Je vous ai dit que j'étais nerveux ; je le suis en effet. Et maintenant, au plein cœur de la nuit, parmi le silence redoutable de cette vieille maison, un si étrange bruit jeta en moi une terreur irrésistible. Pendant quelques minutes encore je me contins et restai calme. Mais le battement devenait toujours plus fort, toujours plus fort ! Je croyais que le cœur allait crever. Et voilà qu'une nouvelle angoisse s'empara de moi : — le bruit pouvait être entendu par un voisin ! L'heure du vieillard était venue ! Avec un grand hurlement j'ouvris brusquement la lanterne et m'élançai dans la chambre. Il ne poussa qu'un cri, — un seul. En un instant, je le précipitai sur le parquet, et je renversai sur lui tout le poids écrasant du lit. Alors je souris avec bonheur, voyant ma besogne fort avancée. Mais pendant quelques minutes, le cœur battit avec un son voilé. Cela toutefois ne me tourmenta pas ; on ne pouvait l'entendre à travers le mur. À la longue, il cessa. Le vieux était mort. Je relevai le lit, et j'examinai le corps. Oui, il était roide, roide mort. Je plaçai ma main sur le cœur, et l'y maintins plusieurs minutes. Aucune pulsation. Il était roide mort. Son œil désormais ne me tourmenterait plus.

Si vous persistez à me croire fou, cette croyance s'évanouira quand je vous décrirai les sages précautions que j'employai pour dissimuler le cadavre. La nuit avançait, et je travaillai vivement, mais en silence. Je coupai la tête, puis les bras, puis les jambes.

Puis j'arrachai trois planches du parquet de la chambre, et je déposai le tout entre les voliges. Puis je replaçai les feuilles si habilement, si adroitement, qu'aucun œil humain — pas même *le sien !* — n'aurait pu y découvrir quelque chose de louche. Il n'y avait rien à laver, — pas une souillure, — pas une tache de sang. J'avais été trop bien avisé pour cela. Un baquet avait tout absorbé, — ha ! ha !

Quand j'eus fini tous ces travaux, il était quatre heures, — il faisait toujours aussi noir qu'à minuit. Pendant que le timbre sonnait l'heure, on frappa à la porte de la rue. Je descendis pour ouvrir, avec un cœur léger, — car qu'avais-je à craindre *maintenant* ? Trois

hommes entrèrent qui se présentèrent, avec une parfaite suavité, comme officiers de police. Un cri avait
été entendu par un voisin pendant la nuit ; cela avait
éveillé le soupçon de quelque mauvais coup : une
dénonciation avait été transmise au bureau de police,
et ces messieurs (les officiers) avaient été envoyés pour
visiter les lieux.

Je souris, — car qu'avais-je à craindre ? Je souhaitai
la bienvenue à ces gentlemen. — Le cri, dis-je, c'était
moi qui l'avais poussé dans un rêve. Le vieux bonhomme, ajoutai-je, était en voyage dans le pays. Je pro-
menai mes visiteurs par toute la maison. Je les invitai à
chercher, à *bien* chercher. À la fin, je les conduisis dans
sa chambre. Je leur montrai ses trésors, en parfaite
sûreté, parfaitement en ordre. Dans l'enthousiasme de
ma confiance, j'apportai des sièges dans la chambre,
et les priai de s'y reposer de leur fatigue, tandis que
moi-même, avec la folle audace d'un triomphe parfait,
j'installai ma propre chaise sur l'endroit même qui
recouvrait le corps de la victime.

Les officers étaient satisfaits. Mes manières les
avaient convaincus. Je me sentais singulièrement à
l'aise. Ils s'assirent, et ils causèrent de choses familières
auxquelles je répondis gaiement. Mais, au bout de peu
de temps, je sentis que je devenais pâle, et je souhaitai
leur départ. Ma tête me faisait mal, et il me semblait
que les oreilles me tintaient ; mais ils restaient toujours
assis, et toujours ils causaient. Le tintement devint plus
distinct ; — il persista et devint encore plus distinct ;
je bavardai plus abondamment pour me débarrasser de
cette sensation ; mais elle tint bon et prit un caractère
tout à fait décidé, — tant qu'à la fin je découvris que
le bruit n'était pas dans mes oreilles.

Sans doute je devins alors très pâle ; — mais je
bavardais encore plus couramment et en haussant la
voix. Le son augmentait toujours, — et que pouvais-
je faire ? C'était *un bruit sourd, étouffé, fréquent,
ressemblant beaucoup à celui que ferait une montre
enveloppée dans du coton*. Je respirai laborieusement.

— Les officiers n'entendaient pas encore. Je causai plus vite, — avec plus de véhémence ; mais le bruit croissait incessamment. — Je me levai, et je disputai sur des niaiseries, dans un diapason très élevé et avec une violente gesticulation ; mais le bruit montait, montait toujours. — Pourquoi ne *voulaient-ils pas* s'en aller ? — J'arpentai çà et là le plancher lourdement et à grands pas, comme exaspéré par les observations de mes contradicteurs ; — mais le bruit croissait régulièrement. Ô Dieu ! que pouvais-je faire ? J'écumais, — je battais la campagne — je jurais ! j'agitais la chaise sur laquelle j'étais assis, et je la faisais crier sur le parquet ; mais le bruit dominait toujours, et croissait indéfiniment. Il devenait plus fort, — plus fort ! — toujours plus fort ! Et toujours les hommes causaient, plaisantaient et souriaient. Était-il possible qu'ils n'entendissent pas ? Dieu tout-puissant ! — Non, non ! Ils entendaient ! ils soupçonnaient ! — ils *savaient*, — ils se faisaient un amusement de mon effroi ! — je le crus, et je le crois encore. Mais n'importe quoi était plus tolérable que cette dérision ! Je ne pouvais pas supporter plus longtemps ces hypocrites sourires ! Je sentis qu'il fallait crier ou mourir ! — et maintenant encore, l'entendez-vous ? — écoutez ! plus haut ! — plus haut ! — toujours plus haut ! — *toujours plus haut !*

— Misérables ! — m'écriai-je, — ne dissimulez pas plus longtemps ! J'avoue la chose ! — arrachez ces planches ! c'est là ! c'est là ! — c'est le battement de son affreux cœur !

BÉRÉNICE

Dicebant mihi sodales, si sepulchrum amicæ
visitarem, curas meas aliquantulum fore levatas [1].

EBN ZAIAT.

Le malheur est divers. La misère sur terre est multi-
forme. Dominant le vaste horizon comme l'arc-en-ciel,
ses couleurs sont aussi variées, — aussi distinctes, et
toutefois aussi intimement fondues. Dominant le vaste
horizon comme l'arc-en-ciel ! Comment d'un exemple
de beauté ai-je pu tirer un type de laideur ? du signe
d'alliance et de paix une similitude de la douleur ?
Mais, comme, en éthique, le mal est la conséquence du
bien, de même, dans la réalité, c'est de la joie qu'est
né le chagrin ; soit que le souvenir du bonheur passé
fasse l'angoisse d'aujourd'hui, soit que les agonies qui
sont tirent leur origine des extases qui *peuvent avoir été*.

J'ai à raconter une histoire dont l'essence est pleine
d'horreur. Je la supprimerais volontiers, si elle n'était
pas une chronique de sensations plutôt que de faits.

Mon nom de baptême est Egæus [2] ; mon nom de
famille, je le tairai. Il n'y a pas de château dans le pays

---

1. « Mes compagnons me disaient que si j'allais voir le tombeau
de mon amie, mes souffrances seraient quelque peu soulagées. »
2. C'est aussi le nom du père d'Hermia dans *Le Songe d'une nuit
d'été* de Shakespeare.

plus chargé de gloire et d'années que mon mélancolique et vieux manoir héréditaire. Dès longtemps, on appelait notre famille une race de visionnaires ; et le fait est que, dans plusieurs détails frappants, — dans le caractère de notre maison seigneuriale, — dans les fresques du grand salon, — dans les tapisseries des chambres à coucher, — dans les ciselures des piliers de la salle d'armes, — mais plus spécialement dans la galerie des vieux tableaux, — dans la physionomie de la bibliothèque, — et enfin dans la nature toute particulière du contenu de cette bibliothèque, — il y a surabondamment de quoi justifier cette croyance.

Le souvenir de mes premières années est lié intimement à cette salle et à ses volumes, — dont je ne dirai plus rien. C'est là que mourut ma mère. C'est là que je suis né. Mais il serait bien oiseux de dire que je n'ai pas vécu auparavant, — que l'âme n'a pas une existence antérieure. Vous le niez ? — ne disputons pas sur cette matière. Je suis convaincu et ne cherche point à convaincre. Il y a, d'ailleurs, une ressouvenance de formes aériennes, — d'yeux intellectuels et parlants, — de sons mélodieux mais mélancoliques ; — une ressouvenance qui ne veut pas s'en aller ; — une sorte de mémoire semblable à une ombre, — vague, variable, indéfinie, vacillante ; et de cette ombre essentielle il me sera impossible de me défaire, tant que luira le soleil de ma raison.

C'est dans cette chambre que je suis né. Émergeant ainsi au milieu de la longue nuit qui semblait être, mais qui n'était pas la non-existence, pour tomber tout d'un coup dans un pays féerique, — dans un palais de fantaisie, — dans les étranges domaines de la pensée et de l'érudition monastiques, — il n'est pas singulier que j'aie contemplé autour de moi avec un œil effrayé et ardent, — que j'aie dépensé mon enfance dans les livres et prodigué ma jeunesse en rêveries ; mais ce qui est singulier, — les années ayant marché, et le midi de ma virilité m'ayant trouvé vivant encore dans le manoir de mes ancêtres, — ce qui est étrange, c'est cette stagnation qui tomba sur les sources de ma vie, — c'est cette complète interversion qui s'opéra dans le caractère de mes pensées les plus ordinaires. Les réalités du monde m'affectaient comme des visions, et seulement comme des visions, pendant que les idées folles du pays des songes devenaient en revanche, non la pâture de mon existence de tous les jours, mais positivement mon unique et entière existence elle-même.

. . . .

Bérénice et moi, nous étions cousins, et nous grandîmes ensemble dans le manoir paternel. Mais nous grandîmes différemment, — moi, maladif et enseveli dans ma mélancolie ; — elle, agile, gracieuse et débordante d'énergie ; à elle, le vagabondage sur la colline ; — à moi, les études du cloître ; moi, vivant dans mon propre cœur et me dévouant, corps et âme, à la plus intense et à la plus pénible méditation, — elle, errant insoucieuse à travers la vie, sans penser aux ombres de son chemin ou à la fuite silencieuse des heures au noir plumage. Bérénice ! — j'invoque son nom, — Bérénice ! — et des ruines grises de ma mémoire se dressent à ce son mille souvenirs tumultueux ! Ah ! son image est là vivante devant moi, comme dans les premiers jours de son allégresse et sa joie ! Oh ! magnifique et pourtant fantastique beauté ! Oh ! sylphe parmi les bocages d'Arnheim [1] ! Oh ! naïade parmi ses fontaines ! Et puis, — et puis tout est mystère et terreur, une histoire qui ne veut pas être racontée. Un mal, — un mal fatal s'abattit sur sa constitution comme le simoun ; et, même pendant que je la contemplais, l'esprit de métamorphose passait sur elle et l'enlevait, pénétrant son esprit, ses habitudes, son caractère, et, de la manière la plus subtile et la plus terrible, perturbant

1. Ou Arnhem, ville de Hollande particulièrement réputée pour la beauté de ses jardins. Poe reprendra ce nom dans *Le Domaine d'Arnheim* (1847), où il théorise et décrit le « jardin-paysage » idéal.

même son identité ! Hélas ! le destructeur venait et s'en
allait ; — mais la victime, — la vraie Bérénice, —
qu'est-elle devenue ? Je ne connaissais pas celle-ci, ou
du moins je ne la reconnaissais plus comme Bérénice.

Parmi la nombreuse série de maladies amenées par
cette fatale et principale attaque, qui opéra une si horrible révolution dans l'être physique et moral de ma
cousine, il faut mentionner, comme la plus affligeante
et la plus opiniâtre, une espèce d'épilepsie qui souvent
se terminait en catalepsie, — catalepsie ressemblant
parfaitement à la mort, et dont elle se réveillait, dans
quelques cas, d'une manière tout à fait brusque et soudaine. En même temps, mon propre mal, — car on m'a
dit que je ne pouvais pas l'appeler d'un autre nom,
— mon propre mal grandissait rapidement, et, ses
symptômes s'aggravant par un usage immodéré de
l'opium, il prit finalement le caractère d'une monomanie d'une forme nouvelle et extraordinaire. D'heure
en heure, de minute en minute, il gagnait de l'énergie,
et à la longue il usurpa sur moi la plus singulière et la
plus incompréhensible domination. Cette monomanie,
s'il faut que je me serve de ce terme, consistait dans
une irritabilité morbide des facultés de l'esprit que la
langue philosophique comprend dans le mot : facultés
d'attention. Il est plus que probable que je ne suis pas
compris, mais je crains, en vérité, qu'il ne me soit absolument impossible de donner au commun des lecteurs
une idée exacte de cette nerveuse *intensité d'intérêt* avec
laquelle, dans mon cas, la faculté méditative, — pour
éviter la langue technique, — s'appliquait et se plongeait dans la contemplation des objets les plus vulgaires
du monde.

Réfléchir infatigablement de longues heures, l'attention rivée à quelque citation puérile sur la marge ou
dans le texte d'un livre, — rester absorbé, la plus grande
partie d'une journée d'été, dans une ombre bizarre
s'allongeant obliquement sur la tapisserie ou sur le
plancher, — m'oublier une nuit entière à surveiller la
flamme droite d'une lampe ou les braises du foyer,

— rêver des jours entiers sur le parfum d'une fleur, — répéter, d'une manière monotone, quelque mot vulgaire, jusqu'à ce que le son, à force d'être répété, cessât de présenter à l'esprit une idée quelconque, — perdre tout sentiment de mouvement ou d'existence physique dans un repos absolu obstinément prolongé, — telles étaient quelques-unes des plus communes et des moins pernicieuses aberrations de mes facultés mentales, aberrations qui sans doute ne sont pas absolument sans exemple, mais qui défient certainement toute explication et toute analyse.

Encore, je veux être bien compris. L'anormale, intense et morbide attention ainsi excitée par des objets frivoles en eux-mêmes est d'une nature qui ne doit pas être confondue avec ce penchant à la rêverie commun à toute l'humanité, et auquel se livrent surtout les personnes d'une imagination ardente. Non seulement elle n'était pas, comme on pourrait le supposer d'abord, un terme excessif et une exagération de ce penchant, mais encore elle en était originairement et essentiellement distincte. Dans l'un de ces cas, le rêveur, l'homme imaginatif, étant intéressé par un objet généralement non frivole, perd peu à peu son objet de vue à travers une immensité de déductions et de suggestions qui en jaillit, si bien qu'à la fin d'une de ces songeries *souvent remplies de volupté*, il trouve l'*incitamentum* ou cause première de ses réflexions, entièrement évanoui et oublié. Dans mon cas, le point de départ était *invariablement frivole*, quoique revêtant, à travers le milieu de ma vision maladive, une importance imaginaire et de réfraction. Je faisais peu de déductions, — si toutefois j'en faisais ; et, dans ce cas, elles retournaient opiniâtrement à l'objet principe comme à un centre. Les méditations n'étaient *jamais* agréables ; et, à la fin de la rêverie, la cause première, bien loin d'être hors de vue, avait atteint cet intérêt surnaturellement exagéré qui était le trait dominant de mon mal. En un mot, la faculté de l'esprit plus particulièrement excitée en moi était, comme je l'ai dit, la faculté de l'attention, tandis que, chez le rêveur ordinaire, c'est celle de la méditation.

Mes livres, à cette époque, s'ils ne servaient pas positivement à irriter le mal, participaient largement, on doit le comprendre, par leur nature imaginative et irrationnelle, des qualités caractéristiques du mal lui-même. Je me rappelle fort bien, entre autres, le traité du noble italien Cœlius Secundus Curio [1], *De Amplitudine Beati Regni Dei* ; le grand ouvrage de saint Augustin [2], *la Cité de Dieu*, et le *De Carne Christi*, de Tertullien, de qui l'inintelligible pensée : — *Mortuus est Dei Filius ; credibile est quia ineptum est ; et sepultus resurrexit ; certum est quia impossibile est* [3], — absorba exclusivement tout mon temps, pendant plusieurs semaines d'une laborieuse et infructueuse investigation.

On jugera sans doute que, dérangée de son équilibre par des choses insignifiantes, ma raison avait quelque ressemblance avec cette roche marine dont parle Ptolémée Héphestion [4], qui résistait immuablement à toutes les attaques des hommes et à la fureur plus terrible des eaux et des vents, et qui tremblait seulement au toucher de la fleur nommée asphodèle. À un penseur inattentif il paraîtra tout simple et hors de doute que la terrible altération produite dans la condition *morale* de Bérénice par sa déplorable maladie dut me fournir maint sujet d'exercer cette intense et anormale méditation dont j'ai eu quelque peine à expliquer la nature. Eh bien, il n'en était absolument rien. Dans les intervalles lucides de mon infirmité, son malheur me causait, il est vrai, du chagrin ; cette ruine totale de sa belle

1. Curio est un théologien protestant (1503-1568).

2. Saint Augustin, auteur de *La Cité de Dieu*, a vécu de 354 à 430.

3. « Le Fils de Dieu est mort : la chose est croyable, parce qu'elle est absurde ; et il est ressuscité : la chose est certaine parce qu'elle est impossible. » Tertullien (155-220).

4. L'obscur rapporteur de la légende, qui n'est connue que par le résumé qu'en fit un érudit byzantin !

et douce vie me touchait profondément le cœur ; je méditais fréquemment et amèrement sur les voies mystérieuses et étonnantes par lesquelles une si étrange et si soudaine révolution avait pu se produire. Mais ces réflexions ne participaient pas de l'idiosyncrasie de mon mal, et étaient telles qu'elles se seraient offertes dans des circonstances analogues à la masse ordinaire des hommes. Quant à ma maladie, fidèle à son caractère propre, elle se faisait une pâture des changements moins importants, mais plus saisissants, qui se manifestaient dans le système *physique* de Bérénice, — dans la singulière et effrayante distorsion de son identité personnelle.

Dans les jours les plus brillants de son incomparable beauté, très sûrement je ne l'avais jamais aimée. Dans l'étrange anomalie de mon existence, les sentiments ne me sont *jamais* venus du cœur, et mes passions sont toujours venues de l'esprit. À travers les blancheurs du crépuscule, — à midi, parmi les ombres treillissées de la forêt, — et la nuit dans le silence de ma bibliothèque, — elle avait traversé mes yeux, et je l'avais vue, — non comme la Bérénice vivante et respirante, mais comme la Bérénice d'un songe ; non comme un être de la terre, un être charnel, mais comme l'abstraction d'un tel être ; non comme une chose à admirer, mais à analyser ; non comme un objet d'amour, mais comme le thème d'une méditation aussi abstruse qu'irrégulière. Et *maintenant*, — maintenant, je frissonnais en sa présence, je pâlissais à son approche ; cependant, tout en me lamentant amèrement sur sa déplorable condition de déchéance, je me rappelai qu'elle m'avait longtemps aimé, et, dans un mauvais moment, je lui parlai de mariage.

Enfin l'époque fixée pour nos noces approchait, quand, dans une après-midi d'hiver, — dans une de ces journées intempestivement chaudes, calmes et brumeuses, qui sont les nourrices de la belle Halcyone [1], — je

_____

1. Ou Alcyone : fille d'Éole, dieu des vents.

m'assis, me croyant seul, dans le cabinet de la bibliothèque. Mais en levant les yeux, je vis Bérénice debout
devant moi.

Fut-ce mon imagination surexcitée, — ou l'influence
brumeuse de l'atmosphère, — ou le crépuscule incertain
de la chambre, — ou le vêtement obscur qui enveloppait
sa taille, — qui lui prêta ce contour si tremblant et si
indéfini ? Je ne pourrais le dire. Peut-être avait-elle
grandi depuis sa maladie. Elle ne dit pas un mot ; et
moi, pour rien au monde, je n'aurais prononcé une
syllabe. Un frisson de glace parcourut mon corps ; une
sensation d'insupportable angoisse m'oppressait ; une
dévorante curiosité pénétrait mon âme ; et, me renversant dans le fauteuil, je restai quelque temps sans
souffle et sans mouvement, les yeux cloués sur sa personne. Hélas ! son amaigrissement était excessif, et pas
un vestige de l'être primitif n'avait survécu et ne s'était
réfugié dans un seul contour. À la fin, mes regards
tombèrent ardemment sur sa figure.

Le front était haut, très pâle, et singulièrement placide ; et les cheveux, autrefois d'un noir de jais, le
recouvraient en partie et ombrageaient les tempes
creuses d'innombrables boucles, actuellement d'un
blond ardent, dont le caractère fantastique jurait cruellement avec la mélancolie dominante de sa physionomie. Les yeux étaient sans vie et sans éclat, en apparence sans pupilles, et involontairement je détournai
ma vue de leur fixité vitreuse pour contempler les lèvres
amincies et recroquevillées. Elles s'ouvrirent et, dans
un sourire singulièrement significatif, *les dents* de la
nouvelle Bérénice se révélèrent lentement à ma vue. Plût
à Dieu que je ne les eusse jamais regardées, ou que,
les ayant regardées, je fusse mort !

. . . .

Une porte en se fermant me troubla, et, levant les
yeux, je vis que ma cousine avait quitté la chambre.
Mais la chambre dérangée de mon cerveau, le *spectre*
blanc et terrible de ses dents ne l'avait pas quittée et

n'en voulait pas sortir. Pas une piqûre sur leur surface, — pas une nuance de leur émail, — pas une pointe sur leurs arêtes que ce passager sourire n'ait suffi à imprimer dans ma mémoire ! Je les vis même alors plus distinctement que je ne les avais vues *tout à l'heure.* — Les dents ! — les dents ! — Elles étaient là, — et puis là, — et partout, — visibles, palpables devant moi ; longues, étroites et excessivement blanches, avec les lèvres pâles se tordant autour, affreusement distendues comme elles étaient naguère. Alors arriva la pleine furie de ma monomanie, et je luttai en vain contre son irrésistible et étrange influence. Dans le nombre infini des objets du monde extérieur, je n'avais de pensées que pour les dents. J'éprouvais à leur endroit un désir frénétique. Tous les autres sujets, tous les intérêts divers furent absorbés dans cette unique contemplation. Elles — elles seules — étaient présentes à l'œil de mon esprit, et leur individualité exclusive devint l'essence de ma vie intellectuelle. Je les regardais dans tous les jours. Je les tournais dans tous les sens. J'étudiais leur caractère. J'observais leurs marques particulières. Je méditais sur leur conformation. Je réfléchissais à l'altération de leur nature. Je frissonnais en leur attribuant dans mon imagination une faculté de sensation et de sentiment, et même, sans le secours des lèvres, une puissance d'expression morale. On a fort bien dit de mademoiselle Sallé [1] que *tous ses pas étaient des sentiments*, et de Bérénice je croyais plus sérieusement que *toutes les dents étaient des idées.* — *Des idées !* ah ! voilà la pensée absurde qui m'a perdu ! *Des idées !* — ah ! *voilà donc pourquoi* je les convoitais si follement ! Je sentais que leur possession pouvait seule me rendre la paix et rétablir ma raison.

Et le soir descendit ainsi sur moi, — et les ténèbres vinrent, s'installèrent, et puis s'en allèrent, — et un jour nouveau parut, — et les brumes d'une seconde nuit

---

1. Mademoiselle de Salle, une danseuse protégée par Voltaire.

s'amoncelèrent autour de moi, — et toujours je restais immobile dans cette chambre solitaire, — toujours assis, toujours enseveli dans ma méditation, — et toujours le *fantôme* des dents maintenait son influence terrible au point qu'avec la plus vivante et la plus hideuse netteté il flottait çà et là à travers la lumière et les ombres changeantes de la chambre. Enfin, au milieu de mes rêves, éclata un grand cri d'horreur et d'épouvante, auquel succéda, après une pause, un bruit de voix désolées, entrecoupées par de sourds gémissements de douleur ou de deuil. Je me levai, et, ouvrant une des portes de la bibliothèque, je trouvai dans l'antichambre une domestique tout en larmes, qui me dit que Bérénice n'existait plus ! Elle avait été prise d'épilepsie dans la matinée ; et maintenant, à la tombée de la nuit, la fosse attendait sa future habitante, et tous les préparatifs de l'ensevelissement étaient terminés.

. . . .

Le cœur plein d'angoisse, et oppressé par la crainte, je me dirigeai avec répugnance vers la chambre à coucher de la défunte. La chambre était vaste et très sombre et à chaque pas je me heurtais contre les préparatifs de la sépulture. Les rideaux du lit, me dit un domestique, étaient fermés sur la bière, et dans cette bière, ajouta-t-il à voix basse, gisait tout ce qui restait de Bérénice.

Qui donc me demanda si je ne voulais pas voir le corps ? — Je ne vis remuer les lèvres de personne ; cependant la question avait été bien faite, et l'écho des dernières syllabes traînait encore dans la chambre. Il était impossible de refuser, et, avec un sentiment d'oppression, je me traînai à côté du lit. Je soulevai doucement les sombres draperies des courtines ; mais, en les laissant retomber, elles descendirent sur mes épaules, et, me séparant du monde vivant, elles m'enfermèrent dans la plus étroite communion avec la défunte.

Toute l'atmosphère de la chambre sentait la mort ;

mais l'air particulier de la bière me faisait mal, et je m'imaginais qu'une odeur délétère s'exhalait déjà du cadavre. J'aurais donné des mondes pour échapper, pour fuir la pernicieuse influence de la mortalité, pour respirer une fois encore l'air pur des cieux éternels. Mais je n'avais plus la puissance de bouger, mes genoux vacillaient sous moi, et j'avais pris racine dans le sol, regardant fixement le cadavre rigide étendu tout de son long dans la bière ouverte.

Dieu du ciel ! est-ce possible ? Mon cerveau s'est-il égaré ? ou le doigt de la défunte a-t-il remué dans la toile blanche qui l'enfermait ? Frissonnant d'une inexprimable crainte, je levai lentement les yeux pour voir la physionomie du cadavre. On avait mis un bandeau autour des mâchoires ; mais, je ne sais comment, il s'était dénoué. Les lèvres livides se tordaient en une espèce de sourire, et à travers leur cadre mélancolique les dents de Bérénice, blanches, luisantes, terribles, me *regardaient* encore avec une trop vivante réalité. Je m'arrachai convulsivement du lit, et, sans prononcer un mot, je m'élançai comme un maniaque hors de cette chambre de mystère, d'horreur et de mort.

. . . .

Je me retrouvai dans la bibliothèque ; j'étais assis, j'étais seul. Il me semblait que je sortais d'un rêve confus et agité. Je m'aperçus qu'il était minuit, et j'avais bien pris mes précautions pour que Bérénice fût enterrée après le coucher du soleil ; mais je n'ai pas gardé une intelligence bien positive ni bien définie de ce qui s'est passé durant ce lugubre intervalle. Cependant, ma mémoire était pleine d'horreur, — horreur d'autant plus horrible qu'elle était plus vague, — d'une terreur que son ambiguïté rendait plus terrible. C'était comme une page effrayante du registre de mon existence, écrite tout entière avec des souvenirs obscurs, hideux et inintelligibles. Je m'efforçai de les déchiffrer, mais en vain. De temps à autre, cependant, semblable à l'âme d'un son envolé, un cri grêle et perçant, — une

voix de femme, — semblait tinter dans mes oreilles.
J'avais accompli quelque chose ; — mais qu'était-ce
donc ? Je m'adressais à moi-même la question à haute
voix, et les échos de la chambre me chuchotaient en
manière de réponse : — *Qu'était-ce donc ?*

Sur la table, à côté de moi, brûlait une lampe, et
auprès était une petite boîte d'ébène. Ce n'était pas une
boîte d'un style remarquable, et je l'avais déjà vue fréquemment, car elle appartenait au médecin de la
famille ; mais comment était-elle venue *là*, sur ma table,
et pourquoi frissonnai-je en la regardant ? C'étaient
là des choses qui ne valaient pas la peine d'y prendre
garde ; mais mes yeux tombèrent à la fin sur les pages
ouvertes d'un livre, et sur une phrase soulignée.
C'étaient les mots singuliers, mais fort simples, du
poëte Ebn Zaiat : *Dicebant mihi sodales, si sepulchrum
amicæ visitarem, curas meas aliquantulum fore levatas.*
— D'où vient donc qu'en les lisant, mes cheveux se
dressèrent sur ma tête et que mon sang se glaça dans
mes veines ?

On frappa un léger coup à la porte de la bibliothèque,
et, pâle comme un habitant de la tombe, un domestique
entra sur la pointe du pied. Ses regards étaient égarés
par la terreur, et il me parla d'une voix très basse,
tremblante, étranglée. Que me dit-il ? — J'entendis
quelques phrases par-ci par-là. Il me raconta, ce me
semble, qu'un cri effroyable avait troublé le silence de
la nuit, — que tous les domestiques s'étaient réunis,
— qu'on avait cherché dans la direction du son, — et
enfin sa voix basse devint distincte à faire frémir quand
il me parla d'une violation de sépulture, — d'un corps
défiguré, dépouillé de son linceul, mais respirant
encore, — palpitant encore, — *encore vivant !*

Il regarda mes vêtements ; ils étaient grumeleux de
boue et de sang. Sans dire un mot, il me prit doucement par la main ; elle portait des stigmates d'ongles
humains. Il dirigea mon attention vers un objet placé
contre le mur. Je le regardai quelques minutes : c'était
une bêche. Avec un cri je me jetai sur la table et me

saisis de la boîte d'ébène. Mais je n'eus pas la force de l'ouvrir ; et, dans mon tremblement, elle m'échappa des mains, tomba lourdement et se brisa en morceaux ; et il s'en échappa, roulant avec un vacarme de ferraille, quelques instruments de chirurgie dentaire, et avec eux trente-deux petites choses blanches, semblables à de l'ivoire, qui s'éparpillèrent çà et là sur le plancher.

LA CHUTE DE LA MAISON USHER

Son cœur est un luth suspendu ;
Sitôt qu'on le touche, il résonne [1].

DE BÉRANGER.

Pendant toute une journée d'automne, journée fuligineuse [2], sombre et muette, où les nuages pesaient lourds et bas dans le ciel, j'avais traversé seul et à cheval une étendue de pays singulièrement lugubre, et enfin, comme les ombres du soir approchaient, je me trouvai en vue de la mélancolique Maison Usher. Je ne sais comment cela se fit, — mais, au premier coup d'œil que je jetai sur le bâtiment, un sentiment d'insupportable tristesse pénétra mon âme. Je dis insupportable, car cette tristesse n'était nullement tempérée par une parcelle de ce sentiment dont l'essence poétique fait presque une volupté, et dont l'âme est généralement saisie en face des images naturelles les plus sombres de la désolation et de la terreur. Je regardais le tableau placé devant moi, et, rien qu'à voir la maison et la perspective caractéristique de ce domaine, — les murs qui avaient froid, — les fenêtres semblables à des yeux distraits, — quelques bouquets de joncs vigoureux, —

---

1. Citation tirée du *Refus* de Béranger (1780-1857).
2. Noire comme de la suie.

●◆ Voir *Au fil du texte*, p. XIII.

quelques troncs d'arbres blancs et dépéris, — j'éprouvais cet entier affaissement d'âme qui, parmi les sensations terrestres, ne peut se mieux comparer qu'à l'arrière-rêverie du mangeur d'opium, — à son navrant retour à la vie journalière, — à l'horrible et lente retraite du voile. C'était une glace au cœur, un abattement, un malaise, — une irrémédiable tristesse de pensée qu'aucun aiguillon de l'imagination ne pouvait raviver ni pousser au grand. Qu'était donc, — je m'arrêtai pour y penser, — qu'était donc ce je ne sais quoi qui m'énervait ainsi en contemplant la Maison Usher ? C'était un mystère tout à fait insoluble, et je ne pouvais pas lutter contre les pensées ténébreuses qui s'amoncelaient sur moi pendant que j'y réfléchissais. Je fus forcé de me rejeter dans cette conclusion peu satisfaisante, qu'il existe des combinaisons d'objets naturels très simples qui ont la puissance de nous affecter de cette sorte, et que l'analyse de cette puissance gît dans des considérations où nous perdrions pied. Il était possible, pensais-je, qu'une simple différence dans l'arrangement des matériaux de la décoration, des détails du tableau, suffît pour modifier, pour annihiler peut-être cette puissance d'impression douloureuse ; et, agissant d'après cette idée, je conduisis mon cheval vers le bord escarpé d'un noir et lugubre étang, qui, miroir immobile, s'étalait devant le bâtiment ; et je regardai — mais avec un frisson plus pénétrant encore que la première fois — les images répercutées et renversées des joncs grisâtres, des troncs d'arbres sinistres, et des fenêtres semblables à des yeux sans pensée.

C'était néanmoins dans cet habitacle de mélancolie que je me proposais de séjourner pendant quelques semaines. Son propriétaire, Roderick Usher, avait été l'un de mes bons camarades d'enfance ; mais plusieurs années s'étaient écoulées depuis notre dernière entrevue. Une lettre cependant m'était parvenue récemment dans une partie lointaine du pays, — une lettre de lui, — dont la tournure follement pressante n'admettait pas d'autre réponse que ma présence même. L'écriture portait la trace d'une agitation nerveuse. L'auteur de cette lettre me parlait d'une maladie physique aiguë, — d'une affection mentale qui l'oppressait, — et d'un ardent désir de me voir, comme étant son meilleur et véritablement son seul ami, — espérant trouver dans la joie de ma société quelque soulagement à son mal. C'était le ton dans lequel toutes ces choses et bien d'autres encore étaient dites, — c'était cette ouverture d'un cœur suppliant, qui ne me permettaient pas l'hésitation ; en conséquence j'obéis immédiatement à ce que je considérais toutefois comme une invitation des plus singulières.

Quoique dans notre enfance nous eussions été camarades intimes, en réalité, je ne savais pourtant que fort peu de chose de mon ami. Une réserve excessive avait toujours été dans ses habitudes. Je savais toutefois qu'il appartenait à une famille très ancienne qui s'était distinguée depuis un temps immémorial par une sensibilité particulière de tempérament. Cette sensibilité s'était déployée, à travers les âges, dans de nombreux ouvrages d'un art supérieur et s'était manifestée, de vieille date, par les actes répétés d'une charité aussi large que discrète, ainsi que par un amour passionné pour les difficultés plutôt peut-être que pour les beautés orthodoxes, toujours si facilement reconnaissables, de la science musicale. J'avais appris aussi ce fait très remarquable que la souche de la race d'Usher, si glorieusement ancienne qu'elle fût, n'avait jamais, à aucune époque, poussé de branche durable ; en d'autres termes, que la famille entière ne s'était perpétuée qu'en ligne directe, à quelques exceptions près, très insignifiantes et très passagères. C'était cette absence, — pensai-je, tout en rêvant au parfait accord entre le caractère des lieux et le caractère proverbial de la race, et en réfléchissant à l'influence que dans une longue suite de siècles l'un pouvait avoir exercée sur l'autre, — c'était peut-être cette absence de branche collatérale et la transmission constante de père en fils du patrimoine et du nom qui avaient à la longue si bien identifié les deux, que le

nom primitif du domaine s'était fondu dans la bizarre
et équivoque appellation de *Maison Usher*, — appellation usitée parmi les paysans, et qui semblait, dans
leur esprit, enfermer la famille et l'habitation de
famille.

J'ai dit que le seul effet de mon expérience quelque
peu puérile, — c'est-à-dire d'avoir regardé dans l'étang,
— avait été de rendre plus profonde ma première et
si singulière impression. Je ne dois pas douter que la
conscience de ma superstition croissante — pourquoi
ne la définirais-je pas ainsi ? — n'ait principalement
contribué à accélérer cet accroissement. Telle est, je le
savais de vieille date, la loi paradoxale de tous les sentiments qui ont la terreur pour base. Et ce fut peut-être
l'unique raison qui fit que, quand mes yeux, laissant
l'image dans l'étang, se relevèrent vers la maison elle-
même, une étrange idée me poussa dans l'esprit, — une
idée si ridicule, en vérité, que, si j'en fais mention, c'est
seulement pour montrer la force vive des sensations qui
m'oppressaient. Mon imagination avait si bien travaillé,
que je croyais réellement qu'autour de l'habitation et
du domaine planait une atmosphère qui lui était particulière, ainsi qu'aux environs les plus proches, — une
atmosphère qui n'avait pas d'affinité avec l'air du ciel,
mais qui s'exhalait des arbres dépéris, des murailles
grisâtres et de l'étang silencieux, — une vapeur mysté-
rieuse et pestilentielle, à peine visible, lourde, pares-
seuse et d'une couleur plombée.

Je secouai de mon esprit ce qui ne pouvait être qu'un
rêve, et j'examinai avec plus d'attention l'aspect réel
du bâtiment. Son caractère dominant semblait être celui
d'une excessive antiquité. La décoloration produite
par les siècles était grande. De menues fongosités,
recouvraient toute la face extérieure et la tapissaient,
à partir du toit, comme une fine étoffe curieusement
brodée. Mais tout cela n'impliquait aucune détério-
ration extraordinaire. Aucune partie de la maçonnerie
n'était tombée, et il semblait qu'il y eût une contradiction étrange entre la consistance générale intacte de

toutes ses parties et l'état particulier des pierres émiet-
tées, qui me rappelaient complètement la spécieuse inté-
grité de ces vieilles boiseries qu'on a laissées longtemps
pourrir dans quelque cave oubliée, loin du souffle de
l'air extérieur. À part cet indice d'un vaste délabrement,
l'édifice ne donnait aucun symptôme de fragilité. Peut-
être l'œil d'un observateur minutieux aurait-il découvert une fissure à peine visible, qui, partant du toit de
la façade, se frayait une route en zigzag à travers le mur
et allait se perdre dans les eaux funestes de l'étang.

Tout en remarquant ces détails, je suivis à cheval une
courte chaussée qui me menait à la maison. Un valet
de chambre prit mon cheval, et j'entrai sous la voûte
gothique du vestibule. Un domestique, au pas furtif, me
conduisit en silence à travers maint passage obscur et
compliqué vers le cabinet de son maître. Bien des choses
que je rencontrai dans cette promenade contribuèrent,
je ne sais comment, à renforcer les sensations vagues
dont j'ai déjà parlé. Les objets qui m'entouraient, —
les sculptures des plafonds, les sombres tapisseries des
murs, la noirceur d'ébène des parquets et les fantasmagoriques trophées armoriaux qui bruissaient, ébranlés
par ma marche précipitée, étaient choses bien connues
de moi. Mon enfance avait été accoutumée à des spectacles analogues, — et, quoique je les reconnusse sans
hésitation pour des choses qui m'étaient familières,
j'admirais quelles pensées insolites ces images ordinaires
évoquaient en moi. Sur l'un des escaliers, je rencontrai
le médecin de la famille. Sa physionomie, à ce qu'il me
sembla, portait une expression mêlée de malignité basse
et de perplexité. Il me croisa précipitamment et passa.
Le domestique ouvrit alors une porte et m'introduisit [1]
en présence de son maître.

La chambre dans laquelle je me trouvai était très
grande et très haute ; les fenêtres, longues, étroites, et
à une telle distance du noir plancher de chêne, qu'il

1. Jeu de mots intraduisible (ushered : voir Usher).

était absolument impossible d'y atteindre. De faibles
rayons d'une lumière cramoisie se frayaient un chemin
à travers les carreaux treillissés, et rendaient suffisamment distincts les principaux objets environnants ; l'œil
néanmoins s'efforçait en vain d'atteindre les angles
lointains de la chambre ou les enfoncements du plafond
arrondi en voûte et sculpté. De sombres draperies
tapissaient les murs. L'ameublement général était extravagant, incommode, antique et délabré. Une masse de
livres et d'instruments de musique gisait éparpillée çà
et là, mais ne suffisait pas à donner une vitalité quelconque au tableau. Je sentais que je respirais une
atmosphère de chagrin. Un air de mélancolie âpre,
profonde, incurable, planait sur tout et pénétrait tout.

À mon entrée, Usher se leva d'un canapé sur lequel
il était couché tout de son long et m'accueillit avec une
chaleureuse vivacité, qui ressemblait fort, — telle fut,
du moins, ma première pensée, — à une cordialité emphatique, — à l'effort d'un homme du monde ennuyé,
qui obéit à une circonstance. Néanmoins, un coup d'œil
jeté sur sa physionomie me convainquit de sa parfaite
sincérité. Nous nous assîmes, et, pendant quelques
moments, comme il restait muet, je le contemplai avec
un sentiment moitié de pitié et moitié d'effroi. À coup
sûr, jamais homme n'avait aussi terriblement changé, et
en aussi peu de temps, que Roderick Usher ! Ce n'était
qu'avec peine que je pouvais consentir à admettre
l'identité de l'homme placé en face de moi avec le compagnon de mes premières années. Le caractère de sa
physionomie avait toujours été remarquable. Un teint
cadavéreux, — un œil large, liquide et lumineux au-delà
de toute comparaison, — des lèvres un peu minces et
très pâles, mais d'une courbe merveilleusement belle,
— un nez d'un moule hébraïque, très délicat, mais
d'une ampleur de narines qui s'accorde rarement avec
une pareille forme, — un menton d'un modèle charmant, mais qui, par un manque de saillie, trahissait
un manque d'énergie morale, — des cheveux d'une

douceur et d'une ténuité plus qu'arachnéennes[1], — tous ces traits, auxquels il faut ajouter un développement frontal excessif, lui faisaient une physionomie qu'il n'était pas facile d'oublier. Mais actuellement, dans la simple exagération du caractère de cette figure et de l'expression qu'elle présentait habituellement, il y avait un tel changement, que je doutais de l'homme à qui je parlais. La pâleur maintenant spectrale de la peau et l'éclat maintenant miraculeux de l'œil me saisissaient particulièrement et m'épouvantaient. Puis il avait laissé croître indéfiniment ses cheveux sans s'en apercevoir, et, comme cet étrange tourbillon aranéeux[2] flottait plutôt qu'il ne tombait autour de sa face, je ne pouvais, même avec de la bonne volonté, trouver dans leur étonnant style arabesque rien qui rappelât la simple humanité.

Je fus tout d'abord frappé d'une certaine incohérence, — d'une inconsistance dans les manières de mon ami, et je découvris bientôt que cela provenait d'un effort incessant, aussi faible que puéril, pour maîtriser une trépidation habituelle, — une excessive agitation nerveuse. Je m'attendais bien à quelque chose dans ce genre, et j'y avais été préparé non seulement par sa lettre, mais aussi par le souvenir de certains traits de son enfance, et par des conclusions déduites de sa singulière conformation physique et de son tempérament. Son action était alternativement vive et indolente. Sa voix passait rapidement d'une indécision tremblante, — quand les esprits vitaux semblaient entièrement absents, — à cette espèce de brièveté énergique, — à cette énonciation abrupte, solide, pausée et sonnant le creux, — à ce parler guttural et rude, parfaitement balancé et modulé, qu'on peut observer chez le parfait ivrogne ou l'incorrigible mangeur d'opium pendant les périodes de leur plus intense excitation.

1. Dignes d'une araignée.
2. Imitant une toile d'araignée.

Ce fut dans ce ton qu'il parla de l'objet de ma visite, de son ardent désir de me voir, et de la consolation qu'il attendait de moi. Il s'étendit assez longuement et s'expliqua à sa manière sur le caractère de sa maladie. C'était, disait-il, un mal de famille, un mal constitu- tionnel, un mal pour lequel il désespérait de trouver un remède, — une simple affection nerveuse, ajouta-t-il immédiatement, — dont, sans doute, il serait bientôt délivré. Elle se manifestait par une foule de sensations extranaturelles. Quelques-unes, pendant qu'il me les décrivait, m'intéressèrent et me confondirent ; il se peut cependant que les termes et le ton de son débit y aient été pour beaucoup. Il souffrait vivement d'une acuité morbide des sens ; les aliments les plus simples étaient pour lui les seuls tolérables ; il ne pouvait porter, en fait de vêtement, que certains tissus ; toutes les odeurs de fleurs le suffoquaient ; une lumière, même faible, lui torturait les yeux ; et il n'y avait que quelques sons particuliers, c'est-à-dire ceux des instruments à corde, qui ne lui inspirassent pas d'horreur.

Je vis qu'il était l'esclave subjugué d'une espèce de terreur tout à fait anormale. — Je mourrai, — dit-il, — il *faut* que je meure de cette déplorable folie. C'est ainsi, ainsi, et non pas autrement, que je périrai. Je redoute les événements à venir, non en eux-mêmes, mais dans leurs résultats. Je frissonne à la pensée d'un incident quelconque, du genre le plus vulgaire, qui peut opérer sur cette intolérable agitation de mon âme. Je n'ai vraiment pas horreur du danger, excepté dans son effet positif, — la terreur. Dans cet état d'énervation, — état pitoyable, — je sens que tôt ou tard le moment viendra où la vie et la raison m'abandonneront à la fois, dans quelque lutte inégale avec le sinistre fantôme, — LA PEUR !

J'appris aussi, par intervalles, et par des confidences hachées, des demi-mots et des sous-entendus, une autre particularité de sa situation morale. Il était dominé par certaines impressions superstitieuses relatives au manoir qu'il habitait, et d'où il n'avait pas osé sortir depuis plusieurs années, — relatives à une influence dont il traduisait la force supposée en des termes trop ténébreux pour être rapportés ici, — une influence que quelques particularités dans la forme même et dans la matière du manoir héréditaire avaient, par l'usage de la souffrance, disait-il, imprimée sur son esprit, — un effet que le *physique* des murs gris, des tourelles et de l'étang noirâtre où se mirait tout le bâtiment, avait à la longue créé sur le *moral* de son existence.

Il admettait toutefois, mais non sans hésitation, qu'une bonne part de la mélancolie singulière dont il était affligé pouvait être attribuée à une origine plus naturelle et beaucoup plus positive, — à la maladie cruelle et déjà ancienne, — enfin, à la mort évidemment prochaine d'une sœur tendrement aimée, — sa seule société depuis de longues années, — sa dernière et sa seule parente sur la terre. — Sa mort, — dit-il avec une amertume que je n'oublierai jamais, — me laissera, — moi, le frêle et le désespéré, — dernier de l'antique race des Usher. — Pendant qu'il parlait, lady Madeline, — c'est ainsi qu'elle se nommait, — passa lentement dans une partie reculée de la chambre, et disparut sans avoir pris garde à ma présence. Je la regardai avec un immense étonnement, où se mêlait quelque terreur ; mais il me sembla impossible de me rendre compte de mes sentiments. Une sensation de stupeur m'oppressait, pendant que mes yeux suivaient ses pas qui s'éloignaient. Lorsque enfin une porte se fut fermée sur elle, mon regard chercha instinctivement et curieusement la physionomie de son frère ; — mais il avait plongé sa face dans ses mains, et je pus voir seulement qu'une pâleur plus qu'ordinaire s'était répandue sur les doigts amaigris, à travers lesquels filtrait une pluie de larmes passionnées.

La maladie de lady Madeline avait longtemps bafoué la science de ses médecins. Une apathie fixe, un épuisement graduel de sa personne, et des crises fréquentes,

quoique passagères, d'un caractère presque cataleptique [1], en étaient les diagnostics très singuliers. Jusque-
là, elle avait bravement porté le poids de la maladie et
ne s'était pas encore résignée à se mettre au lit ; sur
la fin du soir de mon arrivée au château elle cédait
— comme son frère me le dit dans la nuit avec une
inexprimable agitation — à la puissance écrasante du
fléau, et j'appris que le coup d'œil que j'avais jeté sur
elle serait probablement le dernier, — que je ne verrais
plus la dame, vivante du moins.

Pendant les quelques jours qui suivirent, son nom
ne fut prononcé ni par Usher ni par moi ; et durant
cette période, je m'épuisai en efforts pour alléger la
mélancolie de mon ami. Nous peignîmes et nous lûmes
ensemble ; ou bien j'écoutais, comme dans un rêve, ses
étranges improvisations sur son éloquente guitare. Et
ainsi, à mesure qu'une intimité de plus en plus étroite
m'ouvrait plus familièrement les profondeurs de son
âme, je reconnaissais plus amèrement la vanité de tous
mes efforts pour ranimer un esprit, d'où la nuit, comme
une propriété qui lui aurait été inhérente, déversait sur
tous les objets de l'univers physique et moral une irra-
diation incessante de ténèbres.

Je garderai toujours le souvenir de maintes heures
solennelles que j'ai passées seul avec le maître de la
Maison Usher. Mais j'essaierais vainement de définir
le caractère exact des études ou des occupations dans
lesquelles il m'entraînait ou me montrait le chemin. Une
idéalité ardente, excessive, morbide, projetait sur toutes
choses sa lumière sulfureuse. Ses longues et funèbres
improvisations résonneront éternellement dans mes
oreilles. Entre autres choses, je me rappelle douloureusement une certaine paraphrase singulière, — une
perversion de l'air, déjà fort étrange, de la dernière
valse de von Weber [2]. Quant aux peintures que cou-

---

1. Entraînant la perte des mouvements volontaires.
2. Valse composée par Weber quelques heures avant sa mort.

vait sa laborieuse fantaisie, et qui arrivaient, touche par touche, à un vague qui me donnait le frisson, un frisson d'autant plus pénétrant que je frissonnais sans savoir pourquoi, — quant à ces peintures, si vivantes pour moi, que j'ai encore leurs images dans mes yeux, — j'essaierais vainement d'en extraire un échantillon suffisant, qui pût tenir dans le compas de la parole écrite. Par l'absolue simplicité, par la nudité de ses dessins, il arrêtait, il subjuguait l'attention. Si jamais mortel peignit une idée, ce mortel fut Roderick Usher. Pour moi, du moins, — dans les circonstances qui m'entouraient, — il s'élevait, des pures abstractions que l'hypocondriaque s'ingéniait à jeter sur sa toile, une terreur intense, irrésistible, dont je n'ai jamais senti l'ombre dans la contemplation des rêveries de Fuseli [1] lui-même, éclatantes sans doute, mais encore trop concrètes.

Il est une des conceptions fantasmagoriques de mon ami où l'esprit d'abstraction n'avait pas une part aussi exclusive, et qui peut être esquissée, quoique faiblement, par la parole. C'était un petit tableau représentant l'intérieur d'une cave ou d'un souterrain immensément long, rectangulaire, avec des murs bas, polis, blancs, sans aucun ornement, sans aucune interruption. Certains détails accessoires de la composition servaient à faire comprendre que cette galerie se trouvait à une profondeur excessive au-dessous de la surface de la terre. On n'apercevait aucune issue dans son immense parcours ; on ne distinguait aucune torche, aucune source artificielle de lumière ; et cependant une effusion de rayons intenses roulait de l'un à l'autre bout et baignait le tout d'une splendeur fantastique et incompréhensible.

J'ai dit un mot de l'état morbide du nerf acoustique qui rendait pour le malheureux toute musique intolérable, excepté certains effets des instruments à corde.

---

1. Nom anglais du peintre Johann Heinrich Füssli (1741-1825).

C'étaient peut-être les étroites limites dans lesquelles il avait confiné son talent sur la guitare qui avaient, en grande partie, imposé à ses compositions leur caractère fantastique. Mais, quant à la brûlante facilité de ses improvisations, on ne pouvait s'en rendre compte de la même manière. Il fallait évidemment qu'elles fussent et elles étaient, en effet, dans les notes aussi bien que dans les paroles de ses étranges fantaisies, — car il accompagnait souvent sa musique de paroles improvisées et rimées, — le résultat de cet intense recueillement et de cette concentration des forces mentales, qui ne se manifestent, comme je l'ai déjà dit, que dans les cas particuliers de la plus haute excitation artificielle. D'une de ces rapsodies je me suis rappelé facilement les paroles. Peut-être m'impressionna-t-elle plus fortement, quand il me la montra, parce que, dans le sens intérieur et mystérieux de l'œuvre, je découvris pour la première fois qu'Usher avait pleine conscience de son état, — qu'il sentait que sa sublime raison chancelait sur son trône. Ces vers, qui avaient pour titre *Le Palais hanté* [1], étaient, à très peu de chose près, tels que je les cite :

I

Dans la plus verte de nos vallées,
    Par les bons anges habitée,
Autrefois un beau et majestueux palais,
    — Un rayonnant palais, — dressait son front.
C'était dans le domaine du monarque Pensée,
    C'était là qu'il s'élevait :
Jamais Séraphin ne déploya son aile
    Sur un édifice à moitié aussi beau.

II

Des bannières blondes, superbes, dorées,
    À son dôme flottaient et ondulaient ;
(C'était, — tout cela, c'était dans le vieux,

---

1. Poème écrit par Poe et publié un peu avant dans une revue.

Dans le très vieux temps,)
Et, à chaque douce brise qui se jouait
Dans ces suaves journées,
Le long des remparts chevelus et pâles,
S'échappait un parfum ailé.

III

Les voyageurs, dans cette heureuse vallée,
À travers deux fenêtres lumineuses, voyaient
Des esprits qui se mouvaient harmonieusement
Au commandement d'un luth bien accordé,
Tout autour d'un trône, où, siégeant
— Un vrai Porphyrogénète [1], celui-là ! —
Dans un apparat digne de sa gloire,
Apparaissait le maître du royaume.

IV

Et tout étincelante de nacre et de rubis
Était la porte du beau palais,
Par laquelle coulait à flots, à flots, à flots,
Et pétillait incessamment
Une troupe d'Echos dont l'agréable fonction
Était simplement de chanter,
Avec des accents d'une exquise beauté,
L'esprit et la sagesse de leur roi.

V

Mais des êtres de malheur [2], en robes de deuil,
Ont assailli la haute autorité du monarque.
— Ah ! pleurons ! car jamais l'aube d'un lendemain
Ne brillera sur lui, le désolé ! —
Et, tout autour de sa demeure, la gloire
Qui s'empourprait et florissait
N'est plus qu'une histoire, souvenir ténébreux
Des vieux âges défunts.

1. Surnom donné aux enfants des empereurs d'Orient nés pendant le règne de leur père.
2. Exactement, « des êtres du Mal ».

VI

Et maintenant les voyageurs, dans cette vallée,
    À travers les fenêtres rougeâtres, voient
De vastes formes qui se meuvent fantastiquement
    Aux sons d'une musique discordante ;
Pendant que, comme une rivière rapide et lugubre,
    À travers la porte pâle,
Une hideuse multitude se rue éternellement,
Qui va éclatant de rire, — ne pouvant plus sourire.

Je me rappelle fort bien que les inspirations naissant
de cette ballade nous jetèrent dans un courant d'idées,
au milieu duquel se manifesta une opinion d'Usher que
je cite, non pas tant en raison de sa nouveauté, — car
d'autres hommes* ont pensé de même, — qu'à cause de
l'opiniâtreté avec laquelle il la soutenait. Cette opinion,
dans sa forme générale, n'était autre que la croyance
à la sensitivité de tous les êtres végétaux. Mais, dans
son imagination déréglée, l'idée avait pris un caractère
encore plus audacieux, et empiétait, dans de certaines
conditions, jusque sur le règne inorganique. Les mots
me manquent pour exprimer toute l'étendue, tout le
sérieux, tout l'*abandon* de sa foi. Cette croyance toutefois se rattachait — comme je l'ai déjà donné à entendre — aux pierres grises du manoir de ses ancêtres.
Ici, les conditions de sensitivité étaient remplies, à ce
qu'il imaginait, par la méthode qui avait présidé à la
construction, — par la disposition respective des pierres,
aussi bien que de toutes les fongosités dont elles étaient
revêtues, et des arbres ruinés qui s'élevaient à l'entour,
— mais surtout par l'immutabilité de cet arrangement et

---

* Watson, Percival, Spallanzani [1], et particulièrement l'évêque de
Landaff ; voir les *Chemical Essays*, vol. V.

1. Watson, évêque de Landaff, Spallanzani et Percival sont trois
spécialistes des plantes. Les *Chemical Essays* de Watson (1727), où
est évoquée la question de la sensitivité des plantes, ont eu beaucoup
de retentissement à leur époque.

par sa répercussion dans les eaux dormantes de l'étang. La preuve, — la preuve de cette sensitivité se faisait voir — disait-il, et je l'écoutais alors avec inquiétude, — dans la condensation graduelle, mais positive, au-dessus des eaux, autour des murs, d'une atmosphère qui leur était propre. Le résultat, — ajoutait-il, — se déclarait dans cette influence muette, mais importune et terrible, qui depuis des siècles avait pour ainsi dire moulé les destinées de sa famille, et qui le faisait, *lui*, tel que je le voyais maintenant, — tel qu'il était. De pareilles opinions n'ont pas besoin de commentaires, et je n'en ferai pas.

Nos livres, — les livres qui depuis des années constituaient une grande partie de l'existence spirituelle du malade, — étaient, comme on le suppose bien, en accord parfait avec ce caractère de visionnaire. Nous analysions ensemble des ouvrages tels que le *Vert-Vert* et la *Chartreuse*, de Gresset ; le *Belphégor*, de Machiavel ; *les Merveilles du Ciel et de l'Enfer*, de Swedenborg ; le *Voyage souterrain de Nicholas Klimm*, par Holberg ; *la Chiromancie*, de Robert Flud, de Jean d'Indaginé et de De la Chambre : le *Voyage dans le Bleu*, de Tieck, et *la Cité du Soleil*, de Campanella. Un de ses volumes favoris était une petite édition in-octavo du *Directorium inquisitorium*, par le dominicain Eymeric de Gironne ; et il y avait des passages dans Pomponius Méla, à propos des anciens Satyres africains et des Ægipans, sur lesquels Usher rêvassait pendant des heures. Il faisait néanmoins ses principales délices de la lecture d'un in-quarto gothique excessivement rare et curieux, — le manuel d'une église oubliée, — les *Vigilæ Mortuorum secundum Chorum Ecclesiæ Maguntinæ*[1].

---

1. Les auteurs très divers lus par Roderick Usher — qui vont du géographe romain du 1er siècle ap. J.-C. Pomponius Mela au romantique allemand Ludwig Tieck (1773-1853) — ont un point commun : leur fascination, qui transparaît dans les œuvres citées, pour les savoirs ésotériques.

Je songeais malgré moi à l'étrange rituel contenu
dans ce livre et à son influence probable sur l'hypocondriaque, quand, un soir, m'ayant informé brusquement que lady Madeline n'existait plus, il annonça
l'intention de conserver le corps pendant une quinzaine
— en attendant l'enterrement définitif — dans un des
nombreux caveaux situés sous les gros murs du château.
La raison humaine qu'il donnait de cette singulière
manière d'agir était une de ces raisons que je ne me
sentais pas le droit de contredire. Comme frère, — me
disait-il, — il avait pris cette résolution en considération
du caractère insolite de la maladie de la défunte, d'une
certaine curiosité importune et indiscrète de la part des
hommes de science, et de la situation éloignée et fort
exposée du caveau de famille. J'avouerai que, quand
je me rappelai la physionomie sinistre de l'individu que
j'avais rencontré sur l'escalier, le soir de mon arrivée
au château, je n'eus pas envie de m'opposer à ce que
je regardais comme une précaution bien innocente, sans
doute, mais certainement fort naturelle.

À la prière d'Usher, je l'aidai personnellement dans
les préparatifs de cette sépulture temporaire. Nous
mîmes le corps dans la bière, et, à nous deux, nous le
portâmes à son lieu de repos. Le caveau dans lequel
nous le déposâmes, — et qui était resté fermé depuis
si longtemps, que nos torches, à moitié étouffées dans
cette atmosphère suffocante, ne nous permettaient
guère d'examiner les lieux, — était petit, humide, et
n'offrait aucune voie à la lumière du jour ; il était situé,
à une grande profondeur, juste au-dessous de cette partie du bâtiment où se trouvait ma chambre à coucher.
Il avait rempli probablement, dans les vieux temps féo-
daux, l'horrible office d'oubliettes, et, dans les temps
postérieurs, de cave à serrer la poudre ou toute autre
matière facilement inflammable ; car une partie du sol
et toutes les parois d'un long vestibule que nous tra-
versâmes pour y arriver étaient soigneusement revêtues
de cuivre. La porte, de fer massif, avait été l'objet des
mêmes précautions. Quand ce poids immense roulait

sur ses gonds, il rendait un son singulièrement aigu et discordant.

Nous déposâmes donc notre fardeau funèbre sur des tréteaux dans cette région d'horreur ; nous tournâmes un peu de côté le couvercle de la bière qui n'était pas encore vissé, et nous regardâmes la face du cadavre. Une ressemblance frappante entre le frère et la sœur fixa tout d'abord mon attention ; et Usher, devinant peut-être mes pensées, murmura quelques paroles qui m'apprirent que la défunte et lui étaient jumeaux, et que des sympathies d'une nature presque inexplicable avaient toujours existé entre eux. Nos regards, néanmoins, ne restèrent pas longtemps fixés sur la morte, — car nous ne pouvions pas la contempler sans effroi. Le mal qui avait mis au tombeau lady Madeline dans la plénitude de sa jeunesse avait laissé, comme cela arrive ordinairement dans toutes les maladies d'un caractère strictement cataleptique, l'ironie d'une faible coloration sur le sein et sur la face, et sur la lèvre ce sourire équivoque et languissant qui est si terrible dans la mort. Nous replaçâmes et nous vissâmes le couvercle, et, après avoir assujetti la porte de fer, nous reprîmes avec lassitude notre chemin vers les appartements supérieurs, qui n'étaient guère moins mélancoliques.

Et alors, après un laps de quelques jours pleins du chagrin le plus amer, il s'opéra un changement visible dans les symptômes de la maladie morale de mon ami. Ses manières ordinaires avaient disparu. Ses occupations habituelles étaient négligées, oubliées. Il errait de chambre en chambre d'un pas précipité, inégal et sans but. La pâleur de sa physionomie avait revêtu une couleur peut-être encore plus spectrale ; — mais la propriété lumineuse de son œil avait entièrement disparu. Je n'entendais plus ce ton de voix âpre qu'il prenait autrefois à l'occasion ; et un tremblement qu'on eût dit causé par une extrême terreur caractérisait habituellement sa prononciation. Il m'arrivait quelquefois, en vérité, de me figurer que son esprit, incessamment agité, était travaillé par quelque suffocant secret et qu'il ne pouvait trouver le courage nécessaire pour le révéler. D'autres fois, j'étais obligé de conclure simplement aux bizarreries inexplicables de la folie ; car je le voyais regardant dans le vide pendant de longues heures, dans l'attitude de la plus profonde attention, comme s'il écoutait un bruit imaginaire. Il ne faut pas s'étonner que son état m'effrayât, — qu'il m'infectât même. Je sentais se glisser en moi, par une gradation lente mais sûre, l'étrange influence de ses superstitions fantastiques et contagieuses.

Ce fut particulièrement une nuit, — la septième ou la huitième depuis que nous avions déposé lady Madeline dans le caveau, — fort tard, avant de me mettre au lit, que j'éprouvai toute la puissance de ces sensations. Le sommeil ne voulait pas approcher de ma couche ; — les heures, une à une, tombaient, tombaient toujours. Je m'efforçai de raisonner l'agitation nerveuse qui me dominait. J'essayai de me persuader que je devais ce que j'éprouvais, en partie, sinon absolument, à l'influence prestigieuse du mélancolique ameublement de la chambre, — des sombres draperies déchirées, qui, tourmentées par le souffle d'un orage naissant, vacillaient çà et là sur les murs, comme par accès, et bruissaient douloureusement autour des ornements du lit.

Mais mes efforts furent vains. Une insurmontable terreur pénétra graduellement tout mon être ; et à la longue une angoisse sans motif, un vrai cauchemar, vint s'asseoir sur mon cœur. Je respirai violemment, je fis un effort, je parvins à le secouer ; et, me soulevant sur les oreillers et plongeant ardemment mon regard dans l'épaisse obscurité de la chambre, je prêtai l'oreille — je ne saurais dire pourquoi, si ce n'est que j'y fus poussé par une force instinctive, — à certains sons bas et vagues qui partaient je ne sais d'où, et qui m'arrivaient à de longs intervalles, à travers les accalmies de la tempête. Dominé par une sensation intense d'horreur, inexplicable et intolérable, je mis mes habits à la hâte, — car je sentais que je ne pourrais pas dormir de la nuit, — et je m'efforçai, en marchant çà et là à grands

pas dans la chambre, de sortir de l'état déplorable dans
lequel j'étais tombé.

J'avais à peine fait ainsi quelques tours, quand un
pas léger sur un escalier voisin arrêta mon attention.
Je reconnus bientôt que c'était le pas d'Usher. Une
seconde après, il frappa doucement à ma porte, et
entra, une lampe à la main. Sa physionomie était,
comme d'habitude, d'une pâleur cadavéreuse, — mais
il y avait en outre dans ses yeux je ne sais quelle hilarité insensée, — et dans toutes ses manières une espèce
d'hystérie évidemment contenue. Son air m'épouvanta :
— mais tout était préférable à la solitude que j'avais
endurée si longtemps, et j'accueillis sa présence comme
un soulagement.

— Et vous n'avez pas vu cela ? — dit-il brusquement,
après quelques minutes de silence et après avoir pro-
mené autour de lui un regard fixe, — vous n'avez donc
pas vu cela ? — Mais attendez ! vous le verrez ! —
Tout en parlant ainsi, et ayant soigneusement abrité
sa lampe, il se précipita vers une des fenêtres, et l'ouvrit
toute grande à la tempête.

L'impétueuse furie de la rafale nous enleva presque
du sol. C'était vraiment une nuit d'orage affreusement
belle, une nuit unique et étrange dans son horreur et
sa beauté. Un tourbillon s'était probablement concentré
dans notre voisinage ; car il y avait des changements
fréquents et violents dans la direction du vent, et
l'excessive densité des nuages, maintenant descendus
si bas qu'ils pesaient presque sur les tourelles du château, ne nous empêchait pas d'apprécier la vélocité
vivante avec laquelle ils accouraient l'un contre l'autre
de tous les points de l'horizon, au lieu de se perdre dans
l'espace. Leur excessive densité ne nous empêchait pas
de voir ce phénomène ; pourtant nous n'apercevions
pas un brin de lune ni d'étoiles, et aucun éclair ne
projetait sa lueur. Mais les surfaces inférieures de ces
vastes masses de vapeurs cahotées, aussi bien que tous
les objets terrestres situés dans notre étroit horizon,
réfléchissaient la clarté surnaturelle d'une exhalaison

gazeuse qui pesait sur la maison et l'enveloppait dans un linceul presque lumineux et distinctement visible.

— Vous ne devez pas voir cela ! — Vous ne contemplerez pas cela ! — dis-je en frissonnant à Usher ; et je le ramenai avec une douce violence de la fenêtre vers un fauteuil. — Ces spectacles qui vous mettent hors de vous sont des phénomènes purement électriques et fort ordinaires, — ou peut-être tirent-ils leur funeste origine des miasmes fétides de l'étang. Fermons cette fenêtre ; — l'air est glacé et dangereux pour votre constitution. Voici un de vos romans favoris. Je lirai, et vous écouterez ; — et nous passerons ainsi cette terrible nuit ensemble.

L'antique bouquin sur lequel j'avais mis la main était le *Mad Trist*, de sir Launcelot Canning [1] ; mais je l'avais décoré du titre de livre favori d'Usher par plaisanterie ; — triste plaisanterie, car, en vérité, dans sa niaise et baroque prolixité, il n'y avait pas grande pâture pour la haute spiritualité de mon ami. Mais c'était le seul livre que j'eusse immédiatement sous la main ; et je me berçais du vague espoir que l'agitation qui tourmentait l'hypocondriaque trouverait du soulagement (car l'histoire des maladies mentales est pleine d'anomalies de ce genre) dans l'exagération même des folies que j'allais lui lire. À en juger par l'air d'intérêt étrangement tendu avec lequel il écoutait ou feignait d'écouter les phrases du récit, j'aurais pu me féliciter du succès de ma ruse.

J'étais arrivé à cette partie si connue de l'histoire où Ethelred, le héros du livre, ayant en vain cherché à entrer à l'amiable dans la demeure d'un ermite, se met en devoir de s'introduire par la force. Ici, on s'en souvient, le narrateur s'exprime ainsi :

« Et Ethelred, qui était par nature un cœur vaillant, et qui maintenant était aussi très fort, en raison de l'efficacité du vin qu'il avait bu, n'attendit pas plus

---

1. Titre et auteur fictifs, semble-t-il.

longtemps pour parlementer avec l'ermite, qui avait, en vérité, l'esprit tourné à l'obstination et à la malice, mais, sentant la pluie sur ses épaules et craignant l'explosion de la tempête, il leva bel et bien sa massue, et avec quelques coups fraya bien vite un chemin, à travers les planches de la porte, à sa main gantée de fer ; et, tirant avec sa main vigoureusement à lui, il fit craquer, et se fendre, et sauter le tout en morceaux, si bien que le bruit du bois sec et sonnant le creux porta l'alarme et fut répercuté d'un bout à l'autre de la forêt. »

À la fin de cette phrase, je tressaillis et je fis une pause ; car il m'avait semblé, — mais je conclus bien vite à une illusion de mon imagination, — il m'avait semblé que d'une partie très reculée du manoir était venu confusément à mon oreille un bruit qu'on eût dit, à cause de son exacte analogie, l'écho étouffé, amorti, de ce bruit de craquement et d'arrachement si précieusement [1] décrit par sir Launcelot. Évidemment, c'était la coïncidence seule qui avait arrêté mon attention ; car, parmi le claquement des châssis des fenêtres et tous les bruits confus de la tempête toujours croissante, le son en lui-même n'avait rien vraiment qui pût m'intriguer ou me troubler. Je continuai le récit :

« Mais Ethelred, le solide champion, passant alors la porte, fut grandement furieux et émerveillé de n'apercevoir aucune trace du malicieux ermite, mais en son lieu et place un dragon d'une apparence monstrueuse et écailleuse, avec une langue de feu, qui se tenait en sentinelle devant un palais d'or, dont le plancher était d'argent ; et sur le mur était suspendu un bouclier d'airain brillant, avec cette légende gravée dessus :

Celui-là qui entre ici a été le vainqueur ;
Celui-là qui tue le dragon, il aura gagné le bouclier.

« Et Ethelred leva sa massue et frappa sur la tête du dragon, qui tomba devant lui et rendit son souffle

1. Poe écrit : « précisément ».

empesté avec un rugissement si épouvantable, si âpre et si perçant à la fois, qu'Ethelred fut obligé de se boucher les oreilles avec ses mains, pour se garantir de ce bruit terrible, tel qu'il n'en avait jamais entendu de semblable. »

Ici, je fis brusquement une nouvelle pause, et cette fois avec un sentiment de violent étonnement, — car il n'y avait pas lieu à douter que je n'eusse réellement entendu (dans quelle direction, il m'était impossible de le deviner) un son affaibli et comme lointain, mais âpre, prolongé, singulièrement perçant et grinçant, — l'exacte contrepartie du cri surnaturel du dragon décrit par le romancier, et tel que mon imagination se l'était déjà figuré.

Oppressé, comme je l'étais évidemment lors de cette seconde et très extraordinaire coïncidence, par mille sensations contradictoires, parmi lesquelles dominaient un étonnement et une frayeur extrêmes, je gardai néanmoins assez de présence d'esprit pour éviter d'exciter par une observation quelconque la sensibilité nerveuse de mon camarade. Je n'étais pas du tout sûr qu'il eût remarqué les bruits en question, quoique bien certainement une étrange altération se fût depuis ces dernières minutes manifestée dans son maintien. De sa position primitive, juste vis-à-vis de moi, il avait peu à peu tourné son fauteuil de manière à se trouver assis la face tournée vers la porte de la chambre ; en sorte que je ne pouvais pas voir ses traits d'ensemble, — quoique je m'aperçusse bien que ses lèvres tremblaient comme si elles murmuraient quelque chose d'insaisissable. Sa tête était tombée sur sa poitrine ; — cependant, je savais qu'il n'était pas endormi ; — l'œil que j'entrevoyais de profil était béant et fixe. D'ailleurs, le mouvement de son corps contredisait aussi cette idée, — car il se balançait d'un côté à l'autre avec un mouvement très doux, mais constant et uniforme. Je remarquai rapidement tout cela, et repris le récit de sir Launcelot, qui continuait ainsi :

« Et maintenant, le brave champion, ayant échappé à la terrible furie du dragon, se souvenant du bouclier d'airain, et que l'enchantement qui était dessus était rompu, écarta le cadavre de devant son chemin et s'avança courageusement, sur le pavé d'argent du château, vers l'endroit du mur où pendait le bouclier, lequel, en vérité, n'attendit pas qu'il fût arrivé tout auprès, mais tomba à ses pieds sur le pavé d'argent avec un puissant et terrible retentissement. »

À peine ces dernières syllabes avaient-elles fui mes lèvres, que, — comme si un bouclier d'airain était pesamment tombé, en ce moment même, sur un plancher d'argent, — j'en entendis l'écho distinct, profond, métallique, retentissant, mais comme assourdi. J'étais complètement énervé ; je sautai sur mes pieds ; mais Usher n'avait pas interrompu son balancement régulier. Je me précipitai vers le fauteuil où il était toujours assis. Ses yeux étaient braqués droit devant lui, et toute sa physionomie était tendue par une rigidité de pierre. Mais, quand je posai la main sur son épaule, un violent frisson parcourut tout son être, un sourire malsain trembla sur ses lèvres, et je vis qu'il parlait bas, très bas, — un murmure précipité et inarticulé, — comme s'il n'avait pas conscience de ma présence. Je me penchai tout à fait contre lui, et enfin je dévorai l'horrible signification de ses paroles :

— Vous n'entendez pas ? — Moi, j'entends, et *j'ai* entendu pendant longtemps, — longtemps, bien longtemps, bien des minutes, bien des heures, bien des jours, j'ai entendu, — mais je n'osais pas, — oh ! pitié pour moi misérable infortuné que je suis ! — je n'osais pas, — je *n'osais pas* parler ! *Nous l'avons mise vivante dans la tombe !* Ne vous ai-je pas dit que mes sens étaient très fins ? Je vous dis *maintenant* que j'ai entendu ses premiers faibles mouvements dans le fond de la bière. Je les ai entendus, — il y a déjà bien des jours, bien des jours, — mais je n'osais pas, — *je n'osais pas parler !* Et maintenant, — cette nuit, — Ethelred, — ha ! ha ! — la porte de l'ermite enfoncée,

et le râle du dragon et le retentissement du bouclier !
— dites plutôt le bris de sa bière, et le grincement des
gonds de fer de sa prison, et son affreuse lutte dans
le vestibule de cuivre ! Oh ! où fuir ? Ne sera-t-elle pas
ici tout à l'heure ? N'arrive-t-elle pas pour me repro-
cher ma précipitation ? N'ai-je pas entendu son pas sur
l'escalier ? Est-ce que je ne distingue pas l'horrible et
lourd battement de son cœur ! Insensé ! — Ici, il se
dressa furieusement sur ses pieds, et hurla ces syllabes,
comme si dans cet effort suprême il rendait son âme :
— *Insensé ! je vous dis qu'elle est maintenant derrière
la porte !* À l'instant même, comme si l'énergie surhumaine de sa parole eût acquis la toute-puissance d'un
charme, les vastes et antiques panneaux que désignait
Usher entrouvrirent lentement leurs lourdes mâchoires
d'ébène. C'était l'œuvre d'un furieux coup de vent ;
— mais derrière cette porte se tenait alors la haute
figure de lady Madeline Usher, enveloppée de son
suaire. Il y avait du sang sur ses vêtements blancs, et
toute sa personne amaigrie portait les traces évidentes
de quelque horrible lutte. Pendant un moment, elle
resta tremblante et vacillante sur le seuil ; — puis, avec
un cri plaintif et profond, elle tomba lourdement en
avant sur son frère, et, dans sa violente et définitive
agonie, elle l'entraîna à terre, — cadavre maintenant
et victime de ses terreurs anticipées.

Je m'enfuis de cette chambre et de ce manoir, frappé
d'horreur. La tempête était encore dans toute sa rage
quand je franchissais la vieille avenue. Tout d'un coup,
une lumière étrange se projeta sur la route, et je me
retournai pour voir d'où pouvait jaillir une lueur si singulière, car je n'avais derrière moi que le vaste château
avec toutes ses ombres. Le rayonnement provenait de
la pleine lune qui se couchait, rouge de sang, et maintenant brillait vivement à travers cette fissure à peine
visible naguère, qui, comme je l'ai dit, parcourait en
zigzag le bâtiment depuis le toit jusqu'à la base. Pendant que je regardais, cette fissure s'élargit rapidement ;
— il survint une reprise de vent, un tourbillon furieux ;

— le disque entier de la planète éclata tout à coup à ma vue. La tête me tourna quand je vis les puissantes murailles s'écrouler en deux. — Il se fit un bruit prolongé, un fracas tumultueux comme la voix de mille cataractes, — et l'étang profond et croupi placé à mes pieds se referma tristement et silencieusement sur les ruines de la *Maison Usher*.

LE PUITS ET LE PENDULE

Impia tortorum longos hic turba furores,
Sanguinis innocui non satiata, aluit.
Sospite nunc patria, fracto nunc funeris antro,
Mors ubi dira fuit vita salusque patent [1].

*Quatrain composé pour les portes d'un marché
qui devait s'élever sur l'emplacement du club
des Jacobins, à Paris*.

J'étais brisé, — brisé jusqu'à la mort par cette longue
agonie ; et, quand enfin ils me délièrent et qu'il me fut
permis de m'asseoir, je sentis que mes sens m'aban-
donnaient. La sentence, — la terrible sentence de mort,
— fut la dernière phrase distinctement accentuée qui
frappa mes oreilles. Après quoi, le son des voix des
inquisiteurs me parut se noyer dans le bourdonnement
indéfini d'un rêve. Ce bruit apportait dans mon âme
l'idée d'une rotation, — peut-être à cause que dans mon
imagination je l'associais avec une roue de moulin.
Mais cela ne dura que fort peu de temps ; car tout d'un

1. « La troupe impie des tortionnaires a assouvi ici ses durables
fureurs, sans être rassasiée de sang innocent. La patrie désormais
sauve, l'antre de la mort désormais détruit, là où il y eut la mort
cruelle, règnent la vie et la sécurité. »

* Ce marché — marché Saint-Honoré — n'a jamais eu ni portes
ni inscription. L'inscription a-t-elle existé en projet ? (C. B.)

coup je n'entendis plus rien. Toutefois, pendant quelque temps encore, je vis ; mais avec quelle terrible exagération ! Je voyais les lèvres des juges en robe noire. Elles m'apparaissaient blanches, — plus blanches que la feuille sur laquelle je trace ces mots, — et minces jusqu'au grotesque ; amincies par l'intensité de leur expression de dureté, — d'immuable résolution, — de rigoureux mépris de la douleur humaine. Je voyais que les décrets de ce qui pour moi représentait le Destin coulaient encore de ces lèvres. Je les vis se tordre en une phrase de mort. Je les vis figurer les syllabes de mon nom ; et je frissonnai, sentant que le son ne suivait pas le mouvement. Je vis aussi, pendant quelques moments d'horreur délirante, la molle et presque imperceptible ondulation des draperies noires qui revêtaient les murs de la salle. Et alors ma vue tomba sur les sept grands flambeaux qui étaient posés sur la table. D'abord, ils revêtirent l'aspect de la Charité, et m'apparurent comme des anges blancs et sveltes qui devaient me sauver ; mais alors, et tout d'un coup, une nausée mortelle envahit mon âme, et je sentis chaque fibre de mon être frémir comme si j'avais touché le fil d'une pile voltaïque ; et les formes angéliques devenaient des spectres insignifiants, avec des têtes de flamme, et je voyais bien qu'il n'y avait aucun secours à espérer d'eux. Et alors se glissa dans mon imagination comme une riche note musicale, l'idée du repos délicieux qui nous attend dans la tombe. L'idée vint doucement et furtivement, et il me sembla qu'il me fallut un long temps pour en avoir une appréciation complète ; mais, au moment même où mon esprit commençait enfin à bien sentir et à choyer cette idée, les figures des juges s'évanouirent comme par magie ; les grands flambeaux se réduisirent à néant ; leurs flammes s'éteignirent entièrement ; le noir des ténèbres survint : toutes sensations parurent s'engloutir comme dans un plongeon fou et précipité de l'âme dans l'Hadès. Et l'univers ne fut plus que nuit, silence, immobilité.

J'étais évanoui ; mais cependant je ne dirai pas que j'eusse perdu toute conscience. Ce qu'il m'en restait, je n'essaierai pas de le définir, ni même de le décrire ; mais enfin tout n'était pas perdu. Dans le plus profond sommeil, — non ! Dans le délire, — non ! Dans l'évanouissement, — non ! Dans la mort, — non ! Même dans le tombeau tout n'est pas perdu. Autrement, il n'y aurait pas d'immortalité pour l'homme. En nous éveillant du plus profond sommeil, nous déchirons la toile aranéeuse de quelque rêve. Cependant, une seconde après, — tant était frêle peut-être ce tissu, — nous ne nous souvenons pas d'avoir rêvé. Dans le retour de l'évanouissement à la vie, il y a deux degrés : le premier, c'est le sentiment de l'existence morale ou spirituelle ; le second, le sentiment de l'existence physique. Il semble probable que, si, en arrivant au second degré, nous pouvions évoquer les impressions du premier, nous y retrouverions tous les éloquents souvenirs du gouffre transmondain. Et ce gouffre, quel est-il ? Comment du moins distinguerons-nous ses ombres de celles de la tombe ? Mais, si les impressions de ce que j'ai appelé le premier degré ne reviennent pas à l'appel de la volonté, toutefois, après un long intervalle, n'apparaissent-elles pas sans y être invitées, cependant que nous nous émerveillons d'où elles peuvent sortir ? Celui-là qui ne s'est jamais évanoui n'est pas celui qui découvre d'étranges palais et des visages bizarrement familiers dans les braises ardentes ; ce n'est pas lui qui contemple, flottantes au milieu de l'air, les mélancoliques visions que le vulgaire ne peut apercevoir ; ce n'est pas lui qui médite sur le parfum de quelque fleur inconnue, — ce n'est pas lui dont le cerveau s'égare dans le mystère de quelque mélodie qui jusqu'alors n'avait jamais arrêté son attention.

Au milieu de mes efforts répétés et intenses, de mon énergique application à ramasser quelque vestige de cet état de néant apparent dans lequel avait glissé mon âme, il y a eu des moments où je rêvais que je réussissais ; il y a eu de courts instants, de très courts instants où j'ai conjuré des souvenirs que ma raison lucide, dans une époque postérieure, m'a affirmé ne pouvoir se rapporter qu'à cet état où la conscience paraît annihilée. Ces ombres de souvenirs me présentent, très indistinctement, de grandes figures qui m'enlevaient, et silencieusement me transportaient en bas, — et encore en bas, — toujours plus bas, — jusqu'au moment où un vertige horrible m'oppressa à la simple idée de l'infini dans la descente. Elles me rappellent aussi je ne sais quelle vague horreur que j'éprouvais au cœur, en raison même du calme surnaturel de ce cœur. Puis vient le sentiment d'une immobilité soudaine dans tous les êtres environnants ; comme si ceux qui me portaient, — un cortège de spectres ! — avaient dépassé dans leur descente les limites de l'illimité, et s'étaient arrêtés, vaincus par l'infini ennui de leur besogne. Ensuite mon âme retrouve une sensation de fadeur et d'humidité ; et puis tout n'est plus que folie, — folie d'une mémoire qui s'agite dans l'abominable.

Très soudainement revinrent dans mon âme son et mouvement, — le mouvement tumultueux du cœur, et dans mes oreilles le bruit de ses battements. Puis une pause dans laquelle tout disparaît. Puis, de nouveau, le son, le mouvement et le toucher, — comme une sensation vibrante pénétrant mon être. Puis, la simple conscience de mon existence, sans pensée, — situation qui dura longtemps. Puis, très soudainement, la *pensée*, et une terreur frissonnante, et un ardent effort de comprendre au vrai mon état. Puis un vif désir de retomber dans l'insensibilité. Puis brusque renaissance de l'âme et tentative réussie de mouvement. Et alors le souvenir complet du procès, des draperies noires, de la sentence, de ma faiblesse, de mon évanouissement. Quant à tout ce qui suivit, l'oubli le plus complet ; ce n'est que plus tard et par l'application la plus énergique que je suis parvenu à me le rappeler vaguement.

Jusque-là, je n'avais pas ouvert les yeux, je sentais que j'étais couché sur le dos et sans liens. J'étendis ma main, et elle tomba lourdement sur quelque chose d'humide et dur. Je la laissai reposer ainsi pendant quelques minutes, m'évertuant à deviner où je pouvais être et *ce que* j'étais devenu. J'étais impatient de me servir de mes yeux, mais je n'osais pas. Je redoutais le premier coup d'œil sur les objets environnants. Ce n'était pas que je craignisse de regarder des choses horribles, mais j'étais épouvanté de l'idée de ne rien voir. À la longue, avec une folle angoisse de cœur, j'ouvris vivement les yeux. Mon affreuse pensée se trouvait donc confirmée. La noirceur de l'éternelle nuit m'enveloppait. Je fis un effort pour respirer. Il me semblait que l'intensité des ténèbres m'oppressait et me suffoquait. L'atmosphère était intolérablement lourde. Je restai paisiblement couché, et je fis un effort pour exercer ma raison. Je me rappelai les procédés de l'Inquisition, et, partant de là, je m'appliquai à en déduire ma position réelle. La sentence avait été prononcée, et il me semblait que, depuis lors, il s'était écoulé un long intervalle de temps. Cependant, je n'imaginai pas un seul instant que je fusse réellement mort. Une telle idée, en dépit de toutes les fictions littéraires, est tout à fait incompatible avec l'existence réelle ; — mais où étais-je, et dans quel état ? — Les condamnés à mort, je le savais, mouraient ordinairement dans les *auto-da-fé*. Une solennité de ce genre avait été célébrée le soir même du jour de mon jugement. Avais-je été réintégré dans mon cachot pour y attendre le prochain sacrifice qui ne devait avoir lieu que dans quelques mois ? Je vis tout d'abord que cela ne pouvait pas être. Le contingent des victimes avait été mis immédiatement en réquisition ; de plus, mon premier cachot, comme toutes les cellules des condamnés à Tolède, était pavé de pierres, et la lumière n'en était pas tout à fait exclue.

Tout à coup une idée terrible chassa le sang par torrents vers mon cœur, et, pendant quelques instants, je retombai de nouveau dans mon insensibilité. En revenant à moi, je me dressai d'un seul coup sur mes pieds, tremblant convulsivement dans chaque fibre.

J'étendis follement mes bras au-dessus et autour de moi, dans tous les sens. Je ne sentais rien ; cependant, je tremblais de faire un pas, j'avais peur de me heurter contre les murs de ma tombe. La sueur jaillissait de tous mes pores et s'arrêtait en grosses gouttes froides sur mon front. L'agonie de l'incertitude devint à la longue intolérable, et je m'avançai avec précaution, étendant les bras et dardant mes yeux hors de leurs orbites, dans l'espérance de surprendre quelque faible rayon de lumière. Je fis plusieurs pas, mais tout était noir et vide. Je respirai plus librement. Enfin il me parut évident que la plus affreuse des destinées n'était pas celle qu'on m'avait réservée.

Et alors, comme je continuais à m'avancer avec précaution, mille vagues rumeurs qui couraient sur ces horreurs de Tolède vinrent se presser pêle-mêle dans ma mémoire. Il se racontait sur ces cachots d'étranges choses, — je les avais toujours considérées comme des fables, — mais cependant si étranges et si effrayantes, qu'on ne les pouvait répéter qu'à voix basse. Devais-je mourir de faim dans ce monde souterrain de ténèbres, — ou quelle destinée, plus terrible encore peut-être, m'attendait ? Que le résultat fût la mort, et une mort d'une amertume choisie, je connaissais trop bien le caractère de mes juges pour en douter ; le mode et l'heure étaient tout ce qui m'occupait et me tourmentait.

Mes mains étendues rencontrèrent à la longue un obstacle solide. C'était un mur, qui semblait construit en pierres, — très lisse, humide et froid. Je le suivis de près, marchant avec la soigneuse méfiance que m'avaient inspirée certaines anciennes histoires. Cette opération néanmoins ne me donnait aucun moyen de vérifier la dimension de mon cachot ; car je pouvais en faire le tour et revenir au point d'où j'étais parti sans m'en apercevoir, tant le mur semblait parfaitement uniforme. C'est pourquoi je cherchai le couteau que j'avais dans ma poche quand on m'avait conduit au tribunal ; mais il avait disparu, mes vêtements ayant été changés

contre une robe de serge grossière. J'avais eu l'idée
d'enfoncer la lame dans quelque menue crevasse de la
maçonnerie, afin de bien constater mon point de
départ. La difficulté cependant était bien vulgaire ;
mais d'abord, dans le désordre de ma pensée, elle me
sembla insurmontable. Je déchirai une partie de l'ourlet
de ma robe, et je plaçai le morceau par terre, dans toute
sa longueur et à angle droit contre le mur. En suivant
mon chemin à tâtons autour de mon cachot, je ne pouvais pas manquer de rencontrer ce chiffon en achevant
le circuit. Du moins, je le croyais ; mais je n'avais pas
tenu compte de l'étendue de mon cachot ou de ma faiblesse. Le terrain était humide et glissant. J'allai en
chancelant pendant quelque temps, puis je trébuchai,
je tombai. Mon extrême fatigue me décida à rester
couché, et le sommeil me surprit bientôt dans cet état.

En m'éveillant et en étendant un bras, je trouvai à
côté de moi un pain et une cruche d'eau. J'étais trop
épuisé pour réfléchir sur cette circonstance, mais je bus
et mangeai avec avidité. Peu de temps après, je repris
mon voyage autour de ma prison, et avec beaucoup de
peine j'arrivai au lambeau de serge. Au moment où je
tombai, j'avais déjà compté cinquante-deux pas, et, en
reprenant ma promenade, j'en comptai encore
quarante-huit, — quand je rencontrai mon chiffon.
Donc, en tout, cela faisait cent pas ; et, en supposant
que deux pas fissent un yard, je présumais que le cachot
avait cinquante yards de circuit. J'avais toutefois rencontré beaucoup d'angles dans le mur, et ainsi il n'y
avait guère moyen de conjecturer la forme du caveau ;
car je ne pouvais m'empêcher de supposer que c'était
un caveau.

Je ne mettais pas un bien grand intérêt dans ces
recherches, — à coup sûr, pas d'espoir ; mais une vague
curiosité me poussa à les continuer. Quittant le mur,
je résolus de traverser la superficie circonscrite.
D'abord, j'avançai avec une extrême précaution ; car
le sol, quoique paraissant fait d'une matière dure,
était traître et gluant. À la longue cependant, je pris

courage, et je me mis à marcher avec assurance, m'appliquant à traverser en ligne aussi droite que possible. Je m'étais ainsi avancé de dix ou douze pas environ, quand le reste de l'ourlet déchiré de ma robe s'entortilla dans mes jambes. Je marchai dessus et tombai violemment sur le visage.

Dans le désordre de ma chute, je ne remarquai pas tout de suite une circonstance passablement surprenante, qui cependant, quelques secondes après, et comme j'étais encore étendu, fixa mon attention. Voici : mon menton posait sur le sol de la prison, mais mes lèvres et la partie supérieure de ma tête, quoique paraissant situées à une moindre élévation que le menton, ne touchaient à rien. En même temps, il me sembla que mon front était baigné d'une vapeur visqueuse et qu'une odeur particulière de vieux champignons montait vers mes narines. J'étendis le bras, et je frissonnai en découvrant que j'étais tombé sur le bord même d'un puits circulaire, dont je n'avais, pour le moment, aucun moyen de mesurer l'étendue. En tâtant la maçonnerie juste au-dessous de la margelle, je réussis à déloger un petit fragment, et je le laissai tomber dans l'abîme. Pendant quelques secondes, je prêtai l'oreille à ses ricochets ; il battait dans sa chute les parois du gouffre ; à la fin, il fit dans l'eau un lugubre plongeon, suivi de bruyants échos. Au même instant, un bruit se fit au-dessus de ma tête, comme d'une porte presque aussitôt fermée qu'ouverte, pendant qu'un faible rayon de lumière traversait soudainement l'obscurité et s'éteignait presque en même temps.

Je vis clairement la destinée qui m'avait été préparée, et je me félicitai de l'accident opportun qui m'avait sauvé. Un pas de plus, et le monde ne m'aurait plus revu. Et cette mort évitée à temps portait ce même caractère que j'avais regardé comme fabuleux et absurde dans les contes qui se faisaient sur l'Inquisition. Les victimes de sa tyrannie n'avaient pas d'autre alternative que la mort avec ses plus cruelles agonies physiques, ou la mort avec ses plus abominables tortures morales.

J'avais été réservé pour cette dernière. Mes nerfs étaient détendus par une longue souffrance, au point que je tremblais au son de ma propre voix, et j'étais devenu à tous égards un excellent sujet pour l'espèce de torture qui m'attendait.

Tremblant de tous mes membres, je rebroussai chemin à tâtons vers le mur, — résolu à m'y laisser mourir plutôt que d'affronter l'horreur des puits, que mon imagination multipliait maintenant dans les ténèbres de mon cachot. Dans une autre situation d'esprit, j'aurais eu le courage d'en finir avec mes misères, d'un seul coup, par un plongeon dans l'un de ces abîmes ; mais maintenant j'étais le plus parfait des lâches. Et puis il m'était impossible d'oublier ce que j'avais lu au sujet de ces puits, — que l'extinction *soudaine* de la vie était une possibilité soigneusement exclue par l'infernal génie qui en avait conçu le plan. L'agitation de mon esprit me tint éveillé pendant de longues heures ; mais à la fin je m'assoupis de nouveau. En m'éveillant, je trouvai à côté de moi, comme la première fois, un pain et une cruche d'eau. Une soif brûlante me consumait, et je vidai la cruche tout d'un trait. Il faut que cette eau ait été droguée, — car à peine l'eus-je bue que je m'assoupis irrésistiblement. Un profond sommeil tomba sur moi, — un sommeil semblable à celui de la mort. Combien de temps dura-t-il, je n'en puis rien savoir ; mais, quand je rouvris les yeux, les objets autour de moi étaient visibles. Grâce à une lueur singulière, sulfureuse, dont je ne pus pas d'abord découvrir l'origine, je pouvais voir l'étendue et l'aspect de la prison.

Je m'étais grandement mépris sur sa dimension. Les murs ne pouvaient pas avoir plus de vingt-cinq yards de circuit. Pendant quelques minutes cette découverte fut pour moi un immense trouble ; trouble bien puéril, en vérité, — car, au milieu des circonstances terribles qui m'entouraient, que pouvait-il y avoir de moins important que les dimensions de ma prison ? Mais mon âme mettait un intérêt bizarre dans des niaiseries, et je m'appliquai fortement à me rendre compte de l'erreur que j'avais commise dans mes mesures. À la fin, la vérité m'apparut comme un éclair. Dans ma première tentative d'exploration, j'avais compté cinquante-deux pas, jusqu'au moment où je tombai ; je devais être alors à un pas ou deux du morceau de serge ; dans le fait, j'avais presque accompli le circuit du caveau. Je m'endormis alors, — et, en m'éveillant, il faut que je sois retourné sur mes pas, — créant ainsi un circuit presque double du circuit réel. La confusion de mon cerveau m'avait empêché de remarquer que j'avais commencé mon tour avec le mur à ma gauche, et que je finissais avec le mur à ma droite.

Je m'étais aussi trompé relativement à la forme de l'enceinte. En tâtant ma route, j'avais trouvé beaucoup d'angles, et j'en avais déduit l'idée d'une grande irrégularité ; tant est puissant l'effet d'une totale obscurité sur quelqu'un qui sort d'une léthargie ou d'un sommeil ! Ces angles étaient simplement produits par quelques légères dépressions ou retraits à des intervalles inégaux. La forme générale de la prison était un carré. Ce que j'avais pris pour de la maçonnerie semblait maintenant du fer, ou tout autre métal, en plaques énormes, dont les sutures et les joints occasionnaient les dépressions. La surface entière de cette construction métallique était grossièrement barbouillée de tous les emblèmes hideux et répulsifs auxquels la superstition sépulcrale des moines a donné naissance. Des figures de démons, avec des airs de menace, avec des formes de squelettes, et d'autres images d'une horreur plus réelle souillaient les murs dans toute leur étendue. J'observai que les contours de ces monstruosités étaient suffisamment distincts, mais que les couleurs étaient flétries et altérées, comme par l'effet d'une atmosphère humide. Je remarquai alors le sol, qui était en pierre. Au centre bâillait le puits circulaire, à la gueule duquel j'avais échappé ; mais il n'y en avait qu'un seul dans le cachot.

Je vis tout cela indistinctement et non sans effort, — car ma situation physique avait singulièrement changé pendant mon sommeil. J'étais maintenant couché sur

➥ Voir *Au fil du texte*, p. XIII.

le dos, tout de mon long, sur une espèce de charpente
de bois très basse. J'y étais solidement attaché avec une
longue bande qui ressemblait à une sangle. Elle s'en-
roulait plusieurs fois autour de mes membres et de mon
corps, ne laissant de liberté qu'à ma tête et à mon bras
gauche ; mais encore me fallait-il faire un effort des
plus pénibles pour me procurer la nourriture contenue
dans un plat de terre posé à côté de moi sur le sol. Je
m'aperçus avec terreur que la cruche avait été enlevée.
Je dis : avec terreur, car j'étais dévoré d'une intolérable
soif. Il me sembla qu'il entrait dans le plan de mes
bourreaux d'exaspérer cette soif, — car la nourriture
contenue dans le plat était une viande cruellement
assaisonnée.

Je levai les yeux, et j'examinai le plafond de la prison. Il était à une hauteur de trente ou quarante pieds,
et, par sa construction, il ressemblait beaucoup aux
murs latéraux. Dans un de ses panneaux, une figure
des plus singulières fixa toute mon attention. C'était
la figure peinte du Temps, comme il est représenté
d'ordinaire, sauf qu'au lieu d'une faux il tenait un objet
qu'au premier coup d'œil je pris pour l'image peinte
d'un énorme pendule, comme on en voit dans les horloges antiques. Il y avait néanmoins dans l'aspect de
cette machine quelque chose qui me fit la regarder avec
plus d'attention. Comme je l'observais directement, les
yeux en l'air, — car elle était placée juste au-dessus de
moi, — je crus la voir remuer. Un instant après, mon
idée était confirmée. Son balancement était court, et
naturellement très lent. Je l'épiai pendant quelques
minutes, non sans une certaine défiance, mais surtout
avec étonnement. Fatigué à la longue de surveiller son
mouvement fastidieux, je tournai mes yeux vers les
autres objets de la cellule.

Un léger bruit attira mon attention, et, regardant le
sol, je vis quelques rats énormes qui le traversaient. Ils
étaient sortis par le puits, que je pouvais apercevoir à
ma droite. Au même instant, comme je les regardais,
ils montèrent par troupes, en toute hâte, avec des yeux

voraces, affriandés par le fumet de la viande. Il me fallait beaucoup d'efforts et d'attention pour les en écarter.

Il pouvait bien s'être écoulé une demi-heure, peut-être même une heure, — car je ne pouvais mesurer le temps que très imparfaitement, — quand je levai de nouveau les yeux au-dessus de moi. Ce que je vis alors me confondit et me stupéfia. Le parcours du pendule s'était accru presque d'un yard ; sa vélocité, conséquence naturelle, était aussi beaucoup plus grande. Mais ce qui me troubla principalement fut l'idée qu'il était visiblement *descendu*. J'observai alors, — avec quel effroi, il est inutile de le dire, — que son extrémité inférieure était formée d'un croissant d'acier étincelant, ayant environ un pied de long d'une corne à l'autre ; les cornes dirigées en haut, et le tranchant inférieur évidemment affilé comme celui d'un rasoir. Comme un rasoir aussi, il paraissait lourd et massif, s'épanouissant, à partir du fil, en une forme large et solide. Il était ajusté à une lourde verge de cuivre, et le tout *sifflait* en se balançant à travers l'espace.

Je ne pouvais pas douter plus longtemps du sort qui m'avait été préparé par l'atroce ingéniosité monacale. Ma découverte du puits avait été devinée par les agents de l'Inquisition, — *le puits*, dont les horreurs avaient été réservées à un hérétique aussi téméraire que moi, — *le puits*, figure de l'enfer, et considéré par l'opinion comme l'*Ultima Thule* [1] de tous leurs châtiments ! J'avais évité le plongeon par le plus fortuit des accidents, et je savais que l'art de faire du supplice un piège et une surprise formait une branche importante de tout ce fantastique système d'exécutions secrètes. Or, ayant manqué ma chute dans l'abîme, il n'entrait pas dans le plan démoniaque de m'y précipiter ; j'étais donc voué — et cette fois sans alternative possible, — à une

---

1. Thulé était une île, mal identifiée aujourd'hui, constituant la limite nord du monde connu des Anciens.

destruction différente et plus douce. — Plus douce !
J'ai presque souri dans mon agonie en pensant à la
singulière application que je faisais d'un pareil mot.

Que sert-il de raconter les longues, longues heures
d'horreur plus que mortelles durant lesquelles je
comptai les oscillations vibrantes de l'acier ? Pouce par
pouce, — ligne par ligne, — il opérait une descente
graduée et seulement appréciable à des intervalles qui
me paraissaient des siècles, — et toujours il descendait,
— toujours plus bas, — toujours plus bas ! Il s'écoula
des jours, il se peut que plusieurs jours se soient écoulés, avant qu'il vînt se balancer assez près de moi pour
m'éventer avec son souffle âcre. L'odeur de l'acier
aiguisé s'introduisait dans mes narines. Je priai le ciel,
— je le fatiguai de ma prière, — de faire descendre
l'acier plus rapidement. Je devins fou, frénétique, et
je m'efforçai de me soulever, d'aller à la rencontre de
ce terrible cimeterre mouvant. Et puis, soudainement,
je tombai dans un grand calme, — et je restai étendu,
souriant à cette mort étincelante, comme un enfant à
quelque précieux joujou.

Il se fit un nouvel intervalle de parfaite insensibilité ;
intervalle très court, car, en revenant à la vie, je ne
trouvai pas que le pendule fût descendu d'une quantité
appréciable. Cependant, il se pourrait bien que ce temps
eût été long, — car je savais qu'il y avait des démons
qui avaient pris note de mon évanouissement, et qui
pouvaient arrêter la vibration à leur gré. En revenant
à moi, j'éprouvai un malaise et une faiblesse — oh !
inexprimables, — comme par suite d'une longue ina-
nition. Même au milieu des angoisses présentes, la
nature humaine implorait sa nourriture. Avec un effort
pénible j'étendis mon bras gauche aussi loin que mes
liens me le permettaient, et je m'emparai d'un petit reste
que les rats avaient bien voulu me laisser. Comme j'en
portais une partie à mes lèvres, une pensée informe de
joie, — d'espérance, — traversa mon esprit. Cependant,
qu'y avait-il de commun entre *moi* et l'espérance ?
C'était, dis-je, une pensée informe ; — l'homme en a

souvent de semblables, qui ne sont jamais complétées.
Je sentis que c'était une pensée de joie, — d'espérance ;
mais je sentis aussi qu'elle était morte en naissant.
Vainement je m'efforçai de la parfaire, — de la rattraper. Ma longue souffrance avait presque annihilé les
facultés ordinaires de mon esprit. J'étais un imbécile,
— un idiot.

La vibration du pendule avait lieu dans un plan
faisant angle droit avec ma longueur. Je vis que le
croissant avait été disposé pour traverser la région du
cœur. Il éraillerait la serge de ma robe, — puis il revien-
drait et répéterait son opération, — encore, — et
encore. Malgré l'effroyable dimension de la courbe par-
courue (quelque chose comme trente pieds, peut-être
plus), et la sifflante énergie de sa descente, qui aurait
suffi pour couper même ces murailles de fer, en somme
tout ce qu'il pouvait faire, pour quelques minutes,
c'était d'érailler ma robe. Et sur cette pensée je fis une
pause. Je n'osais pas aller plus loin que cette réflexion.
Je m'appesantis là-dessus avec une attention opiniâtre,
comme si, par cette insistance, je pouvais arrêter *là* la
descente de l'acier. Je m'appliquai à méditer sur le son
que produirait le croissant en passant à travers mon
vêtement, — sur la sensation particulière et pénétrante
que le frottement de la toile produit sur les nerfs. Je
méditai sur toutes ces futilités, jusqu'à ce que mes dents
fussent agacées.

Plus bas, — plus bas encore, — il glissait toujours
plus bas. Je prenais un plaisir frénétique à comparer
sa vitesse de haut en bas avec sa vitesse latérale. À
droite, — à gauche, — et puis il fuyait loin, loin, et
puis il revenait, — avec le glapissement d'un esprit
damné ! — jusqu'à mon cœur, avec l'allure furtive du
tigre ! Je riais et je hurlais alternativement, selon que
l'une ou l'autre idée prenait le dessus.

Plus bas, — invariablement, impitoyablement plus
bas ! Il vibrait à trois pouces de ma poitrine ! Je
m'efforçai violemment — furieusement, — de délivrer
mon bras gauche. Il était libre seulement depuis le

coude jusqu'à la main. Je pouvais faire jouer ma main depuis le plat situé à côté de moi jusqu'à ma bouche, avec un grand effort, — et rien de plus. Si j'avais pu briser les ligatures au-dessus du coude, j'aurais saisi le pendule, et j'aurais essayé de l'arrêter. J'aurais aussi bien essayé d'arrêter une avalanche !

Toujours plus bas ! — incessamment, — inévitablement plus bas ! Je respirais douloureusement, et je m'agitais à chaque vibration. Je me rapetissais convulsivement à chaque balancement. Mes yeux le suivaient dans sa volée ascendante et descendante, avec l'ardeur du désespoir le plus insensé ; ils se refermaient spasmodiquement au moment de la descente, quoique la mort eût été un soulagement, — oh ! quel indicible soulagement ! Et cependant je tremblais dans tous mes nerfs, quand je pensais qu'il suffisait que la machine descendît d'un cran pour précipiter sur ma poitrine cette hache aiguisée, étincelante. C'était l'*espérance* qui faisait ainsi trembler mes nerfs, et tout mon être se replier. C'était l'*espérance*, — l'espérance qui triomphe même sur le chevalet, — qui chuchote à l'oreille des condamnés à mort, même dans les cachots de l'Inquisition.

Je vis que dix ou douze vibrations environ mettraient l'acier en contact immédiat avec mon vêtement, — et avec cette observation entra dans mon esprit le calme aigu et condensé du désespoir. Pour la première fois depuis bien des heures, — depuis bien des jours peut-être, je *pensai*. Il me vint à l'esprit que le bandage, ou sangle, qui m'enveloppait était d'un seul morceau. J'étais attaché par un lien continu. La première morsure du rasoir, du croissant, dans une partie quelconque de la sangle, devait la détacher suffisamment pour permettre à ma main gauche de la dérouler tout autour de moi. Mais combien devenait terrible dans ce cas la proximité de l'acier ! Et le résultat de la plus légère secousse, mortel ! Était-il vraisemblable, d'ailleurs, que les mignons du bourreau n'eussent pas prévu et paré cette possibilité ? Était-il probable que le bandage traversât ma poitrine dans le parcours du pendule ?

Tremblant de me voir frustré de ma faible espérance, vraisemblablement ma dernière, je haussai suffisamment ma tête pour voir distinctement ma poitrine. La sangle enveloppait étroitement mes membres et mon corps dans tous les sens, — *excepté dans le chemin du croissant homicide.*

À peine avais-je laissé retomber ma tête dans sa position première, que je sentis briller dans mon esprit quelque chose que je ne saurais mieux définir que la moitié non formée de cette idée de délivrance dont j'ai déjà parlé, et dont une moitié seule avait flotté vaguement dans ma cervelle, lorsque je portai la nourriture à mes lèvres brûlantes. L'idée tout entière était maintenant présente ; — faible, à peine viable, à peine définie, — mais enfin complète. Je me mis immédiatement, avec l'énergie du désespoir, à en tenter l'exécution.

Depuis plusieurs heures, le voisinage immédiat du châssis sur lequel j'étais couché fourmillait littéralement de rats. Ils étaient tumultueux, hardis, voraces, — leurs yeux rouges dardés sur moi, comme s'ils n'attendaient que mon immobilité pour faire de moi leur proie.

— À quelle nourriture, pensai-je, ont-ils été accoutumés dans ce puits ?

Excepté un petit reste, ils avaient dévoré, en dépit de tous mes efforts pour les en empêcher, le contenu du plat. Ma main avait contracté une habitude de va-et-vient, de balancement vers le plat ; et, à la longue, l'uniformité machinale du mouvement lui avait enlevé toute son efficacité. Dans sa voracité cette vermine fixait souvent ses dents aiguës dans mes doigts. Avec les miettes de la viande huileuse et épicée qui restait encore, je frottai fortement le bandage partout où je pus l'atteindre ; puis, retirant ma main du sol, je restai immobile et sans respirer.

D'abord, les voraces animaux furent saisis et effrayés du changement, — de la cessation du mouvement. Ils prirent l'alarme et tournèrent le dos ; plusieurs regagnèrent le puits ; mais cela ne dura qu'un moment. Je n'avais pas compté en vain sur leur gloutonnerie.

Observant que je restais sans mouvement, un ou deux des plus hardis grimpèrent sur le châssis et flairèrent la sangle. Cela me parut le signal d'une invasion générale. Des troupes fraîches se précipitèrent hors du puits. Ils s'accrochèrent au bois. — Ils l'escaladèrent et sautèrent par centaines sur mon corps. Le mouvement régulier du pendule ne les troublait pas le moins du monde. Ils évitaient son passage et travaillaient activement sur le bandage huilé. Ils se pressaient, — ils fourmillaient et s'amoncelaient incessamment sur moi ; ils se tortillaient sur ma gorge ; leurs lèvres froides cherchaient les miennes ; j'étais à moitié suffoqué par leur poids multiplié ; un dégoût, qui n'a pas de nom dans le monde, soulevait ma poitrine et glaçait mon cœur comme un pesant vomissement. Encore une minute, et je sentais que l'horrible opération serait finie. Je sentais positivement le relâchement du bandage ; je savais qu'il devait être déjà coupé en plus d'un endroit. Avec une résolution surhumaine, je restai *immobile*. Je ne m'étais pas trompé dans mes calculs, — je n'avais pas souffert en vain. À la longue, je sentis que j'étais *libre*. La sangle pendait en lambeaux autour de mon corps ; mais le mouvement du pendule attaquait déjà ma poitrine ; il avait fendu la serge de ma robe ; il avait coupé la chemise de dessous ; il fit encore deux oscillations, — et une sensation de douleur aiguë traversa tous mes nerfs. Mais l'instant du salut était arrivé. À un geste de ma main, mes libérateurs s'enfuirent tumultueusement. Avec un mouvement tranquille et résolu, — prudent et oblique, — lentement et en m'aplatissant, — je me glissai hors de l'étreinte du bandage et des atteintes du cimeterre. Pour le moment du moins, *j'étais libre !*

Libre ! — et dans la griffe de l'Inquisition ! J'étais à peine sorti de mon grabat d'horreur, j'avais à peine fait quelques pas sur le pavé de la prison, que le mouvement de l'infernale machine cessa, et que je la vis attirée par une force invisible à travers le plafond. Ce fut une leçon qui me mit le désespoir dans le cœur. Tous mes mouvements étaient indubitablement épiés. Libre !

— je n'avais échappé à la mort sous une espèce d'agonie que pour être livré à quelque chose de pire que la mort sous quelque autre espèce. À cette pensée, je roulai mes yeux convulsivement sur les parois de fer qui m'enveloppaient. Quelque chose de singulier — un changement que d'abord je ne pus apprécier distinctement — se produisit dans la chambre, — c'était évident. Durant quelques minutes d'une distraction pleine de rêves et de frissons, je me perdis dans de vaines et incohérentes conjectures. Pendant ce temps, je m'aperçus pour la première fois de l'origine de la lumière sulfureuse qui éclairait la cellule. Elle provenait d'une fissure large à peu près d'un demi-pouce, qui s'étendait tout autour de la prison à la base des murs, qui paraissaient ainsi et étaient en effet complètement séparés du sol. Je tâchai, mais bien en vain, comme on le pense, de regarder par cette ouverture.

Comme je me relevais découragé, le mystère de l'altération de la chambre se dévoila tout d'un coup à mon intelligence. J'avais observé que, bien que les contours des figures murales fussent suffisamment distincts, les couleurs semblaient altérées et indécises. Ces couleurs venaient de prendre et prenaient à chaque instant un éclat saisissant et très intense, qui donnait à ces images fantastiques et diaboliques un aspect dont auraient frémi des nerfs plus solides que les miens. Des yeux de démons, d'une vivacité féroce et sinistre, étaient dardés sur moi de mille endroits, où primitivement je n'en soupçonnais aucun, et brillaient de l'éclat lugubre d'un feu que je voulais absolument, mais en vain, regarder comme imaginaire.

Imaginaire ! — Il me suffisait de respirer pour attirer dans mes narines la vapeur du fer chauffé ! Une odeur suffocante se répandit dans la prison ! Une ardeur plus profonde se fixait à chaque instant dans les yeux dardés sur mon agonie ! Une teinte plus riche de rouge s'étalait sur ces horribles peintures de sang ! J'étais haletant ! Je respirais avec effort ! Il n'y avait pas à douter du dessein de mes bourreaux. Oh ! les plus impitoyables,

oh ! les plus démoniaques des hommes ! Je reculai loin
du métal ardent vers le centre du cachot. En face de
cette destruction par le feu, l'idée de la fraîcheur du
puits surprit mon âme comme un baume. Je me précipitai vers ses bords mortels. Je tendis mes regards vers
le fond. L'éclat de la voûte enflammée illuminait ses
plus secrètes cavités. Toutefois, pendant un instant
d'égarement, mon esprit se refusa à comprendre la
signification de ce que je voyais. À la fin, cela entra
dans mon âme, — de force, victorieusement ; cela
s'imprima en feu sur ma raison frissonnante. Oh ! une
voix, une voix pour parler ! — Oh ! horreur ! — Oh !
toutes les horreurs, excepté celle-là ! — Avec un cri,
je me rejetai loin de la margelle, et, cachant mon visage
dans mes mains, je pleurai amèrement.

La chaleur augmentait rapidement, et une fois encore
je levai les yeux, frissonnant comme dans un accès de
fièvre. Un second changement avait eu lieu dans la
cellule, — et maintenant ce changement était évidemment dans la forme. Comme la première fois, ce fut
d'abord en vain que je cherchai à apprécier ou à comprendre ce qui se passait. Mais on ne me laissa pas longtemps dans le doute. La vengeance de l'Inquisition
marchait grand train, déroutée deux fois par mon bonheur, et il n'y avait pas à jouer plus longtemps avec
le Roi des Épouvantements. La chambre avait été carrée. Je m'apercevais que deux de ses angles de fer
étaient maintenant aigus, — deux conséquemment
obtus. Le terrible contraste augmentait rapidement,
avec un grondement, un gémissement sourd. En un instant, la chambre avait changé sa forme en celle d'un
losange. Mais la transformation ne s'arrêta pas là. Je
ne désirais pas, je n'espérais pas qu'elle s'arrêtât.
J'aurais appliqué les murs rouges contre ma poitrine,
comme un vêtement d'éternelle paix.

— La mort, — me dis-je, — n'importe quelle mort,
excepté celle du puits !

Insensé ! comment n'avais-je pas compris qu'*il fallait le puits*, que *ce puits seul* était la raison du fer

brûlant qui m'assiégeait ? Pouvais-je résister à son
ardeur ? Et, même en le supposant, pouvais-je me roidir
contre sa pression ? Et maintenant, le losange s'aplatissait, s'aplatissait avec une rapidité qui ne me laissait
pas le temps de la réflexion. Son centre, placé sur la
ligne de sa plus grande largeur, coïncidait juste avec
le gouffre béant. J'essayai de reculer, — mais les murs,
en se resserrant, me pressaient irrésistiblement. Enfin,
il vint un moment où mon corps brûlé et contorsionné
trouvait à peine sa place, où il y avait à peine place pour
mon pied sur le sol de la prison. Je ne luttais plus, mais
l'agonie de mon âme s'exhala dans un grand et long
cri suprême de désespoir. Je sentis que je chancelais sur
le bord, — je détournais les yeux...

Mais voilà comme un bruit discordant de voix humaines ! Une explosion, un ouragan de trompettes !
Un puissant rugissement comme celui d'un millier de
tonnerres ! Les murs de feu reculèrent précipitamment ! Un bras étendu saisit le mien comme je tombais,
défaillant, dans l'abîme. C'était le bras du général
Lasalle [1]. L'armée française était entrée à Tolède.
L'Inquisition était dans les mains de ses ennemis.

---

1. Général de cavalerie de Napoléon, tué à Wagram.

HOP-FROG

Je n'ai jamais connu personne qui eût plus d'entrain et qui fût plus porté à la facétie que ce brave roi. Il ne vivait que pour les farces. Raconter une bonne histoire dans le genre bouffon, et la bien raconter, c'était le plus sûr chemin pour arriver à sa faveur. C'est pourquoi ses sept ministres étaient tous gens distingués par leurs talents de farceurs. Ils étaient tous taillés d'après le patron royal, — vaste corpulence, adiposité, inimitable aptitude pour la bouffonnerie. Que les gens engraissent par la farce ou qu'il y ait dans la graisse quelque chose qui prédispose à la farce, c'est une question que je n'ai jamais pu décider ; mais il est certain qu'un farceur maigre peut s'appeler *rara avis in terris* [1].

Quant aux raffinements, ou *ombres* de l'esprit, comme il les appelait lui-même, le roi s'en souciait médiocrement. Il avait une admiration spéciale pour la *largeur* dans la facétie, et il la digérait même en *longueur*, pour l'amour d'elle. Les délicatesses l'ennuyaient. Il aurait préféré le *Gargantua* de Rabelais au *Zadig* de Voltaire, et par-dessus tout les bouffonneries en action accommodaient son goût, bien mieux encore que les plaisanteries en paroles.

---

1. « Un oiseau rare sur la terre. »

À l'époque où se passe cette histoire, les bouffons de profession n'étaient pas tout à fait passés de mode à la cour. Quelques-unes des grandes *puissances* continentales gardaient encore leurs *fous* ; c'étaient des malheureux, bariolés, ornés de bonnets à sonnettes, et qui devaient être toujours prêts à livrer, à la minute, des bons mots subtils en échange des miettes qui tombaient de la table royale.

Notre roi, naturellement, avait son fou. Le fait est qu'il *sentait le besoin* de quelque chose dans le sens de la folie, — ne fût-ce que pour contrebalancer la pesante sagesse des sept hommes sages qui lui servaient de ministres, — pour ne pas parler de lui.

Néanmoins, son fou, son bouffon de profession, n'était pas seulement un fou. Sa valeur était triplée aux yeux du roi par le fait qu'il était en même temps nain et boiteux. Dans ce temps-là, les nains étaient à la cour aussi communs que les fous ; et plusieurs monarques auraient trouvé difficile de passer leur temps — le temps est plus long à la cour que partout ailleurs — sans un bouffon pour les faire rire, et un nain pour en rire. Mais, comme je l'ai déjà remarqué, tous ces bouffons, dans quatre-vingt-dix-neuf cas sur cent, sont gras, ronds et massifs, — de sorte que c'était pour notre roi une ample source d'orgueil de posséder dans Hop-Frog — c'était le nom du fou — un triple trésor en une seule personne.

Je crois que le nom de Hop-Frog n'était pas celui dont l'avaient baptisé ses parrains, mais qu'il lui avait été conféré par l'assentiment unanime des sept ministres, en raison de son impuissance à marcher comme les autres hommes*. Dans le fait, Hop-Frog ne pouvait se mouvoir qu'avec une sorte d'allure *interjectionnelle*, — quelque chose entre le saut et le tortillement, — une espèce de mouvement qui était pour le roi une récréation perpétuelle et, naturellement, une jouissance ;

* *Hop*, sautiller, — *frog*, grenouille. (C. B.)

car, nonobstant la proéminence de sa panse et une bouffissure constitutionnelle de la tête, le roi passait aux yeux de toute sa cour pour un fort bel homme.

Mais bien que Hop-Frog, grâce à la distorsion de ses jambes, ne pût se mouvoir que très laborieusement dans un chemin ou sur un parquet, la prodigieuse puissance musculaire dont la nature avait doué ses bras, comme pour compenser l'imperfection de ses membres inférieurs, le rendait apte à accomplir maints traits d'une étonnante dextérité, quand il s'agissait d'arbres, de cordes, ou de quoi que ce soit où l'on pût grimper. Dans ces exercices-là, il avait plutôt l'air d'un écureuil ou d'un singe que d'une grenouille.

Je ne saurais dire précisément de quel pays Hop-Frog était originaire. Il venait sans doute de quelque région barbare, dont personne n'avait entendu parler, — à une vaste distance de la cour de notre roi. Hop-Frog et une jeune fille un peu moins naine que lui, — mais admirablement bien proportionnée et excellente danseuse, — avaient été enlevés à leurs foyers respectifs, dans des provinces limitrophes, et envoyés en présent au roi par un de ses généraux chéris de la victoire.

Dans de pareilles circonstances, il n'y avait rien d'étonnant à ce qu'une étroite intimité se fût établie entre les deux captifs. En réalité, ils devinrent bien vite deux amis jurés. Hop-Frog, qui, bien qu'il se mît en grands frais de bouffonnerie, n'était nullement populaire, ne pouvait pas rendre à Tripetta de grands services ; mais elle, en raison de sa grâce et de son exquise beauté, — de naine, — elle était universellement admirée et choyée ; elle possédait donc beaucoup d'influence et ne manquait jamais d'en user, en toute occasion, au profit de son cher Hop-Frog.

Dans une grande occasion solennelle, — je ne sais plus laquelle, — le roi résolut de donner un bal masqué ; et, chaque fois qu'une mascarade ou tout autre fête de ce genre avait lieu à la cour, les talents de Hop-Frog et de Tripetta étaient à coup sûr mis en réquisition. Hop-Frog, particulièrement, était si inventif en matière de décorations, de types nouveaux, et de travestissements pour les bals masqués, qu'il semblait que rien ne pût se faire sans son assistance.

La nuit marquée pour la fête était arrivée. Une salle splendide avait été disposée, sous l'œil de Tripetta avec toute l'ingéniosité possible pour donner de l'éclat à une mascarade. Toute la cour était dans la fièvre de l'attente. Quant aux costumes et aux rôles, chacun, on le pense bien, avait fait son choix en cette matière. Beaucoup de personnes avaient déterminé les rôles qu'elles adopteraient, une semaine ou même un mois d'avance ; et, en somme, il n'y avait incertitude ni indécision nulle part, — excepté chez le roi et ses sept ministres. Pourquoi hésitaient-ils ? je ne saurais le dire, — à moins que ce ne fût encore une manière de farce. Plus vraisemblablement, il leur était difficile d'attraper leur idée, à cause qu'ils étaient si gros ! Quoi qu'il en soit, le temps fuyait, et, comme dernière ressource, ils envoyèrent chercher Tripetta et Hop-Frog.

Quand les deux petits amis obéirent à l'ordre du roi, ils le trouvèrent prenant royalement le vin avec les sept membres de son conseil privé ; mais le monarque semblait de fort mauvaise humeur. Il savait que Hop-Frog craignait le vin ; car cette boisson excitait le pauvre boiteux jusqu'à la folie ; et la folie n'est pas une manière de sentir bien réjouissante. Mais le roi aimait ses propres charges et prenait plaisir à forcer Hop-Frog à boire, et, — suivant l'expression royale, — à *être gai*.

— Viens ici, Hop-Frog, — dit-il, comme le bouffon et son amie entraient dans la chambre ; — avale-moi cette rasade à la santé de vos amis absents (ici Hop-Frog soupira), et sers-nous de ton imaginative. Nous avons besoin de types, — de *caractères*, mon brave ! — de quelque chose de nouveau, — d'extraordinaire. Nous sommes fatigués de cette éternelle monotonie. Allons, bois ! — le vin allumera ton génie !

Hop-Frog s'efforça, comme d'habitude, de répondre par un bon mot aux avances du roi ; mais l'effort fut trop grand. C'était justement le jour de naissance du

pauvre nain, et l'ordre de boire *à ses amis absents* fit
jaillir les larmes de ses yeux. Quelques larges gouttes
amères tombèrent dans la coupe pendant qu'il la recevait humblement de la main de son tyran.

— Ha ! ha ! ha ! — rugit ce dernier, comme le nain
épuisait la coupe avec répugnance, — vois ce que peut
faire un verre de bon vin ! Eh ! tes yeux brillent déjà !

Pauvre garçon ! Ses larges yeux étincelaient plutôt
qu'ils ne brillaient, car l'effet du vin sur son excitable
cervelle était aussi puissant qu'instantané. Il plaça
nerveusement le gobelet sur la table, et promena sur
l'assistance un regard fixe et presque fou. Ils semblaient
tous s'amuser prodigieusement du succès de la *farce*
royale.

— Et maintenant, à l'ouvrage ! — dit le premier
ministre, un très gros homme.

— Oui, — dit le roi, — allons ! Hop-Frog, prête-
nous ton assistance. Des types, mon beau garçon ! des
caractères ! nous avons besoin de *caractère* ! — nous
en avons tous besoin ! — ah ! ah ! ah !

Et, comme ceci visait sérieusement au bon mot, ils
firent, tous sept, chorus au rire royal. Hop-Frog rit
aussi, mais faiblement et d'un rire distrait.

— Allons ! allons ! — dit le roi impatienté, — est-ce
que tu ne trouves rien ?

— Je tâche de trouver quelque chose de *nouveau*,
— répéta le nain d'un air perdu ; car il était tout à fait
égaré par le vin.

— Tu tâches ! — cria le tyran, férocement. —
Qu'entends-tu par ce mot ? Ah ! je comprends. Vous
boudez, et il vous faut encore du vin. Tiens ! avale ça !
— Et il remplit une nouvelle coupe et la tendit toute
pleine au boiteux, qui la regarda et respira comme
essoufflé.

— Bois, te dis-je ! — cria le monstre, — ou par les
démons !...

Le nain hésitait. Le roi devint pourpre de rage. Les
courtisans souriaient cruellement. Tripetta, pâle comme
un cadavre, s'avança jusqu'au siège du monarque, et,

s'agenouillant devant lui, elle le supplia d'épargner son ami.

Le tyran la regarda pendant quelques instants, évidemment stupéfait d'une pareille audace. Il semblait ne savoir que dire ni que faire, — ni comment exprimer son indignation d'une manière suffisante. À la fin, sans prononcer une syllabe, il la repoussa violemment loin de lui, et lui jeta à la face le contenu de la coupe pleine jusqu'aux bords.

La pauvre petite se releva du mieux qu'elle put, et, n'osant pas même soupirer, elle reprit sa place au pied de la table.

Il y eut pendant une demi-minute un silence de mort, pendant lequel on aurait entendu tomber une feuille, une plume. Ce silence fut interrompu par une espèce de grincement sourd, mais rauque et prolongé, qui sembla jaillir tout d'un coup de tous les coins de la chambre.

— Pourquoi, — pourquoi, — pourquoi faites-vous ce bruit ? — demanda le roi, se retournant avec fureur vers le nain.

Ce dernier semblait être revenu à peu près de son ivresse, et, regardant fixement, mais avec tranquillité, le tyran en face, il s'écria simplement :

— Moi, — moi ? Comment pourrait-ce être moi ?

— Le son m'a semblé venir du dehors, — observa l'un des courtisans ; — j'imagine que c'est le perroquet à la fenêtre, qui aiguise son bec aux barreaux de sa cage.

— C'est vrai, — répliqua le monarque, comme très soulagé par cette idée, — mais, sur mon honneur de chevalier, j'aurais juré que c'était le grincement des dents de ce misérable.

Là-dessus, le nain se mit à rire (le roi était un farceur trop déterminé pour trouver à redire au rire de qui que ce fût), et déploya une large, puissante et épouvantable rangée de dents. Bien mieux, il déclara qu'il était tout disposé à boire autant de vin qu'on voudrait. Le monarque s'apaisa, et Hop-Frog, ayant absorbé une nouvelle rasade sans le moindre inconvénient, entra tout de suite, et avec chaleur, dans le plan de la mascarade.

— Je ne puis expliquer, — observa-t-il fort tranquillement et comme s'il n'avait jamais goûté de vin de sa vie, — comment s'est faite cette association d'idées ; mais, *juste après* que Votre Majesté eut frappé la petite et lui eut jeté le vin à la face, — *juste après* que Votre Majesté eut fait cela, et pendant que le perroquet faisait ce singulier bruit derrière la fenêtre, il m'est revenu à l'esprit un merveilleux divertissement ; — c'est un des jeux de mon pays, et nous l'introduisons souvent dans nos mascarades ; mais ici il sera absolument nouveau. Malheureusement, ceci demande une société de huit personnes, et...

— Eh ! nous sommes huit ! — s'écria le roi, riant de sa subtile découverte ; — huit, juste ! — moi et mes sept ministres. Voyons ! quel est ce divertissement ?

— Nous appelons cela, — dit le boiteux, — *les Huit Orangs-Outangs Enchaînés*, et c'est vraiment un jeu charmant, quand il est bien exécuté.

— *Nous* l'exécuterons, — dit le roi, en se redressant et abaissant les paupières.

— La beauté du jeu, — continua Hop-Frog, — consiste dans l'effroi qu'il cause parmi les femmes.

— Excellent ! — rugirent en chœur le monarque et son ministère.

— *C'est moi* qui vous habillerai en orangs-outangs, — continua le nain ; — fiez-vous à moi pour tout cela. La ressemblance sera si frappante, que tous les masques vous prendront pour de véritables bêtes, — et, naturellement, ils seront aussi terrifiés qu'étonnés.

— Oh ! c'est ravissant ! — s'écria le roi. — Hop-Frog ! nous ferons de toi un homme !

— Les chaînes ont pour but d'augmenter le désordre par leur tintamarre. Vous êtes censés avoir échappé en masse à vos gardiens. Votre Majesté ne peut se figurer l'effet produit, dans un bal masqué, par huit orangs-outangs enchaînés, que la plupart des assistants prennent pour de véritables bêtes, se précipitant avec des cris sauvages à travers une foule d'hommes et de femmes coquettement et somptueusement vêtus. Le contraste n'a pas son pareil.

— Cela sera ! — dit le roi ; et le conseil se leva en toute hâte, — car il se faisait tard, — pour mettre à exécution le plan de Hop-Frog.

Sa manière d'arranger tout ce monde en orangs-outangs était très simple, mais très suffisante pour son dessein. À l'époque où se passe cette histoire, on voyait rarement des animaux de cette espèce dans les différentes parties du monde civilisé ; et, comme les imitations faites par le nain étaient suffisamment bestiales et plus que suffisamment hideuses, on crut pouvoir se fier à la ressemblance.

Le roi et ses ministres furent d'abord insinués dans des chemises et des caleçons de tricot collants. Puis on les enduisit de goudron. À cet endroit de l'opération, quelqu'un de la bande suggéra l'idée de plumes ; mais elle fut d'abord rejetée par le nain, qui convainquit bien vite les huit personnages, par une démonstration oculaire, que le poil d'un animal tel que l'orang-outang était bien plus fidèlement représenté par du lin. En conséquence, on en étala une couche épaisse par-dessus la couche de goudron. On se procura alors une longue chaîne. D'abord on la passa autour de la taille du roi, *et on l'y assujettit* ; puis autour d'un autre individu de la bande, et on l'y assujettit également ; puis, successivement autour de chacun et de la même manière. Quand tout cet arrangement de chaîne fut achevé, en s'écartant l'un de l'autre aussi loin que possible, ils formèrent un cercle : et, pour achever la vraisemblance, Hop-Frog fit passer le reste de la chaîne à travers le cercle, en deux diamètres à angles droits, d'après la méthode adoptée aujourd'hui par les chasseurs de Bornéo qui prennent des chimpanzés ou d'autres grosses espèces.

La grande salle dans laquelle le bal devait avoir lieu était une pièce circulaire, très élevée, et recevant la

lumière du soleil par une fenêtre unique, au plafond.
La nuit (c'était le temps où cette salle trouvait sa destination spéciale), elle était principalement éclairée par
un vaste lustre, suspendu par une chaîne au centre du
châssis, et qui s'élevait ou s'abaissait au moyen d'un
contre-poids ordinaire ; mais, pour ne pas nuire à
l'élégance, ce dernier passait en dehors de la coupole
et par-dessus le toit.

La décoration de la salle avait été abandonnée à la
surveillance de Tripetta ; mais dans quelques détails,
elle avait probablement été guidée par le calme jugement de son ami le nain. C'était d'après son conseil
que, pour cette occasion, le lustre avait été enlevé.
L'écoulement de la cire, qu'il eût été impossible
d'empêcher dans une atmosphère aussi chaude, aurait
causé un sérieux dommage aux riches toilettes des invités, qui, vu l'encombrement de la salle, n'auraient pas
pu tous éviter le centre, c'est-à-dire la région du lustre.
De nouveaux candélabres furent ajustés dans différentes
parties de la salle, hors de l'espace rempli par la foule ;
et un flambeau, d'où s'échappait un parfum agréable,
fut placé dans la main droite de chacune des cariatides
qui s'élevaient contre le mur, au nombre de cinquante
ou soixante en tout.

Les huit orangs-outangs, prenant conseil de Hop-
Frog, attendirent patiemment, pour faire leur entrée,
que la salle fût complètement remplie de masques,
c'est-à-dire jusqu'à minuit. Mais l'horloge avait à peine
cessé de sonner, qu'ils se précipitèrent ou plutôt qu'ils
roulèrent tous en masse, — car, empêchés comme ils
étaient dans leurs chaînes, quelques-uns tombèrent et
tous trébuchèrent en entrant.

La sensation parmi les masques fut prodigieuse et
remplit de joie le cœur du roi. Comme on s'y attendait,
le nombre des invités fut grand, qui supposèrent que
ces êtres de mine féroce étaient de véritables bêtes d'une
certaine espèce, sinon précisément des orangs-outangs.
Plusieurs femmes s'évanouirent de frayeur ; et, si le roi
n'avait pas pris la précaution d'interdire toutes les

armes, lui et sa bande auraient pu payer leur plaisanterie de leur sang. Bref, ce fut une déroute générale vers les portes ; mais le roi avait donné l'ordre qu'on les fermât aussitôt après son entrée, et, d'après le conseil du nain, les clefs avaient été remises entre *ses* mains.

Pendant que le tumulte était à son comble et que chaque masque ne pensait qu'à son propre salut, — car, en somme, dans cette panique et cette cohue, il y avait un danger réel, — on aurait pu voir la chaîne qui servait à suspendre le lustre, et qui avait été également retirée, descendre jusqu'à ce que son extrémité recourbée en crochet fût arrivée à trois pieds du sol.

Peu d'instants après, le roi et ses sept amis, ayant roulé à travers la salle dans toutes les directions, se trouvèrent enfin au centre et en contact immédiat avec la chaîne. Pendant qu'ils étaient dans cette position, le nain, qui avait toujours marché sur leurs talons, les engageant à prendre garde à la commotion, se saisit de leur chaîne à l'intersection des deux parties diamétrales. Alors, avec la rapidité de la pensée, il y ajusta le crochet qui servait d'ordinaire à suspendre le lustre ; et en un instant, retirée comme par un agent invisible, la chaîne remonta assez haut pour mettre le crochet hors de toute portée, et conséquemment enleva les orangsoutangs tous ensemble les uns contre les autres, et face à face.

Les masques, pendant ce temps, étaient à peu près revenus de leur alarme ; et, comme ils commençaient à prendre tout cela pour une plaisanterie adroitement concertée, ils poussèrent un immense éclat de rire, en voyant la position des singes.

— Gardez-les-*moi* ! — cria alors Hop-Frog ; et sa voix perçante se faisait entendre à travers le tumulte, — gardez-les-*moi*, je crois que je les connais, *moi*. Si je peux seulement les bien voir, *moi*, je vous dirai tout de suite qui ils sont.

Alors, chevauchant des pieds et des mains sur les têtes de la foule, il manœuvra de manière à atteindre le mur ; puis, arrachant un flambeau à l'une des cariatides, il retourna, comme il était venu, vers le centre de la salle, — bondit avec l'agilité d'un singe sur la tête du roi, — et grimpa de quelques pieds après la chaîne, — abaissant la torche pour examiner le groupe des orangs-outangs, et criant toujours : — Je découvrirai bien vite qui ils sont !

Et alors, pendant que toute l'assemblée — y compris les singes — se tordait de rire, le bouffon poussa soudainement un sifflement aigu ; la chaîne remonta vivement de trente pieds environ, — tirant avec elle les orangs-outangs terrifiés qui se débattaient, et les laissant suspendus en l'air entre le châssis et le plancher. Hop-Frog, cramponné à la chaîne, était remonté avec elle et gardait toujours sa position relativement aux huit masques, rabattant toujours sa torche vers eux, comme s'il s'efforçait de découvrir qui ils pouvaient être.

Toute l'assistance fut tellement stupéfiée par cette ascension, qu'il en résulta un silence profond, d'une minute environ. Mais il fut interrompu par un bruit sourd, une espèce de grincement rauque, comme celui qui avait déjà attiré l'attention du roi et de ses conseillers, quand celui-ci avait jeté le vin à la face de Tripetta. Mais, dans le cas présent, il n'y avait pas lieu de chercher d'où partait le bruit. Il jaillissait des dents du nain, qui faisait grincer ses crocs, comme s'il les broyait dans l'écume de sa bouche, et dardait des yeux étincelant d'une rage folle vers le roi et ses sept compagnons, dont les figures étaient tournées vers lui.

— Ah ! ah ! — dit enfin le nain furibond, — ah ! ah ! je commence à voir qui sont ces gens-là, maintenant !

Alors sous prétexte d'examiner le roi de plus près, il approcha le flambeau du vêtement de lin dont celui-ci était revêtu, et qui se fondit instantanément en une nappe de flamme éclatante. En moins d'une demi-minute, les huit orangs-outangs flambaient furieusement, au milieu des cris d'une multitude qui les contemplait d'en bas, frappée d'horreur, et impuissante à leur porter le plus léger secours.

À la longue, les flammes, jaillissant soudainement avec plus de violence, contraignirent le bouffon à grimper plus haut sur sa chaîne, hors de leur atteinte, et, pendant qu'il accomplissait cette manœuvre, la foule retomba, pour un instant encore, dans le silence. Le nain saisit l'occasion, et prit de nouveau la parole :

— Maintenant, — dit-il, — je vois *distinctement* de quelle espèce sont ces masques. Je vois un grand roi et ses sept conseillers privés, un roi qui ne se fait pas scrupule de frapper une fille sans défense, et ses sept conseillers qui l'encouragent dans son atrocité. Quant à moi, je suis simplement Hop-Frog, le bouffon, — et *ceci est ma dernière bouffonnerie !*

Grâce à l'extrême combustibilité du chanvre et du goudron auquel il était collé, le nain avait à peine fini sa courte harangue que l'œuvre de vengeance était accomplie. Les huit cadavres se balançaient sur leurs chaînes, — masse confuse, fétide, fuligineuse, hideuse. Le boiteux lança sa torche sur eux, grimpa tout à loisir vers le plafond, et disparut à travers le châssis.

On suppose que Tripetta, en sentinelle sur le toit de la salle, avait servi de complice à son ami dans cette vengeance incendiaire, et qu'ils s'enfuirent ensemble vers leur pays ; car on ne les a jamais revus.

LA BARRIQUE D'AMONTILLADO [1]

J'avais supporté du mieux que j'avais pu les mille injustices de Fortunato ; mais, quand il en vint à l'insulte, je jurai de me venger. Vous cependant, qui connaissez bien la nature de mon âme, vous ne supposerez pas que j'aie articulé une seule menace. À la longue, je devais être vengé ; c'était un point définitivement arrêté ; — mais la perfection même de ma résolution excluait toute idée de péril. Je devais non seulement punir, mais punir impunément. Une injure n'est pas redressée quand le châtiment atteint le redresseur ; elle n'est pas non plus redressée quand le vengeur n'a pas soin de se faire connaître à celui qui a commis l'injure.

Il faut qu'on sache que je n'avais donné à Fortunato aucune raison de douter de ma bienveillance, ni par mes paroles, ni par mes actions. Je continuai, selon mon habitude, à lui sourire en face, et il ne devinait pas que mon sourire désormais ne traduisait que la pensée de son immolation.

Il avait un côté faible — ce Fortunato, — bien qu'il fût à tous autres égards un homme à respecter, et même à craindre. Il se faisait gloire d'être connaisseur en vins. Peu d'Italiens ont le véritable esprit de connaisseur ; leur enthousiasme est la plupart du temps emprunté,

1. L'amontillado est un sherry.

accommodé au temps et à l'occasion ; c'est un charla-
tanisme pour agir sur les millionnaires anglais et autri-
chiens. En fait de peintures et de pierres précieuses,
Fortunato, comme ses compatriotes, était un charla-
tan ; mais, en matière de vieux vins, il était sincère. À
cet égard, je ne différais pas essentiellement de lui ;
j'étais moi-même très entendu dans les crus italiens, et
j'en achetais considérablement toutes les fois que je le
pouvais.

Un soir, à la brume, au fort de la folie du carnaval,
je rencontrai mon ami. Il m'accosta avec une très
chaude cordialité, car il avait beaucoup bu. Mon
homme était déguisé. Il portait un vêtement collant et
mi-parti, et sa tête était surmontée d'un bonnet conique
avec des sonnettes. J'étais si heureux de le voir, que
je crus que je ne finirais jamais de lui pétrir la main.
Je lui dis :

— Mon cher Fortunato, je vous rencontre à propos.
Quelle excellente mine vous avez aujourd'hui ! — Mais
j'ai reçu une pipe d'amontillado, ou du moins d'un vin
qu'on me donne pour tel, et j'ai des doutes.

— Comment, — dit-il, — de l'amontillado ? Une
pipe ? Pas possible ! — Et au milieu du carnaval !

— J'ai des doutes, — répliquai-je, — et j'ai été assez
bête pour payer le prix total de l'amontillado sans vous
consulter. On n'a pas pu vous trouver, et je tremblais
de manquer une occasion.

— De l'amontillado !

— J'ai des doutes.

— De l'amontillado !

— Et je veux les tirer au clair.

— De l'amontillado !

— Puisque vous êtes invité quelque part, je vais
chercher Luchesi. Si quelqu'un a le sens critique, c'est
lui. Il me dira...

— Luchesi est incapable de distinguer l'amontillado
du xérès.

— Et cependant, il y a des imbéciles qui tiennent que
son goût est égal au vôtre.

— Venez, allons !

— Où ?

— À vos caves.

— Mon ami, non ; je ne veux pas abuser de votre bonté. Je vois que vous êtes invité. Luchesi...

— Je ne suis pas invité ; — partons !

— Mon ami, non. Ce n'est pas la question de l'invitation, mais c'est le cruel froid dont je m'aperçois que vous souffrez. Les caves sont insupportablement humides ; elles sont tapissées de nitre.

— N'importe, allons ! Le froid n'est absolument rien. De l'amontillado ! On vous en a imposé. — Et, quant à Luchesi, il est incapable de distinguer le xérès de l'amontillado.

En parlant ainsi, Fortunato s'empara de mon bras. Je mis un masque de soie noire, et, m'enveloppant soigneusement d'un manteau, je me laissai traîner par lui jusqu'à mon palais.

Il n'y avait pas de domestiques à la maison ; ils s'étaient cachés pour faire ripaille en l'honneur de la saison. Je leur avais dit que je ne rentrerais pas avant le matin, et je leur avais donné l'ordre formel de ne pas bouger de la maison. Cet ordre suffisait, je le savais bien, pour qu'ils décampassent en toute hâte, tous, jusqu'au dernier, aussitôt que j'aurais tourné le dos.

Je pris deux flambeaux à la glace, j'en donnai un à Fortunato, et je le dirigeai complaisamment, à travers une enfilade de pièces, jusqu'au vestibule qui conduisait aux caves. Je descendis devant lui un long et tortueux escalier, me retournant et lui recommandant de prendre bien garde. Nous atteignîmes enfin les derniers degrés, et nous nous trouvâmes ensemble sur le sol humide des catacombes des Montrésors.

La démarche de mon ami était chancelante, et les clochettes de son bonnet cliquetaient à chacune de ses enjambées.

— La pipe d'amontillado ? — dit-il.

— C'est plus loin, — dis-je ; — mais observez cette broderie blanche qui étincelle sur les murs de ce caveau.

Il se retourna vers moi et me regarda dans les yeux avec deux globes vitreux qui distillaient les larmes de l'ivresse.

— Le nitre ? — demanda-t-il à la fin.

— Le nitre, — répliquai-je. — Depuis combien de temps avez-vous attrapé cette toux ?

— Euh ! euh ! euh ! — euh ! euh ! euh ! — euh ! euh ! euh ! — euh !!!

Il fut impossible à mon pauvre ami de répondre avant quelques minutes.

— Ce n'est rien, — dit-il enfin.

— Venez, — dis-je avec fermeté, — allons-nous-en ; votre santé est précieuse. Vous êtes riche, respecté, admiré, aimé ; vous êtes heureux, comme je le fus autrefois ; vous êtes un homme qui laisserait un vide. Pour moi, ce n'est pas la même chose. Allons-nous-en ; vous vous rendrez malade. D'ailleurs, il y a Luchesi...

— Assez, — dit-il ; — la toux, ce n'est rien. Cela ne me tuera pas. Je ne mourrai pas d'un rhume.

— C'est vrai, — c'est vrai, — répliquai-je, — et, en vérité, je n'avais pas l'intention de vous alarmer inutilement ; — mais vous devriez prendre des précautions. Un coup de ce médoc vous défendra contre l'humidité.

Ici, j'enlevai une bouteille à une longue rangée de ses compagnes qui étaient couchées par terre, et je fis sauter le goulot.

— Buvez, — dis-je, en lui présentant le vin.

Il porta la bouteille à ses lèvres, en me regardant du coin de l'œil. Il fit une pause, me salua familièrement (les grelots sonnèrent), et dit :

— Je bois aux défunts qui reposent autour de nous !

— Et moi, à votre longue vie !

Il reprit mon bras, et nous nous remîmes en route.

— Ces caveaux, — dit-il, — sont très vastes.

— Les Montrésors, — répliquai-je, — étaient une grande et nombreuse famille.

— J'ai oublié vos armes.

— Un grand pied d'or sur champ d'azur ; le pied

écrase un serpent rampant dont les dents s'enfoncent dans le talon.

— Et la devise ?

— *Nemo me impune lacessit* [1].

— Fort beau ! — dit-il.

Le vin étincelait dans ses yeux, et les sonnettes tintaient. Le médoc m'avait aussi échauffé les idées. Nous étions arrivés, à travers des murailles d'ossements empilés, entremêlés de barriques et de pièces de vin, aux dernières profondeurs des catacombes. Je m'arrêtai de nouveau, et, cette fois, je pris la liberté de saisir Fortunato par un bras, au-dessus du coude.

— Le nitre ! — dis-je ; — voyez, cela augmente. Il pend comme de la mousse le long des voûtes. Nous sommes sous le lit de la rivière. Les gouttes d'humidité filtrent à travers les ossements. Venez, partons, avant qu'il soit trop tard. Votre toux...

— Ce n'est rien, — dit-il, — continuons. Mais, d'abord, encore un coup de ce médoc.

Je cassai un flacon de vin de Grave, et je le lui tendis. Il le vida d'un trait. Ses yeux brillèrent d'un feu ardent. Il se mit à rire, et jeta la bouteille en l'air avec un geste que je ne pus pas comprendre.

Je le regardai avec surprise. Il répéta le mouvement, un mouvement grotesque.

— Vous ne comprenez pas ? — dit-il.

— Non, — répliquai-je.

— Alors, — vous n'êtes pas de la loge ?

— Comment ?

— Vous n'êtes pas maçon ?

— Si ! si ! — dis-je, — si ! si !

— Vous ? impossible ! vous maçon ?

— Oui, maçon, — répondis-je.

— Un signe ! — dit-il.

---

1. « Personne ne m'injurie impunément » (devise de la famille royale d'Écosse).

— Voici, — répliquai-je en tirant une truelle de dessous les plis de mon manteau.

— Vous voulez rire, — s'écria-t-il, — en reculant de quelques pas. Mais allons à l'amontillado.

— Soit, — dis-je en replaçant l'outil sous ma roquelaure [1] et lui offrant de nouveau mon bras.

Il s'appuya lourdement dessus. Nous continuâmes notre route à la recherche de l'amontillado. Nous passâmes sous une rangée d'arceaux fort bas ; nous descendîmes, nous fîmes quelques pas, et, descendant encore, nous arrivâmes à une crypte profonde, où l'impureté de l'air faisait rougir plutôt que briller nos flambeaux.

Tout au fond de cette crypte, on en découvrait une autre moins spacieuse. Ses murs avaient été revêtus avec les débris humains empilés dans les caves au-dessus de nous, à la manière des grandes catacombes de Paris. Trois côtés de cette seconde crypte étaient encore décorés de cette façon. Du quatrième, les os avaient été arrachés et gisaient confusément sur le sol, formant en un point un rempart d'une certaine hauteur. Dans le mur, ainsi mis à nu par le déplacement des os, nous apercevions encore une autre niche, profonde de quatre pieds environ, large de trois, haute de six ou sept. Elle ne semblait pas avoir été construite pour un usage spécial, mais formait simplement l'intervalle entre deux des piliers énormes qui supportaient la voûte des catacombes, et s'appuyait à l'un des murs de granit massif qui délimitaient l'ensemble.

Ce fut en vain que Fortunato, élevant sa torche malade, s'efforça de scruter la profondeur de la niche. La lumière affaiblie ne nous permettait pas d'en apercevoir l'extrémité.

— Avancez, — dis-je, c'est là qu'est l'amontillado. Quant à Luchesi...

---

1. Habit à boutons sur le devant, porté par les hommes sous Louis XIV.

— C'est un être ignare ! — interrompit mon ami, prenant les devants et marchant tout de travers, pendant que je suivais sur ses talons.

En un instant, il avait atteint l'extrémité de la niche, et, trouvant sa marche arrêtée par le roc, il s'arrêta stupidement ébahi. Un moment après, je l'avais enchaîné au granit. Sur la paroi il y avait deux crampons de fer, à la distance d'environ deux pieds l'un de l'autre dans le sens horizontal. À l'un des deux était suspendue une courte chaîne, à l'autre un cadenas. Ayant jeté la chaîne autour de sa taille, l'assujettir fut une besogne de quelques secondes. Il était trop étonné pour résister. Je retirai la clef, et reculai de quelques pas hors de la niche.

— Passez votre main sur le mur, — dis-je ; — vous ne pouvez pas ne pas sentir le nitre. Vraiment, il est très humide. Laissez-moi vous *supplier* une fois encore de vous en aller. — Non ? — Alors, il faut positivement que je vous quitte. Mais je vous rendrai d'abord tous les petits soins qui sont en mon pouvoir.

— L'amontillado ! — s'écria mon ami, qui n'était pas encore revenu de son étonnement.

— C'est vrai, — répliquai-je, l'amontillado.

Tout en prononçant ces mots, j'attaquais la pile d'ossements dont j'ai déjà parlé. Je les jetai de côté, et je découvris bientôt une bonne quantité de moellons et de mortier. Avec ces matériaux, et à l'aide de ma truelle, je commençai activement à murer l'entrée de la niche.

J'avais à peine établi la première assise de ma maçonnerie, que je découvris que l'ivresse de Fortunato était en grande partie dissipée. Le premier indice que j'en eus fut un cri sourd, un gémissement, qui sortit du fond de la niche. *Ce n'était pas le cri d'un homme ivre !* Puis il y eut un long et obstiné silence. Je posai la seconde rangée, puis la troisième, puis la quatrième ; et alors j'entendis les furieuses vibrations de la chaîne. Le bruit dura quelques minutes, pendant lesquelles, pour m'en délecter plus à l'aise, j'interrompis ma besogne et m'accroupis sur les ossements. À la fin, quand le tapage s'apaisa, je repris ma truelle et j'achevai sans interruption la cinquième, la sixième et la septième rangée. Le mur était alors presque à la hauteur de ma poitrine. Je fis une nouvelle pause, et, élevant les flambeaux au-dessus de la maçonnerie, je jetai quelques faibles rayons sur le personnage inclus.

Une suite de grands cris, de cris aigus, fit soudainement explosion du gosier de la figure enchaînée, et me rejeta pour ainsi dire violemment en arrière. Pendant un instant, j'hésitai, — je tremblai. Je tirai mon épée, et je commençai à fourrager à travers la niche ; mais un instant de réflexion suffit à me tranquilliser. Je posai la main sur la maçonnerie massive du caveau, et je fus tout à fait rassuré. Je me rapprochai du mur. Je répondis aux hurlements de mon homme. Je leur fis écho et accompagnement, — je les surpassai en volume et en force. Voilà comme je fis, et le braillard se tint tranquille.

Il était alors minuit, et ma tâche tirait à sa fin. J'avais complété ma huitième, ma neuvième et ma dixième rangée. J'avais achevé une partie de la onzième et dernière ; il ne restait plus qu'une seule pierre à ajuster et à plâtrer. Je la remuai avec effort ; je la plaçai à peu près dans la position voulue. Mais alors s'échappa de la niche un rire étouffé qui me fit dresser les cheveux sur la tête. À ce rire succéda une voix triste que je reconnus difficilement pour celle du noble Fortunato. La voix disait :

— Ha ! ha ! ha ! — Hé ! hé ! — Une très bonne plaisanterie, en vérité ! — une excellente farce ! Nous en rirons de bon cœur au palais, — hé ! hé ! — de notre bon vin ! — hé ! hé ! hé !

— De l'amontillado ? — dis-je.

— Hé ! hé ! — hé ! hé ! — oui, de l'amontillado. Mais ne se fait-il pas tard ? Ne nous attendront-ils pas au palais, la signora Fortunato et les autres ? Allons-nous-en.

— Oui, — dis-je, — allons-nous-en.

— *Pour l'amour de Dieu, Montrésor !*

— Oui, — dis-je, — pour l'amour de Dieu !

Mais à ces mots point de réponse ; je tendis l'oreille en vain. Je m'impatientai. J'appelai très haut :

— Fortunato !

Pas de réponse. J'appelai de nouveau :

— Fortunato !

Rien. — J'introduisis une torche à travers l'ouverture qui restait et la laissai tomber en dedans. Je ne reçus en manière de réplique qu'un cliquetis de sonnettes. Je me sentis mal au cœur, — sans doute par suite de l'humidité des catacombes. Je me hâtai de mettre fin à ma besogne. Je fis un effort, et j'ajustai la dernière pierre ; je la recouvris de mortier. Contre la nouvelle maçonnerie je rétablis l'ancien rempart d'ossements. Depuis un demi-siècle aucun mortel ne les a dérangés. *In pace requiescat !*

LE MASQUE DE LA MORT ROUGE[1]

La *Mort Rouge* avait pendant longtemps dépeuplé la contrée. Jamais peste ne fut si fatale, si horrible. Son avatar, c'était le sang, — la rougeur et la hideur du sang. C'étaient des douleurs aiguës, un vertige soudain, et puis un suintement abondant par les pores, et la dissolution de l'être. Des taches pourpres sur le corps, et spécialement sur le visage de la victime, la mettaient au ban de l'humanité, et lui fermaient tout secours et toute sympathie. L'invasion, le progrès, le résultat de la maladie, tout cela était l'affaire d'une demi-heure.

Mais le prince Prospero était heureux, et intrépide, et sagace. Quand ses domaines furent à moitié dépeuplés, il convoqua un millier d'amis vigoureux et allègres de cœur, choisis parmi les chevaliers et les dames de sa cour, et se fit avec eux une retraite profonde dans une de ses abbayes fortifiées. C'était un vaste et magnifique bâtiment, une création du prince, d'un goût excentrique et cependant grandiose. Un mur épais et haut lui faisait une ceinture. Ce mur avait des portes de fer. Les courtisans, une fois entrés, se servirent de fourneaux et de solides marteaux pour souder les verrous. Ils résolurent de se barricader contre les impulsions soudaines du désespoir extérieur et de fermer

1. Noter que *the mask* signifie en anglais non seulement *le masque*, mais aussi un bref spectacle dansé (*mascarade*).

toute issue aux frénésies du dedans. L'abbaye fut largement approvisionnée. Grâce à ces précautions, les courtisans pouvaient jeter le défi à la contagion. Le monde
extérieur s'arrangerait comme il pourrait. En attendant,
c'était folie de s'affliger ou de penser. Le prince avait
pourvu à tous les moyens de plaisir. Il y avait des bouffons, il y avait des improvisateurs, des danseurs, des
musiciens, il y avait le beau sous toutes ses formes, il
y avait le vin. En dedans, il y avait toutes ces belles
choses et la sécurité. Au-dehors, la *Mort Rouge*.

Ce fut vers la fin du cinquième ou sixième mois de
sa retraite, et pendant que le fléau sévissait au-dehors
avec le plus de rage, que le prince Prospero gratifia ses
mille amis d'un bal masqué de la plus insolite magnificence.

Tableau voluptueux que cette mascarade ! Mais
d'abord laissez-moi vous décrire les salles où elle eut
lieu. Il y en avait sept, — une enfilade impériale. Dans
beaucoup de palais, ces séries de salons forment de
longues perspectives en ligne droite, quand les battants
des portes sont rabattus sur les murs de chaque côté,
de sorte que le regard s'enfonce jusqu'au bout sans
obstacle. Ici, le cas était fort différent, comme on
pouvait s'y attendre de la part du duc et de son goût
très vif pour le bizarre. Les salles étaient si irrégulière-
ment disposées, que l'œil n'en pouvait guère embrasser
plus d'une à la fois. Au bout d'un espace de vingt à
trente yards, il y avait un brusque détour, et à chaque
coude un nouvel aspect. À droite et à gauche, au milieu
de chaque mur, une haute et étroite fenêtre gothique
donnait sur un corridor fermé qui suivait les sinuosités
de l'appartement. Chaque fenêtre était faite de verres
coloriés en harmonie avec le ton dominant dans les
décorations de la salle sur laquelle elle s'ouvrait. Celle
qui occupait l'extrémité orientale, par exemple, était
tendue de bleu, — et les fenêtres étaient d'un bleu profond. La seconde pièce était ornée et tendue de pourpre,
et les carreaux étaient pourpres. La troisième, entièrement verte, et vertes les fenêtres. La quatrième, décorée

d'orange, était éclairée par une fenêtre orangée, — la cinquième, blanche, — la sixième, violette.

La septième salle était rigoureusement ensevelie de tentures de velours noir qui revêtaient tout le plafond et les murs, et retombaient en lourdes nappes sur un tapis de même étoffe et de même couleur. Mais, dans cette chambre seulement, la couleur des fenêtres ne correspondait pas à la décoration. Les carreaux étaient écarlates, — d'une couleur intense de sang.

Or, dans aucune des sept salles, à travers les ornements d'or éparpillés à profusion çà et là ou suspendus aux lambris, on ne voyait de lampe ni de candélabre. Ni lampes, ni bougies ; aucune lumière de cette sorte dans cette longue suite de pièces. Mais, dans les corridors qui leur servaient de ceinture, juste en face de chaque fenêtre, se dressait un énorme trépied, avec un brasier éclatant, qui projetait ses rayons à travers les carreaux de couleur et illuminait la salle d'une manière éblouissante. Ainsi se produisaient une multitude d'aspects chatoyants et fantastiques. Mais, dans la chambre de l'ouest, la chambre noire, la lumière du brasier qui ruisselait sur les tentures noires à travers les carreaux sanglants était épouvantablement sinistre, et donnait aux physionomies des imprudents qui y entraient un aspect tellement étrange, que bien peu de danseurs se sentaient le courage de mettre les pieds dans son enceinte magique.

C'était aussi dans cette salle que s'élevait, contre le mur de l'ouest, une gigantesque horloge d'ébène. Son pendule se balançait avec un tic-tac sourd, lourd, monotone ; et quand l'aiguille des minutes avait fait le circuit du cadran et que l'heure allait sonner, il s'élevait des poumons d'airain de la machine un son clair, éclatant, profond et excessivement musical, mais d'une note si particulière et d'une énergie telle, que d'heure en heure, les musiciens de l'orchestre étaient contraints d'interrompre un instant leurs accords pour écouter la musique de l'heure ; les valseurs alors cessaient forcément leurs évolutions ; un trouble momentané courait dans toute la joyeuse compagnie ; et, tant que vibrait le carillon, on remarquait que les plus fous devenaient pâles, et que les plus âgés et les plus rassis passaient leurs mains sur leurs fronts, comme dans une méditation ou une rêverie délirante. Mais, quand l'écho s'était tout à fait évanoui, une légère hilarité circulait par toute l'assemblée ; les musiciens s'entre-regardaient et souriaient de leurs nerfs et de leur folie, et se juraient tout bas, les uns aux autres, que la prochaine sonnerie ne produirait pas en eux la même émotion ; et puis, après la fuite des soixante minutes qui comprennent les trois mille six cents secondes de l'heure disparue, arrivait une nouvelle sonnerie de la fatale horloge, et c'était le même trouble, le même frisson, les mêmes rêveries.

Mais, en dépit de tout cela, c'était une joyeuse et magnifique orgie. Le goût du duc était tout particulier. Il avait un œil sûr à l'endroit des couleurs et des effets. Il méprisait le *décorum* de la mode. Ses plans étaient téméraires et sauvages, et ses conceptions brillaient d'une splendeur barbare. Il y a des gens qui l'auraient jugé fou. Ses courtisans sentaient bien qu'il ne l'était pas. Mais il fallait l'entendre, le voir, le toucher, pour être sûr qu'il ne l'était pas.

Il avait, à l'occasion de cette grande fête, présidé en grande partie à la décoration mobilière des sept salons, et c'était son goût personnel qui avait commandé le style des travestissements. À coup sûr, c'étaient des conceptions grotesques. C'était éblouissant, étincelant ; il y avait du piquant et du fantastique, — beaucoup de ce qu'on a vu dans *Hernani*. Il y avait des figures vraiment arabesques, absurdement équipées, incongrûment bâties ; des fantaisies monstrueuses comme la folie ; il y avait du beau, du licencieux, du bizarre en quantité, tant soit peu du terrible, et du dégoûtant à foison. Bref, c'était comme une multitude de rêves qui se pavanaient çà et là dans les sept salons. Et ces rêves se contorsionnaient en tous sens, prenant la couleur des chambres ; et l'on eût dit qu'ils exécutaient la musique avec leurs pieds, et que les airs étranges de l'orchestre étaient l'écho de leurs pas.

Et, de temps en temps, on entend sonner l'horloge d'ébène de la salle de velours. Et alors, pour un moment, tout s'arrête, tout se tait, excepté la voix de l'horloge. Les rêves sont glacés, paralysés dans leurs postures. Mais les échos de la sonnerie s'évanouissent, — ils n'ont duré qu'un instant, — et à peine ont-ils fui, qu'une hilarité légère et mal contenue circule partout. Et la musique s'enfle de nouveau, et les rêves revivent, et ils se tordent çà et là plus joyeusement que jamais, reflétant la couleur des fenêtres à travers lesquelles ruisselle le rayonnement des trépieds. Mais, dans la chambre qui est là-bas tout à l'ouest, aucun masque n'ose maintenant s'aventurer ; car la nuit avance, et une lumière plus rouge afflue à travers les carreaux couleur de sang, et la noirceur des draperies funèbres est effrayante ; et à l'étourdi qui met le pied sur le tapis funèbre l'horloge d'ébène envoie un carillon plus lourd, plus solennellement énergique que celui qui frappe les oreilles des masques tourbillonnant dans l'insouciance lointaine des autres salles.

Quant à ces pièces-là, elles fourmillaient de monde, ✒ et le cœur de la vie y battait fiévreusement. Et la fête tourbillonnait toujours lorsque s'éleva enfin le son de minuit de l'horloge. Alors, comme je l'ai dit, la musique s'arrêta ; le tournoiement des valseurs fut suspendu ; il se fit partout, comme naguère, une anxieuse immobilité. Mais le timbre de l'horloge avait cette fois douze coups à sonner ; aussi, il se peut bien que plus de pensée se soit glissée dans les méditations de ceux qui pensaient parmi cette foule festoyante. Et ce fut peut-être aussi pour cela que plusieurs personnes parmi cette foule, avant que les derniers échos du dernier coup fussent noyés dans le silence, avaient eu le temps de s'apercevoir de la présence d'un masque qui jusque-là n'avait aucunement attiré l'attention. Et, la nouvelle de cette intrusion s'étant répandue en un chuchotement

✒ Voir *Au fil du texte*, p. XIII.

à la ronde, il s'éleva de toute l'assemblée un bourdonnement, un murmure significatif d'étonnement et de désapprobation, — puis, finalement, de terreur, d'horreur et de dégoût.

Dans une réunion de fantômes telle que je l'ai décrite, il fallait sans doute une apparition bien extraordinaire pour causer une telle sensation. La licence carnavalesque de cette nuit était, il est vrai, à peu près illimitée ; mais le personnage en question avait dépassé l'extravagance d'un Hérode, et franchi les bornes — cependant complaisantes — du décorum imposé par le prince. Il y a dans les cœurs des plus insouciants des cordes qui ne se laissent pas toucher sans émotion. Même chez les dépravés, chez ceux pour qui la vie et la mort sont également un jeu, il y a des choses avec lesquelles on ne peut pas jouer. Toute l'assemblée parut alors sentir profondément le mauvais goût et l'inconvenance de la conduite et du costume de l'étranger. Le personnage était grand et décharné, et enveloppé d'un suaire de la tête aux pieds. Le masque qui cachait le visage représentait si bien la physionomie d'un cadavre raidi, que l'analyse la plus minutieuse aurait difficilement découvert l'artifice. Et cependant, tous ces fous joyeux auraient peut-être supporté, sinon approuvé, cette laide plaisanterie. Mais le masque avait été jusqu'à adopter le type de la *Mort Rouge*. Son vêtement était barbouillé de sang, — et son large front, ainsi que tous les traits de sa face, étaient aspergés de l'épouvantable écarlate.

Quand les yeux du prince Prospero tombèrent sur cette figure de spectre, — qui, d'un mouvement lent, solennel, emphatique, comme pour mieux soutenir son rôle, se promenait çà et là à travers les danseurs, — on le vit d'abord convulsé par un violent frisson de terreur ou de dégoût ; mais, une seconde après, son front s'empourpra de rage.

— Qui ose, — demanda-t-il, d'une voix enrouée, aux courtisans debout près de lui, — qui ose nous insulter par cette ironie blasphématoire ? Emparez-vous de lui, et démasquez-le — que nous sachions qui nous aurons à pendre aux créneaux, au lever du soleil !

C'était dans la chambre de l'est ou chambre bleue que se trouvait le prince Prospero, quand il prononça ces paroles. Elles retentirent fortement et clairement à travers les sept salons, — car le prince était un homme impérieux et robuste, et la musique s'était tue à un signe de sa main.

C'était dans la chambre bleue que se tenait le prince, avec un groupe de pâles courtisans à ses côtés. D'abord, pendant qu'il parlait, il y eut parmi le groupe un léger mouvement en avant dans la direction de l'intrus, qui fut un instant presque à leur portée, et qui maintenant, d'un pas délibéré et majestueux, se rapprochait de plus en plus du prince. Mais, par suite d'une certaine terreur indéfinissable que l'audace insensée du masque avait inspirée à toute la société, il ne se trouva personne pour lui mettre la main dessus ; si bien que, ne trouvant aucun obstacle, il passa à deux pas de la personne du prince ; et pendant que l'immense assemblée, comme obéissant à un seul mouvement, reculait du centre de la salle vers les murs, il continua sa route sans interruption, de ce même pas solennel et mesuré qui l'avait tout d'abord caractérisé, de la chambre bleue à la chambre pourpre, — de la chambre pourpre à la chambre verte, — de la verte à l'orange, — de celle-ci à la blanche, — et de celle-là à la violette, avant qu'on eût fait un mouvement décisif pour l'arrêter.

Ce fut alors, toutefois, que le prince Prospero, exaspéré par la rage et la honte de sa lâcheté d'une minute, s'élança précipitamment à travers les six chambres, où nul ne le suivit ; car une terreur mortelle s'était emparée de tout le monde. Il brandissait un poignard nu, et s'était approché impétueusement à une distance de trois ou quatre pieds du fantôme qui battait en retraite, quand ce dernier, arrivé à l'extrémité de la salle de velours, se retourna brusquement et fit face à celui qui le poursuivait. Un cri aigu partit, — et le poignard glissa avec un éclair sur le tapis funèbre où le prince Prospero tombait mort une seconde après.

Alors, invoquant le courage violent du désespoir, une foule de masques se précipita à la fois dans la chambre noire ; et, saisissant l'inconnu, qui se tenait, comme une grande statue, droit et immobile dans l'ombre de l'horloge d'ébène, ils se sentirent suffoqués par une terreur sans nom, en voyant que sous le linceul et le masque cadavéreux, qu'ils avaient empoignés avec une si violente énergie, ne logeait aucune forme palpable.

On reconnut alors la présence de la *Mort Rouge*. Elle était venue comme un voleur de nuit. Et tous les convives tombèrent un à un dans les salles de l'orgie inondées d'une rosée sanglante, et chacun mourut dans la posture désespérée de sa chute.

Et la vie de l'horloge d'ébène disparut avec celle du dernier de ces êtres joyeux. Et les flammes des trépieds expirèrent. Et les Ténèbres, et la Ruine, et la *Mort Rouge*, établirent sur toutes choses leur empire illimité.

LE ROI PESTE
HISTOIRE CONTENANT UNE ALLÉGORIE

> Les dieux souffrent et autorisent fort bien chez les
> rois les choses qui leur font horreur dans les chemins
> de la canaille [1].
>
> BUCKHURST, *Ferrex et Porrex*.

Vers minuit environ, pendant une nuit du mois
d'octobre, sous le règne chevaleresque d'Édouard III,
deux matelots appartenant à l'équipage du *Free-and-Easy*, goélette de commerce faisant le service entre
l'Écluse (Belgique) et la Tamise, et qui était alors à
l'ancre dans cette rivière, furent très émerveillés de se
trouver assis dans la salle d'une taverne de la paroisse
Saint-André, à Londres, — laquelle taverne portait
pour enseigne la portraiture du *Joyeux Loup de mer*.

La salle, quoique mal construite, noircie par la
fumée, basse de plafond, et ressemblant d'ailleurs à
tous les cabarets de cette époque, était néanmoins, dans
l'opinion des groupes grotesques de buveurs disséminés
çà et là, suffisamment bien appropriée à sa destination.

De ces groupes, nos deux matelots formaient, je
crois, le plus intéressant, sinon le plus remarquable.

---

1. Il faut comprendre les « orgies de la canaille » et non pas les
« chemins de la canaille ». La citation est extraite de *Gordobuc ou
Ferrex et Porrex*, tragédie de 1561 (II, 1).

Celui qui paraissait être l'aîné, et que son compagnon appelait du nom caractéristique de *Legs* (jambes), était aussi de beaucoup le plus grand des deux. Il pouvait bien avoir six pieds et demi, et une courbure habituelle des épaules semblait la conséquence nécessaire d'une aussi prodigieuse stature. — Son superflu en hauteur était néanmoins plus que compensé par des déficits à d'autres égards. Il était excessivement maigre, et il aurait pu, comme l'affirmaient ses camarades, remplacer, quand il était ivre, une flamme[1] de tête de mât, et à jeun le bout-dehors[2] du foc. Mais évidemment ces plaisanteries et d'autres analogues n'avaient jamais produit aucun effet sur les muscles cachinnatoires[3] du loup de mer. Avec ses pommettes saillantes, son grand nez de faucon, son menton fuyant, sa mâchoire inférieure déprimée et ses énormes yeux blancs protubérants, l'expression de sa physionomie, quoique empreinte d'une espèce d'indifférence bourrue pour toutes choses, n'en était pas moins solennelle et sérieuse au-delà de toute imitation et de toute description.

Le plus jeune matelot était, dans toute son apparence extérieure, l'inverse et la *réciproque* de son camarade. Une paire de jambes arquées et trapues supportait sa personne lourde et ramassée, et ses bras singulièrement courts et épais, terminés par des poings plus qu'ordinaires, pendillaient et se balançaient à ses côtés comme les ailerons d'une tortue de mer. De petits yeux, d'une couleur non précise, scintillaient, profondément enfoncés dans sa tête. Son nez restait enfoui dans la masse de chair qui enveloppait sa face ronde, pleine et pourprée, et sa grosse lèvre supérieure se reposait complaisamment sur l'inférieure, encore plus grosse, avec un air de satisfaction personnelle, augmenté par l'habitude qu'avait le propriétaire desdites lèvres à les lécher de

---

1. Bande d'étoffe terminée en double langue.
2. Pièce de bois qu'on ajoute à la vergue quand le vent est faible.
3. Muscles qui permettent de rire aux éclats.

temps à autre. Il regardait évidemment son grand
camarade de bord avec un sentiment moitié d'ébahissement, moitié de raillerie ; et parfois, quand il le
contemplait en face, il avait l'air du soleil empourpré
contemplant, avant de se coucher, le haut des rochers
de Ben-Nevis [1].

Cependant, les pérégrinations du digne couple dans
les différentes tavernes du voisinage pendant les premières heures de la nuit avaient été variées et pleines
d'événements. Mais les fonds, même les plus vastes,
ne sont pas éternels, et c'était avec des poches vides que
nos amis s'étaient aventurés dans le cabaret en question.

Au moment précis où commence proprement cette
histoire, Legs et son compagnon Hugh Tarpaulin [2]
étaient assis, chacun avec les deux coudes appuyés sur
la vaste table de chêne, au milieu de la salle, et les joues
entre les mains. À l'abri d'un vaste flacon de *humming-
stuff* [3] non payé, ils lorgnaient les mots sinistres : —
*Pas de craie**, — qui, non sans étonnement et sans
indignation de leur part, étaient écrits sur la porte en
caractère de craie, — cette impudente craie qui osait se
déclarer absente ! Non que la faculté de déchiffrer les
caractères écrits — faculté considérée parmi le peuple
de ce temps comme un peu moins cabalistique que l'art
de les tracer — eût pu, en stricte justice, être imputée
aux deux disciples de la mer ; mais il y avait, pour dire
la vérité, un certain tortillement dans la tournure des
lettres, — et dans l'ensemble je ne sais quelle indescriptible embardée, — qui présageaient, dans l'opinion des
deux marins, une sacrée secousse et un sale temps, et
qui les décidèrent tout d'un coup, suivant le langage
métaphorique de Legs, à veiller aux pompes, à serrer
toute la toile et à fuir devant le vent. En conséquence,

---

1. Le plus haut sommet de Grande-Bretagne.
2. C'est-à-dire « toile goudronnée ».
3. Un tord-boyaux.

* Pas de crédit (C. B.).

ayant consommé ce qui restait d'ale, et solidement
agrafé leurs courts pourpoints, finalement ils prirent
leur élan vers la rue. Tarpaulin, il est vrai, entra deux
fois dans la cheminée, la prenant pour la porte, mais
enfin leur fuite s'effectua heureusement, et, une demi-
heure après minuit, nos deux héros avaient paré au
grain et filaient rondement à travers une ruelle sombre
dans la direction de l'escalier Saint-André, chaudement
poursuivis par la tavernière du *Joyeux Loup de mer*.

Bien des années avant et après l'époque où se passe
cette dramatique histoire, toute l'Angleterre, mais plus
particulièrement la métropole, retentissait périodique-
ment du cri sinistre : « La Peste ! » La Cité était en
grande partie dépeuplée, — et, dans ces horribles quartiers avoisinant la Tamise, parmi ces ruelles et ces passages noirs, étroits et immondes, que le Démon de la
Peste avait choisis, supposait-on alors, pour le lieu de
sa nativité, on ne pouvait rencontrer, se pavanant à
l'aise, que l'Effroi, la Terreur et la Superstition.

Par ordre du roi, ces quartiers étaient condamnés,
et il était défendu à toute personne, sous peine de mort,
de pénétrer dans leurs affreuses solitudes. Cependant,
ni le décret du monarque, ni les énormes barrières éle-
vées à l'entrée des rues, ni la perspective de cette hideuse
mort, qui, presque à coup sûr, engloutissait le misérable
qu'aucun péril ne pouvait détourner de l'aventure,
n'empêchaient les habitations démeublées et inhabitées
d'être dépouillées, par la main d'une rapine nocturne,
du fer, du cuivre, des plombages, enfin de tout article
pouvant devenir l'objet d'un lucre quelconque.

Il fut particulièrement constaté, à chaque hiver, à
l'ouverture annuelle des barrières, que les serrures, les
verrous et les caves secrètes n'avaient protégé que
médiocrement ces amples provisions de vins et liqueurs,
que, vu les risques et les embarras du déplacement,
plusieurs des nombreux marchands ayant boutique
dans le voisinage s'étaient résignés, durant la période
de l'exil, à confier à une aussi insuffisante garantie.
Mais, parmi le peuple frappé de terreur, bien peu

de gens attribuaient ces faits à l'action des mains humaines. Les Esprits et les Gobelins [1] de la peste, les Démons de la fièvre, tels étaient pour le populaire les vrais suppôts de malheur ; et il se débitait sans cesse là-dessus des contes à glacer le sang, si bien que toute la masse des bâtiments condamnés fut à la longue enveloppée de terreur comme d'un suaire, et que le voleur lui-même, souvent épouvanté par l'horreur superstitieuse qu'avaient créée ses propres déprédations, laissait le vaste circuit du quartier maudit aux ténèbres, au silence, à la peste et à la mort.

Ce fut par l'une des redoutables barrières dont il a été parlé, et qui indiquaient que la région située au-delà était condamnée, que Legs et le digne Hugh Tarpaulin, qui dégringolaient à travers une ruelle, trouvèrent leur course soudainement arrêtée. Il ne pouvait pas être question de revenir sur leurs pas, et il n'y avait pas de temps à perdre ; car ceux qui leur donnaient la chasse étaient presque sur leurs talons. Pour des matelots pur sang, grimper sur la charpente grossièrement façonnée n'était qu'un jeu ; et, exaspérés par la double excitation de la course et des liqueurs, ils sautèrent résolument de l'autre côté, puis, reprenant leur course ivre avec des cris et des hurlements, s'égarèrent bientôt dans ces profondeurs compliquées et malsaines.

S'ils n'avaient pas été ivres au point d'avoir perdu le sens moral, leurs pas vacillants eussent été paralysés par les horreurs de leur situation. L'air était froid et brumeux. Parmi le gazon haut et vigoureux qui leur montait jusqu'aux chevilles, les pavés déchaussés gisaient dans un affreux désordre. Des maisons tombées bouchaient les rues. Les miasmes les plus fétides et les plus délétères régnaient partout ; — et, grâce à cette pâle lumière qui, même à minuit, émane toujours d'une atmosphère vaporeuse et pestilentielle, on aurait pu

1. Esprits follets.

discerner, gisant dans les allées et les ruelles, ou pourrissant dans les habitations sans fenêtres, la charogne de maint voleur nocturne arrêté par la main de la peste dans la perpétration de son exploit.

Mais il n'était pas au pouvoir d'images, de sensations et d'obstacles de cette nature d'arrêter la course de deux hommes qui, naturellement braves, et, cette nuit-là surtout, pleins jusqu'aux bords de courage et de *humming-stuff*, auraient intrépidement roulé, aussi droit que l'aurait permis leur état, dans la gueule même de la Mort. En avant, — toujours en avant allait le sinistre Legs, faisant retentir les échos de ce désert solennel de cris semblables au terrible hurlement de guerre des Indiens ; et avec lui toujours, toujours roulait le trapu Tarpaulin, accroché au pourpoint de son camarade plus agile, et surpassant encore les plus valeureux efforts de ce dernier dans la musique vocale par des mugissements de *basse* tirés des profondeurs de ses poumons stentoriens.

Évidemment, ils avaient atteint la place forte de la peste. À chaque pas ou à chaque culbute, leur route devenait plus horrible et plus infecte, les chemins plus étroits et plus embrouillés. De grosses pierres et des poutres tombant de temps en temps des toits délabrés rendaient témoignage, par leurs chutes lourdes et funestes, de la prodigieuse hauteur des maisons environnantes ; et, quand il leur fallait faire un effort énergique pour se pratiquer un passage à travers les fréquents monceaux de gravats, il n'était pas rare que leur main tombât sur un squelette ou s'empêtrât dans des chairs décomposées.

Tout à coup les marins trébuchèrent contre l'entrée d'un vaste bâtiment d'apparence sinistre ; un cri plus aigu que de coutume jaillit du gosier de l'exaspéré Legs, et il fut répondu de l'intérieur par une explosion rapide, successive, de cris sauvages, démoniaques, presque des éclats de rire. Sans s'effrayer de ces sons, qui, par leur nature, dans un pareil lieu, dans un pareil moment, auraient figé le sang dans des poitrines moins irréparablement incendiées, nos deux ivrognes piquèrent tête baissée dans la porte, l'enfoncèrent, et s'abattirent au milieu des choses avec une volée d'imprécations.

La salle dans laquelle ils tombèrent se trouva être le magasin d'un entrepreneur des pompes funèbres ; mais une trappe ouverte dans un coin du plancher, près de la porte, donnait sur une enfilade de caves, dont les profondeurs, comme le proclama un son de bouteilles qui se brisent, étaient bien approvisionnées de leur contenu traditionnel. Dans le milieu de la salle, une table était dressée, — au milieu de la table, un gigantesque bol plein de punch, à ce qu'il semblait. Des bouteilles de vins et de liqueurs, concurremment avec des pots, des cruches et des flacons de toute forme et de toute espèce, étaient éparpillées à profusion sur la table. Tout autour, sur des tréteaux funèbres, siégeait une société de six personnes. Je vais essayer de vous les décrire une à une.

En face de la porte d'entrée, et un peu plus haut que ses compagnons, était assis un personnage qui semblait être le président de la fête. C'était un être décharné, d'une grande taille, et Legs fut stupéfié de se trouver en face d'un plus maigre que lui. Sa figure était aussi jaune que du safran ; — mais aucun trait, à l'exception d'un seul, n'était assez marqué pour mériter une description particulière. Ce trait unique consistait dans un front si anormalement et si hideusement haut, qu'on eût dit un bonnet ou une couronne de chair ajoutée à sa tête naturelle. Sa bouche grimaçante était plissée par une expression d'affabilité spectrale, et ses yeux, comme les yeux de toutes les personnes attablées, brillaient du singulier vernis que font les fumées de l'ivresse. Ce gentleman était vêtu des pieds à la tête d'un manteau de velours de soie noir, richement brodé, qui flottait négligemment autour de sa taille à la manière d'une cape espagnole. Sa tête était abondamment hérissée de plumes de corbillard, qu'il balançait de-çi, delà avec un air d'afféterie consommée ; et, dans sa main

∽ Voir *Au fil du texte*, p. XIII.

droite, il tenait un grand fémur humain, avec lequel il venait de frapper, à ce qu'il semblait, un des membres de la compagnie pour lui commander une chanson.

En face de lui, et le dos tourné à la porte, était une dame dont la physionomie extraordinaire ne lui cédait en rien. Quoique aussi grande que le personnage que nous venons de décrire, celle-ci n'avait aucun droit de se plaindre d'une maigreur anormale. Elle en était évidemment à la dernière période de l'hydropisie, et sa tournure ressemblait beaucoup à celle de l'énorme pièce de *bière d'Octobre* qui se dressait, défoncée par le haut, juste à côté d'elle, dans un coin de la chambre. Sa figure était singulièrement ronde, rouge et pleine ; et la même particularité, ou plutôt l'absence de particularité que j'ai déjà mentionnée dans le cas du président, marquait sa physionomie, — c'est-à-dire qu'un seul trait de sa face méritait une caractérisation spéciale ; le fait est que le clairvoyant Tarpaulin vit tout de suite que la même remarque pouvait s'appliquer à toutes les personnes de la société ; chacune semblait avoir accaparé pour elle seule un morceau de physionomie. Dans la dame en question, ce morceau, c'était la bouche : — une bouche qui commençait à l'oreille droite, et courait jusqu'à la gauche en dessinant un abîme terrifique, — ses très courts pendants d'oreilles trempant à chaque instant dans le gouffre. La dame néanmoins faisait tous ses efforts pour garder cette bouche fermée et se donner un air de dignité ; sa toilette consistait en un suaire fraîchement empesé et repassé, qui lui montait jusque sous le menton, avec une collerette plissée en mousseline de batiste.

À sa droite était assise une jeune dame minuscule qu'elle semblait patronner. Cette délicate petite créature laissait voir dans le tremblement de ses doigts émaciés, dans le ton livide de ses lèvres et dans la légère tache hectique [1] plaquée sur son teint d'ailleurs plombé, des

_____

1. De fièvre amaigrissante.

symptômes évidents d'une phtisie effrénée. Un air de haute distinction, néanmoins, était répandu sur toute sa personne ; elle portait d'une manière gracieuse et tout à fait dégagée un vaste et beau linceul en très fin linon des Indes ; ses cheveux tombaient en boucles sur son cou ; un doux sourire se jouait sur sa bouche ; mais son nez, extrêmement long, mince, sinueux, flexible et pustuleux, pendant beaucoup plus bas que sa lèvre inférieure ; et cette trompe, malgré la façon délicate dont elle la déplaçait de temps à autre et la mouvait à droite et à gauche avec sa langue, donnait à sa physionomie une expression tant soit peu équivoque.

De l'autre côté, à la gauche de la dame hydropique, était assis un vieux petit homme, enflé, asthmatique et goutteux. Ses joues reposaient sur ses épaules comme deux énormes outres de vin d'Oporto. Avec ses bras croisés et l'une de ses jambes entourée de bandages et reposant sur la table, il semblait se regarder comme ayant droit à quelque considération. Il tirait évidemment beaucoup d'orgueil de chaque pouce de son enveloppe personnelle, mais prenait un plaisir plus spécial à attirer les yeux par son surtout de couleur voyante. Il est vrai que ce surtout n'avait pas dû lui coûter peu d'argent, et qu'il était de nature à lui aller parfaitement bien ; — il était fait d'une de ces housses de soie curieusement brodées, appartenant à ces glorieux écussons qu'on suspend, en Angleterre et ailleurs, dans un endroit bien visible, au-dessus des maisons des grandes familles absentes.

À côté de lui, à la droite du président, était un gentleman avec de grands bas blancs et un caleçon de coton. Tout son être était secoué d'une manière risible par un tic nerveux que Tarpaulin appelait *les affres* de l'ivresse. Ses mâchoires, fraîchement rasées, étaient étroitement serrées dans un bandage de mousseline, et ses bras liés de la même manière par les poignets, ne lui permettaient pas de se servir lui-même trop librement des liqueurs de la table ; précaution rendue nécessaire, dans l'opinion de Legs, par le caractère singulièrement abruti de sa

face de biberon. Toutefois, une paire d'oreilles prodi-
gieuses, qu'il était sans doute impossible d'enfermer,
surgissaient dans l'espace, et étaient de temps en temps
comme piquées d'un spasme au son de chaque bouchon
qu'on faisait sauter.

Sixième et dernier, et lui faisant face, était placé un
personnage qui avait l'air singulièrement raide, et qui,
étant affligé de paralysie, devait se sentir, pour parler
sérieusement, fort peu à l'aise dans ses très incommodes
vêtements. Il était habillé (habillement peut-être unique
dans son genre) d'une belle bière d'acajou toute neuve.
Le haut du couvercle portait sur le crâne de l'homme
comme un armet, et l'enveloppait comme un capuchon,
donnant à toute la face une physionomie d'un intérêt
indescriptible. Des emmanchures avaient été pratiquées
des deux côtés, autant pour la commodité que pour
l'élégance ; mais cette toilette toutefois empêchait le
malheureux qui en était paré de se tenir droit sur son
siège, comme ses camarades ; et, comme il était déposé
contre son tréteau, et incliné suivant un angle de
quarante-cinq degrés, ses deux gros yeux à fleur de tête
roulaient et dardaient vers le plafond leurs terribles globes blanchâtres, comme dans un absolu étonnement de
leur propre énormité.

Devant chaque convive était placée une moitié de
crâne, dont il se servait en guise de coupe. Au-dessus
de leurs têtes pendait un squelette humain, au moyen
d'une corde nouée autour d'une des jambes et fixée à
un anneau du plafond. L'autre jambe, qui n'était pas
retenue par un lien semblable, jaillissait du corps à
angle droit, faisant danser et pirouetter toute la carcasse éparse et frémissante, chaque fois qu'une bouffée
de vent se frayait un passage dans la salle. Le crâne
de l'affreuse chose contenait une certaine quantité de
charbon enflammé qui jetait sur toute la scène une lueur
vacillante mais vive ; et les bières et tout le matériel
d'un entrepreneur de sépultures, empilés à une grande
hauteur autour de la chambre et contre les fenêtres,

empêchaient tout rayon de lumière de se glisser dans la rue.

À la vue de cette extraordinaire assemblée et de son attirail encore plus extraordinaire, nos deux marins ne se conduisirent pas avec tout le décorum qu'on aurait eu le droit d'attendre d'eux. Legs, s'appuyant contre le mur auprès duquel il se trouvait, laissa tomber sa mâchoire inférieure encore plus bas que de coutume, et déploya ses vastes yeux dans toute leur étendue ; pendant que Hugh Tarpaulin, se baissant au point de mettre son nez de niveau avec la table et posant ses mains sur ses genoux, éclata en un rire immodéré et intempestif, c'est-à-dire en un long, bruyant, étourdissant rugissement.

Cependant, sans prendre ombrage d'une conduite si prodigieusement grossière, le grand président sourit très gracieusement à son intrus, — leur fit, avec sa tête de plumes noires, un signe plein de dignité, — et, se levant, prit chacun par un bras, et le conduisit vers un siège que les autres personnes de la compagnie venaient d'installer à son intention. Legs ne fit pas à tout cela la plus légère résistance, et s'assit où on le conduisit ; pendant que le galant Hugh, enlevant son tréteau du haut bout de la table, porta son installation dans le voisinage de la petite dame phtisique au linceul, s'abattit à côté d'elle en grande joie, et, se versant un crâne de vin rouge, l'avala en l'honneur d'une plus intime connaissance. Mais, à cette présomption, le raide gentleman à la bière parut singulièrement exaspéré ; et cela aurait pu donner lieu à de sérieuses conséquences, si le président n'avait pas, en frappant sur la table avec son sceptre, ramené l'attention de tous les assistants au discours suivant :

— L'heureuse occasion qui se présente nous fait un devoir...

— Tiens bon là ! — interrompit Legs avec un air de grand sérieux, — tiens bon, un bout de temps, que je dis, et dis-nous qui diable vous êtes tous, et quelle besogne vous faites ici, équipés comme de sales démons, et avalant le bon petit *tord-boyaux* de notre honnête camarade, Will Wimble le croque-mort, et toutes ses provisions arrimées pour l'hiver !

À cet impardonnable échantillon de mauvaise éducation toute l'étrange société se dressa à moitié sur ses pieds, et proféra rapidement une foule de cris diaboliques, semblables à ceux qui avaient d'abord attiré l'attention des matelots. Le président, néanmoins, fut le premier à recouvrer son sang-froid, et, à la longue, se tournant vers Legs avec une grande dignité, il reprit :

— C'est avec un parfait bon vouloir que nous satisferons toute curiosité raisonnable de la part d'hôtes aussi illustres, bien qu'ils n'aient pas été invités. Sachez donc que je suis le monarque de cet empire, et que je règne ici sans partage, sous ce titre : le Roi Peste Ier.

« Cette salle, que vous supposez très injurieusement être la boutique de Will Wimble, l'entrepreneur de pompes funèbres, — un homme que nous ne connaissons pas, et dont l'appellation plébéienne n'avait jamais, avant cette nuit, écorché nos oreilles royales, — cette salle, dis-je, est la Salle du Trône de notre Palais, consacrée aux conseils de notre royaume et à d'autres destinations d'un ordre sacré et supérieur.

« La noble dame assise en face de nous est la Reine Peste, notre Sérénissime Épouse. Les autres personnages illustres que vous contemplez sont tous de notre famille, et portent la marque de l'origine royale dans leurs noms respectifs : Sa Grâce l'Archiduc Pest-Ifère, — Sa Grâce le Duc Pest-Ilentiel, — Sa Grâce le Duc Tem-Pestueux, — et Son Altesse Sérénissime, l'Archiduchesse Ana-Peste.

« En ce qui regarde, — ajouta-t-il, — votre question, relativement aux affaires que nous traitons ici en conseil, il nous serait loisible de répondre qu'elles concernent notre intérêt royal et privé, et, ne concernant que lui, n'ont absolument d'importance que pour nous-même. Mais, en considération de ces égards que vous pourriez revendiquer en votre qualité d'hôtes et d'étrangers, nous daignerons encore vous expliquer que nous sommes ici cette nuit, — préparés par de profondes recherches et de soigneuses investigations, — pour examiner, analyser et déterminer péremptoirement l'esprit indéfinissable, les incompréhensibles qualités et la nature de ces inestimables trésors de la bouche, vins, ales et liqueurs de cette excellente métropole ; pour, en agissant ainsi, non seulement atteindre notre but, mais aussi augmenter la véritable prospérité de ce souverain qui n'est pas de ce monde, qui règne sur nous tous, dont les domaines sont sans limites, et dont le nom est : la Mort !

— Dont le nom est Davy Jones[1] — s'écria Tarpaulin, servant à la dame à côté de lui un plein crâne de liqueur, et s'en versant un second à lui-même.

— Profane coquin ! — dit le président, tournant alors son attention vers le digne Hugh, — profane et exécrable drôle ! — Nous avons dit qu'en considération de ces droits que nous ne nous sentons nullement enclin à violer, même dans ta sale personne, nous condescendions à répondre à tes grossières et intempestives questions. Néanmoins, nous croyons que, vu votre profane intrusion dans nos conseils, il est de notre devoir de vous condamner, toi et ton compagnon, chacun à un gallon de *black-strap*[2], — que vous boirez à la prospérité de notre royaume, — d'un seul trait, — et à genoux ; — aussitôt après, vous serez libres l'un et l'autre de continuer votre route, ou de rester et de partager les privilèges de notre table, selon votre goût personnel et respectif.

— Ce serait une chose d'une absolue impossibilité, — répliqua Legs, à qui les grands airs et la dignité du roi Peste Ier avaient évidemment inspiré quelques sentiments de respect, et qui s'était levé et appuyé contre la table pendant que celui-ci parlait ; — ce serait, s'il plaît à Votre Majesté, une chose d'une absolue impossibilité

---

1. Esprit de la mer, invoqué dans les jurons de marins.
2. Mélange d'alcool et de mélasse.

d'arrimer dans ma cale le quart seulement de cette liqueur dont vient de parler Votre Majesté. Pour ne rien dire de toutes les marchandises que nous avons chargées à notre bord dans la matinée en manière de lest, et sans mentionner les diverses ales et liqueurs que nous avons embarquées ce soir dans différents ports, j'ai, pour le moment, une forte cargaison de *humming-stuff*, prise et *dûment payée* à l'enseigne du *Joyeux Loup de mer*. Votre Majesté voudra donc être assez gracieuse pour prendre la bonne volonté pour le fait ; — car je ne puis ni ne veux en aucune façon avaler une goutte de plus, — encore moins une goutte de cette vilaine eau de cale qui répond au salut de *black-strap*.

— Amarre ça ! — interrompit Tarpaulin, non moins étonné de la longueur du speech de son camarade que de la nature de son refus. — Amarre ça, matelot d'eau douce ! — Lâcheras-tu bientôt le crachoir, que je dis, Legs ! Ma coque est encore légère, bien que toi, je le confesse, tu me paraisses un peu trop chargé par le haut ; et, quant à ta part de cargaison, eh bien, plutôt que de faire lever un grain, je trouverai pour elle de la place à mon bord, mais...

— Cet arrangement, interrompit le président, est en complet désaccord avec les termes de la sentence, ou condamnation, qui de sa nature est médique [1], incommutable et sans appel. Les conditions que nous avons imposées seront remplies à la lettre, et cela sans une minute d'hésitation ; — faute de quoi, nous décrétons que vous serez attachés ensemble par le cou et les talons, et dûment noyés comme rebelles dans la pièce de *bière d'Octobre* [2] que voilà !

— Voilà une sentence ! — Quelle sentence ! — Équitable, judicieuse sentence ! — Un glorieux décret !

---

1. Jeu de mots intraduisible. *Median* en anglais signifie à la fois « médian » et « médique ».
2. Bière de moindre qualité, fabriquée en octobre.

— Une très digne, très irréprochable et très sainte condamnation ! — crièrent à la fois tous les membres de la famille Peste. Le roi fit jouer son front en innombrables rides ; le vieux petit homme goutteux souffla comme un soufflet ; la dame au linceul de linon fit onduler son nez à droite et à gauche ; le gentleman au caleçon convulsa ses oreilles ; la dame au suaire ouvrit la gueule comme un poisson à l'agonie ; et l'homme à la bière d'acajou parut encore plus raide et roula ses yeux vers le plafond.

— Hou ! hou ! — fit Tarpaulin, s'épanouissant de rire, sans prendre garde à l'agitation générale. — Hou ! hou ! hou ! — Hou ! hou ! hou ! — Je disais, quand M. le Roi Peste est venu fourrer son épissoir [1], que, pour quant à la question de deux ou trois gallons de *black-strap* de plus ou de moins, c'était une bagatelle pour un bon et solide bateau comme moi, quand il n'était pas trop chargé ; — mais, quand il s'agit de boire à la santé du Diable (que Dieu puisse absoudre !) et de me mettre à genoux, devant la vilaine Majesté que voilà, que je sais, aussi bien que je me connais pour un pêcheur, n'être pas autre que Tim Hurlygurly le paillasse ! — oh ! pour cela, c'est une tout autre affaire, et qui dépasse absolument mes moyens et mon intelligence.

Il ne lui fut pas accordé de finir tranquillement son discours. Au nom de Tim Hurlygurly, tous les convives bondirent sur leurs sièges.

— Trahison ! — hurla Sa Majesté le Roi Peste Ier.
— Trahison ! — dit le petit homme à la goutte.
— Trahison ! — glapit l'Archiduchesse Ana-Peste.
— Trahison ! — marmotta le gentleman aux mâchoires attachées.
— Trahison ! — grogna l'homme à la bière.
— Trahison ! trahison ! — cria Sa Majesté, la femme à la gueule ; et, saisissant par la partie postérieure de

---

1. Instrument servant à séparer et entrelacer les fils des câbles.

ses culottes l'infortuné Tarpaulin, qui commençait justement à remplir pour lui-même un crâne de liqueur, elle le souleva vivement en l'air et le fit tomber sans cérémonie dans le vaste tonneau défoncé plein de son ale favorite. Ballotté çà et là pendant quelques secondes, comme une pomme dans un bol de toddy [1], il disparut finalement dans le tourbillon d'écume que ses efforts avaient naturellement soulevé dans le liquide déjà fort mousseux par sa nature.

Toutefois, le grand matelot ne vit pas avec résignation la déconfiture de son camarade. Précipitant le Roi Peste à travers la trappe ouverte, le vaillant Legs ferma violemment la porte sur lui avec un juron, et courut vers le centre de la salle. Là, arrachant le squelette suspendu au-dessus de la table, il le tira à lui avec tant d'énergie et de bon vouloir, qu'il réussit, en même temps que les derniers rayons de lumière s'éteignaient dans la salle, à briser la cervelle du petit homme à la goutte. Se précipitant alors de toute sa force sur le fatal tonneau plein d'*ale d'Octobre* [2] et de Hugh Tarpaulin, il le culbuta en un instant et le fit rouler sur lui-même. Il en jaillit un déluge de liqueur si furieux, — si impétueux, — si envahissant, — que la chambre fut inondée d'un mur à l'autre, — la table renversée avec tout ce qu'elle portait, — les tréteaux jetés sens dessus dessous, — le baquet de punch dans la cheminée, et les dames dans des attaques de nerfs. Des piles d'articles funèbres se débattaient çà et là. Les pots, les cruches, les grosses bouteilles habillées de jonc se confondaient dans une affreuse mêlée, et les flacons d'osier se heurtaient désespérément contre les gourdes cuirassées de corde. L'homme aux *affres* fut noyé sur place, — le petit gentleman paralytique naviguait au large dans sa bière, — et le victorieux Legs, saisissant par la taille

1. Grog épicé.
2. Bière d'octobre.

la grosse dame au suaire, se précipita avec elle dans la rue, et mit le cap tout droit dans la direction du *Free-and-Easy*, prenant bien le vent et remorquant le redoutable Tarpaulin, qui, ayant éternué trois ou quatre fois, haletait et soufflait derrière lui en compagnie de l'Archiduchesse Ana-Peste.

LE DIABLE DANS LE BEFFROI

> Quelle heure est-il ?
> *Vieille locution.*

Chacun sait d'une manière vague que le plus bel endroit du monde est — ou *était*, hélas ! — le bourg hollandais de Vondervotteimittiss[1]. Cependant, comme il est à quelque distance de toutes les grandes routes, dans une situation pour ainsi dire extraordinaire, il n'y a peut-être qu'un petit nombre de mes lecteurs qui lui aient rendu visite. Pour l'agrément de ceux qui n'ont pu le faire, je juge donc à propos d'entrer dans quelques détails à son sujet. Et c'est en vérité d'autant plus nécessaire que, si je me propose de donner un récit des événements calamiteux qui ont fondu tout récemment sur son territoire, c'est avec l'espoir de conquérir à ses habitants la sympathie publique. Aucun de ceux qui me connaissent ne doutera que le devoir que je m'impose ne soit exécuté avec tout ce que j'y peux mettre d'habileté, avec cette impartialité rigoureuse, cette scrupuleuse vérification des faits et cette laborieuse collation des autorités qui doivent toujours distinguer celui qui aspire au titre d'historien.

---

1. Imaginer la prononciation allemande de « wonder what time it is ».

Par le secours réuni des médailles, manuscrits et inscriptions, je suis autorisé à affirmer positivement que le bourg de Vondervotteimittiss a toujours existé dès son origine précisément dans la même condition où on le voit encore aujourd'hui. Mais, quant à la date de cette origine, il m'est pénible de n'en pouvoir parler qu'avec cette *précision indéfinie* dont les mathématiciens sont quelquefois obligés de s'accommoder dans certaines formules algébriques. La date, il m'est permis de m'exprimer ainsi, eu égard à sa prodigieuse antiquité, ne peut pas être moindre qu'une quantité déterminable quelconque.

Relativement à l'étymologie du nom Vondervotteimittiss, je me confesse, non sans peine, également en défaut. Parmi une multitude d'opinions sur ce point délicat, — quelques-unes très subtiles, quelques-unes très érudites, quelques-unes suffisamment inverses [1], — je n'en trouve aucune qui puisse être considérée comme satisfaisante. Peut-être l'idée de Grogswigg [2], — qui coïncide presque avec celle de Kroutaplenttey [3], — doit-elle être *prudemment* préférée. Elle est ainsi conçue : — *Vondervotteimittiss,* — *Vonder, lege Donder,* — *Votteimittiss, quasi und Bleitziz,* — *Belitziz, obsolet um pro Blitzen.* Cette étymologie, pour dire la vérité, se trouve assez bien confirmée par quelques traces de fluide électrique, qui sont encore visibles au sommet du clocher de la Maison-de-Ville. Toutefois, je ne me soucie pas de me compromettre dans une thèse d'une pareille importance, et je prierai le lecteur curieux d'informations d'en référer aux *Oratiunculæ de Rebus Prœter-Veteris,* de Dundergutz [4]. Voyez

---

1. C'est-à-dire le contraire d'érudites.
2. Littéralement, le « siffleur de grogs ».
3. Voir l'allemand *(Sauer)kraut,* choucroute, et l'anglais *plenty,* plein de.
4. Voir *dunderhead,* bête, et *guts,* tripes.

aussi Blunderbuzzard [1], *De Derivationibus*, de la page 27 à la page 5 010, in-folio, édition gothique, caractères rouges et noirs, avec réclames et sans signatures ; — consultez aussi dans cet ouvrage les notes marginales autographes de Stuffundpuff [2], avec les sous-commentaires de Gruntundguzzell [3].

Malgré l'obscurité qui enveloppe ainsi la date de la fondation de Vondervotteimittiss et l'étymologie de son nom, on ne peut douter, comme je l'ai déjà dit, qu'il n'ait toujours existé tel que nous le voyons présentement. L'homme le plus vieux du bourg ne se rappelle pas la plus légère différence dans l'aspect d'une partie quelconque de sa patrie, et en vérité la simple suggestion d'une telle possibilité y serait considérée comme une insulte. Le village est situé dans une vallée parfaitement circulaire, dont la circonférence est d'un quart de mille à peu près, et complètement environnée par de jolies collines dont les habitants ne se sont jamais avisés de franchir les sommets. Ils donnent d'ailleurs une excellente raison de leur conduite, c'est qu'ils ne croient pas qu'il y ait quoi que ce soit de l'autre côté.

Autour de la lisière de la vallée (qui est tout à fait unie et pavée dans toute son étendue de tuiles plates) s'étend un rang continu de soixante petites maison. Elles sont appuyées par-derrière sur les collines, et naturellement elles regardent toutes le centre de la plaine, qui est juste à soixante yards de la porte de face de chaque habitation. Chaque maison a devant elle un petit jardin, avec une allée circulaire, un cadran solaire et vingt-quatre choux. Les constructions elles-mêmes sont si parfaitement semblables, qu'il est impossible de distinguer l'une de l'autre. À cause de son extrême antiquité, le style de l'architecture est quelque peu

1. Voir *blunder*, bévue, et *buzzard*, buse, mais aussi *blunderbuss*, tromblon.
2. Voir *stuff*, farcir, et *puff*, souffler.
3. Voir *grunt*, grogner, et *guzzle*, se gaver.

bizarre ; mais, pour cette raison même, il n'est que plus remarquablement pittoresque. Elles sont faites de petites briques bien durcies au feu, rouges, avec des coins noirs, de sorte que les murs ressemblent à un échiquier dans de vastes proportions. Les pignons sont tournés du côté de la façade, et il y a des corniches, aussi grosses que le reste de la maison, aux rebords des toits et aux portes principales. Les fenêtres sont étroites et profondes, avec de tout petits carreaux et force châssis. Le toit est recouvert d'une multitude de tuiles à oreillettes roulées. La charpente est partout d'une couleur sombre, très ouvragée, mais avec peu de variété dans les dessins ; car, de temps immémorial, les sculpteurs en bois de Vondervotteimittiss n'ont jamais su tailler plus de deux objets, — une horloge et un chou. Mais ils les font admirablement bien, et ils les prodiguent avec une singulière ingéniosité, partout où ils trouvent une place pour le ciseau.

Les habitations se ressemblent autant à l'intérieur qu'au-dehors, et l'ameublement est façonné d'après un seul modèle. Le sol est pavé de tuiles carrées, les chaises et les tables sont en bois noir, avec des pieds tors, grêles, et amincis par le bas. Les cheminées sont larges et hautes, et n'ont pas seulement des horloges et des choux sculptés sur la face de leurs chambranles, mais elles supportent au milieu de la tablette une véritable horloge qui fait un prodigieux tic-tac, avec deux pots à fleurs contenant chacun un chou, qui se tient ainsi à chaque bout en manière de chasseur ou de piqueur. Entre chaque chou et l'horloge, il y a encore un petit magot [1] chinois à grosse panse avec un grand trou au milieu, à travers lequel apparaît le cadran d'une montre.

Les foyers sont vastes et profonds, avec des chenets farouches et contournés. Il y a constamment un grand feu et une énorme marmite dessus, pleine de choucroute

1. Figure grotesque de porcelaine.

et de porc, que la bonne femme de la maison surveille incessamment. C'est une grosse et vieille petite dame, aux yeux bleus et à la face rouge, qui porte un immense bonnet, semblable à un pain de sucre, agrémenté de rubans de couleur pourpre et jaune. Sa robe est de tiretaine orangée, très ample par-derrière et très courte de taille, — et fort courte en vérité sous d'autres rapports, car elle ne descend pas à mi-jambes. Ces jambes sont quelque peu épaisses, ainsi que les chevilles, mais elles sont revêtues d'une belle paire de bas verts. Ses souliers — de cuir rose — sont attachés par un nœud de rubans jaunes épanouis et fripés en forme de chou. Dans sa main gauche, elle tient une lourde petite montre hollandaise ; de la droite, elle manie une grande cuiller pour la choucroute et le porc. À côté d'elle se tient un gros chat moucheté, qui porte à sa queue une montre-joujou en cuivre doré, à répétition, que les *garçons* lui ont ainsi attachée en manière de farce.

Quant aux garçons eux-mêmes, ils sont tous trois dans le jardin, et veillent au cochon. Ils ont chacun deux pieds de haut. Ils portent des chapeaux à trois cornes, des gilets pourpres qui leur tombent presque sur les cuisses, des culottes en peau de daim, des bas rouges drapés, de lourds souliers avec de grosses boucles d'argent, et de longues vestes avec de larges boutons de nacre. Chacun porte aussi une pipe à la bouche, et une petite montre ventrue dans la main droite. Une bouffée de fumée, un coup d'œil à la montre, — un coup d'œil à la montre, une bouffée de fumée, — ils vont ainsi. Le cochon, — qui est corpulent et fainéant, — s'occupe tantôt à glaner les feuilles épaves qui sont tombées des choux, tantôt à ruer contre la montre dorée [1] que ces petits polissons ont aussi attachée à la queue de ce personnage, dans le but de le faire aussi beau que le chat.

---

1. En anglais, *repeater* (et non *watch*) : signifie à la fois montre et agent électoral.

Juste devant la porte d'entrée, dans un fauteuil à grand dossier, à fond de cuir, aux pieds tors et grêles comme ceux des tables, est installé le vieux propriétaire de la maison lui-même. C'est un vieux petit monsieur excessivement bouffi, avec de gros yeux ronds et un vaste menton double. Sa tenue ressemble à celle des petits garçons, — et je n'ai pas besoin d'en dire davantage. Toute la différence est que sa pipe est quelque peu plus grosse que les leurs, et qu'il peut faire plus de fumée. Comme eux, il a une montre, mais il porte sa montre dans sa poche. Pour dire la vérité, il a quelque chose de plus important à faire qu'une montre à surveiller, — et, ce que c'est, je vais l'expliquer. Il est assis, la jambe droite sur le genou gauche, la physionomie grave, et tient toujours au moins un de ses yeux résolument braqué sur un certain objet fort intéressant au centre de la plaine.

Cet objet est situé dans le clocher de la Maison-de-Ville. Les membres du conseil sont tous hommes très petits, très ronds, très adipeux, très intelligents, avec des yeux gros comme des saucières et de vastes mentons doubles, et ils ont des habits beaucoup plus longs et des boucles de souliers beaucoup plus grosses que les vulgaires habitants de Vondervotteimittiss. Depuis que j'habite le bourg, ils ont tenu plusieurs séances extraordinaires, et ont adopté ces trois importantes décisions :

I

C'est un crime de changer le bon vieux train des choses.

II

Il n'existe rien de tolérable en dehors de Vondervotteimittiss.

III

Nous jurons fidélité éternelle à nos horloges et à nos choux.

Au-dessus de la chambre des séances est le clocher, et dans le clocher ou beffroi est et a été de temps immémorial l'orgueil et la merveille du village, — la grande horloge du bourg de Vondervotteimittiss. Et c'est là l'objet vers lequel sont tournés les yeux des vieux messieurs qui sont assis dans les fauteuils à fond de cuir.

La grande horloge a sept cadrans, — un sur chacun des sept pans du clocher, — de sorte qu'on peut l'apercevoir aisément de tous les quartiers. Les cadrans sont vastes et blancs, les aiguilles lourdes et noires. Au beffroi est attaché un homme dont l'unique fonction est d'en avoir soin ; mais cette fonction est la plus parfaite des sinécures, — car, de mémoire d'homme, l'horloge de Vondervotteimittiss n'avait jamais réclamé son secours. Jusqu'à ces derniers jours, la simple supposition d'une pareille chose était considérée comme une hérésie. Depuis l'époque la plus ancienne dont fassent mention les archives, les heures avaient été régulièrement sonnées par la grosse cloche. Et, en vérité, il en était de même pour toutes les autres horloges et montres du bourg. Jamais il n'y eut pareil endroit pour bien marquer l'heure, et en mesure. Quand le gros battant jugeait le moment venu de dire : Midi ! tous les obéissants serviteurs ouvraient simultanément leurs gosiers et répondaient comme un même écho. Bref, les bons bourgeois raffolaient de leur choucroute, mais ils étaient fiers de leurs horloges.

Tous les gens qui tiennent des sinécures sont tenus en plus ou moins grande vénération ; et, comme l'homme du beffroi de Vondervotteimittiss a la plus parfaite des sinécures, il est le plus parfaitement respecté de tous les mortels. Il est le principal dignitaire du bourg, et les cochons eux-mêmes le considèrent avec un sentiment de révérence. La queue de son habit est *beaucoup* plus longue, — sa pipe, ses boucles de souliers, ses yeux et son estomac sont *beaucoup* plus gros que ceux d'aucun autre vieux monsieur du village ; et, quant à son menton, il n'est pas seulement double, il est triple.

J'ai peint l'état heureux de Vondervotteimittiss ; hélas ! quelle grande pitié qu'un si ravissant tableau fût condamné à subir un jour un cruel changement !

C'est depuis bien longtemps, un dicton accrédité parmi les plus sages habitants, que *rien de bon ne peut venir d'au-delà des collines*, et vraiment il faut croire que ces mots contenaient en eux quelque chose de prophétique. Il était midi moins cinq, — avant-hier, — quand apparut un objet d'un aspect bizarre au sommet de la crête, — du côté de l'est. Un tel événement devait attirer l'attention universelle, et chaque vieux petit monsieur assis dans son fauteuil à fond de cuir tourna l'un de ses yeux, avec l'ébahissement de l'effroi, sur le phénomène, gardant toujours l'autre œil fixé sur l'horloge du clocher.

Il était midi moins trois minutes, quand on s'aperçut que le singulier objet en question était un jeune homme tout petit, et qui avait l'air étranger. Il descendait la colline avec une très grande rapidité, de sorte que chacun put bientôt le voir tout à son aise. C'était bien le plus précieux petit personnage qui se fût jamais fait voir dans Vondervotteimittiss. Il avait la face d'un noir de tabac, un long nez crochu, des yeux comme des pois, une grande bouche et une magnifique rangée de dents qu'il semblait jaloux de montrer en ricanant d'une oreille à l'autre. Ajoutez à cela des favoris et des moustaches, il n'y avait, je crois, plus rien à voir de sa figure. Il avait la tête nue, et sa chevelure avait été soigneusement arrangée avec des papillotes. Sa toilette se composait d'un habit noir collant terminé en queue d'hirondelle, laissant pendiller par l'une de ses poches un long bout de mouchoir blanc, — de culottes de casimir noir, de bas noirs, et d'escarpins qui ressemblaient à des moitiés de souliers, avec d'énormes bouffettes de ruban de satin noir pour cordons. Sous l'un de ses bras, il portait un vaste claque, et sous l'autre, un violon presque cinq fois gros comme lui. Dans sa main gauche était une tabatière en or, où il puisait incessamment du tabac de l'air le plus glorieux du monde, pendant qu'il cabriolait en descendant la colline, et dessinait toutes sortes de pas fantastiques. Bonté divine ! — c'était là un spectacle pour les honnêtes bourgeois de Vonder-votteimittiss !

Pour parler nettement, le gredin avait, en dépit de son ricanement, un audacieux et sinistre caractère dans la physionomie ; et, pendant qu'il galopait tout droit vers le village, l'aspect bizarrement tronqué de ses escarpins suffit pour éveiller maints soupçons ; et plus d'un bourgeois qui le contempla ce jour-là aurait donné quelque chose pour jeter un coup d'œil sous le mouchoir de batiste blanche qui pendait d'une façon si irritante de la poche de son habit à queue d'hirondelle. Mais ce qui occasionna principalement une juste indignation fut que ce misérable freluquet, tout en brodant tantôt un fandango, tantôt une pirouette, n'était nullement *réglé* dans sa danse, et ne possédait pas la plus vague notion de ce qu'on appelle aller en mesure*.

Cependant, le bon peuple du bourg n'avait pas encore eu le temps d'ouvrir ses yeux tout grands, quand, juste une demi-minute avant midi, le gueux s'élança, comme je vous le dis, droit au milieu de ces braves gens, fit ici un chassé, là un balancé ; puis, après une pirouette et un pas de zéphyr, partit comme à pigeon-vole vers le beffroi de la Maison-de-Ville, où le gardien de l'horloge stupéfait fumait dans une attitude de dignité et d'effroi. Mais le petit garnement l'empoigna tout d'abord par le nez, le lui secoua et le lui tira, lui flanqua son gros claque sur la tête, le lui enfonça par-dessus les yeux et la bouche ; puis, levant son gros violon, le battit avec, si longtemps et si vigoureusement que, — vu que le gardien était si ballonné, et le violon si vaste et si creux, — vous auriez juré que tout un régiment de grosses caisses battait le rantanplan du diable dans le beffroi du clocher de Vondervottei-mittiss.

* La même expression signifie *être à l'heure* et *aller en mesure*. Il n'y a donc qu'un mot, et ce mot explique l'indignation de Von-dervotteimittiss, — pays où l'on est toujours à l'heure. (C. B.)

On ne sait pas à quel acte désespéré de vengeance cette attaque révoltante aurait pu pousser les habitants, n'était ce fait très important qu'il manquait une demi-seconde pour qu'il fût midi. La cloche allait sonner, et c'était une affaire d'absolue et supérieure nécessité que chacun eût l'œil à sa montre. Il était évident toutefois que, juste en ce moment, le gaillard fourré dans le clocher en avait à la cloche, et se mêlait de ce qui ne le regardait pas. Mais, comme elle commençait à sonner, personne n'avait le temps de surveiller les manœuvres du traître, car chacun était tout oreilles pour compter les coups.

— Un ! — dit la cloche.

— Hine ! — répliqua chaque vieux petit monsieur de Vondervotteimittiss dans chaque fauteuil à fond de cuir. — Hine ! — dit sa montre ; hine ! — dit la montre de sa *phâme*, et — hine ! — dirent les montres des garçons et les petits joujoux dorés pendus aux queues du chat et du cochon.

— Deux ! — continua la grosse cloche ; et

— Teusse ! — répétèrent tous les échos mécaniques.

— Trois ! quatre ! cinq ! six ! sept ! huit ! neuf ! dix ! — dit la cloche.

— Droisse ! gâdre ! zingue ! zisse ! zedde ! vitte ! neff ! tisse ! — répondirent les autres.

— Onze ! — dit la grosse.

— Honsse ! — approuva tout le petit personnel de l'horlogerie inférieure.

— Douze ! — dit la cloche.

— Tousse ! — répondirent-ils, tous parfaitement édifiés et laissant tomber leurs voix en cadence.

— Et il aître miti, tonc ! — dirent tous les vieux petits messieurs, rempochant leurs montres. Mais la grosse cloche n'en avait pas encore fini avec eux.

— Treize ! — dit-elle.

— Tarteifle, — anhélèrent tous les vieux petits messieurs, devenant pâles et laissant tomber leurs pipes de leurs bouches et leurs jambes droites de dessus leurs genoux gauches.

— Tarteifle ! — gémirent-ils. — Draisse ! — draisse ! — Mein Gott, il aître draisse heires !!!

Dois-je essayer de décrire la terrible scène qui s'ensuivit ? Tout Vondervotteimittiss éclata d'un seul coup en un lamentable tumulte.

— Qu'arrife-d-il tonc à mon phandre ? — glapirent tous les petits garçons, — ch'ai vaim tébouis hine heire.

— Qu'arrife-d-il tonc à mes joux ? — crièrent toutes les *phâmes* ; — ils toiffent aître en pouillie tébouis hine heire !

— Qu'arrife-d-il tonc à mon bibe ? — jurèrent tous les vieux petits messieurs, — donnerre et églairs ! il toit aître édeint tébouis hine heire !

Et ils rebourrèrent leurs pipes en grande rage, et, s'enfonçant dans leurs fauteuils, ils soufflèrent si vite et si férocement, que toute la vallée fut immédiatement encombrée d'un impénétrable nuage.

Cependant, les choux tournaient tous au rouge pourpre, et il semblait que le vieux Diable lui-même avait pris possession de tout ce qui avait forme d'horloge. Les pendules sculptées sur les meubles se prenaient à danser comme si elles étaient ensorcelées, pendant que celles qui étaient sur les cheminées pouvaient à peine se contenir dans leur fureur, et s'acharnaient dans une si opiniâtre sonnerie de « Draisse ! — Draisse ! — Draisse ! » — et dans un tel trémoussement et remuement de leurs balanciers, que c'était réellement épouvantable à voir. — Mais, — pire que tout, — les chats et les cochons ne pouvaient plus endurer l'inconduite des petites montres à répétition attachées à leurs queues, et ils le faisaient bien voir en détalant tous vers la place, — égratignant et farfouillant, — criant et hurlant, — affreux sabbat de miaulements et de grognements ! — et s'élançant à la figure des gens, et se fourrant sous les cotillons, et créant le plus épouvantable charivari et la plus hideuse confusion qu'il soit possible à une personne raisonnable d'imaginer. Et le misérable petit vaurien installé dans le clocher faisait évidemment tout son possible pour rendre les choses encore plus navrantes.

On a pu de temps à autre apercevoir le scélérat à travers la fumée. Il était toujours là, dans le beffroi, assis sur l'homme du beffroi, qui gisait à plat sur le dos. Dans ses dents, l'infâme tenait la corde de la cloche, qu'il secouait incessamment, de droite et de gauche avec sa tête, faisant un tel vacarme que mes oreilles en tintent encore, rien que d'y penser. Sur ses genoux reposait l'énorme violon qu'il raclait sans accord ni mesure, avec les deux mains, faisant affreusement semblant l'infâme paillasse ! — de jouer l'air de Judy O'Flannagan et Paddy O'Rafferty [1] !

Les affaires étant dans ce misérable état, de dégoût je quittai la place, et maintenant je fais un appel à tous les amants de l'heure exacte et de la fine choucroute. Marchons en masse sur le bourg, et restaurons l'ancien ordre de choses à Vondervotteimittiss en précipitant ce petit drôle du clocher.

1. Chanson irlandaise.

LIONNERIE

> Tout le populaire se dressa
> Sur ses dix doigts de pied dans un étrange ébahissement.
>
> L'ÉVÊQUE HALL, *Satires* [1].

Je suis, — c'est-à-dire j'*étais* un grand homme ; mais je ne suis ni l'auteur du *Junius* [2], ni l'homme au masque de fer ; car mon nom est, je crois, Robert Jones, et je suis né quelque part dans la cité de Fum-Fudge.

La première action de ma vie fut d'empoigner mon nez à deux mains. Ma mère vit cela et m'appela un génie ; — mon père pleura de joie et me fit cadeau d'un traité de nosologie. Je le possédais à fond avant de porter des culottes.

Je commençai dès lors à pressentir ma voie dans la science, et je compris bientôt que tout homme, pourvu qu'il ait un nez suffisamment marquant, peut, en se laissant conduire par lui, arriver à la dignité de Lion. Mais mon attention ne se confina pas dans les pures théories. Chaque matin, je tirais deux fois ma trompe, et j'avalais une demi-douzaine de petits verres.

Quand je fus arrivé à ma majorité, mon père me demanda un jour si je voulais le suivre dans son cabinet.

---

1. Poe a transformé une citation de Joseph Hall (1574-1656).
2. Pamphlet politique anonyme (1769-1772).

— Mon fils, — dit-il quand nous fûmes assis, — quel est le but principal de votre existence ?

— Mon père, — répondis-je, — c'est l'étude de la nosologie.

— Et qu'est-ce que la nosologie, Robert ?

— Monsieur, — dis-je, — c'est la science des nez*.

— Et pouvez-vous me dire, — demanda-t-il, — quel est le sens du mot *nez* ?

— Un nez, mon père, — répliquai-je en baissant le ton, — a été défini diversement par un millier d'auteurs. (Ici, je tirai ma montre.) Il est maintenant midi, ou peu s'en faut, — nous avons donc le temps, d'ici à minuit, de les passer tous en revue. Je commence donc : — Le nez, suivant Bartholinus, est cette protubérance, — cette bosse, — cette excroissance, — cette...

— Cela va bien, Robert, — interrompit le bon vieux gentleman. — Je suis foudroyé par l'immensité de vos connaissances, — positivement je le suis, — oui, sur mon âme ! (Ici, il ferma les yeux et posa la main sur son cœur.) Approchez ! (Puis il me prit par le bras.) Votre éducation peut être considérée maintenant comme achevée — il est grandement temps que vous vous poussiez dans le monde, — et vous n'avez rien de mieux à faire que de suivre simplement votre nez. — Ainsi — ainsi... (alors, il me conduisit à coups de pied tout le long des escaliers jusqu'à la porte), ainsi sortez de chez moi, et que Dieu vous assiste !

Comme je sentais en moi l'*afflatus*[2] divin, je considérai cet accident presque comme un bonheur. Je jugeai que l'avis paternel était bon. Je résolus de suivre mon nez. Je le tirai tout d'abord deux ou trois fois, et j'écrivis incontinent une brochure sur la nosologie.

Tout Fum-Fudge fut sens dessus dessous.

---

* *Nose*, nez, — *Naseaulogie*, nosologie [1] (C. B.).

1. La nosologie est la discipline médicale qui nomme et classe les maladies.
2. En latin, le « souffle ».

— Étonnant génie ! — dit le *Quarterly*.

— Admirable physiologiste ! — dit le *Westminster*.

— Habile gaillard ! — dit le *Foreign*.

— Bel écrivain ! — dit l'*Edinburgh*.

— Profond penseur ! dit le *Dublin*.

— Grand homme ! — dit *Bentley*.

— Âme divine ! — dit *Fraser*.

— Un des nôtres ! — dit *Blackwood*[1].

— Qui peut-il être ? — dit mistress Bas-Bleu.

— Que peut-il être ? — dit la grosse miss Bas-Bleu.

— Où peut-il être ? — dit la petite miss Bas-Bleu.

Mais je n'accordai aucune attention à toute cette populace, — j'allai tout droit à l'atelier d'un artiste.

La duchesse de Dieu-me-Bénisse posait pour son portrait ; le marquis de Tel-et-Tel tenait le caniche de la duchesse ; le comte de Choses-et-d'Autres jouait avec le flacon de sels de la dame et Son Altesse Royale de *Noli-me-Tangere* se penchait sur le dos de son fauteuil.

Je m'approchai de l'artiste, et je dressai mon nez.

— Oh ! très beau ! — soupira Sa Grâce.

— Oh ! au secours ! — bégaya le marquis.

— Oh ! choquant ! — murmura le comte.

— Oh ! abominable ! — grogna Son Altesse Royale.

— Combien en voulez-vous ? — demanda l'artiste.

— De son *nez* ? — s'écria Sa Grâce.

— Mille livres, — dis-je, en m'asseyant.

— Mille livres ? — demanda l'artiste, d'un air rêveur.

— Mille livres, — dis-je.

— C'est très beau ! — dit-il, en extase.

— C'est mille livres, — dis-je.

— Le garantissez-vous ? — demanda-t-il, en tournant le nez vers le jour.

— Je le garantis, — dis-je en le mouchant vigoureusement.

---

1. Comme les autres noms cités précédemment, c'est le titre d'une revue existant à l'époque de Poe.

— Est-ce bien un original ? — demanda-t-il, en le touchant avec respect.

— Hein ? — dis-je, en le tortillant de côté.

— Il n'en a pas été fait de copie ? — demanda-t-il, en l'étudiant au microscope.

— Jamais ! — dis-je, en le redressant.

— Admirable ! — s'écria-t-il tout étourdi par la beauté de la manœuvre.

— Mille livres, — dis-je.

— *Mille* livres ? — dit-il.

— Précisément, — dis-je.

— Mille *livres* ? — dit-il.

— Juste, — dis-je.

— Vous les aurez, — dit-il ; — quel morceau capital !

Il me fit immédiatement un billet, et prit un croquis de mon nez. Je louai un appartement dans *Jermyn street*, et j'adressai à Sa Majesté la quatre-vingt-dix-neuvième édition de ma *Nosologie*, avec un portrait de la trompe.

Le prince de Galles, ce mauvais petit libertin, m'invita à dîner.

Nous étions tous Lions [1] et gens du meilleur ton.

Il y avait là un néoplatonicien. Il cita Porphyre, Jamblique, Plotin, Proclus, Hiéroclès, Maxime de Tyr, et Syrianus.

Il y avait un professeur de perfectibilité humaine. Il cita Turgot, Price, Priestley, Condorcet, de Staël, et l'*Ambitious Student in Ill Health*.

Il y avait sir Positif Paradoxe. Il remarqua que tous les fous étaient philosophes, et que tous les philosophes étaient fous.

Il y avait Æsthéticus Ethix. Il parla de feu, d'unité et d'atomes ; d'âme double et préexistante ; d'affinité

---

1. Surnom donné aux élégants recherchant l'originalité dans le paraître.

et d'antipathie ; d'intelligence primitive et d'homœo-
mérie.

Il y avait Théologos Théologie. Il bavarda sur Eusèbe
et Arius ; sur l'hérésie et le Concile de Nicée ; sur le
Puseyisme et le Consubstantialisme ; sur Homoousios
et Homoiousios [1].

Il y avait Fricassée, du Rocher de Cancale. Il parla
de langue *à l'écarlate*, de choux-fleurs à la sauce *veloutée*, de veau à la Sainte-Menehould, de marinade à la
Saint-Florentin, et de gelées d'orange *en mosaïque*.

Il y avait Bibulus O'Bumper. Il dit son mot sur le
latour et le markbrünnen, sur le champagne mousseux
et le chambertin, sur le richebourg et le saint-georges,
sur le haut-brion, le léoville et le médoc, sur le barsac
et le preignac, sur le grave, sur le sauterne, sur le laffite
et sur le saint-péray. Il hocha la tête à l'endroit du clos-
vougeot, et se vanta de distinguer, les yeux fermés, le
xérès de l'amontillado.

Il y avait il signor Tintontintino de Florence. Il expliqua Cimabuë, Arpino, Tintontintino, Carpaccio et
Agostino ; il parla des ténèbres du Caravage, de la
suavité de l'Albane, du coloris du Titien, des vastes
commères de Rubens et des polissonneries de Jean
Steen.

Il y avait le recteur de l'Université de Fum-Fudge.
Il émit cette opinion, que la lune s'appelait Bendis en
Thrace, Bubastis en Égypte, Diane à Rome, et Artémis
en Grèce.

Il y avait un Grand Turc de Stamboul. Il ne pouvait
s'empêcher de croire que les anges étaient des chevaux,
des coqs et des taureaux ; qu'il existait dans le sixième
ciel quelqu'un qui avait soixante et dix mille têtes, et
que la terre était supportée par une vache bleu de ciel
ornée d'un nombre incalculable de cornes vertes.

Il y avait Delphinus Polyglotte. Il nous dit ce
qu'étaient devenus les quatre-vingt-trois tragédies

1. Doctrine de la consubstantialité du Père et du Fils.

perdues d'Eschyle, les cinquante-quatre oraisons d'Isæus, les trois cent quatre-vingt-onze discours de Lysias, les cent quatre-vingts traités de Théophraste, le huitième livre des sections coniques d'Apollonius, les hymnes et dithyrambes de Pindare et les quarante-cinq tragédies d'Homère le Jeune.

Il y avait Ferdinand Fitz-Fossillus Feldspar. Il nous renseigna sur les feux souterrains et les couches tertiaires ; sur les aériformes, les fluidiformes et les solidiformes ; sur le quartz et la marne ; sur le schiste et le schorl [1] ; sur le gypse et le trapp [2] ; sur le talc et le calcaire ; sur la blende [3] et la horn-blende [4] ; sur le micaschiste et le poudingue [5] ; sur le cyanite et le lépidolithe ; sur l'hæmatite et la trémolite ; sur l'antimoine et la calcédoine, sur le manganèse et sur tout ce qu'il vous plaira.

Il y avait MOI. Je parlai de moi, — de moi, de moi, et de moi ; — de nosologie, de ma brochure et de moi. Je dressai mon nez, et je parlai de moi.

— Heureux homme ! homme miraculeux ! — dit le Prince.

— Superbe ! — dirent les convives ; et, le matin qui suivit, Sa Grâce de Dieu-me-Bénisse me fit une visite.

— Viendrez-vous à Almack, mignonne créature ? — dit-elle, en me donnant une petite tape sous le menton.

— Oui, sur mon honneur ! — dis-je.

— Avec tout votre nez, sans exception ? — demanda-t-elle.

— Aussi vrai que je vis, — répliquai-je.

— Voici donc une carte d'invitation, bel ange. Dirai-je que vous viendrez ?

1. Pierre riche en fer.
2. Nom commun au basalte et au porphyre.
3. Minerai de zinc.
4. Minerai de fer et de magnésium.
5. Roche aux éléments cimentés, du nom anglais *pudding-stone*.

— Chère duchesse, de tout mon cœur !

— Qui vous parle de votre cœur ! — mais avec votre nez, avec tout votre nez, n'est-ce pas ?

— Pas un brin de moins, mon amour, — dis-je. — Je le tortillai donc une ou deux fois, et je me rendis à Almack.

Les salons étaient pleins à étouffer.

— Il arrive ! — dit quelqu'un sur l'escalier.

— Il arrive ! — dit un autre un peu plus haut.

— Il arrive ! — dit un autre encore un peu plus haut.

— Il est arrivé ! — s'écria la duchesse ; — il est arrivé, le petit amour ! — Et, s'emparant fortement de moi avec ses deux mains, elle me baisa trois fois sur le nez.

Une sensation marquée parcourut immédiatement l'assemblée.

— *Diavolo !* — cria le comte de Capricornutti.

— *Dios guarda !* — murmura don Stiletto.

— *Mille tonnerres !* — jura le prince de Grenouille.

— *Mille tiaples !* — grogna l'électeur de Bluddennuff.

Cela ne pouvait pas passer ainsi. Je me fâchai. Je me tournai brusquement vers Bluddennuff.

— Monsieur ! — lui dis-je, — vous êtes un babouin.

— Monsieur ! — répliqua-t-il après une pause, — *Donnerre et églairs !*

Je n'en demandais pas davantage. Nous échangeâmes nos cartes. À Chalk-Farm, le lendemain matin, je lui abattis le nez, — et puis je me présentai chez mes amis.

— Bête ! — dit le premier.

— Sot ! — dit le second.

— Butor ! — dit le troisième.

— Ane ! — dit le quatrième.

— Benêt ! — dit le cinquième.

— Nigaud ! — dit le sixième.

— Sortez ! — dit le septième.

Je me sentis très mortifié de tout cela, et j'allai voir mon père.

— Mon père, — lui demandai-je, — quel est le but principal de mon existence ?

— Mon fils, — répliqua-t-il, — c'est toujours l'étude de la nosologie ; mais, en frappant l'électeur au nez, vous avez dépassé votre but. Vous avez un fort beau nez, c'est vrai ; mais Bluddennuff n'en a plus. Vous êtes sifflé, et il est devenu le héros du jour. Je vous accorde que, dans Fum-Fudge, la grandeur d'un lion est proportionnée à la dimension de sa trompe ; — mais, bonté divine ! il n'y a pas de rivalité possible avec un lion qui n'en a pas du tout.

QUATRE BÊTES EN UNE
L'HOMME-CAMÉLÉOPARD

Chacun a ses vertus.
CRÉBILLON, *Xerxès*.

Antiochus Epiphanes [1] est généralement considéré comme le Gog du prophète Ézéchiel. Cet honneur toutefois revient plus naturellement à Cambyse, le fils de Cyrus. Et, d'ailleurs, le caractère du monarque syrien n'a vraiment aucun besoin d'enjolivures supplémentaires. Son avènement au trône, ou plutôt son usurpation de la souveraineté, cent soixante et onze ans avant la venue du Christ ; sa tentative pour piller le temple de Diane à Éphèse ; son implacable inimitié contre les Juifs ; la violation du saint des saints, et sa mort misérable à Taba, après un règne tumultueux de onze ans, sont des circonstances d'une nature saillante, et qui ont dû généralement attirer l'attention des historiens de son temps, plus que les impies, lâches, cruels, absurdes et fantasques exploits qu'il faut ajouter pour faire le total de sa vie privée et de sa réputation.

. . . .

---

1. Antiochos IV, célèbre pour ses folies et ses cruautés.

Supposons, gracieux lecteur, que nous sommes en l'an du monde trois mil huit cent trente, et, pour quelques minutes, transportés dans le plus fantastique des habitacles humains, dans la remarquable cité d'Antioche. Il est certain qu'il y avait en Syrie et dans d'autres contrées seize villes de ce nom, sans compter celle dont nous avons spécialement à nous occuper. Mais *la nôtre* est celle qu'on appelait Antiochia Épidaphné, à cause qu'elle était tout proche du petit village de Daphné, où s'élevait un temple consacré à cette divinité. Elle fut bâtie (bien que la chose soit controversée) par Séleucus Nicator, le premier roi du pays après Alexandre le Grand, en mémoire de son père Antiochus, et devint immédiatement la capitale de la monarchie syrienne. Dans les temps prospères de l'empire romain, elle était la résidence ordinaire du préfet des provinces orientales ; et plusieurs empereurs de la cité reine (parmi lesquels peuvent être mentionnés spécialement Vérus et Valens), y passèrent la plus grande partie de leur vie. Mais je m'aperçois que nous sommes arrivés à la ville. Montons sur cette plate-forme et jetons nos yeux sur la ville et le pays circonvoisin.

— Quelle est cette large et rapide rivière qui se fraye un passage accidenté d'innombrables cascades à travers le chaos des montagnes, et enfin à travers le chaos des constructions ?

— C'est l'Oronte, et c'est la seule eau qu'on aperçoive, à l'exception de la Méditerranée, qui s'étend comme un vaste miroir jusqu'à douze milles environ vers le sud. Tout le monde a vu la Méditerranée ; mais, permettez-moi de vous le dire, très peu de gens ont joui du coup d'œil d'Antioche ; — très peu de ceux-là, veux-je dire, qui, comme vous et moi, ont eu en même temps le bénéfice d'une éducation moderne. Ainsi laissez là la mer, et portez toute votre attention sur cette masse de maisons qui s'étend à nos pieds. Vous vous rappellerez que nous sommes en l'an du monde trois mil huit cent trente. Si c'était plus tard, — si c'était, par exemple, en l'an de Notre-Seigneur mil huit

cent quarante-cinq, nous serions privés de cet extraordinaire spectacle. Au dix-neuvième siècle, Antioche
est — c'est-à-dire Antioche *sera* dans un lamentable état
de délabrement. D'ici là, Antioche aura été complètement détruite à trois époques différentes par trois trem-
blements de terre successifs. À vrai dire, le peu qui
restera de sa première condition se trouvera dans un
tel état de désolation et de ruine, que le patriarche aura
transporté alors sa résidence, à Damas. C'est bien. Je
vois que vous suivez mon conseil, et que vous mettez
votre temps à profit pour inspecter les lieux, pour

> ... rassasier vos yeux
> Des souvenirs et des objets fameux
> Qui font la grande gloire de cette cité [1].

Je vous demande pardon ; j'avais oublié que
Shakespeare ne fleurira pas avant dix-sept cent cinquante ans. Mais l'aspect d'Épidaphné ne justifie-t-il
pas cette épithète de *fantastique* que je lui ai donnée ?

— Elle est bien fortifiée ; à cet égard, elle doit autant
à la nature qu'à l'art.

— Très juste.

— Il y a une quantité prodigieuse d'imposants palais.

— En effet.

— Et les temples nombreux, somptueux, magnifiques,
peuvent soutenir la comparaison avec les plus célèbres
de l'antiquité.

— Je dois reconnaître tout cela. Cependant, il y a
une infinité de huttes de bousillage [2] et d'abominables
baraques. Il nous faut bien constater une merveilleuse
abondance d'ordures dans tous les ruisseaux ; et, n'était
la toute-puissante fumée de l'encens idolâtre, à coup
sûr nous trouverions une intolérable puanteur. Vîtes-
vous jamais des rues si insupportablement étroites, ou

1. Citation tirée de *La Nuit des Rois* de Shakespeare (III, 3,
v. 23-25).
2. Mélange de chaume et de terre.

des maisons si miraculeusement hautes ? Quelle noirceur leurs ombres jettent sur le sol ! Il est heureux
que les lampes suspendues dans ces interminables colon-
nades restent allumées toute la journée ; autrement,
nous aurions ici les ténèbres de l'Égypte au temps de
sa désolation.

— C'est certainement un étrange lieu ! Que signifie
ce singulier bâtiment, là-bas ? Regardez ! il domine
tous les autres et s'étend au loin à l'est de celui que je
crois être le palais du roi !

— C'est le nouveau temple du Soleil, qui est adoré
en Syrie sous le nom d'Elah Gabalah. Plus tard, un très
fameux empereur romain instituera ce culte dans Rome
et en tirera son surnom, Heliogabalus. J'ose vous affirmer que la vue de la divinité de ce temple vous plairait
fort. Vous n'avez pas besoin de regarder au ciel ; Sa
majesté le Soleil n'est pas là, — du moins le Soleil adoré
par les Syriens. Cette déité se trouve dans l'intérieur
du bâtiment situé là-bas. Elle est adorée sous la forme
d'un large pilier de pierre, dont le sommet se termine
en un cône ou *pyramide*, par quoi est ignifié le *pyr*,
le Feu.

— Écoutez ! — regardez ! — Quels peuvent être
ces ridicules êtres, à moitié nus, à faces peintes, qui
s'adressent à la canaille avec force gestes et vocifé-
rations ?

— Quelques-uns, en petit nombre, sont des saltim-
banques ; d'autres appartiennent plus particulièrement
à la race des philosophes. La plupart, toutefois, — spécialement ceux qui travaillent la populace à coups de
bâton, — sont les principaux courtisans du palais, qui
exécutent, comme c'est leur devoir, quelque excellente
drôlerie de l'invention du Roi.

— Mais voilà du nouveau ! Ciel ! la ville fourmille
de bêtes féroces. Quel terrible spectacle ! — quelle
dangereuse singularité !

— Terrible, si vous voulez, mais pas le moins du
monde dangereuse. Chaque animal, si vous voulez vous
donner la peine d'observer, marche tranquillement

derrière son maître. Quelques-uns, sans doute, sont menés avec une corde autour du cou, mais ce sont principalement les espèces plus petites ou plus timides. Le lion, le tigre et le léopard sont entièrement libres. Ils ont été formés à leur présente profession sans aucune difficulté, et suivent leurs propriétaires respectifs en manière de *valets de chambre*. Il est vrai qu'il y a des cas où la Nature revendique son empire usurpé ; — mais un héraut d'armes dévoré, un taureau sacré étranglé, sont des circonstances beaucoup trop vulgaires pour faire sensation dans Epidaphné.

— Mais quel extraordinaire tumulte entends-je ? À coup sûr, voilà un grand bruit, même pour Antioche ! Cela dénote quelque incident d'un intérêt inusité.

— Oui, indubitablement. Le Roi a ordonné quelque nouveau spectacle, — quelque exhibition de gladiateurs à l'Hippodrome, — ou peut-être le massacre des prisonniers Scythes — ou l'incendie de son nouveau palais — ou la démolition de quelque temple superbe, — ou bien, ma foi, un beau feu de joie de quelques Juifs. Le vacarme augmente. Des éclats d'hilarité montent vers le ciel. L'air est déchiré par les instruments à vent et par la clameur d'un million de gosiers. Descendons, pour l'amour de la joie, et voyons ce qui se passe. Par ici, — prenez garde ! Nous sommes ici dans la rue principale, qu'on appelle la rue de Timarchus. Cette mer de populace arrive de ce côté, et il nous sera difficile de remonter le courant. Elle se répand à travers l'avenue d'Héraclides, qui part directement du palais ; — ainsi, le Roi fait très probablement partie de la bande. Oui, — j'entends les cris du héraut qui proclame sa venue dans la pompeuse phraséologie de l'Orient. Nous aurons le coup d'œil de sa personne quand il passera devant le temple d'Ashimah. Mettons-nous à l'abri dans le vestibule du sanctuaire ; il sera ici tout à l'heure. Pendant ce temps-là, considérons cette figure. Qu'est-ce ? Oh ! c'est le dieu Ashimah en personne. Vous voyez bien que ce n'est ni un agneau, ni un bouc, ni un satyre ; il n'a guère plus de ressemblance avec le

Pan des Arcadiens. Et cependant, tous ces caractères
ont été, — pardon ! — *seront* attribués par les érudits
des siècles futurs à l'Ashimah des Syriens. Mettez vos
lunettes, et dites-moi ce que c'est. Qu'est-ce ?

— Dieu me pardonne ! c'est un singe !

— Oui, vraiment ! — un babouin, — mais pas le
moins du monde une déité. Son nom est une dériva-
tion du grec *Simia* ; — quels terribles sots que les antiquaires [1] ! Mais voyez là-bas courir ce petit polisson
en guenilles. Où va-t-il ? que braille-t-il ? que dit-il ?
Oh ! il dit que le Roi arrive en triomphe ; qu'il est dans
son costume des grands jours ; qu'il vient, à l'instant
même, de mettre à mort, de sa propre main, mille prisonniers israélites enchaînés ! Pour cet exploit, le petit
misérable le porte aux nues ! Attention ! voici venir une
troupe de gens tous semblablement attifés. Ils ont fait
un hymne latin sur la vaillance du roi, et le chantent
en marchant :

> Mille, mille, mille,
> Mille, mille, mille
> Decollavimus, unus homo !
> Mille, mille, mille, mille decollavimus
> Mille, mille, mille !
> Vivat qui mille, mille occidit !
> Tantum vini habet nemo
> Quantum sanguinis effudit*

Ce qui peut être ainsi paraphrasé :

---

1. En anglais, *antiquarians* signifie antiquaires ou spécialistes de
l'Antiquité.

* Flavius Vopiscus dit que l'hymne intercalé ici fut chanté par la
populace lors de la guerre des Sarmates, en l'honneur d'Aurélien,
qui avait tué de sa propre main neuf cent cinquante hommes à
l'ennemi.

Mille, mille, mille,
Mille, mille, mille,
Avec un seul guerrier, nous en avons égorgé mille !
Mille, mille, mille, mille,
Chantons mille à jamais !
Hurrah ! — Chantons
Longue vie à notre Roi,
Qui a abattu mille hommes si joliment !
Hurrah ! Crions à tue-tête
Qu'il nous a donné une plus copieuse
Vendange de sang
Que tout le vin que peut fournir la Syrie !

— Entendez-vous cette fanfare de trompettes ?
— Oui, — le Roi arrive ! voyez ! le peuple est pantelant d'admiration et lève les yeux au ciel dans son respectueux attendrissement ! Il arrive ! — il arrive ! — le voilà.

— Qui ? — où ? — le Roi ? — Je ne le vois pas ; — je vous jure que je ne l'aperçois pas.

— Il faut que vous soyez aveugle.

— C'est bien possible. Toujours est-il que je ne vois qu'une foule tumultueuse d'idiots et de fous qui s'empressent de se prosterner devant un gigantesque caméléopard, et qui s'évertuent à déposer un baiser sur le sabot de l'animal. Voyez ! la bête vient justement de cogner rudement quelqu'un de la populace, — ah ! encore un autre, — et un autre, — et un autre. En vérité, je ne puis m'empêcher d'admirer l'animal pour l'excellent usage qu'il fait de ses pieds.

Populace, en vérité ! — mais ce sont les nobles et libres citoyens d'Épidaphné ! *La bête*, avez-vous dit ? prenez bien garde ! si quelqu'un vous entendait ! Ne voyez-vous pas que l'animal a une face d'homme ? Mais, mon cher monsieur, ce caméléopard n'est autre qu'Antiochus Épiphanes, — Antiochus l'Illustre, Roi de Syrie, et le plus puissant de tous les autocrates de l'Orient ! Il est vrai qu'on le décore quelquefois du

nom d'Antiochus Épimanes, — Antiochus le Fou, —
mais c'est à cause que tout le monde n'est pas capable
d'apprécier ses mérites. Il est bien certain que, pour le
moment, il est enfermé dans la peau d'une bête, et qu'il
fait de son mieux pour jouer le rôle d'un caméléopard ;
mais c'est à dessein de mieux soutenir sa dignité comme
Roi. D'ailleurs, le monarque est d'une stature gigantesque, et l'habit, conséquemment, ne lui va pas mal
et n'est pas trop grand. Nous pouvons toutefois supposer que, n'était une circonstance solennelle, il ne s'en
serait pas revêtu. Ainsi, voici un cas, — convenez-en
— le massacre d'un millier de Juifs ! Avec quelle prodigieuse dignité le monarque se promène sur ses quatre
pattes ! Sa queue, comme vous voyez, est tenue en l'air
par ses deux principales concubines, Elliné et Argélaïs ;
et tout son extérieur serait excessivement prévenant,
n'était la protubérance de ses yeux, qui lui sortiront
certainement de la tête, et la couleur étrange de sa face,
qui est devenue quelque chose d'innommable par suite
de la quantité de vin qu'il a engloutie. Suivons-le à
l'Hippodrome, où il se dirige, et écoutons le chant de
triomphe qu'il commence à entonner lui-même :

> Qui est roi, si ce n'est Épiphanes ?
>   Dites, — le savez-vous ?
> Qui est roi, si ce n'est Épiphanes ?
>   Bravo ! — bravo !
> Il n'y a pas d'autre roi qu'Épiphanes,
>   Non, — pas d'autre !
> Ainsi jetez à bas les temples
>   Et éteignez le soleil !

Bien et bravement chanté ! La populace le salue
Prince des Poëtes et Gloire de l'Orient, puis *Délices de
l'Univers*, enfin *le plus Étonnant des Caméléopards*. Ils
lui font *bisser* son chef-d'œuvre, et — entendez-vous ?
— il le recommence. Quand il arrivera à l'Hippodrome,
il recevra la couronne poétique, comme avant-goût de
sa victoire aux prochains Jeux Olympiques.

— Mais, bon Jupiter ! que se passe-t-il dans la foule derrière nous ?

— Derrière nous, avez-vous dit ? — Oh ! oh ! — je comprends. Mon ami, il est heureux, que vous ayez parlé à temps. Mettons-nous en lieu sûr, et le plus vite possible. Ici ! — réfugions-nous sous l'arche de cet aqueduc, et je vous expliquerai l'origine de cette agitation. Cela a mal tourné, comme je l'avais pressenti. Le singulier aspect de ce caméléopard avec sa tête d'homme a, il faut croire, choqué les idées de logique et d'harmonie acceptées par les animaux sauvages domestiqués dans la ville. Il en est résulté une émeute ; et, comme il arrive toujours en pareil cas, tous les efforts humains pour réprimer le mouvement seront impuissants. Quelques Syriens ont déjà été dévorés ; mais les patriotes à quatre pattes semblent être d'un accord unanime pour manger le caméléopard. Le *Prince des Poëtes* s'est donc dressé sur ses pattes de derrière, car il s'agit de sa vie. Ses courtisans l'ont laissé en plan, et ses concubines ont suivi un si excellent exemple. — *Délices de l'Univers*, tu es dans une triste passe ! *Gloire de l'Orient*, tu es en danger d'être croqué ! Ainsi, ne regarde pas si piteusement ta queue ; elle traînera indubitablement dans la crotte ; à cela il n'y a pas de remède. Ne regarde donc pas derrière toi, et ne t'occupe pas de son inévitable déshonneur ; mais prends courage, joue vigoureusement des jambes, et file vers l'Hippodrome ! Souviens-toi que tu es Antiochus Épiphanes, Antiochus l'Illustre ! et aussi le *Prince des Poëtes*, la *Gloire de l'Orient*, les *Délices de l'Univers* et *le plus Étonnant des Caméléopards* ! Juste ciel ! quelle puissance de vélocité tu déploies ! La caution des jambes, la meilleure, tu la possèdes, celle-là ! Cours, Prince ! — Bravo ! Épiphanes ! — Tu vas bien, Caméléopard ! — Glorieux Antiochus ! Il court ! — il bondit ! — il vole ! Comme un trait détaché par une catapulte, il se rapproche de l'Hippodrome ! Il bondit ! — il crie ! — il y est ! — C'est heureux ; car, ô *Gloire de l'Orient*, si tu avais mis une demi-seconde de plus à atteindre les portes de l'amphithéâtre, il n'y aurait pas eu dans Épidaphné un seul petit ours qui n'eût grignoté sur ta carcasse. — Allons-nous-en, — partons, — car nos oreilles modernes sont trop délicates pour supporter l'immense vacarme qui va commencer en l'honneur de la délivrance du Roi ! — Écoutez ! il a déjà commencé. — Voyez ! — toute la ville est sens dessus dessous.

— Voilà certainement la plus pompeuse[1] cité de l'Orient ! Quel fourmillement de peuple ! quel pêle-mêle de tous les rangs et de tous les âges ! quelle multiplicité de sectes et de nations ! quelle variété de costumes ! quelle Babel de langues ! quels cris de bêtes ! quel tintamarre d'instruments ! quel tas de philosophes !

— Venez, sauvons-nous !

— Encore un moment ; je vois un vaste remue-ménage dans l'Hippodrome ; dites-moi, je vous en supplie, ce que cela signifie !

— Cela ? — oh ! rien. Les nobles et libres citoyens d'Épidaphné étant, comme ils le déclarent, parfaitement satisfaits de la loyauté, de la bravoure, de la sagesse et de la divinité de leur Roi, et, de plus, ayant été témoins de sa récente agilité surhumaine, pensent qu'ils ne font que leur devoir en déposant sur son front (en surcroît du laurier poétique) une nouvelle couronne, prix de la course à pied, — couronne qu'il *faudra* bien qu'il obtienne aux fêtes de la prochaine Olympiade, et que naturellement ils lui décernent aujourd'hui par avance.

---

1. Lire « populeuse ».

PETITE DISCUSSION AVEC UNE MOMIE

Le *symposium* de la soirée précédente avait un peu fatigué mes nerfs. J'avais une déplorable migraine et je tombais de sommeil. Au lieu de passer la soirée dehors, comme j'en avais le dessein, il me vint donc à l'esprit que je n'avais rien de plus sage à faire que de souper d'une bouchée, et de me mettre immédiatement au lit.

Un léger souper, naturellement. J'adore les rôties au fromage. En manger plus d'une livre à la fois, cela peut n'être pas toujours raisonnable. Toutefois, il ne peut pas y avoir d'objection matérielle au chiffre deux. Et, en réalité, entre deux et trois, il n'y a que la différence d'une simple unité. Je m'aventurai peut-être jusqu'à quatre. Ma femme tient pour cinq ; — mais évidemment elle a confondu deux choses bien distinctes. Le nombre abstrait cinq, je suis disposé à l'admettre ; mais, au point de vue concret, il se rapporte aux bouteilles de *Brown Stout*[1], sans l'assaisonnement duquel la rôtie au fromage est une chose à éviter.

Ayant ainsi achevé un frugal repas, et mis mon bonnet de nuit avec la sereine espérance d'en jouir jusqu'au lendemain midi au moins, je plaçai ma tête sur l'oreiller, et grâce à une excellente conscience, je tombai immédiatement dans un profond sommeil.

1. Forte bière brune.

Mais quand les espérances de l'homme furent-elles remplies ? Je n'avais peut-être pas achevé mon troisième ronflement, quand une furieuse sonnerie retentit à la porte de la rue, et puis d'impatients coups de marteau me réveillèrent en sursaut. Une minute après, et comme je me frottais encore les yeux, ma femme me fourra sous le nez un billet de mon vieil ami le docteur Ponnonner. Il me disait :

« Venez me trouver et laissez tout, mon cher ami, aussitôt que vous aurez reçu ceci. Venez partager notre joie. À la fin, grâce à une opiniâtre diplomatie, j'ai arraché l'assentiment des directeurs du *City Museum* pour l'examen de ma momie, — vous savez de laquelle je veux parler. J'ai la permission de la démailloter, et même de l'ouvrir, si je le juge à propos. Quelques amis seulement, seront présents ; — vous en êtes, cela va sans dire. La momie est présentement chez moi, et nous commencerons à la dérouler à onze heures de la nuit.

Tout à vous,

PONNONNER. »

Avant d'arriver à la signature, je m'aperçus que j'étais aussi éveillé qu'un homme peut désirer de l'être. Je sautai de mon lit dans un état de délire, bousculant tout ce qui me tombait sous la main ; je m'habillai avec une prestesse vraiment miraculeuse, et je me dirigeai de toute ma vitesse vers la maison du docteur.

Là, je trouvai réunie une société très animée. On m'avait attendu avec beaucoup d'impatience ; la momie était étendue sur la table à manger, et, au moment où j'entrai, l'examen était commencé.

Cette momie était une des deux qui furent rapportées, il y a quelques années, par le capitaine Arthur Sabretash, un cousin de Ponnonner. Il les avait prises dans une tombe près d'Eleithias, dans les montagnes de la Libye, à une distance considérable au-dessus de Thèbes sur le Nil. Sur ce point, les caveaux, quoique moins magnifiques que les sépultures de Thèbes, sont d'un plus haut intérêt, en ce qu'ils offrent de plus nombreuses *illustrations* de la vie privée des Égyptiens. La salle d'où avait été tiré notre échantillon passait pour très riche en documents de cette nature ; — les murs étaient complètement recouverts de peintures à fresque et de bas-reliefs ; des statues, des vases et une mosaïque d'un dessin très riche témoignaient de la puissante fortune des défunts.

Cette rareté avait été déposée au *Museum* exactement dans le même état où le capitaine Sabretash l'avait trouvée, c'est-à-dire qu'on avait laissé la bière intacte. Pendant huit ans, elle était restée ainsi exposée à la curiosité publique, quant à l'extérieur seulement. Nous avions donc la momie complète à notre disposition, et ceux qui savent combien il est rare de voir des antiquités arriver dans nos contrées sans être saccagées jugeront que nous avions de fortes raisons de nous féliciter de notre bonne fortune.

En approchant de la table, je vis une grande boîte, ou caisse, longue d'environ sept pieds, large de trois pieds peut-être, et d'une profondeur de deux pieds et demi. Elle était oblongue, — mais pas en forme de bière. Nous supposâmes d'abord que la matière était du bois de sycomore ; mais en l'entamant nous reconnûmes que c'était du carton, ou plus proprement, une pâte dure faite de papyrus. Elle était grossièrement décorée de peintures représentant des scènes funèbres et divers sujets lugubres, parmi lesquels serpentait un semis de caractères hiéroglyphiques, disposés en tous sens, qui signifiaient évidemment le nom du défunt. Par bonheur, M. Gliddon [1] était de la partie, et il nous traduisit sans peine les signes, qui étaient simplement phonétiques et composaient le mot *Allamistakeo* [2].

---

1. Égyptologue américain renommé (1809-1857).
2. Encore un de ces calembours dont Poe a l'habitude dans ses contes « grotesques » (cf. plus haut in *Le Diable dans le beffroi*) ; la transcription du hiéroglyphique au phonétique donne : *all a mistake o* (« tout est erreur, oh !... »)

Nous eûmes quelque peine à ouvrir cette boîte sans l'endommager ; mais, quand enfin nous y eûmes réussi, nous en trouvâmes une seconde, celle-ci en forme de bière, et d'une dimension beaucoup moins considérable que la caisse extérieure, mais lui ressemblant exactement sous tout autre rapport. L'intervalle entre les deux était comblé de résine, qui avait jusqu'à un certain point détérioré les couleurs de la boîte intérieure.

Après avoir ouvert celle-ci, — ce que nous fîmes très aisément, — nous arrivâmes à une troisième, également en forme de bière, et ne différant en rien de la seconde, si ce n'est par la matière, qui était du cèdre et exhalait l'odeur fortement aromatique qui caractérise ce bois. Entre la seconde et la troisième caisse, il n'y avait pas d'intervalle, — celle-ci s'adaptant exactement à celle-là.

En défaisant la troisième caisse, nous découvrîmes enfin le corps, et nous l'enlevâmes. Nous nous attendions à le trouver enveloppé comme d'habitude de nombreux rubans, ou bandelettes de lin ; mais, au lieu de cela, nous trouvâmes une espèce de gaine, faite de papyrus, et revêtue d'une couche de plâtre grossièrement peinte et dorée. Les peintures représentaient des sujets ayant trait aux divers devoirs supposés de l'âme et à sa présentation à différentes divinités, puis de nombreuses figures humaines identiques, — sans doute des portraits des personnes embaumées. De la tête aux pieds s'étendait une inscription columnaire, ou verticale, en *hiéroglyphes phonétiques*, donnant de nouveau le nom et les titres du défunt et les noms et les titres de ses parents.

Autour du cou, que nous débarrassâmes du fourreau, était un collier de grains de verre cylindriques, de couleurs différentes, et disposés de manière à figurer des images de divinités, l'image du Scarabée, et d'autres, avec le globe ailé. La taille, dans sa partie la plus mince, était cerclée d'un collier ou ceinture semblable.

Ayant enlevé le papyrus, nous trouvâmes les chairs parfaitement conservées, et sans aucune odeur sensible.

La couleur était rougeâtre ; la peau, ferme, lisse et brillante. Les dents et les cheveux paraissaient en bon état. Les yeux, à ce qu'il semblait, avaient été enlevés, et on leur avait substitué des yeux de verre, fort beaux et simulant merveilleusement la vie, sauf leur fixité un peu trop prononcée. Les doigts et les ongles étaient brillamment dorés.

De la couleur rougeâtre de l'épiderme, M. Gliddon inféra que l'embaumement avait été pratiqué uniquement par l'asphalte ; mais, ayant gratté la surface avec un instrument d'acier et jeté dans le feu les grains de poudre ainsi obtenus, nous sentîmes se dégager un parfum de camphre et d'autres gommes aromatiques.

Nous visitâmes soigneusement le corps pour trouver les incisions habituelles par où on extrait les entrailles ; mais, à notre grande surprise, nous n'en pûmes découvrir la trace. Aucune personne de la société ne savait alors qu'il n'est pas rare de trouver des momies entières et non incisées. Ordinairement, la cervelle se vidait par le nez ; les intestins, par une incision dans le flanc ; le corps était alors rasé, lavé et salé ; on le laissait ainsi reposer quelques semaines, puis commençait, à proprement parler, l'opération de l'embaumement.

Comme on ne pouvait trouver aucune trace d'ouverture, le docteur Ponnonner préparait ses instruments de dissection, quand je fis remarquer qu'il était déjà deux heures passées. Là-dessus, on s'accorda à renvoyer l'examen interne à la nuit suivante ; et nous étions au moment de nous séparer, quand quelqu'un lança l'idée d'une ou deux expériences avec la pile de Volta.

L'application de l'électricité à une momie vieille au moins de trois ou quatre mille ans était une idée, sinon très sensée, du moins suffisamment originale, et nous la saisîmes au vol. Pour ce beau projet, dans lequel il entrait un dixième de sérieux et neuf bons dixièmes de plaisanterie, nous disposâmes une batterie dans le cabinet du docteur, et nous y transportâmes l'Égyptien.

Ce ne fut pas sans beaucoup de peine que nous réussîmes à mettre à nu une partie du muscle temporal, qui semblait être d'une rigidité moins marmoréenne que le reste du corps, mais qui naturellement, comme nous nous y attendions bien, ne donna aucun indice de susceptibilité galvanique quand on le mit en contact avec le fil. Ce premier essai nous parut décisif ; et, tout en riant de bon cœur de notre propre absurdité, nous nous souhaitions réciproquement une bonne nuit, quand mes yeux, tombant par hasard sur ceux de la momie, y restèrent immédiatement cloués d'étonnement. De fait, le premier coup d'œil m'avait suffi pour m'assurer que les globes, que nous avions tous supposés être de verre, et qui primitivement se distinguaient par une certaine fixité singulière, étaient maintenant si bien recouverts par les paupières, qu'une petite portion de la *tunica albuginea* [1] restait seule visible.

Je poussai un cri, et j'attirai l'attention sur ce fait, qui devint immédiatement évident pour tout le monde.

Je ne dirai pas que j'étais *alarmé* par le phénomène, parce que le mot alarmé, dans mon cas, ne serait pas précisément le mot propre. Il aurait pu se faire toutefois que, sans ma provision de *Brown Stout*, je me sentisse légèrement ému. Quant aux autres personnes de la société, elles ne firent vraiment aucun effort pour cacher leur naïve terreur. Le docteur Ponnonner était un homme à faire pitié. M. Gliddon, par je ne sais quel procédé particulier, s'était rendu invisible. Je présume que M. Silk Buckingham [2] n'aura pas l'audace de nier qu'il ne se soit fourré à quatre pattes sous la table.

Après le premier choc de l'étonnement, nous résolûmes, cela va sans dire, de tenter tout de suite une nouvelle expérience. Nos opérations furent alors dirigées contre le gros orteil du pied droit. Nous fîmes une incision au-dessus de la région de l'*os sesamoideum pollicis pedis*, et nous arrivâmes ainsi à la naissance du muscle *abductor*. Rajustant la batterie, nous appliquâmes de

1. Le blanc de l'œil (dans le latin de Pline).
2. Voyageur et écrivain anglais (1786-1855).

nouveau le fluide aux nerfs mis à nu, — quand, avec
un mouvement plus vif que la vie elle-même, la momie
retira son genou droit comme pour le rapprocher le plus
possible de l'abdomen, puis, redressant le membre avec
une force inconcevable, allongea au docteur Ponnonner
une ruade qui eut pour effet de décocher ce gentleman,
comme le projectile d'une catapulte, et de l'envoyer
dans la rue à travers une fenêtre.

Nous nous précipitâmes en masse pour rapporter les
débris mutilés de l'infortuné ; mais nous eûmes le
bonheur de le rencontrer sur l'escalier, remontant avec
une inconcevable diligence, bouillant de la plus grande
ardeur philosophique, et plus que jamais frappé de la
nécessité de poursuivre nos expériences avec rigueur et
avec zèle.

Ce fut donc d'après son conseil que nous fîmes sur-
le-champ une incision profonde dans le bout du nez du
sujet ; et le docteur, y jetant des mains impétueuses,
le fourra violemment en contact avec le fil métallique.

Moralement et physiquement, — métaphoriquement
et littéralement, — l'effet fut *électrique*. D'abord le
cadavre ouvrit les yeux et les cligna très rapidement
pendant quelques minutes, comme M. Barnes [1] dans
la pantomime ; puis il éternua ; en troisième lieu, il se
dressa sur son séant ; en quatrième lieu, il mit son poing
sous le nez du docteur Ponnonner ; enfin, se tournant
vers MM. Gliddon et Buckingham, il leur adressa, dans
l'égyptien le plus pur, le discours suivant :

— Je dois vous dire, gentlemen, que je suis aussi
surpris que mortifié de votre conduite. Du docteur
Ponnonner, je n'avais rien de mieux à attendre : c'est
un pauvre petit gros sot qui ne sait rien de rien. J'ai
pitié de lui et je lui pardonne. Mais vous, monsieur
Gliddon, — et vous, Silk, qui avez voyagé et résidé en
Égypte, à ce point qu'on pourrait croire que vous êtes
né sur nos terres, — vous, dis-je, qui avez tant vécu

1. Célèbre acteur américain.

parmi nous, que vous parlez l'égyptien aussi bien, je
crois, que vous écrivez votre langue maternelle, — vous
que je m'étais accoutumé à regarder comme le plus
ferme ami des momies, — j'attendais de vous une
conduite plus courtoise. Que dois-je penser de votre
impassible neutralité quand je suis traité aussi brutale-
ment ? Que dois-je supposer, quand vous permettez à
Pierre et à Paul de me dépouiller de mes bières et de
mes vêtements sous cet affreux climat de glace ? À quel
point de vue, pour en finir, dois-je considérer votre fait
d'aider et d'encourager ce misérable petit drôle, ce
docteur Ponnonner, à me tirer par le nez ?

On croira généralement, sans aucun doute, qu'en
entendant un pareil discours, dans de telles circonstances, nous avons tous filé vers la porte, ou que nous
sommes tombés dans de violentes attaques de nerfs, ou
dans un évanouissement unanime. L'une de ces trois
choses, dis-je, était probable. En vérité, chacune de ces
trois lignes de conduite et toutes les trois étaient des
plus légitimes. Et, sur ma parole, je ne puis comprendre
comment il se fit que nous n'en suivîmes aucune. Mais,
peut-être, la vraie raison doit-elle être cherchée dans
l'esprit de ce siècle, qui procède entièrement par la loi
des contraires, considérée aujourd'hui comme solution
de toutes les antinomies et fusion de toutes les contradictions. Ou peut-être, après tout, était-ce seulement
l'air excessivement naturel et familier de la momie qui
enlevait à ses paroles toute puissance terrifique. Quoi
qu'il en soit, les faits sont positifs, et pas un membre
de la société ne trahit d'effroi bien caractérisé et ne
parut croire qu'il ne se fût passé quelque chose de
particulièrement irrégulier.

Pour ma part, j'étais convaincu que tout cela était
fort naturel, et je me rangeai simplement de côté,
hors de la portée du poing de l'Égyptien. Le docteur
Ponnonner fourra ses mains dans les poches de sa
culotte, regarda la momie d'un air bourru, et devint
excessivement rouge. M. Gliddon caressait ses favoris
et redressait le col de sa chemise. M. Buckingham

baissa la tête et mit son pouce droit dans le coin gauche de sa bouche.

L'Égyptien le regarda avec une physionomie sévère pendant quelques minutes, et à la longue lui dit avec un ricanement :

— Pourquoi ne parlez-vous pas, monsieur Buckingham ? Avez-vous entendu, oui ou non, ce que je vous ai demandé ? Voulez-vous bien ôter votre pouce de votre bouche !

Là-dessus, M. Buckingham fit un léger soubresaut, ôta son pouce droit du coin gauche de sa bouche, et, en manière de compensation, inséra son pouce gauche dans le coin droit de l'ouverture susdite.

Ne pouvant pas tirer une réponse de M. Buckingham, la momie se tourna avec humeur vers M. Gliddon, et lui demanda d'un ton péremptoire d'expliquer en gros ce que nous voulions tous.

M. Gliddon répliqua tout au long, en phonétique ; et, n'était l'absence de caractères *hiéroglyphiques* dans les imprimeries américaines, c'eût été pour moi un grand plaisir de transcrire intégralement et en langue originale son excellent speech.

Je saisirai cette occasion pour faire remarquer que toute la conversation subséquente à laquelle prit part la momie eut lieu en égyptien primitif, — MM. Gliddon et Buckingham servant d'interprètes pour moi et les autres personnes de la société qui n'avaient pas voyagé. Ces messieurs parlaient la langue maternelle de la momie avec une grâce et une abondance inimitables ; mais je ne pouvais pas m'empêcher de remarquer que les deux voyageurs, — sans doute à cause de l'intro-duction d'images entièrement modernes, et naturelle-ment, tout à fait nouvelles pour l'étranger, — étaient quelquefois réduits à employer des formes sensibles pour traduire à cet esprit d'un autre âge un sens parti-culier. Il y eut un moment, par exemple, où M. Glid-don, ne pouvant pas faire comprendre à l'Égyptien le mot : *la Politique*, s'avisa heureusement de dessiner sur le mur, avec un morceau de charbon, un petit monsieur au nez bourgeonné, aux coudes troussés, grimpé sur un piédestal, la jambe gauche tendue en arrière, le bras droit projeté en avant, le poing fermé, les yeux convulsés vers le ciel, et la bouche ouverte sous un angle de 90 degrés.

De même, M. Buckingham n'aurait jamais réussi à lui traduire l'idée absolument moderne de *Whig* (perruque), si, à une suggestion du docteur Ponnonner, il n'était devenu très pâle et n'avait consenti à ôter la sienne.

Il était tout naturel que le discours de M. Gliddon roulât principalement sur les immenses bénéfices que la science pouvait tirer du démaillotement et du déboyautement des momies ; moyen subtil de nous justifier de tous les dérangements que nous avions pu lui causer, à elle en particulier, momie nommée Allamistakeo ; il conclut en insinuant — car ce ne fut qu'une insinuation — que, puisque toutes ces petites questions étaient maintenant éclaircies, on pouvait aussi bien procéder à l'examen projeté. Ici, le docteur Ponnonner apprêta ses instruments.

Relativement aux dernières suggestions de l'orateur, il paraît qu'Allamistakeo avait certains scrupules de conscience, sur la nature desquels je n'ai pas été clairement renseigné ; mais il se montra satisfait de notre justification et, descendant de la table, donna à toute la compagnie des poignées de main à la ronde.

Quand cette cérémonie fut terminée, nous nous occupâmes immédiatement de réparer les dommages que le scalpel avait fait éprouver au sujet. Nous recousîmes la blessure de sa tempe, nous bandâmes son pied, et nous lui appliquâmes un pouce carré de taffetas noir sur le bout du nez.

☞   On remarqua alors que le comte — tel était, à ce qu'il paraît, le titre d'Allamistakeo — éprouvait quelques légers frissons, — à cause du climat, sans aucun doute. Le docteur alla immédiatement à sa garde-robe, et revint bientôt avec un habit noir, de la meilleure coupe de Jennings, un pantalon de tartan bleu de ciel à sous-

☞ Voir *Au fil du texte*, p. XIV.

pieds, une chemise rose de guingamp, un gilet de brocart à revers, un paletot-sac blanc, une canne à bec de
corbin [1], un chapeau sans bords, des bottes en cuir
breveté, des gants de chevreau couleur paille, un lorgnon, une paire de favoris et une cravate cascade. La
différence de taille entre le comte et le docteur — la
proportion étant comme deux à un — fut cause que
nous eûmes quelque peu de mal à ajuster ces habille-
ments à la personne de l'Égyptien ; mais, quand tout
fut arrangé, au moins pouvait-il dire qu'il était bien
mis. M. Gliddon lui donna donc le bras et le conduisit
vers un bon fauteuil, en face du feu ; pendant ce temps-
là, le docteur sonnait et demandait le vin et les cigares.

La conversation s'anima bientôt. On exprima, cela
va sans dire, une grande curiosité relativement au fait
quelque peu singulier d'Allamistakeo resté vivant.

— J'aurais pensé, — dit M. Buckingham, — qu'il
y avait déjà beau temps que vous étiez mort.

— Comment ! — répliqua le comte très étonné, je
n'ai guère plus de sept cents ans ! Mon père en a vécu
mille, et il ne radotait pas le moins du monde quand
il est mort.

Il s'ensuivit une série étourdissante de questions et
de calculs par lesquels on découvrit que l'antiquité de
la momie avait été très grossièrement estimée. Il y avait
cinq mille cinquante ans et quelques mois qu'elle avait
été déposée dans les catacombes d'Eleithias.

— Mais ma remarque, — reprit M. Buckingham,
— n'avait pas trait à votre âge à l'époque de votre ensevelissement (je ne demande pas mieux que d'accorder
que vous êtes encore un jeune homme), et j'entendais
parler de l'immensité de temps pendant lequel, d'après
votre propre explication, vous êtes resté confit dans
l'asphalte.

— Dans quoi ? — dit le comte.

— Dans l'asphalte, — persista M. Buckingham.

---

1. Dont la poignée a la forme d'un bec de corbeau.

— Ah ! oui ; j'ai comme une idée vague de ce que vous voulez dire ; — en effet, cela pourrait réussir, — mais, de mon temps, nous n'employions guère autre chose que le bichlorure de mercure.

— Mais ce qu'il nous est particulièrement impossible de comprendre, — dit le docteur Ponnonner, — c'est comment il se fait qu'étant mort et ayant été enseveli en Égypte, il y a cinq mille ans, vous soyez aujourd'hui parfaitement vivant, et avec un air de santé admirable.

— Si à cette époque j'étais *mort*, comme vous dites — répliqua le comte, — il est plus que probable que mort je serais resté ; car je m'aperçois que vous en êtes encore à l'enfance du galvanisme[1], et que vous ne pouvez pas accomplir par cet agent ce qui dans le vieux temps était chez nous chose vulgaire. Mais le fait est que j'étais tombé en catalepsie, et que mes meilleurs amis jugèrent que j'étais mort, ou que je devais être mort ; c'est pourquoi ils m'embaumèrent tout de suite. — Je présume que vous connaissez le principe capital de l'embaumement ?

— Mais pas le moins du monde.

— Ah ! je conçois ; — déplorable condition de l'ignorance ! Je ne puis donc pour le moment entrer dans aucun détail à ce sujet ; mais il est indispensable que je vous explique qu'en Égypte embaumer, à proprement parler, était suspendre indéfiniment toutes les fonctions animales soumises au procédé. Je me sers du terme *animal* dans son sens le plus large, comme impliquant l'être moral et vital aussi bien que l'être physique. Je répète que le premier principe de l'embaumement consistait, chez nous, à arrêter immédiatement et à tenir perpétuellement en suspens toutes les fonctions animales soumises au procédé. Enfin, pour être bref, dans quelque état que se trouvât l'individu à l'époque de l'embaumement, il restait dans cet état. Maintenant, comme j'ai le bonheur d'être du sang du Scarabée,

---

1. Application d'excitations électriques aux nerfs et aux muscles.

je fus embaumé vivant, tel que vous me voyez présentement.

— Le sang du Scarabée ! — s'écria le docteur Ponnonner.

— Oui. Le Scarabée était l'emblème, les armes d'une famille patricienne très distinguée et peu nombreuse. Être du sang du Scarabée, c'est simplement être de la famille dont le Scarabée est l'emblème. Je parle figurativement.

— Mais qu'a cela de commun avec le fait de votre existence actuelle ?

— Eh bien, c'était la coutume générale en Égypte, avant d'embaumer un cadavre, de lui enlever les intestins et la cervelle ; la race des Scarabées seule n'était pas sujette à cette coutume. Si donc je n'avais pas été un Scarabée, j'eusse été privé de mes boyaux et de ma cervelle, et sans ces deux viscères, vivre n'est pas chose commode.

— Je comprends cela, — dit M. Buckingham, — et je présume que toutes les momies qui nous parviennent *entières* sont de la race des Scarabées.

— Sans aucun doute.

— Je croyais, — dit M. Gliddon très timidement, — que le Scarabée était un des Dieux Égyptiens.

— Un des *quoi* Égyptiens ? — s'écria la momie, sautant sur ses pieds.

— Un des Dieux, — répéta le voyageur.

— Monsieur Gliddon, je suis réellement étonné de vous entendre parler de la sorte, — dit le comte en se rasseyant. — Aucune nation sur la face de la terre n'a jamais reconnu plus d'*un* Dieu. Le Scarabée, l'Ibis, etc., étaient pour nous (ce que d'autres créatures ont été pour d'autres nations) les symboles, les intermédiaires par lesquels nous offrions le culte au Créateur, trop auguste pour être approché directement.

Ici, il se fit une pause. À la longue, l'entretien fut repris par le docteur Ponnonner.

— Il n'est donc pas improbable, d'après vos explications, — dit-il, — qu'il puisse exister, dans les

catacombes qui sont près du Nil, d'autres momies de
la race du Scarabée dans de semblables conditions de
vitalité ?

— Cela ne peut pas faire l'objet d'une question, —
répliqua le comte ; — tous les Scarabées qui par accident ont été embaumés vivants sont vivants. Quelques-
uns même de ceux qui ont été ainsi embaumés *à dessein*
peuvent avoir été oubliés par leurs exécuteurs testamentaires et sont encore dans leurs tombes.

— Seriez-vous assez bon, — dis-je, — pour expliquer
ce que vous entendez par *embaumés ainsi à dessein ?*

— Avec le plus grand plaisir, — répliqua la momie,
après m'avoir considéré à loisir à travers son lorgnon ;
car c'était la première fois que je me hasardais à lui
adresser directement une question.

— Avec le plus grand plaisir, — dit-elle. — La durée
ordinaire de la vie humaine, de mon temps, était de huit
cents ans environ. Peu d'hommes mouraient, sauf par
suite d'accidents très extraordinaires, avant l'âge de six
cents ; très peu vivaient plus de dix siècles ; mais huit
siècles étaient considérés comme le terme naturel. Après
la découverte du principe de l'embaumement, tel que je
vous l'ai expliqué, il vint à l'esprit de nos philosophes
qu'on pourrait satisfaire une louable curiosité, et en
même temps servir considérablement les intérêts de la
science, en morcelant la durée moyenne et en vivant
cette vie naturelle par à-comptes. Relativement à la
science historique, l'expérience a démontré qu'il y avait
quelque chose à faire dans ce sens, quelque chose d'indispensable. Un historien, par exemple, ayant atteint
l'âge de cinq cents ans, écrivait un livre avec le plus
grand soin ; puis il se faisait soigneusement embaumer,
laissant commission à ses exécuteurs testamentaires *pro
tempore* de le ressusciter après un certain laps de temps,
— mettons cinq ou six cents ans. Rentrant dans la vie
à l'expiration de cette époque, il trouvait invariablement son grand ouvrage converti en une espèce de
cahier de notes accumulées au hasard, — c'est-à-dire
en une sorte d'arène littéraire ouverte aux conjectures

contradictoires, aux énigmes et aux chamailleries personnelles de toutes les bandes de commentateurs exaspérés. Ces conjectures, ces énigmes qui passaient sous le nom d'annotations ou corrections, avaient si complètement enveloppé, torturé, écrasé le texte, que l'auteur était réduit à fureter partout dans ce fouillis avec une lanterne pour découvrir son propre livre. Mais, une fois retrouvé, ce pauvre livre ne valait jamais les peines que l'auteur avait prises pour le ravoir. Après l'avoir récrit d'un bout à l'autre, il restait encore une besogne pour l'historien, un devoir impérieux : c'était de corriger, d'après sa science et son expérience personnelles, les traditions du jour concernant l'époque dans laquelle il avait primitivement vécu. Or, ce procédé de recomposition et de rectification personnelle, poursuivi de temps à autre par différents sages, avait pour résultat d'empêcher notre histoire de dégénérer en une pure fable.

— Je vous demande pardon, — dit alors le docteur Ponnonner, — posant doucement sa main sur le bras de l'Égyptien, je vous demande pardon, monsieur, mais puis-je me permettre de vous interrompre pour un moment ?

— Parfaitement, *monsieur*, — répliqua le comte en s'écartant un peu.

— Je désirais simplement vous faire une question, — dit le docteur. — Vous avez parlé de corrections personnelles de l'auteur relativement aux traditions qui concernaient son époque. En moyenne, monsieur, je vous prie, dans quelle proportion la vérité se trouvait-elle généralement mêlée à ce grimoire ?

— On trouva généralement que ce grimoire — pour me servir de votre excellente définition, monsieur, — était exactement au pair avec les faits rapportés dans l'histoire elle-même non récrite, — c'est-à-dire qu'on ne vit jamais dans aucune circonstance un simple iota de l'un ou de l'autre qui ne fût absolument et radicalement faux.

— Mais, puisqu'il est parfaitement clair, — reprit

le docteur, que cinq mille ans au moins se sont écoulés depuis votre enterrement, je tiens pour sûr que vos annales à cette époque, sinon vos traditions, étaient suffisamment explicites sur un sujet d'un intérêt universel, la Création, qui eut lieu, comme vous le savez sans doute, seulement dix siècles auparavant, ou peu s'en faut.

— Monsieur ! — fit le comte Allamistakeo.

Le docteur répéta son observation, mais ce ne fut qu'après mainte explication additionnelle qu'il parvint à se faire comprendre de l'étranger. À la fin, celui-ci dit, non sans hésitation :

— Les idées que vous soulevez sont, je le confesse, entièrement nouvelles pour moi. De mon temps, je n'ai jamais connu personne qui eût été frappé d'une si singulière idée, que l'univers (ou ce monde, si vous l'aimez mieux) pouvait avoir eu un commencement. Je me rappelle qu'une fois, mais rien qu'une fois, un homme de grande science me parla d'une tradition vague concernant la race humaine ; et cet homme se servait comme vous du mot *Adam*, ou *terre rouge*. Mais il l'employait dans un sens générique, comme ayant trait à la germination spontanée par le limon, — juste comme un millier d'animalcules, — à la germination spontanée, dis-je, de cinq vastes hordes d'hommes, poussant simultanément dans cinq parties distinctes du globe presque égales entre elles.

Ici, la société haussa généralement les épaules, et une ou deux personnes se touchèrent le front avec un air très significatif. M. Silk Buckingham, jetant un léger coup d'œil d'abord sur l'occiput, puis sur le sinciput d'Allamistakeo, prit ainsi la parole :

— La longévité humaine dans votre temps, unie à cette pratique fréquente que vous nous avez expliquée, consistant à vivre sa vie par à-comptes, aurait dû, en vérité, contribuer puissamment au développement général et à l'accumulation des connaissances. Je présume donc que nous devons attribuer l'infériorité marquée des anciens Égyptiens dans toutes les parties de la science, quand on les compare avec les modernes et plus spécialement avec les Yankees, uniquement à l'épaisseur plus considérable du crâne égyptien.

— Je confesse de nouveau, — répliqua le comte avec une parfaite urbanité, — que je suis quelque peu en peine de vous comprendre ; dites-moi, je vous prie, de quelles parties de la science voulez-vous parler ?

Ici toute la compagnie, d'une voix unanime, cita les affirmations de la phrénologie [1] et les merveilles du magnétisme animal.

Nous ayant écoutés jusqu'au bout, le comte se mit à raconter quelques anecdotes qui nous prouvèrent clairement que les prototypes de Gall [2] et de Spurzheim avaient fleuri et dépéri en Égypte, mais dans une époque si ancienne, qu'on en avait presque perdu le souvenir, — et que les procédés de Mesmer [3] étaient des tours misérables en comparaison des miracles positifs opérés par les savants de Thèbes, qui créaient des poux et une foule d'autres êtres semblables.

Je demandai alors au comte si ses compatriotes étaient capables de calculer les éclipses. Il sourit avec une nuance de dédain et m'affirma que oui.

Ceci me troubla un peu ; cependant, je commençais à lui faire d'autres questions relativement à leurs connaissances astronomiques, quand quelqu'un de la société, qui n'avait pas encore ouvert la bouche, me souffla à l'oreille que, si j'avais besoin de renseignement sur ce chapitre, je ferais mieux de consulter un certain monsieur Ptolémée aussi bien qu'un nommé Plutarque, à l'article *De facie lunæ*.

Je questionnai alors la momie sur les verres ardents et lenticulaires, et généralement sur la fabrication du

1. Étude du caractère et de l'intelligence d'après la conformation extérieure du crâne.
2. Gall (1758-1828) est le fondateur de la phrénologie et Spurzheim (1776-1832) son disciple.
3. Allemand (1734-1815) qui prétendit guérir toutes les maladies grâce au magnétisme.

verre ; mais je n'avais pas encore fini mes questions
que le camarade silencieux me poussait doucement par
le coude, et me priait, pour l'amour de Dieu, de jeter
un coup d'œil sur Diodore de Sicile. Quant au comte,
il me demanda simplement, en manière de réplique, si,
nous autres modernes, nous possédions des microscopes
qui nous permissent de graver des onyx avec la perfection des Égyptiens. Pendant que je cherchais la réponse
à faire à cette question, le petit docteur Ponnonner
s'aventura dans une voie très extraordinaire.

— Voyez notre architecture ! — s'écria-t-il, — à la
grande indignation des deux voyageurs qui le pinçaient
jusqu'au bleu, mais sans réussir à le faire taire.

— Allez voir, — criait-il avec enthousiasme, la fontaine du Jeu de boule à New York ! ou, si c'est une
trop écrasante contemplation, regardez un instant le
Capitole à Washington, D. C. !

Et le bon petit homme médical alla jusqu'à détailler
minutieusement les proportions du bâtiment en question. Il expliqua que le portique seul n'était pas orné
de moins de vingt-quatre colonnes, de cinq pieds de diamètre, et situées à dix pieds de distance l'une de l'autre.

Le comte dit qu'il regrettait de ne pouvoir se rappeler pour le moment la dimension précise d'aucune des
principales constructions de la cité d'Aznac, dont les
fondations plongeaient dans la nuit du temps, mais
dont les ruines étaient encore debout, à l'époque de son
enterrement, dans une vaste plaine de sable à l'ouest
de Thèbes. Il se souvenait néanmoins, à propos de
portiques, qu'il y en avait un, appliqué à un palais
secondaire, dans une espèce de faubourg appelé Carnac,
et formé de cent quarante-quatre colonnes de trente-
sept pieds de circonférence chacune, et distantes de
vingt-cinq pieds l'une de l'autre. On arrivait du Nil à
ce portique par une avenue de deux milles de long,
formée par des sphinx, des statues, des obélisques de
vingt, de soixante et de cent pieds de haut. Le palais
lui-même, autant qu'il pouvait se rappeler, avait, dans
un sens seulement, deux milles de long, et pouvait bien

avoir en tout sept milles de circuit. Ses murs étaient richement décorés en dedans et en dehors de peintures hiéroglyphiques. Il ne prétendait pas *affirmer* qu'on aurait pu bâtir entre ses murs cinquante ou soixante des Capitoles du docteur ; mais il ne lui était pas démontré que deux ou trois cents n'eussent pas pu y être empilés sans trop d'embarras. Ce palais de Carnac était une insignifiante petite bâtisse, après tout. Le comte, néanmoins, ne pouvait pas, en stricte conscience, se refuser à reconnaître le style ingénieux, la magnificence et la supériorité de la fontaine du Jeu de boule, telle que le docteur l'avait décrite. Rien de semblable, il était forcé de l'avouer, n'avait jamais été vu en Égypte ni ailleurs.

Je demandai alors au comte ce qu'il pensait de nos chemins de fer.

— Rien de particulier, — dit-il. — Ils sont un peu faibles, assez mal conçus et grossièrement assemblés. Ils ne peuvent donc pas être comparés aux vastes chaussées à rainures de fer, horizontales et directes, sur lesquelles les Égyptiens transportaient des temples entiers et des obélisques massifs de cent cinquante pieds de haut.

Je lui parlai de nos gigantesques forces mécaniques. Il convint que nous savions faire quelque chose dans ce genre, mais il me demanda comment nous nous y serions pris pour dresser les impostes [1] sur les linteaux du plus petit palais de Carnac.

Je jugeai à propos de ne pas entendre cette question, et je lui demandai s'il avait quelque idée des puits artésiens ; mais il releva simplement les sourcils, pendant que M. Gliddon me faisait un clignement d'yeux très prononcé, et me disait à voix basse que les ingénieurs chargés de forer le terrain pour trouver de l'eau dans la Grande Oasis en avaient découvert un tout récemment.

---

1. Une imposte est une pierre qui supporte la retombée du cintre ou de l'arcade.

Alors, je citai nos aciers ; mais l'étranger leva le nez, et me demanda si notre acier aurait jamais pu exécuter les sculptures si vives et si nettes qui décorent les obélisques, et qui avaient été entièrement exécutées avec des outils de cuivre.

Cela nous déconcerta si fort, que nous jugeâmes à propos de faire une diversion sur la métaphysique. Nous envoyâmes chercher un exemplaire d'un ouvrage qui s'appelle le *Dial*[1], et nous en lûmes un chapitre ou deux sur un sujet qui n'est pas très clair mais que les gens de Boston définissent : le Grand Mouvement ou Progrès.

Le comte dit simplement que, de son temps, les grands mouvements étaient choses terriblement communes, et que, quant au progrès, il fut à une certaine époque une vraie calamité, mais ne progressa jamais.

Nous parlâmes alors de la grande beauté et de l'importance de la Démocratie, et nous eûmes beaucoup de peine à bien faire comprendre au comte la nature positive des avantages dont nous jouissions en vivant dans un pays où le suffrage était *ad libitum*, et où il n'y avait pas de roi.

Il nous écouta avec un intérêt marqué, et, en somme, il parut réellement s'amuser. Quand nous eûmes fini, il nous dit qu'il s'était passé là-bas, il y avait déjà bien longtemps, quelque chose de tout à fait semblable. Treize provinces égyptiennes[2] résolurent tout d'un coup d'être libres, et de donner ainsi un magnifique exemple au reste de l'humanité. Elles rassemblèrent leurs sages, et brassèrent la plus ingénieuse constitution qu'il est possible d'imaginer. Pendant quelque temps, tout alla le mieux du monde ; seulement, il y avait là des habitudes de blague qui étaient quelque chose de prodigieux. La chose néanmoins finit ainsi : les treize

---

1. Nom de la revue des transcendantalistes.
2. Voir les treize provinces américaines qui déclarèrent la guerre d'Indépendance.

États, avec quelque chose comme quinze ou vingt autres, se consolidèrent dans le plus odieux et le plus insupportable despotisme dont on ait jamais ouï parler sur la face du globe.

Je demandai quel était le nom du tyran usurpateur.

Autant que le comte pouvait se le rappeler, ce tyran se nommait : *La Canaille*.

Ne sachant que dire à cela, j'élevai la voix, et je déplorai l'ignorance des Égyptiens relativement à la vapeur.

Le comte me regarda avec beaucoup d'étonnement, mais ne répondit rien. Le gentleman silencieux me donna toutefois un violent coup de coude dans les côtes, — me dit que je m'étais suffisamment compromis pour une fois, — et me demanda si j'étais réellement assez innocent pour ignorer que la machine à vapeur moderne descendait de l'invention de Héro, en passant par Salomon de Caus.

Nous étions pour lors en grand danger d'être battus ; mais notre bonne étoile fit que le docteur Ponnonner, s'étant rallié, accourut à notre secours, et demanda si la nation égyptienne prétendait sérieusement rivaliser avec les modernes dans l'article de la toilette, si important et si compliqué.

À ce mot, le comte jeta un regard sur les sous-pieds de son pantalon ; puis, prenant par le bout une des basques de son habit, il l'examina curieusement pendant quelques minutes. À la fin, il la laissa retomber, et sa bouche s'étendit graduellement d'une oreille à l'autre ; mais je ne me rappelle pas qu'il ait dit quoi que ce soit en manière de réplique.

Là-dessus, nous recouvrâmes nos esprits, et le docteur, s'approchant de la momie d'un air plein de dignité, la pria de dire avec candeur, sur son honneur de gentleman, si les Égyptiens avaient compris à une époque quelconque, la fabrication soit des pastilles de Ponnonner, soit des pilules de Brandreth [1].

1. Médecine miraculeuse en vogue.

Nous attendions la réponse dans une profonde anxiété, — mais bien inutilement. Cette réponse n'arrivait pas. L'Égyptien rougit et baissa la tête. Jamais triomphe ne fut plus complet ; jamais défaite ne fut supportée de plus mauvaise grâce. Je ne pouvais vraiment pas endurer le spectacle de l'humiliation de la pauvre momie. Je pris mon chapeau, je la saluai avec un certain embarras, et je pris congé.

En rentrant chez moi, je m'aperçus qu'il était quatre heures passées, et je me mis immédiatement au lit. Il est maintenant dix heures du matin. Je suis levé depuis sept, et j'écris ces notes pour l'instruction de ma famille et de l'humanité. Quant à la première, je ne la verrai plus. Ma femme est une mégère. La vérité est que cette vie et généralement tout le dix-neuvième siècle me donnent des nausées. Je suis convaincu que tout va de travers. En outre, je suis anxieux de savoir qui sera élu Président en 2045. C'est pourquoi, une fois rasé et mon café avalé, je vais tomber chez Ponnonner, et je me fais embaumer pour une couple de siècles.

PUISSANCE DE LA PAROLE

OINOS [1]. — Pardonne, Agathos, à la faiblesse d'un esprit fraîchement revêtu d'immortalité.

AGATHOS [2]. — Tu n'as rien dit, mon cher Oinos, dont tu aies à demander pardon. La connaissance n'est pas une chose d'intuition, pas même *ici*. Quant à la sagesse, demande avec confiance aux anges qu'elle te soit accordée !

OINOS. — Mais, pendant cette dernière existence, j'avais rêvé que j'arriverais d'un seul coup à la connaissance de toutes choses, et du même coup au bonheur absolu.

AGATHOS. — Ah ! ce n'est pas dans la science qu'est le bonheur, mais dans l'acquisition de la science ! Savoir pour toujours, c'est l'éternelle béatitude ; mais tout savoir, ce serait une damnation de démon.

OINOS. — Mais le Très-Haut ne connaît-il pas toutes choses ?

AGATHOS. — Et c'est la *chose unique* (puisqu'il est le Très-Heureux) qui doit LUI rester inconnue à LUI-même.

OINOS. — Mais, puisque chaque minute augmente notre connaissance, n'est-il pas inévitable que toutes choses nous soient connues *à la fin* ?

---

1. En grec, le « vin » et aussi origine non attestée du latin *unus*.
2. En grec, « bon ».

AGATHOS. — Plonge ton regard dans les lointains de l'abîme ! Que ton œil s'efforce de pénétrer ces innombrables perspectives d'étoiles, pendant que nous glissons lentement à travers, — encore, — et encore, — et toujours ! La vision spirituelle elle-même n'est-elle pas absolument arrêtée par les murs d'or circulaires de l'univers, — ces murs faits de myriades de corps brillants qui se fondent en une incommensurable unité ?

OINOS. — Je perçois clairement que l'infini de la matière n'est pas un rêve.

AGATHOS. — Il n'y a pas de rêves dans le Ciel ; — mais il nous est révélé ici que l'*unique* destination de cet infini de matière est de fournir des sources infinies, où l'âme puisse soulager cette soif de *connaître*, qui est en elle, — inextinguible à jamais, puisque l'éteindre serait pour l'âme l'anéantissement de soi-même. Questionne-moi donc, mon Oinos, librement et sans crainte. Viens ! nous laisserons à gauche l'éclatante harmonie des Pléiades, et nous irons nous abattre loin de la foule dans les prairies étoilées, au-delà d'Orion, où, au lieu de pensées, de violettes et de pensées sauvages, nous trouverons des couches de soleils triples et de soleils tricolores.

OINOS. — Et maintenant, Agathos, tout en planant à travers l'espace, instruis-moi ! — Parle-moi dans le ton familier de la terre ! Je n'ai pas compris ce que tu me donnais tout à l'heure à entendre, sur les modes et les procédés de Création, — de ce que nous nommions Création, dans le temps que nous étions mortels. Veux-tu dire que le Créateur n'est pas Dieu ?

AGATHOS. — Je veux dire que la Divinité ne crée pas.

OINOS. — Explique-toi !

AGATHOS. — Au commencement *seulement*, elle a créé. Les créatures, — ce qui apparaît comme créé, — qui maintenant, d'un bout de l'univers à l'autre, émergent infatigablement à l'existence, ne peuvent être considérées que comme des résultats médiats ou indirects, et non comme directs ou immédiats, de la Divine Puissance Créatrice.

OINOS. — Parmi les hommes, mon Agathos, cette idée eût été considérée comme hérétique au suprême degré.

AGATHOS. — Parmi les anges, mon Oinos, elle est simplement admise comme une vérité.

OINOS. — Je puis te comprendre, en tant que tu veuilles dire que certaines opérations de l'être que nous appelons Nature, ou lois naturelles, donneront, dans de certaines conditions, naissance à ce qui porte l'*apparence* complète de création. Peu de temps avant la finale destruction de la terre, il se fit, je m'en souviens, un grand nombre d'expériences réussies que quelques philosophes, avec une emphase puérile, désignèrent sous le nom de créations d'animalcules.

AGATHOS. — Les cas dont tu parles n'étaient, en réalité, que des exemples de création secondaire, — de la seule espèce de création qui ait jamais eu lieu depuis que la parole première a proféré la première loi.

OINOS. — Les moindres étoiles qui jaillissent du fond de l'abîme du non-être et font à chaque minute explosion dans les cieux, — ces astres, Agathos, ne sont-ils pas l'œuvre immédiate de la main du Maître ?

AGATHOS. — Je veux essayer, mon Oinos, de t'amener pas à pas en face de la conception que j'ai en vue. Tu sais parfaitement que, comme aucune pensée ne peut se perdre, de même il n'est pas une seule action qui n'ait un résultat infini. En agitant nos mains, quand nous étions habitants de cette terre, nous causions une vibration dans l'atmosphère ambiante. Cette vibration s'étendait indéfiniment, jusqu'à tant qu'elle se fût communiquée à chaque molécule de l'atmosphère terrestre, qui, à partir de ce moment *et pour toujours*, était mise en mouvement par cette seule action de la main. Les mathématiciens de notre planète ont bien connu ce fait. Les effets particuliers créés dans le fluide par des impulsions particulières furent de leur part l'objet d'un calcul exact, — en sorte qu'il devint facile de déterminer dans quelle période précise une impulsion d'une portée donnée pourrait faire le tour du globe et influencer, — pour toujours, — chaque atome de l'atmosphère ambiante. Par un calcul rétrograde, ils déterminèrent sans peine, — étant donné un effet dans des conditions connues, — la valeur de l'impulsion originelle. Alors, des mathématiciens, — qui virent que les résultats d'une impulsion donnée étaient absolument sans fin, — qui virent qu'une partie de ces résultats pouvait être rigoureusement suivie dans l'espace et dans le temps au moyen de l'analyse algébrique, — qui comprirent aussi la facilité du calcul rétrograde, — ces hommes, dis-je, comprirent du même coup que cette espèce d'analyse contenait, elle aussi, une puissance de progrès indéfini, — qu'il n'existait pas de bornes concevables à sa marche progressive et à son applicabilité, excepté celles de l'esprit même qui l'avait poussée ou appliquée. Mais, arrivés à ce point, nos mathématiciens s'arrêtèrent.

OINOS. — Et pourquoi, Agathos, auraient-ils été plus loin ?

AGATHOS. — Parce qu'il y avait au-delà quelques considérations d'un profond intérêt. De ce qu'ils savaient, ils pouvaient inférer qu'un être d'une intelligence infinie, — un être à qui l'*absolu* de l'analyse algébrique serait dévoilé, — n'éprouverait aucune difficulté à suivre tout mouvement imprimé à l'air, — et transmis par l'air à l'éther, — jusque dans ses répercussions les plus lointaines, et même dans une époque infiniment reculée. Il est, en effet, démontrable que chaque mouvement de cette nature *imprimé à l'air* doit *à la fin* agir sur chaque être individuel compris *dans les limites de l'univers* ; — et l'être doué d'une intelligence infinie, — l'être que nous avons imaginé, — pourrait suivre les ondulations lointaines du mouvement, — les suivre, au-delà et toujours au-delà, dans leurs influences sur toutes les particules de la matière, — au-delà et toujours au-delà, dans les modifications qu'elles imposent aux vieilles formes, — ou, en d'autres termes, dans *les créations neuves* qu'elles enfantent — jusqu'à ce qu'il les vît se brisant enfin, et désormais inefficaces, contre le trône de la Divinité. Et non seulement un tel être pourrait faire cela, mais si, à une époque quelconque, un résultat donné lui était présenté, — si une de ces innombrables comètes, par exemple, était soumise à son examen, — il pourrait, sans aucune peine, déterminer par l'analyse rétrograde à quelle impulsion primitive elle doit son existence. Cette puissance d'analyse rétrograde, dans sa plénitude et son absolue perfection — cette faculté de rapporter dans *toutes* les époques *tous* les effets à *toutes* les causes — est évidemment la prérogative de la Divinité seule ; — mais cette puissance est exercée, à tous les degrés de l'échelle au-dessous de l'absolue perfection, par la population entière des Intelligences angéliques.

OINOS. — Mais tu parles simplement des mouvements imprimés à l'air.

AGATHOS. — En parlant de l'air, ma pensée n'embrassait que le monde terrestre ; mais la proposition généralisée comprend les impulsions créées dans l'éther, — qui, pénétrant, et seul pénétrant tout l'espace se trouve être ainsi le grand médium de création.

OINOS. — Donc, tout mouvement, de quelque nature qu'il soit, est créateur ?

AGATHOS. — Cela ne peut pas ne pas être ; mais une vraie philosophie nous a dès longtemps appris que la source de tout mouvement est la pensée, — et que la source de toute pensée est...

OINOS. — Dieu.

AGATHOS. — Je t'ai parlé, Oinos — comme je devais parler à un enfant de cette belle Terre qui a péri récemment — des mouvements produits dans l'atmosphère de la Terre...

OINOS. — Oui, cher Agathos.

AGATHOS. — Et pendant que je te parlais ainsi, n'as-tu pas senti ton esprit traversé par quelque pensée relative à la *puissance matérielle des paroles* ? Chaque parole n'est-elle pas un mouvement créé dans l'air ?

OINOS. — Mais pourquoi pleures-tu, Agathos ? — et pourquoi, oh ! pourquoi tes ailes faiblissent-elles pendant que nous planons au-dessus de cette belle étoile, — la plus verdoyante et cependant la plus terrible de toutes celles que nous avons rencontrées dans notre vol ? Ses brillantes fleurs semblent un rêve féerique, — mais ses volcans farouches rappellent les passions d'un cœur tumultueux.

AGATHOS. — *Ils ne semblent pas, ils sont ! ils sont* rêves et passions ! Cette étrange étoile, — il y a de cela trois siècles, — c'est moi qui, les mains crispées et les yeux ruisselants, — aux pieds de ma bien-aimée, — l'ai proférée à la vie avec quelques phrases passionnées. Ses brillantes fleurs *sont* les plus chers de tous les rêves non réalisés, et ses volcans forcenés *sont* les passions du plus tumultueux et du plus insulté[1] des cœurs !

1. Le texte anglais dit « impur » (*unhallowed*).

COLLOQUE ENTRE MONOS ET UNA [1]

Choses futures.

SOPHOCLE, *Antigone*.

UNA. — *Ressuscité ?*

MONOS. — Oui, très belle et très adorée Una, *res-suscité*. Tel était le mot sur le sens mystique duquel j'avais si longtemps médité, repoussant les explications de la prêtraille jusqu'à tant que la mort elle-même vînt résoudre l'énigme pour moi.

UNA. — La Mort !

MONOS. — Comme tu fais étrangement écho à mes paroles, douce Una ! J'observe aussi une vacillation dans ta démarche, — une joyeuse inquiétude dans tes yeux. Tu es troublée, oppressée par la majestueuse nouveauté de la Vie éternelle. Oui, c'était de la Mort que je parlais. Et comme ce mot résonne singulièrement *ici*, ce mot qui jadis portait l'angoisse dans tous les cœurs, — jetait une tache sur tous les plaisirs !

UNA. — Ah ! la Mort, le spectre qui s'asseyait à tous les festins ! Que de fois, Monos, nous nous sommes perdus en méditations sur sa nature ! Comme il se dressait, mystérieux contrôleur, devant le bonheur

---

1. Monos (masculin) et Una (féminin) désignent respectivement en grec et en latin une unité solidaire.

humain, lui disant : « Jusque-là, et pas plus loin ! »
Cet ardent amour mutuel, mon Monos, qui brûlait dans
nos poitrines, comme vainement nous nous étions flat-
tés, nous sentant si heureux sitôt qu'il prit naissance,
de voir notre bonheur grandir de sa force ! Hélas ! il
grandit, cet amour, et avec lui grandissait dans nos
cœurs la terreur de l'heure fatale qui accourait pour
nous séparer à jamais ! Ainsi, avec le temps, aimer
devint une douleur. Pour lors, la haine nous eût été une
miséricorde.

MONOS. — Ne parle pas ici de ces peines, chère Una
— mienne maintenant, mienne pour toujours !

UNA. — Mais n'est-ce pas le souvenir du chagrin
passé qui fait la joie du présent ? Je voudrais parler
longtemps encore, des choses qui ne sont plus. Par-
dessus tout, je brûle de connaître les incidents de ton
voyage à travers l'Ombre et la noire Vallée.

MONOS. — Quand donc la radieuse Una demanda-
t-elle en vain quelque chose à son Monos ? Je raconterai tout minutieusement ; — mais à quel point doit
commencer le récit mystérieux ?

UNA. — À quel point ?

MONOS. — Oui, à quel point ?

UNA. — Je te comprends, Monos. La Mort nous a
révélé à tous deux le penchant de l'homme à définir
l'indéfinissable. Je ne dirai donc pas : Commence au
point où cesse la vie, — mais : Commence à ce triste,
triste moment où, la fièvre t'ayant quitté, tu tombas
dans une torpeur sans souffle et sans mouvement, et où
je fermai tes paupières pâlies avec les doigts passionnés
de l'amour.

MONOS. — Un mot d'abord, mon Una, relativement
à la condition générale de l'homme à cette époque. Tu
te rappelles qu'un ou deux sages parmi nos ancêtres,
— sages en fait, quoique non pas dans l'estime du
monde, — avaient osé douter de la propriété du mot
Progrès, appliqué à la marche de notre civilisation.
Chacun des cinq ou six siècles, qui précédèrent notre

mort vit, à un certain moment, s'élever quelque vigoureuse intelligence luttant bravement pour ces principes
dont l'évidence illumine maintenant notre raison, insolente affranchie remise à son rang, — principes qui
auraient dû apprendre à notre race à se laisser guider
par les lois naturelles plutôt qu'à les vouloir contrôler.
À de longs intervalles apparaissaient quelques esprits
souverains, pour qui tout progrès dans les sciences pra-
tiques n'était qu'un recul dans l'ordre de la véritable
utilité. Parfois, l'esprit poétique, — cette faculté, la
plus sublime de toutes, nous savons cela maintenant,
— puisque des vérités de la plus haute importance ne
pouvaient nous être révélées que par cette Analogie,
dont l'éloquence, irrécusable pour l'imagination, ne dit
rien à la raison infirme et solitaire, — parfois, dis-je,
cet esprit poétique prit les devants sur une philosophie
tâtonnière et entendit dans la parabole mystique de
l'arbre de la science et de son fruit défendu, qui en-
gendre la mort, un avertissement clair, à savoir que la
science n'était pas bonne pour l'homme pendant la
minorité de son âme. Et ces hommes, — les poètes, —
vivant et mourant parmi le mépris des *utilitaires*, rudes
pédants qui usurpaient un titre dont les méprisés seuls
étaient dignes, les poètes reportèrent leurs rêveries et
leurs sages regrets vers ces anciens jours où nos besoins
étaient aussi simples que pénétrantes nos jouissances,
— où le mot *gaieté* était inconnu, tant l'accent du bonheur était solennel et profond ! — jours saints, augustes
et bénis, où les rivières azurées coulaient à pleins bords
entre les collines intactes et s'enfonçaient au loin dans
les solitudes des forêts primitives, odorantes, inviolées.

Cependant, ces nobles exceptions à l'absurdité générale ne servirent qu'à la fortifier par l'opposition.
Hélas ! nous étions descendus dans les pires jours de
tous nos mauvais jours. Le *grand mouvement*, — tel
était l'argot du temps, — marchait ; perturbation morbide, morale et physique. L'art, — les arts, veux-je dire,
furent élevés au rang suprême, et, une fois installés sur
le trône, ils jetèrent des chaînes sur l'intelligence qui

les avait élevés au pouvoir. L'homme qui ne pouvait pas ne pas reconnaître la majesté de la Nature, chanta niaisement victoire à l'occasion de ses conquêtes toujours croissantes sur les éléments de cette même Nature. Aussi bien, pendant qu'il se pavanait et faisait le Dieu, une imbécillité enfantine s'abattait sur lui. Comme on pouvait le prévoir depuis l'origine de la maladie, il fut bientôt infecté de systèmes et d'abstractions ; il s'empêtra dans des généralités. Entre autres idées bizarres, celle de l'égalité universelle avait gagné du terrain ; et, à la face de l'Analogie et de Dieu, — en dépit de la voix haute et salutaire des lois de *gradation* qui pénètrent si vivement toutes choses sur la Terre et dans le Ciel, — des efforts insensés furent faits pour établir une Démocratie universelle. Ce mal surgit nécessairement du mal premier : la Science. L'homme ne pouvait pas en même temps devenir savant et se soumettre. Cependant, d'innombrables cités s'élevèrent, énormes et fumeuses. Les vertes feuilles se recroquevillèrent devant la chaude haleine des fourneaux. Le beau visage de la Nature fut déformé comme par les ravages de quelque dégoûtante maladie. Et il me semble, ma douce Una, que le sentiment, même assoupi, du forcé et du cherché trop loin aurait dû nous arrêter à ce point. Mais il paraît qu'en pervertissant notre *goût*, ou plutôt en négligeant de le cultiver dans les écoles, nous avions follement parachevé notre propre destruction. Car, en vérité, c'était dans cette crise que le goût seul, — cette faculté qui, marquant le milieu entre l'intelligence pure et le sens moral, n'a jamais pu être méprisée impunément, — c'était alors que le goût seul pouvait nous ramener doucement vers la Beauté, la Nature et la Vie. Mais, hélas ! pur esprit contemplatif et majestueuse intuition de Platon ! hélas ! compréhensive *Mousikê* [1], qu'il regardait à juste titre comme une éducation suffisante pour l'âme ! hélas ! où étiez-vous ? C'était

---

1. En grec, la « musique ». Voir Platon, *La République*, livre 2.

quand vous aviez tous les deux disparu dans l'oubli et le mépris universels qu'on avait le plus désespérément besoin de vous !

Pascal, un philosophe que nous aimons tous deux, chère Una, a dit — avec quelle vérité ! — que *tout raisonnement se réduit à céder au sentiment* [1] ; et il n'eût pas été impossible, si l'époque l'avait permis, que le sentiment du naturel eût repris son vieil ascendant sur la brutale raison mathématique des écoles. Mais cela ne devait pas être. Prématurément amenée par des orgies de science, la décrépitude du monde approchait. C'est ce que ne voyait pas la masse de l'humanité, ou ce que, vivant goulûment, quoique sans bonheur, elle affectait de ne pas voir. Mais, pour moi, les annales de la Terre m'avaient appris à attendre la ruine la plus complète comme prix de la plus haute civilisation. J'avais puisé dans la comparaison de la Chine, simple et robuste, avec l'Assyrie architecte, avec l'Égypte astrologue, avec la Nubie plus subtile encore, mère turbulente de tous les arts, la prescience de notre Destinée. Dans l'histoire de ces contrées, j'avais trouvé un rayon de l'Avenir. Les spécialités industrielles de ces trois dernières étaient des maladies locales de la Terre, et la ruine de chacune a été l'application du remède local ; mais, pour le monde infecté en grand, je ne voyais de régénération possible que dans la mort. Or, l'homme ne pouvant pas, en tant que race, être anéanti, je vis qu'il lui fallait *renaître*.

Et c'était alors, ma très belle et ma très chère, que nous plongions journellement notre esprit dans les rêves. C'était alors que nous discourions à l'heure du crépuscule, sur les jours à venir, — quand l'épiderme de la Terre, cicatrisé par l'Industrie, ayant subi cette purification qui seule pouvait effacer ses abominations rectangulaires, serait habillé à neuf avec les verdures, les collines et les eaux souriantes du Paradis, et rede-

---

1. Pascal, *Pensées*.

viendrait une habitation convenable pour l'homme, — pour l'homme, purgé par la Mort, — pour l'homme dont l'intelligence ennoblie ne trouverait plus un poison dans la science, pour l'homme racheté, régénéré, béatifié, désormais immortel, et cependant encore revêtu de matière.

UNA. — Oui, je me rappelle bien ces conversations, cher Monos ; mais l'époque du feu destructeur n'était pas aussi proche que nous nous l'imaginions, et que la corruption dont tu parles nous permettait certainement de le croire. Les hommes vécurent, et ils moururent individuellement. Toi-même, vaincu par la maladie, tu as passé par la tombe, et ta constante Una t'y a promptement suivi ; et, bien que nos sens assoupis n'aient pas été torturés par l'impatience et n'aient pas souffert de la longueur du siècle qui s'est écoulé depuis et dont la révolution finale nous a rendus l'un à l'autre, cependant, cher Monos, cela a fait encore un siècle.

MONOS. — Dis plutôt un point dans le vague infini. Incontestablement, ce fut pendant la décrépitude de la Terre que je mourus. Le cœur fatigué d'angoisses qui tiraient leur origine du désordre et de la décadence générale, je succombai à la cruelle fièvre. Après un petit nombre de jours de souffrance, après maints jours pleins de délire, de rêves et d'extases dont tu prenais l'expression pour celle de la douleur, pendant que je ne souffrais que de mon impuissance à te détromper, — après quelques jours, je fus, comme tu l'as dit, pris par une léthargie sans souffle et sans mouvement, et ceux qui m'entouraient dirent que c'était *la Mort*.

☞   Les mots sont choses vagues. Mon état ne me privait pas de sentiment ; il ne me paraissait pas très différent de l'extrême quiétude de quelqu'un qui, ayant dormi longtemps et profondément, immobile, prostré dans l'accablement de l'ardent solstice, commence à rentrer lentement dans la conscience de lui-même ; il y glisse, pour ainsi dire, par le seul fait de l'insuffisance de son sommeil, et sans être éveillé par le mouvement extérieur.

☞ Voir *Au fil du texte*, p. XIV.

Je ne respirais plus. Le pouls était immobile. Le cœur avait cessé de battre. La volition n'avait point disparu, mais elle était sans efficacité. Mes sens jouissaient d'une activité insolite, quoique l'exerçant d'une manière irrégulière et usurpant réciproquement leurs fonctions au hasard. Le goût et l'odorat se mêlaient dans une confusion inextricable et ne formaient plus qu'un seul sens anormal et intense. L'eau de rose, dont ta tendresse avait humecté mes lèvres au moment suprême, me donnait de douces idées de fleurs, — fleurs fantastiques infiniment plus belles qu'aucune de celles de la vieille Terre, et dont nous voyons aujourd'hui fleurir les modèles autour de nous. Les paupières, transparentes et exsangues, ne faisaient pas absolument obstacle à la vision. Comme la volition était suspendue, les globes ne pouvaient pas rouler dans leurs orbites, — mais tous les objets situés dans la portée de l'hémisphère visuel étaient perçus plus ou moins distinctement, les rayons qui tombaient sur la rétine externe, ou dans le coin de l'œil, produisant un effet plus vif que ceux qui frappaient la surface interne ou l'attaquaient de face. Toutefois, dans le premier cas, cet effet était si anormal, que je l'appréciais seulement comme un *son*, — un son doux et discordant, suivant que les objets qui se présentaient à mon côté étaient lumineux ou revêtus d'ombre, — arrondis ou d'une forme anguleuse. En même temps l'ouïe, quoique surexcitée, n'avait rien d'irrégulier dans son action, et elle appréciait les sons réels avec une précision non moins hyperbolique que sa sensibilité. Le toucher avait subi une modification plus régulière. Il ne recevait ses impressions que lentement, mais les retenait opiniâtrement, et il en résultait toujours un plaisir physique des plus prononcés. Ainsi la pression de tes doigts, si doux sur mes paupières, ne fut d'abord perçue que par l'organe de la vision ; mais, à la longue, et longtemps après qu'ils se furent retirés, ils remplirent mon être d'un délice sensuel inappréciable. Je dis : d'un délice sensuel. Toutes mes perceptions étaient purement sensuelles. Quant aux matériaux fournis par les sens au cerveau passif, l'intelligence morte, inhabile à les mettre en œuvre, ne leur donnait aucune forme. Il entrait dans tout cela un peu de douleur et beaucoup de volupté ; mais de peine ou de plaisir moraux, pas l'ombre. Ainsi, tes sanglots impétueux flottaient dans mon oreille, avec toutes leurs plaintives cadences, et ils étaient appréciés par elle dans toutes leurs variations de ton mélancolique ; mais c'étaient de suaves notes musicales et rien de plus ; ils n'apportaient à la raison éteinte aucune notion des douleurs qui leur donnaient naissance, pendant que la large et incessante pluie de larmes qui tombait sur ma face, et qui pour tous les assistants témoignait d'un cœur brisé, pénétrait simplement d'extase chaque fibre de mon être. Et, en vérité, c'était bien là la *Mort*, dont les témoins parlaient à voix basse et révérencieusement, — et toi, ma douce Una d'une voix convulsive, pleine de sanglots et de cris.

On m'habilla pour la bière : — trois ou quatre figures sombres qui voletaient çà et là d'une manière affairée. Quand elles traversaient la ligne directe de ma vision, elles m'affectaient comme *formes* ; mais, quand elles passaient à mon côté, leurs images se traduisaient dans mon cerveau en cris, gémissements, et autres expressions lugubres de terreur, d'horreur ou de souffrance. Toi seule avec ta robe blanche, ondoyante, dans quelque direction que ce fût, tu t'agitais toujours musicalement autour de moi.

Le jour baissait ; et, comme la lumière allait s'évanouissant, je fus pris d'un vague malaise, — d'une anxiété semblable à celle d'un homme qui dort quand des sons réels et tristes tombent incessamment dans son oreille, — des sons de cloche lointains, solennels, à des intervalles longs mais égaux, et se mariant à des rêves mélancoliques. La nuit vint, et avec ses ombres une lourde désolation. Elle oppressait mes organes comme un poids énorme, et elle était palpable. Il y avait aussi un son lugubre, assez semblable à l'écho lointain du ressac de la mer, mais plus soutenu, qui, commençant dès le crépuscule, s'était accru avec les ténèbres. Soudainement des lumières furent apportées dans la chambre, et aussitôt, cet écho prolongé s'interrompit, se transforma en explosions fréquentes, inégales, de même son, mais moins lugubre et moins distinct. L'écrasante oppression était en grande partie allégée ; et je sentis, jaillissant de la flamme de chaque lampe, — car il y en avait plusieurs, — un chant d'une monotonie mélodieuse couler incessamment dans mes oreilles. Et quand, approchant alors, chère Una, du lit sur lequel j'étais étendu, tu t'assis gracieusement à mon côté, soufflant le parfum de tes lèvres exquises, et les appuyant sur mon front, — quelque chose s'éleva dans mon sein, quelque chose de tremblant, de confondu avec les sensations purement physiques engendrées par les circonstances, quelque chose d'analogue à la sensibilité elle-même, — un sentiment qui appréciait à moitié ton ardent amour et ta douleur, et leur répondait à moitié ; mais cela ne prenait pas racine dans le cœur paralysé ; cela semblait plutôt une ombre qu'une réalité ; cela s'évanouit promptement, d'abord dans une extrême quiétude, puis dans un plaisir purement sensuel comme auparavant.

Et alors, du naufrage et du chaos des sens naturels parut s'élever en moi un sixième sens absolument parfait. Je trouvais dans son action un étrange délice, — un délice toujours physique toutefois, l'intelligence n'y prenant aucune part. Le mouvement dans l'être animal avait absolument cessé. Aucune fibre ne tremblait, aucun nerf ne vibrait, aucune artère ne palpitait. Mais il me semblait que dans mon cerveau était né *ce quelque chose* dont aucuns mots ne peuvent traduire à une intelligence purement humaine une conception même confuse. Permets-moi de définir cela : vibration du pendule mental. C'était la personnification morale de l'idée humaine abstraite du *Temps*. C'est par l'absolue égalisation de ce mouvement, — ou de quelque autre analogue, — que les cycles des globes célestes ont été réglés. C'est ainsi que je mesurai les irrégularités de la pendule de la cheminée et des montres des personnes présentes. Leurs tic-tac remplissaient mes oreilles de leurs sonorités. Les plus légères déviations de la mesure juste, — et ces déviations étaient obsédantes, — m'affectaient exactement comme, parmi les vivants, les violations de la vérité abstraite affectaient mon sens moral. Quoiqu'il n'y eût pas dans la chambre deux mouvements qui marquassent ensemble, exactement leurs secondes, je n'éprouvais aucune difficulté à retenir imperturbablement dans mon esprit le timbre de chacun et leurs différences relatives. Et ce sentiment de la *durée*, vif, parfait, existant par lui-même, indépendamment d'une série quelconque de faits (mode d'existence inintelligible peut-être pour l'homme), — cette idée, — ce sixième sens, surgissant de mes ruines, était le premier pas sensible, décisif, de l'âme intemporelle sur le seuil de l'Éternité.

Il était minuit ; et tu étais toujours assise à mon côté. Tous les autres avaient quitté la chambre de Mort. Ils m'avaient déposé dans la bière. Les lampes brûlaient en vacillant ; cela se traduisait en moi par le tremblement des chants monotones. Mais tout à coup ces chants diminuèrent de netteté et de volume. Finalement, ils cessèrent. Le parfum mourut dans mes narines. Aucunes formes n'affectèrent plus ma vision. Ma poitrine fut dégagée de l'oppression des Ténèbres. Une sourde commotion, comme celle de l'électricité, pénétra dans mon corps et fut suivie d'une disparition totale de l'idée du toucher. Tout ce qui restait de ce que l'homme appelle sens se fondit dans la seule conscience de l'entité et dans l'unique et immuable sentiment de la durée. Le corps périssable avait été enfin frappé par la main de l'irrémédiable Destruction.

Et pourtant toute sensibilité n'avait pas absolument disparu ; car la conscience et le sentiment subsistants suppléaient quelques-unes de ses fonctions par une intuition léthargique. J'appréciais l'affreux changement qui commençait à s'opérer dans la chair ; et, comme l'homme qui rêve a quelquefois conscience de la présence corporelle d'une personne qui se penche vers lui, ainsi, ma douce Una, je sentais toujours sourdement que tu étais assise près de moi. De même aussi, quand vint la douzième heure du second jour, je n'étais pas tout à fait inconscient des mouvements qui suivirent ; tu t'éloignas de moi, on m'enferma dans la bière ; on me déposa dans le corbillard ; on me porta au tombeau ; on m'y descendit, on amoncela pesamment la terre sur moi, et on me laissa, dans le noir et la pourriture, à mes tristes et solennels sommeils en compagnie du ver.

Et là, dans cette prison qui a peu de secrets à révéler, se déroulèrent les jours et les semaines, et les mois ; et l'âme guettait scrupuleusement chaque seconde qui s'envolait, et sans effort enregistrait sa fuite, — sans effort et sans objet.

Une année s'écoula. La conscience de l'*être* était devenue graduellement plus confuse, et celle de *localité* avait en grande partie usurpé sa place. L'idée d'entité s'était noyée dans l'idée de lieu. L'étroit espace qui confinait ce qui avait été le corps devenait maintenant le corps lui-même. À la longue, comme il arrive souvent à l'homme qui dort (le sommeil et le monde du sommeil sont les seules figurations de la *Mort*), à la longue, comme il arrivait sur la terre à l'homme profondément endormi, quand un éclair de lumière le faisait tressaillir dans un demi-réveil, le laissant à moitié roulé dans ses rêves, de même pour moi, dans l'étroit embrassement de l'*Ombre*, vint cette lumière de l'*Amour* immortel ! Des hommes vinrent travailler au tombeau qui m'enfermait dans sa nuit. Ils enlevèrent la terre humide. Sur mes os poudroyants descendit la bière d'Una.

Et puis, une fois encore, tout fut néant. Cette lueur nébuleuse s'était éteinte. Cet imperceptible frémissement s'était évanoui dans l'immobilité. Bien des lustres se sont écoulés. La poussière est retournée à la poussière. Le ver n'avait plus rien à manger. Le sentiment de l'être avait à la longue entièrement disparu, et à sa place, — à la place de toutes choses, — régnaient, suprêmes et éternels autocrates, le *Lieu* et le *Temps*. Pour *ce* qui *n'était pas*, — pour ce qui n'avait pas de forme, — pour ce qui n'avait pas de pensée, — pour ce qui n'avait pas de sentiment, — pour ce qui était sans âme et ne possédait plus un atome de matière, — pour tout ce néant et toute cette immortalité, le tombeau était encore un habitacle, — les heures corrosives, une société.

CONVERSATION
D'EIROS AVEC CHARMION [1]

> Je t'apporterai le feu.
> EURIPIDE, *Andromaque*.

EIROS. — Pourquoi m'appelles-tu Eiros ?

CHARMION. — Ainsi t'appelleras-tu désormais. Tu dois aussi oublier mon nom terrestre et me nommer Charmion.

EIROS. — Ce n'est vraiment pas un rêve !

CHARMION. — De rêves, il n'y en a plus pour nous ; — mais renvoyons à tantôt ces mystères. Je me réjouis de voir que tu as l'air de posséder toute ta vie et ta raison. La taie de l'ombre a déjà disparu de tes yeux. Prends courage, et ne crains rien. Les jours à donner à la stupeur sont passés pour toi ; et demain je veux moi-même t'introduire dans les joies parfaites et les merveilles de ta nouvelle existence.

EIROS. — Vraiment, — je n'éprouve aucune stupeur — aucune. L'étrange vertige et la terrible nuit m'ont quittée, et je n'entends plus ce bruit insensé, précipité, horrible, pareil à *la voix des grandes eaux*. Cependant,

---

1. Eiros : voir en grec Éros (Amour) et eidos (aspect) ; Charmion : voir en anglais *a charm*, un mot magique. Les deux prénoms se trouvent dans une pièce de Dryden (*All for Love*).

mes sens sont effarés, Charmion, par la pénétrante perception du *nouveau*.

CHARMION. — Peu de jours suffiront à chasser tout cela ; — mais je te comprends parfaitement et je sens pour toi. Il y a maintenant dix années terrestres que j'ai éprouvé ce que tu éprouves, — et pourtant ce souvenir ne m'a pas encore quittée. Toutefois, voilà ta dernière épreuve subie, la seule que tu eusses à souffrir dans le Ciel.

EIROS. — Dans le Ciel ?

CHARMION. — Dans le Ciel.

EIROS. — Oh ! Dieu ! — aie pitié de moi, Charmion ! — Je suis écrasée sous la majesté de toutes choses, — de l'inconnu maintenant révélé, — de l'Avenir, cette conjecture, fondu dans le Présent auguste et certain.

CHARMION. — Ne t'attaque pas pour le moment à de pareilles pensées. Demain nous parlerons de cela. Ton esprit qui vacille trouvera un allégement à son agitation dans l'exercice du simple souvenir. Ne regarde ni autour de toi ni devant toi, — regarde en arrière. Je brûle d'impatience d'entendre les détails de ce prodigieux événement qui t'a jetée parmi nous. Parle-moi de cela. Causons de choses familières, dans le vieux langage familier de ce monde qui a si épouvantablement péri.

EIROS. — Épouvantablement ! épouvantablement ! Et cela, en vérité, n'est point un rêve.

CHARMION. — Il n'y a plus de rêves. — Fus-je bien pleurée, mon Eiros ?

EIROS. — Pleurée, Charmion ? — Oh ! profondément. Jusqu'à la dernière de nos heures, un nuage d'intense mélancolie et de dévotieuse tristesse a pesé sur ta famille.

CHARMION. — Et cette heure dernière, — parlem'en. Rappelle-toi qu'en dehors du simple fait de la catastrophe, je ne sais rien. Quand, sortant des rangs de l'humanité, j'entrai par la Tombe dans le domaine de la Nuit, — à cette époque, si j'ai bonne mémoire, nul ne pressentait la catastrophe qui vous a engloutis. Mais j'étais, il est vrai, peu au courant de la philosophie spéculative du temps.

EIROS. — Notre catastrophe était, comme tu le dis, absolument inattendue ; mais des accidents analogues avaient été depuis longtemps un sujet de discussion parmi les astronomes. Ai-je besoin de te dire, mon amie, que, même quand tu nous quittas, les hommes s'accordaient à interpréter, comme ayant trait seulement au globe de la terre, les passages des Très Saintes Écritures qui parlent de la destruction finale de toutes choses par le feu ? Mais, relativement à l'agent immédiat de la ruine, la pensée humaine était en défaut depuis l'époque où la science astronomique avait dépouillé les comètes de leur effrayant caractère incendiaire. La très médiocre densité de ces corps avait été bien démontrée. On les avait observés dans leur passage à travers les satellites de Jupiter, et ils n'avaient causé aucune altération sensible dans les masses ni dans les orbites de ces planètes secondaires. Nous regardions depuis longtemps ces voyageurs comme de vaporeuses créations d'une inconcevable ténuité, incapables d'endommager notre globe massif, même dans le cas d'un contact. D'ailleurs ce contact n'était redouté en aucune façon ; car les éléments de toutes les comètes étaient exactement connus. Que nous dussions chercher parmi elles l'agent igné [1] de la destruction prophétisée, cela était depuis de longues années considéré comme une idée inadmissible. Mais le merveilleux, les imaginations bizarres avaient dans ces derniers jours, singulièrement régné parmi l'humanité ; et, quoique une crainte véritable ne pût avoir de prise que sur quelques ignorants, quand les astronomes annoncèrent une *nouvelle* comète, cette annonce fut généralement reçue avec je ne sais quelle agitation et quelle méfiance.

1. De feu.

« Les éléments de l'astre étranger furent immédiatement calculés, et tous les observateurs reconnurent d'un
même accord que sa route, à son périhélie [1], devait
l'amener à une proximité presque immédiate de la terre.
Il se trouva deux ou trois astronomes, d'une réputation
secondaire, qui soutinrent résolument qu'un contact
était inévitable. Il m'est difficile de te bien peindre
l'effet de cette communication sur le monde. Pendant
quelques jours, on se refusa à croire à une assertion
que l'intelligence humaine, depuis longtemps appliquée
à des considérations mondaines, ne pouvait saisir
d'aucune manière. Mais la vérité d'un fait d'une importance vitale fait bientôt son chemin dans les esprits
même les plus épais. Finalement, tous les hommes
virent que la science astronomique ne mentait pas, et
ils attendirent la comète. D'abord, son approche ne fut
pas sensiblement rapide ; son aspect n'eut pas un caractère bien inusité. Elle était d'un rouge sombre et avait
une queue peu appréciable. Pendant sept ou huit jours,
nous ne vîmes pas d'accroissement sensible dans son
diamètre apparent ; seulement sa couleur varia légèrement. Cependant, les affaires ordinaires furent négligées, et tous les intérêts absorbés par une discussion
immense qui s'ouvrait entre les savants relativement à
la nature des comètes. Les hommes le plus grossièrement ignorants élevèrent leurs indolentes facultés vers
ces hautes considérations. Les savants employèrent
alors toute leur intelligence, — toute leur âme, — non
point à alléger la crainte, non plus à soutenir quelque
théorie favorite. Oh ! ils cherchèrent la vérité, rien que
la vérité, — ils s'épuisèrent à la chercher ! Ils appelèrent
à grands cris la science parfaite ! La *vérité* se leva dans
la pureté de sa force et de son excessive majesté, et les
sages s'inclinèrent et adorèrent.

« Qu'un dommage matériel pour notre globe ou pour
ses habitants pût résulter du contact redouté, c'était

1. Point de l'orbite d'une planète le plus voisin du soleil.

une opinion qui perdait journellement du terrain parmi les sages ; et les sages avaient cette fois plein pouvoir pour gouverner la raison et l'imagination de la foule. Il fut démontré que la densité du noyau de la comète était beaucoup moindre que celle de notre gaz le plus rare ; et le passage inoffensif d'une semblable visiteuse à travers les satellites de Jupiter fut un point sur lequel on insista fortement, et qui ne servit pas peu à diminuer la terreur. Les théologiens, avec un zèle enflammé par la peur, insistèrent sur les prophéties bibliques, et les expliquèrent au peuple avec une droiture et une sim-plicité dont ils n'avaient pas encore donné l'exemple. La destruction finale de la terre devait s'opérer par le feu, — c'est ce qu'ils avancèrent avec une verve qui imposait partout la conviction ; mais les comètes n'étaient pas d'une nature ignée, — et c'était là une vérité que tous les hommes possédaient maintenant, et qui les délivrait, jusqu'à un certain point, de l'appré-hension de la grande catastrophe prédite. Il est à remar-quer que les préjugés populaires et les vulgaires erreurs relatives aux pestes et aux guerres, — erreurs qui repre-naient leur empire à chaque nouvelle comète, — furent cette fois choses inconnues. Comme par un soudain effort convulsif, la raison avait d'un seul coup culbuté la superstition de son trône. La plus faible intelligence avait puisé de l'énergie dans l'excès de l'intérêt actuel.

« Quels désastres d'une moindre gravité pouvaient résulter du contact, ce fut là le sujet d'une laborieuse discussion. Les savants parlaient de légères pertur-bations géologiques, d'altérations probables dans les climats et conséquemment dans la végétation, de la possibilité d'influences magnétiques et électriques. Beaucoup d'entre eux soutenaient qu'aucun effet visible ou sensible ne se produirait, — d'aucune façon. Pen-dant que ces discussions allaient leur train, l'objet lui-même s'avançait progressivement, élargissant visi-blement son diamètre et augmentant son éclat. À son approche, l'Humanité pâlit. Toutes les opérations humaines furent suspendues.

« Il y eut une phase remarquable dans le cours du sentiment général ; ce fut quand la comète eut enfin atteint une grosseur qui surpassait celle d'aucune apparition dont on eût gardé le souvenir. Le monde alors, privé de cette espérance traînante, que les astronomes pouvaient se tromper, sentit toute la certitude du malheur. La terreur avait perdu son caractère chimérique. Les cœurs les plus braves parmi notre race battaient violemment dans les poitrines. Peu de jours suffirent toutefois pour fondre ces premières épreuves dans des sensations plus intolérables encore. Nous ne pouvions désormais appliquer au météore étranger aucunes notions *ordinaires*. Ses attributs *historiques* avaient disparu. Il nous oppressait par la terrible *nouveauté* de l'émotion. Nous le voyions, non pas comme un phénomène astronomique dans les cieux, mais comme un cauchemar sur nos cœurs et une ombre sur nos cerveaux. Il avait pris, avec une inconcevable rapidité, l'aspect d'un gigantesque manteau de flamme claire toujours étendu à tous les horizons.

« Encore un jour, — et les hommes respirèrent avec une plus grande liberté. Il était évident que nous étions déjà sous l'influence de la comète ; et nous vivions cependant. Nous jouissions même d'une élasticité de membres et d'une vivacité d'esprit insolites. L'excessive ténuité de l'objet de notre terreur était apparente ; car tous les corps célestes se laissaient voir distinctement à travers. En même temps, notre végétation était sensiblement altérée, et cette circonstance prédite augmenta notre foi dans la prévoyance des sages. Un luxe extraordinaire de feuillage, entièrement inconnu jusqu'alors, fit explosion sur tous les végétaux.

« Un jour encore se passa, — et le fléau n'était pas absolument sur nous. Il était maintenant évident que son noyau devait nous atteindre le premier. Une étrange altération s'était emparée de tous les hommes ; et la première sensation de *douleur* fut le terrible signal de la lamentation et de l'horreur générales. Cette première sensation de douleur consistait dans une constriction rigoureuse de la poitrine et des poumons et dans une insupportable sécheresse de la peau. Il était impossible de nier que notre atmosphère ne fût radicalement affectée ; la composition de cette atmosphère et les modifications auxquelles elle pouvait être soumise furent dès lors les points de la discussion. Le résultat de l'examen lança un frisson électrique de terreur, la plus intense terreur, à travers le cœur universel de l'homme.

« On savait depuis longtemps que l'air qui nous enveloppait était ainsi composé : sur cent parties, vingt et une d'oxygène et soixante-dix-neuf d'azote. L'oxygène, principe de la combustion et véhicule de la chaleur, était absolument nécessaire à l'entretien de la vie animale et représentait l'agent le plus puissant et le plus énergique de la nature. L'azote, au contraire, était impropre à entretenir la vie, ou combustion animale. D'un excès anormal d'oxygène devait résulter, cela avait été vérifié, une élévation des esprits vitaux semblable à celle que nous avions déjà subie. C'était l'idée continuée, poussée à l'extrême, qui avait créé la terreur. Quel devait être le résultat d'*une totale extraction de l'azote* ? Une combustion irrésistible, dévorante, toute-puissante, immédiate ; — l'entier accomplissement, dans tous leurs moindres et terribles détails, des flamboyantes et terrifiantes prophéties du Saint Livre.

« Ai-je besoin de te peindre, Charmion, la frénésie alors déchaînée de l'humanité ? Cette ténuité de matière dans la comète, qui nous avait d'abord inspiré l'espérance, faisait maintenant toute l'amertume de notre désespoir. Dans sa nature impalpable et gazeuse, nous percevions clairement la consommation de la Destinée. Cependant, un jour encore s'écoula, — emportant avec lui la dernière ombre de l'Espérance. Nous haletions dans la rapide modification de l'air. Le sang rouge bondissait tumultueusement dans ses étroits canaux. Un furieux délire s'empara de tous les hommes ; et, les bras roidis vers les cieux menaçants, ils tremblaient et jetaient de grands cris. Mais le noyau de l'exterminateur était maintenant sur nous ; — même ici, dans le Ciel, je n'en parle qu'en frissonnant. Je serai brève, — brève comme la catastrophe. Pendant un moment, ce fut seulement une lumière étrange, lugubre, qui visitait et pénétrait toutes choses. Puis — prosternons-nous, Charmion, devant l'excessive majesté du Dieu grand ! — puis ce fut un son éclatant, pénétrant, comme si c'était LUI qui l'eût crié par sa bouche ; et toute la masse d'éther environnante, au sein de laquelle nous vivions, éclata d'un seul coup en une espèce de flamme intense, dont la merveilleuse clarté et la chaleur dévorante n'ont pas de nom, même parmi les Anges dans le haut Ciel de la science pure. Ainsi finirent toutes choses. »

OMBRE

En vérité, quoique je marche à travers la
vallée de l'*Ombre*...

Psaumes de DAVID.

Vous qui me lisez, vous êtes encore parmi les
vivants ; mais moi qui écris, je serai depuis longtemps
parti pour la région des ombres. Car, en vérité, d'étranges choses arriveront, bien des choses secrètes seront
révélées, et bien des siècles passeront avant que ces
notes soient vues par les hommes. Et quand ils les
auront vues, les uns ne croiront pas, les autres doute-
ront, et bien peu d'entre eux trouveront matière à
méditation dans les caractères que je grave sur ces
tablettes avec un stylus de fer.
    L'année avait été une année de terreur, pleine de senti-
ments plus intenses que la terreur, pour lesquels il n'y
a pas de nom sur la terre. Car beaucoup de prodiges
et de signes avaient eu lieu, et de tous côtés, sur la terre
et sur la mer, les ailes noires de la Peste s'étaient largement déployées. Ceux-là néanmoins qui étaient savants
dans les étoiles n'ignoraient pas que les cieux avaient
un aspect de malheur ; et pour moi, entre autres, le
Grec Oinos [1], il était évident que nous touchions au

_____
1. Voir n. 1, p. 247.

retour de cette sept cent quatre-vingt-quatorzième année, où, à l'entrée du Bélier, la planète Jupiter fait sa conjonction avec le rouge anneau du terrible Saturne. L'esprit particulier des cieux, si je ne me trompe grandement, manifestait sa puissance non seulement sur le globe physique de la terre, mais aussi sur les âmes, les pensées et les méditations de l'humanité.

Une nuit, nous étions sept, au fond d'un noble palais, dans une sombre cité appelée Ptolémaïs, assis autour de quelques flacons d'un vin pourpre de Chios. Et notre chambre n'avait pas d'autre entrée qu'une haute porte d'airain ; et la porte avait été façonnée par l'artisan Corinnos, et elle était d'une rare main-d'œuvre, et fermait en dedans. Pareillement, de noires draperies, protégeant cette chambre mélancolique, nous épargnaient l'aspect de la lune, des étoiles lugubres et des rues dépeuplées ; — mais le pressentiment et le souvenir du Fléau n'avaient pas pu être exclus aussi facilement. Il y avait autour de nous, auprès de nous, des choses dont je ne puis rendre distinctement compte, — des choses matérielles et spirituelles, — une pesanteur dans l'atmosphère, — une sensation d'étouffement, une angoisse, — et, par-dessus tout, ce terrible mode de l'existence que subissent les gens nerveux, quand les sens sont cruellement vivants et éveillés, et les facultés de l'esprit assoupies et mornes. Un poids mortel nous écrasait. Il s'étendait sur nos membres, — sur l'ameublement de la salle, — sur les verres dans lesquels nous buvions ; et toutes choses semblaient opprimées et prostrées dans cet accablement, — tout, excepté les flammes des sept lampes de fer qui éclairaient notre orgie. S'allongeant en minces filets de lumière, elles restaient toutes ainsi, et brûlaient pâles et immobiles ; et, dans la table ronde d'ébène autour de laquelle nous étions assis, et que leur éclat transformait en miroir, chacun des convives contemplait la pâleur de sa propre figure et l'éclair inquiet des yeux mornes de ses camarades. Cependant, nous poussions nos rires, et nous étions gais à notre façon, — une façon hystérique ;

et nous chantions les chansons d'Anacréon, — qui ne
sont que folie ; et nous buvions largement, — quoique
la pourpre du vin nous rappelât la pourpre du sang.
Car il y avait dans la chambre un huitième personnage,
— le jeune Zoïlus [1]. Mort, étendu tout de son long et
enseveli, il était le génie et le démon de la scène. Hélas !
il n'avait point sa part de notre divertissement, sauf que
sa figure, convulsée par le mal, et ses yeux, dans lesquels la Mort n'avait éteint qu'à moitié le feu de la
peste, semblaient prendre à notre joie autant d'intérêt
que les morts sont capables d'en prendre à la joie de
ceux qui doivent mourir. Mais, bien que moi, Oinos,
je sentisse les yeux du défunt fixés sur moi, cependant
je m'efforçais de ne pas comprendre l'amertume de leur
expression, et, regardant opiniâtrement dans les profondeurs du miroir d'ébène, je chantais d'une voix
haute et sonore les chansons du poète de Téos [2]. Mais
graduellement mon chant cessa, et les échos, roulant
au loin parmi les noires draperies de la chambre, devinrent faibles, indistincts, et s'évanouirent. Et voilà que
du fond de ces draperies noires où allait mourir le bruit
de la chanson s'éleva une ombre, sombre, indéfinie,
— une ombre semblable à celle que la lune, quand elle
est basse dans le ciel, peut dessiner d'après le corps d'un
homme ; mais ce n'était l'ombre ni d'un homme, ni
d'un Dieu, ni d'aucun être connu. Et frissonnant un
instant parmi les draperies, elle resta enfin, visible et
droite, sur la surface de la porte d'airain. Mais l'ombre
était vague, sans forme, indéfinie ; ce n'était l'ombre
ni d'un homme, ni d'un Dieu, — ni d'un Dieu de Grèce,
ni d'un Dieu de Chaldée, ni d'aucun Dieu égyptien. Et
l'ombre reposait sur la grande porte de bronze et sous
la corniche cintrée, et elle ne bougeait pas, et elle ne
prononçait pas une parole, mais elle se fixait de plus
en plus, et elle resta immobile. Et la porte sur laquelle

1. Du mot grec signifiant « être vivant ».
2. Anacréon.

l'ombre reposait était, si je m'en souviens bien, tout contre les pieds du jeune Zoïlus enseveli. Mais nous, les sept compagnons, ayant vu l'ombre, comme elle sortait des draperies, nous n'osions pas la contempler fixement ; mais nous baissions les yeux, et nous regardions toujours dans les profondeurs du miroir d'ébène. Et, à la longue, moi, Oinos, je me hasardai à prononcer quelques mots à voix basse, et je demandai à l'ombre sa demeure et son nom. Et l'ombre répondit :

— Je suis OMBRE, et ma demeure est à côté des Catacombes de Ptolémaïs, et tout près de ces sombres plaines infernales qui enserrent l'impur canal de Charon !

Et alors, tous les sept, nous nous dressâmes d'horreur sur nos sièges, et nous nous tenions tremblants, frissonnants, effarés ; car le timbre de la voix de l'ombre n'était pas le timbre d'un seul individu, mais d'une multitude d'êtres ; et cette voix, variant ses inflexions de syllabe en syllabe, tombait confusément dans nos oreilles en imitant les accents connus et familiers de mille et mille amis disparus !

SILENCE

La crête des montagnes sommeille ;
la vallée, le rocher et la caverne sont
muets.

ALCMAN [1].

Écoute-moi, — dit le Démon, en plaçant sa main sur
ma tête. — La contrée dont je parle est une contrée
lugubre en Libye, sur les bords de la rivière Zaïre. Et
là, il n'y a ni repos ni silence.

Les eaux de la rivière sont d'une couleur safranée et
malsaine ; et elles ne coulent pas vers la mer, mais pal-
pitent éternellement, sous l'œil rouge du soleil, avec
un mouvement tumultueux et convulsif. De chaque côté
de cette rivière au lit vaseux s'étend, à une distance de
plusieurs milles, un pâle désert de gigantesques nénuphars. Ils soupirent l'un vers l'autre dans cette solitude,
et tendent vers le ciel leurs longs cous de spectres, et
hochent de côté et d'autre leurs têtes sempiternelles.
Et il sort d'eux un murmure confus qui ressemble à
celui d'un torrent souterrain. Et ils soupirent l'un vers
l'autre.

Mais il y a une frontière à leur empire, et cette
frontière est une haute forêt, sombre, horrible. Là,

---

1. Poète grec du VIIe siècle avant Jésus-Christ.

comme les vagues autour des Hébrides, les petits arbres
sont dans une perpétuelle agitation. Et cependant il n'y
a pas de vent dans le ciel. Et les vastes arbres primitifs
vacillent éternellement de côté et d'autre avec un fracas puissant. Et de leurs hauts sommets filtre, goutte
à goutte, une éternelle rosée. Et à leurs pieds d'étranges
fleurs vénéneuses se tordent dans un sommeil agité. Et
sur leurs têtes, avec un frou-frou retentissant, les nuages
gris se précipitent, toujours vers l'ouest, jusqu'à ce
qu'ils roulent en cataracte derrière la muraille enflammée de l'horizon. Cependant il n'y a pas de vent dans
le ciel. Et sur les bords de la rivière Zaïre, il n'y a ni
calme ni silence.

C'était la nuit, et la pluie tombait ; et quand elle
tombait, c'était du sang. Et je me tenais dans le marécage parmi les grands nénuphars, et la pluie tombait
sur ma tête, — et les nénuphars soupiraient l'un vers
l'autre dans la solennité de leur désolation.

Et tout d'un coup, la lune se leva à travers la trame
légère du brouillard funèbre, et elle était d'une couleur
cramoisie. Et mes yeux tombèrent sur un énorme rocher
grisâtre qui se dressait au bord de la rivière, et qu'éclairait la lueur de la lune. Et le rocher était grisâtre, et
sinistre, et très haut, — et le rocher était grisâtre. Sur
son front de pierre étaient gravés des caractères ; et je
m'avançai à travers le marécage de nénuphars, jusqu'à
ce que je fusse tout près du rivage, afin de lire les
caractères gravés dans la pierre. Mais je ne pus pas les
déchiffrer. Et j'allais retourner vers le marécage, quand
la lune brilla d'un rouge plus vif ; et je me retournai, et
je regardai de nouveau vers le rocher et les caractères ;
— et ces caractères étaient : Désolation.

Et je regardai en haut, et sur le faîte du rocher se
tenait un homme ; et je me cachai parmi les nénuphars
afin d'épier les actions de l'homme. Et l'homme était
d'une forme grande et majestueuse, et, des épaules
jusqu'aux pieds, enveloppé dans la toge de l'ancienne
Rome. Et le contour de sa personne était indistinct, —
mais ses traits étaient les traits d'une divinité ; car,

malgré le manteau de la nuit, et du brouillard, et de
la lune, et de la rosée, rayonnaient les traits de sa face.
Et son front était haut et pensif, et son œil était effaré
par le souci ; et dans les sillons de sa joue je lus les
légendes du chagrin, de la fatigue, du dégoût de l'humanité, et une grande aspiration vers la solitude.

Et l'homme s'assit sur le rocher, et appuya sa tête
sur sa main, et promena son regard sur la désolation.
Il regarda les arbrisseaux toujours inquiets et les grands
arbres primitifs ; il regarda, plus haut, le ciel plein de
frôlements, et la lune cramoisie. Et j'étais blotti à l'abri
des nénuphars, et j'observais les actions de l'homme.
Et l'homme tremblait dans la solitude ; — cependant,
la nuit avançait, et il restait assis sur le rocher.

Et l'homme détourna son regard du ciel, et le dirigea
sur la lugubre rivière Zaïre, et sur les eaux jaunes et
lugubres, et sur les pâles légions de nénuphars. Et
l'homme écoutait les soupirs des nénuphars et le murmure qui sortait d'eux. Et j'étais blotti dans ma
cachette, et j'épiais les actions de l'homme. Et l'homme
tremblait dans la solitude ; — cependant, la nuit avançait, et il restait assis sur le rocher.

Alors je m'enfonçai dans les profondeurs lointaines
du marécage, et je marchai sur la forêt pliante de
nénuphars, et j'appelai les hippopotames qui habitaient
les profondeurs du marécage. Et les hippopotames
entendirent mon appel et vinrent avec les béhémoths[1]
jusqu'au pied du rocher, et rugirent hautement et
effroyablement sous la lune. J'étais toujours blotti dans
ma cachette, et je surveillais les actions de l'homme.
Et l'homme tremblait dans la solitude : — cependant,
la nuit avançait, et il restait assis sur le rocher.

Alors je maudis les éléments de la malédiction du
tumulte ; et une effrayante tempête s'amassa dans le
ciel, où naguère il n'y avait pas un souffle. Et le ciel

---

1. Animaux fantastiques de la Bible (*Livre de Job*), souvent
associés à l'esprit du Mal dans les traités de démonologie.

devint livide de la violence de la tempête, — et la pluie battait la tête de l'homme, — et les flots de la rivière débordaient, — et la rivière torturée jaillissait en écume, — et les nénuphars criaient dans leurs lits, — et la forêt s'émiettait au vent, — et le tonnerre roulait, — et l'éclair tombait, — et le roc vacillait sur ses fondements. Et j'étais toujours blotti dans ma cachette pour épier les actions de l'homme. Et l'homme tremblait dans la solitude ; — cependant, la nuit avançait, et il restait assis sur le rocher.

Alors je fus irrité, et je maudis de la malédiction du *silence* la rivière et les nénuphars, et le vent, et la forêt, et le ciel, et le tonnerre, et les soupirs des nénuphars. Et ils furent frappés de la malédiction, et ils devinrent muets. Et la lune cessa de faire péniblement sa route dans le ciel, — et le tonnerre expira, — et l'éclair ne jaillit plus, — et les nuages pendirent immobiles, — et les eaux redescendirent dans leur lit et y restèrent, — et les arbres cessèrent de se balancer, — et les nénuphars ne soupirèrent plus, — et il ne s'éleva plus de leur foule le moindre murmure, ni l'ombre d'un son dans tout le vaste désert sans limites. Et je regardai les caractères du rocher et ils étaient changés ; — et maintenant ils formaient le mot : SILENCE.

Et mes yeux tombèrent sur la figure de l'homme, et sa figure était pâle de terreur. Et précipitamment il leva sa tête de sa main, il se dressa sur le rocher, et tendit l'oreille. Mais il n'y avait pas de voix dans tout le vaste désert sans limites, et les caractères gravés sur le rocher étaient : SILENCE. Et l'homme frissonna, et il fit volte-face, et il s'enfuit loin, loin, précipitamment, si bien que je ne le vis plus.

. . . .

— Or, il y a de bien beaux contes dans les livres des Mages, — dans les mélancoliques livres des Mages, qui sont reliés en fer. Il y a là, dis-je, de splendides histoires du Ciel, et de la Terre, et de la puissante Mer, — et des Génies qui ont régné sur la mer, sur la terre et sur le ciel sublime. Il y avait aussi beaucoup de science dans les paroles qui ont été dites par les Sibylles ; et de saintes, saintes choses ont été entendues jadis par les sombres feuilles qui tremblaient autour de Dodone [1] ; mais, comme il est vrai qu'Allah est vivant, je tiens cette fable que m'a contée le Démon, quand il s'assit à côté de moi dans l'ombre de la tombe, pour la plus étonnante de toutes ! Et quand le Démon eut fini son histoire, il se renversa dans la profondeur de la tombe, et se mit à rire. Et je ne pus pas rire avec le Démon, et il me maudit parce que je ne pouvais pas rire. Et le lynx, qui demeure dans la tombe pour l'éternité, en sortit, et il se coucha aux pieds du Démon, et il le regarda fixement dans les yeux.

1. Forêt d'Épire, dont le bruissement des chênes était consulté comme un oracle.

L'ÎLE DE LA FÉE

> Nullus enim locus sine genio est [1].
>
> SERVIUS.

La *musique*, — dit Marmontel, dans ces *Contes Moraux* que nos traducteurs persistent à appeler *Moral Tales* comme en dérision de leur esprit, — *la musique est le seul des talents qui jouisse de lui-même ; tous les autres veulent des témoins.* Il confond ici le plaisir d'entendre des sons agréables avec la puissance de les créer. Pas plus qu'aucun autre *talent*, la musique n'est capable de donner une complète jouissance, s'il n'y a pas une seconde personne pour en apprécier l'exécution. Et cette puissance de produire des effets dont on jouisse pleinement dans la solitude ne lui est pas particulière ; elle est commune à tous les autres talents. L'idée que le conteur n'a pas pu concevoir clairement, ou qu'il a sacrifiée dans son expression à l'amour national du *trait*, est sans doute l'idée très soutenable que la musique du style le plus élevé est la plus complètement sentie quand nous sommes absolument seuls. La proposition, sous cette forme, sera admise du premier coup par ceux qui aiment la lyre pour l'amour de la lyre et pour ses avantages spirituels. Mais il est un

---

1. Il n'y a pas de lieu sans génie (Servius, commentateur de Virgile).

plaisir toujours à la portée de l'humanité déchue, —
et c'est peut-être l'unique, — qui doit même plus que
la musique à la sensation accessoire de l'isolement. Je
veux parler du bonheur éprouvé dans la contemplation
d'une scène de la nature. En vérité, l'homme qui veut
contempler en face la gloire de Dieu sur la terre doit
contempler cette gloire dans la solitude. Pour moi du
moins, la présence, non pas de la vie humaine seulement, mais de la vie sous toute autre forme que celle
des êtres verdoyants qui croissent sur le sol et qui sont
sans voix, est un opprobre [1] pour le paysage : elle est
en guerre avec le génie de la scène. Oui, vraiment,
j'aime à contempler les sombres vallées, et les roches
grisâtres, et les eaux qui sourient silencieusement, et
les forêts qui soupirent dans des sommeils anxieux, et
les orgueilleuses et vigilantes montagnes qui regardent
tout d'en haut. — J'aime à contempler ces choses pour
ce qu'elles sont : les membres gigantesques d'un vaste
tout, animé et sensitif, — un tout dont la forme (celle
de la sphère) est la plus parfaite et la plus compréhensive de toutes les formes ; dont la route se fait de
compagnie avec d'autres planètes ; dont la très douce
servante est la lune ; dont le seigneur médiatisé est le
soleil ; dont la vie est l'éternité ; dont la pensée est celle
d'un Dieu ; dont la jouissance est connaissance ; dont
les destinées se perdent dans l'immensité ; pour qui
nous sommes une notion correspondante à la notion
que nous avons des animalcules qui infestent le cerveau,
— un être que nous regardons conséquemment comme
inanimé et purement matériel, — appréciation très
semblable à celle que ces animalcules doivent faire de
nous.

Nos télescopes et nos recherches mathématiques nous
confirment de tout point — nonobstant la cafarderie
de la plus ignorante prêtraille, — que l'espace, et
conséquemment le volume, est une importante consi-

---

1. Une honte extrême.

dération aux yeux du Tout-Puissant. Les cercles dans
lesquels se meuvent les étoiles sont le mieux appropriés
à l'évolution, sans conflit, du plus grand nombre de
corps possible. Les formes de ces corps sont exactement
choisies pour contenir sous une surface donnée la plus
grande quantité possible de matière ; — et les surfaces
elles-mêmes sont disposées de façon à recevoir une
population plus nombreuse que ne l'auraient pu les
mêmes surfaces disposées autrement. Et, de ce que
l'espace est infini, on ne peut tirer aucun argument
contre cette idée : que le volume a une valeur aux yeux
de Dieu ; car, pour remplir cet espace, il peut y avoir
un infini de matière. Et, puisque nous voyons clairement que douer la matière de vitalité est un principe,
— et même, autant que nous pouvons en juger, le principe capital dans les opérations de la Divinité, — est-il
logique de le supposer confiné dans l'ordre de la petitesse, où il se révèle journellement à nous, et de l'exclure
des régions du grandiose ? Comme nous découvrons
des cercles dans des cercles et toujours sans fin, — évo-
luant tous cependant autour d'un centre unique infiniment distant, qui est la Divinité, — ne pouvons-nous
pas supposer, analogiquement et de la même manière,
la vie dans la vie, la moindre dans la plus grande, et
toutes dans l'Esprit divin ? Bref, nous errons follement
par fatuité, en nous figurant que l'homme, dans ses destinées temporelles ou futures, est d'une plus grande
importance dans l'univers que ce vaste *limon de la
vallée* qu'il cultive et qu'il méprise, et à laquelle il refuse
une âme par la raison peu profonde qu'il ne la voit pas
fonctionner.

Ces idées, et d'autres analogues, ont toujours donné
à mes méditations parmi les montagnes et les forêts,
près des rivières et de l'océan, une teinte de ce que les
gens vulgaires ne manqueront pas d'appeler fantastique.
Mes promenades vagabondes au milieu de tableaux de
ce genre ont été nombreuses, singulièrement curieuses,
souvent solitaires ; et l'intérêt avec lequel j'ai erré
à travers plus d'une vallée profonde et sombre, ou

contemplé le *ciel* de maint lac limpide, a été un intérêt
grandement accru par la pensée que j'errais seul, que
je contemplais *seul*. Quel est le Français bavard[1] qui,
faisant allusion à l'ouvrage bien connu de Zimmer-
mann[2], a dit : *La solitude est une belle chose, mais il
faut quelqu'un pour vous dire que la solitude est une
belle chose* ? Comme épigramme, c'est parfait ; mais,
il faut ! Cette nécessité est une chose qui n'existe pas.

Ce fut dans un de mes voyages solitaires, dans une
région fort lointaine, — montagnes compliquées par
des montagnes, méandres de rivières mélancoliques,
lacs sombres et dormants, — que je tombai sur certain
petit ruisseau avec une île. J'y arrivai soudainement
dans un mois de juin, le mois du feuillage, et je me jetai
sur le sol, sous les branches d'un arbuste odorant qui
m'était inconnu, de manière à m'assoupir en contemplant le tableau. Je sentis que je ne pourrais le bien voir
que de cette façon, — tant il portait le caractère d'une
vision.

De tous côtés, — excepté à l'ouest, où le soleil allait
bientôt plonger, — s'élevaient les murailles verdoyantes
de la forêt. La petite rivière, qui faisait un brusque
coude, et ainsi se dérobait soudainement à la vue,
semblait ne pouvoir pas s'échapper de sa prison ; mais
on eût dit qu'elle était absorbée vers l'est par la ver-
dure profonde des arbres ; — et du côté opposé (cela
m'apparaissait ainsi, couché comme je l'étais, et les
yeux au ciel), tombait dans la vallée, sans intermédiaire
et sans bruit, une splendide cascade, or et pourpre,
vomie par les fontaines occidentales du ciel.

À peu près au centre de l'étroite perspective qu'embrassait mon regard visionnaire, une petite île circulaire,
magnifiquement verdoyante, reposait sur le sein du
ruisseau.

1. Guez de Balzac (1595-1654), d'après une note de Poe.
2. Auteur de *Von der Einsamkeit* (« De la solitude », 1784-1785).

La rive et son image étaient si bien fondues
Que le tout semblait suspendu dans l'air.

L'eau transparente jouait si bien le miroir qu'il était presque impossible de deviner à quel endroit du talus d'émeraude commençait son domaine de cristal.

Ma position me permettait d'embrasser d'un seul coup d'œil les deux extrémités, est et ouest, de l'îlot ; et j'observai dans leurs aspects une différence singulièrement marquée. L'ouest était tout un radieux harem de beautés de jardin. Il s'embrasait et rougissait sous l'œil oblique du soleil, et souriait extatiquement par toutes ses fleurs. Le gazon était court, élastique, odorant, et parsemé d'asphodèles. Les arbres étaient souples, gais, droits, — brillants, sveltes et gracieux, — orientaux par la forme et le feuillage, avec une écorce polie, luisante et versicolore. On eût dit qu'un sentiment profond de vie et de joie circulait partout ; et, quoique les Cieux ne soufflassent aucune brise, tout cependant semblait agité par d'innombrables papillons qu'on aurait pu prendre, dans leurs fuites gracieuses et leurs zigzags, pour des tulipes ailées.

L'autre côté, le côté est de l'île, était submergé dans l'ombre la plus noire. Là, une mélancolie sombre, mais pleine de calme et de beauté, enveloppait toutes choses. Les arbres étaient d'une couleur noirâtre, lugubres de forme et d'attitude, — se tordant en spectres moroses et solennels, traduisant des idées de chagrin mortel et de mort prématurée. Le gazon y revêtait la teinte profonde du cyprès, et ses brins baissaient languissamment leurs pointes. Là, s'élevaient éparpillés plusieurs petits monticules maussades, bas, étroits, pas très longs, qui avaient des airs de tombeaux, mais qui n'en étaient pas, quoique au-dessus et tout autour grimpassent la rue et le romarin. L'ombre des arbres tombait pesamment sur l'eau et semblait s'y ensevelir, imprégnant de ténèbres les profondeurs de l'élément. Je m'imaginais que chaque ombre, à mesure que le soleil descendait plus bas, toujours plus bas, se séparait à regret du tronc qui lui avait donné naissance et était absorbée par le ruisseau, pendant que d'autres ombres naissaient à chaque instant des arbres, prenant la place de leurs aînées défuntes.

Cette idée, une fois qu'elle se fut emparée de mon imagination, l'excita fortement, et je me perdis immédiatement en rêveries. « Si jamais île fut enchantée, — me disais-je, — celle-ci l'est, bien sûr. C'est le rendez-vous des quelques gracieuses Fées qui ont survécu à la destruction de leur race. Ces vertes tombes sont-elles les leurs ? Rendent-elles leurs douces vies de la même façon que l'humanité ? Où plutôt leur mort n'est-elle pas une espèce de dépérissement mélancolique ? Rendent-elles à Dieu leur existence petit à petit, épuisant lentement leur substance jusqu'à la mort, comme ces arbres rendent leurs ombres l'une après l'autre ? Ce que l'arbre qui s'épuise est à l'eau qui en boit l'ombre et devient plus noire de la proie qu'elle avale, la vie de la Fée ne pourrait-elle pas bien être la même chose à la Mort qui l'engloutit ? »

Comme je rêvais ainsi, les yeux à moitié clos, tandis que le soleil descendait rapidement vers son lit et que des tourbillons couraient tout autour de l'île, portant sur leur sein de grandes, lumineuses et blanches écailles, détachées des troncs des sycomores, — écailles qu'une imagination vive aurait pu, grâce à leurs positions variées sur l'eau, convertir en tels objets qu'il lui aurait plu, — pendant que je rêvais ainsi, il me sembla que la figure d'une de ces mêmes Fées dont j'avais rêvé, se détachant de la partie lumineuse et occidentale de l'île, s'avançait lentement vers les ténèbres. — Elle se tenait droite sur un canot singulièrement fragile, et le mouvait avec un fantôme d'aviron. Tant qu'elle fut sous l'influence des beaux rayons attardés, son attitude parut traduire la joie, — mais le chagrin altéra sa physionomie quand elle passa dans la région de l'ombre. Lentement, elle glissa tout le long, fit peu à peu le tour de l'île, et rentra dans la région de la lumière.

« La révolution qui vient d'être accomplie par la

Fée, — continuai-je, toujours rêvant, — est le cycle d'une brève année de sa vie. Elle a traversé son hiver et son été. Elle s'est rapprochée de la mort d'une année ; car j'ai bien vu que, quand elle entrait dans l'obscurité, son ombre se détachait d'elle et était engloutie par l'eau sombre, rendant sa noirceur encore plus noire. »

Et de nouveau, le petit bateau apparut, avec la Fée ; mais dans son attitude il y avait plus de souci et d'indécision, et moins d'élastique allégresse. Elle navigua de nouveau de la lumière vers l'obscurité, — qui s'approfondissait à chaque minute, — et de nouveau son ombre, se détachant, tomba dans l'ébène liquide et fut absorbée par les ténèbres. — Et plusieurs fois encore elle fit le circuit de l'île, — pendant que le soleil se précipitait vers son lit, — et, à chaque fois qu'elle émergeait dans la lumière, il y avait plus de chagrin dans sa personne, et elle devenait plus faible, et plus abattue, et plus indistincte ; et, à chaque fois qu'elle passait dans l'obscurité, il se détachait d'elle un spectre plus obscur qui était submergé par une ombre plus noire. Mais à la fin, quand le soleil eut totalement disparu, la Fée, maintenant pur fantôme d'elle-même, entra avec son bateau, pauvre inconsolable ! dans la région du fleuve d'ébène, — et si elle en sortit jamais, je ne puis le dire, — car les ténèbres tombèrent sur toutes choses, et je ne vis plus son enchanteresse figure.

LE PORTRAIT OVALE

Le château dans lequel mon domestique s'était avisé ❖
de pénétrer de force, plutôt que de me permettre, déplo-
rablement blessé comme je l'étais, de passer une nuit
en plein air, était un de ces bâtiments, mélange de
grandeur et de mélancolie, qui ont si longtemps dressé
leurs fronts sourcilleux au milieu des Apennins, aussi
bien dans la réalité que dans l'imagination de mistress
Radcliffe [1]. Selon toute apparence, il avait été tempo-
rairement et tout récemment abandonné. Nous nous
installâmes dans une des chambres les plus petites et
les moins somptueusement meublées. Elle était située
dans une tour écartée du bâtiment. Sa décoration était
riche, mais antique et délabrée. Les murs étaient ten-
dus de tapisseries et décorés de nombreux trophées
héraldiques de toute forme, ainsi que d'une quantité
vraiment prodigieuse de peintures modernes, pleines de
style, dans de riches cadres d'or d'un goût arabesque.
Je pris un profond intérêt, — ce fut peut-être mon délire
qui commençait qui en fut cause, — je pris un profond
intérêt à ces peintures qui étaient suspendues non
seulement sur les faces principales des murs, mais aussi
dans une foule de recoins que la bizarre architecture
du château rendait inévitables ; si bien que j'ordonnai

---

1. Ann Radcliffe, romancière anglaise, auteur notamment du
célèbre roman gothique *Les Mystères d'Udolphe*.

❖❖ Voir *Au fil du texte*, p. XIV.

à Pedro de fermer les lourds volets de la chambre, — puisqu'il faisait déjà nuit, — d'allumer un grand candélabre à plusieurs branches placé près de mon chevet, et d'ouvrir tout grands les rideaux de velours noir garnis de crépines [1] qui entouraient le lit. Je désirais que cela fût ainsi, pour que je pusse au moins, si je ne pouvais pas dormir, me consoler alternativement par la contemplation de ces peintures et par la lecture d'un petit volume que j'avais trouvé sur l'oreiller et qui en contenait l'appréciation et l'analyse.

Je lus longtemps, — longtemps ; — je contemplai religieusement, dévotement ; les heures s'envolèrent, rapides et glorieuses, et le profond minuit arriva. La position du candélabre me déplaisait, et, étendant la main avec difficulté pour ne pas déranger mon valet assoupi, je plaçai l'objet de manière à jeter les rayons en plein sur le livre.

Mais l'action produisit un effet absolument inattendu. Les rayons des nombreuses bougies (car il y en avait beaucoup) tombèrent alors sur une niche de la chambre que l'une des colonnes du lit avait jusque-là couverte d'une ombre profonde. J'aperçus dans une vive lumière une peinture qui m'avait d'abord échappé. C'était le portrait d'une jeune fille déjà mûrissante et presque femme. Je jetai sur la peinture un coup d'œil rapide, et je fermai les yeux. Pourquoi ? — Je ne le compris pas bien moi-même tout d'abord. Mais pendant que mes paupières restaient closes, j'analysai rapidement la raison qui me les faisait fermer ainsi. C'était un mouvement involontaire pour gagner du temps et pour penser, — pour m'assurer que ma vue ne m'avait pas trompé, — pour calmer et préparer mon esprit à une contemplation plus froide et plus sûre. Au bout de quelques instants, je regardai de nouveau la peinture fixement.

Je ne pouvais pas douter, quand même je l'aurais

---

1. Frange décorative.

voulu, que je n'y visse alors très nettement ; car le premier éclair du flambeau sur cette toile avait dissipé la stupeur rêveuse dont mes sens étaient possédés, et m'avait rappelé tout d'un coup à la vie réelle.

Le portrait, je l'ai déjà dit, était celui d'une jeune fille. C'était une simple tête, avec des épaules, le tout dans ce style, qu'on appelle en langage technique, style *de vignette*, beaucoup de la manière de Sully [1] dans ses têtes de prédilection. Les bras, le sein, et même les bouts des cheveux rayonnants, se fondaient insaisissablement dans l'ombre vague mais profonde qui servait de fond à l'ensemble. Le cadre était ovale, magnifiquement doré et guilloché dans le goût moresque. Comme œuvre d'art, on ne pouvait rien trouver de plus admirable que la peinture elle-même. Mais il se peut bien que ce ne fût ni l'exécution de l'œuvre, ni l'immortelle beauté de la physionomie, qui m'impressionna si soudainement et si fortement. Encore moins devais-je croire que mon imagination, sortant d'un demi-sommeil, eût pris la tête pour celle d'une personne vivante. — Je vis tout d'abord que les détails du dessin, le style de vignette, et l'aspect du cadre auraient immédiatement dissipé un pareil charme, et m'auraient préservé de toute illusion même momentanée. Tout en faisant ces réflexions, et très vivement, je restai, à demi étendu, à demi assis, une heure entière peut-être, les yeux rivés à ce portrait. À la longue, ayant découvert le vrai secret de son effet, je me laissai retomber sur le lit. J'avais deviné que le *charme* de la peinture était une expression vitale absolument adéquate à la vie elle-même, qui d'abord m'avait fait tressaillir, et finalement m'avait confondu, subjugué, épouvanté. Avec une terreur profonde et respectueuse, je replaçai le candélabre dans sa position première. Ayant ainsi dérobé à ma vue la cause de ma profonde agitation, je cherchai vivement le volume qui contenait l'analyse des tableaux et leur histoire. Allant

---

1. Thomas Sully, célèbre portraitiste américain (1783-1872).

droit au numéro qui désignait le portrait ovale, j'y lus
le vague et singulier récit qui suit :

« C'était une jeune fille d'une très rare beauté, et qui
n'était pas moins aimable que pleine de gaieté. Et maudite fut l'heure où elle vit, et aima, et épousa le peintre.
Lui, passionné, studieux, austère, et ayant déjà trouvé
une épouse dans son Art ; elle, une jeune fille d'une
très rare beauté, et non moins aimable que pleine de
gaieté : rien que lumières et sourires, et la folâtrerie
d'un jeune faon ; aimant et chérissant toutes choses ;
ne haïssant que l'Art qui était son rival ; ne redoutant
que la palette et les brosses, et les autres instruments
fâcheux qui la privaient de la figure de son adoré. Ce
fut une terrible chose pour cette dame que d'entendre
le peintre parler du désir de peindre même sa jeune
épouse. Mais elle était humble et obéissante, et elle
s'assit avec douceur pendant de longues semaines dans
la sombre et haute chambre de la tour, où la lumière
filtrait sur la pâle toile seulement par le plafond. Mais
lui, le peintre, mettait sa gloire dans son œuvre, qui
avançait d'heure en heure et de jour en jour. — Et
c'était un homme passionné, et étrange, et pensif, qui
se perdait en rêveries ; si bien qu'il ne *voulait* pas voir
que la lumière qui tombait si lugubrement dans cette
tour isolée desséchait la santé et les esprits de sa femme,
qui languissait visiblement pour tout le monde, excepté
pour lui. Cependant, elle souriait toujours, et toujours
sans se plaindre, parce qu'elle voyait que le peintre (qui
avait un grand renom) prenait un plaisir vif et brûlant
dans sa tâche, et travaillait nuit et jour pour peindre
celle qui l'aimait si fort, mais qui devenait de jour en
jour plus languissante et plus faible. Et, en vérité, ceux
qui contemplaient le portrait parlaient à voix basse de
sa ressemblance, comme d'une puissante merveille et
comme d'une preuve non moins grande de la puissance
du peintre que de son profond amour pour celle qu'il
peignait si miraculeusement bien. — Mais, à la longue,
comme la besogne approchait de sa fin, personne ne
fut plus admis dans la tour ; car le peintre était devenu

fou par l'ardeur de son travail, et il détournait rarement ses yeux de la toile, même pour regarder la figure de sa femme. Et il ne *voulait* pas voir que les couleurs qu'il étalait sur la toile étaient *tirées* des joues de celle qui était assise près de lui. Et quand bien des semaines furent passées et qu'il ne restait plus que peu de chose à faire, rien qu'une touche sur la bouche et un glacis sur l'œil, l'esprit de la dame palpita encore comme la flamme dans le bec d'une lampe. Et alors la touche fut donnée, et alors le glacis fut placé ; et pendant un moment le peintre se tint en extase devant le travail qu'il avait travaillé ; mais une minute après, comme il contemplait encore, il trembla et il devint très pâle, et il fut frappé d'effroi ; et criant d'une voix éclatante : "En vérité, c'est la *Vie* elle-même !" — il se retourna brusquement pour regarder sa bien-aimée : — elle était morte ! »

LES CLÉS DE L'ŒUVRE

I - AU FIL DU TEXTE

II - DOSSIER HISTORIQUE ET LITTÉRAIRE

Pour approfondir votre lecture, LIRE vous propose une sélection commentée :
· de morceaux « classiques » devenus incontournables, signalés par ➡◆ (droit au but).
· d'extraits représentatifs de l'œuvre, signalés par ↪ (en flânant).

AU FIL DU TEXTE

Par Annie Collognat,
professeur de lettres supérieures au lycée Victor Hugo, Paris.

- Lectures croisées
  - Poe et Baudelaire : spleen et correspondances
  - Poe et Maupassant : l'expérience de la folie
  - Poe et Musset : la rencontre avec le double

- Pistes de recherches
  - La femme
  - L'angoisse des morts vivants
  - Le labyrinthe
  - Les masques
  - Le gothique « médiéval »
  - Éléments pour une métaphysique « romantique »

- Parcours critique

- Un livre/un film

AU FIL DU TEXTE

I - DÉCOUVRIR

> *La phrase clé*
>
> « Les réalités du monde m'affectaient comme des visions, et seulement comme des visions, pendant que les idées folles du pays des songes devenaient en revanche, non la pâture de mon existence de tous les jours, mais positivement mon unique et entière existence elle-même. »
>
> *Bérénice*, p. 89.

• LA DATE

En 1845, Edgar Allan Poe a trente-six ans ; il s'est installé à New York avec sa jeune femme Virginia (née Clemm). Engagé au *New York Evening Mirror* comme secrétaire de rédaction, il connaît une célébrité soudaine grâce à son poème *Le Corbeau*, paru dans ce journal le 29 janvier (voir pp. 349-353) ; il entre alors au *Broadway Journal* dont il va devenir rapidement le propriétaire, avant d'assister à sa faillite l'année suivante. Poe décide de réunir plusieurs textes courts parus dans divers journaux américains, magazines ou revues (voir la liste de ces parutions, avec leurs titres originaux, pp. 307-309), entre 1835 et 1845, et les fait publier par Wiley et Putnam, libraires à New York et à Londres, en deux recueils sous le titre de *Tales*. Quatre ans plus tard, Edgar Poe mourra à Baltimore, le 7 octobre 1849.

• LE TITRE

Charles Baudelaire traduit les nouvelles intitulées *Tales*, c'est-à-dire « contes / histoires / récits » en anglais, et les regroupe, en fonction d'un choix personnel, dans *Histoires extraordinaires* (treize nouvelles, première édition en 1856) et *Nouvelles Histoires extraordinaires* (vingt-trois nouvelles, première édition en 1857), choisissant de piquer la curiosité du lecteur en mettant ainsi l'accent sur le caractère surprenant, « hors du commun », de ces « histoires narrées ».

Baudelaire considérait que son second recueil était « d'un fantastique plus relevé » que le précédent. Si le lecteur moderne peut discuter ce jugement, il n'en reste pas moins que les vingt-trois récits ici sélectionnés paraissent plus représentatifs des soixante-dix contes publiés par Poe (voir préface, p. 8 *seq.*).

• COMPOSITION

Le point de vue de l'auteur

Le pacte de lecture

La quasi-totalité des *Histoires* sont prises en charge par le « je » d'un narrateur à la présence des plus explicites, le plus souvent acteur principal du drame, parfois son témoin direct (*La Chute de la Maison Usher, Petite Discussion avec une momie*). La narration se présente alors comme un récit rétrospectif – avec mention d'un acte d'écriture : « relativement à la très étrange et pourtant très familière histoire que je vais coucher par écrit, je n'attends ni ne sollicite créance » (p. 27) – qui permet de raconter les événements par le biais du regard du protagoniste, selon le principe de la focalisation interne. Elle est aussi l'occasion de libérer son narrateur d'une terrible angoisse : « J'ai à raconter une histoire dont l'essence est pleine d'horreur » (p. 87).

Si le narrateur s'autorise quelques clins d'œil amusés (ainsi dans *Petite Discussion avec une momie* : « n'était l'absence de caractères *hiéroglyphiques* dans les imprimeries américaines, c'eût été pour moi un grand plaisir de transcrire intégralement et en langue originale son excellent speech », p. 233), il aime aussi jouer avec son lecteur qu'il implique dans son récit : « Si je vous en ai dit aussi long, c'était pour répondre en quelque sorte à votre question – pour vous expliquer pourquoi je suis ici » (p. 22). Un jeu particulièrement sensible dans *Quatre Bêtes en une* où le narrateur prend plaisir à établir une amusante complicité avec son « gracieux lecteur » (p. 216) : « (très peu de gens) qui, comme vous et moi, ont eu en même temps le bénéfice d'une éducation moderne […]. C'est bien. Je vois que vous suivez mon conseil » (pp. 216-217).

Cependant, qu'il soit terrorisé ou facétieux, ce narrateur n'a presque jamais d'identité clairement définie : deux noms propres, seulement, sont assignés à deux narrateurs, et encore l'un n'est-il qu'un nom d'emprunt (« Qu'il me soit permis pour le moment, de m'appeler William Wilson. La page vierge étalée devant moi ne doit pas être souillée par mon véritable nom », p. 41), tandis que l'autre est entaché d'incertitude (« mon nom est, je crois, Robert Jones, et je suis né quelque part dans la cité de Fum-Fudge », p. 207).

Le narrateur peut aussi disposer d'un regard omniscient et intervenir directement pour guider le récit : il s'accorde alors les coquetteries d'un conteur dans *Hop-Frog* (« Je ne saurais dire précisément de quel pays Hop-Frog était originaire », p. 149), comme celles d'un metteur en scène-décorateur dans *Le Masque de la Mort Rouge* (« mais d'abord laissez-moi vous décrire les salles où la mascarade eut lieu », p. 170) ou dans *Le Roi Peste* (« Je vais essayer de vous décrire ces personnes une à une », p. 183). Parfois même son regard semble annoncer le « travelling » d'un cinéaste dirigeant sa caméra : « Mais je m'aperçois que nous sommes arrivés à la ville. Montons sur cette plate-forme et jetons nos yeux sur la ville et le pays circonvoisin » (*Quatre Bêtes en une*, p. 216).

Des interlocuteurs se substituent au narrateur dans les trois contes en forme de dialogues platoniciens (*Puissance de la parole, Colloque entre Monos et Una, Conversation d'Eiros avec Charmion*), mais l'on retrouve le « je » d'une instance narratrice dans *Ombre* : il s'agit du Grec Oinos, déjà mis en scène, précisément, dans *Puissance de la parole* : « Moi qui écris, je serai depuis longtemps parti pour la région des ombres » (p. 273). Quant au narrateur de *Silence*, il n'est plus que le porte-parole du Démon venu le visiter dans sa tombe : « je tiens cette fable que m'a contée le Démon, quand il s'assit à côté de moi dans l'ombre de la tombe, pour la plus étonnante de toutes ! » (p. 281).

Parmi tous ces « je » fictifs, celui de *L'Île de la fée* est sans aucun doute le « je » le plus autobiographique : narrateur et auteur semblent bien ici ne faire plus qu'un, flottant du rivage des spéculations métaphysiques (« j'aime à contempler ces choses... », p. 284) à celui d'une allégorique « île enchantée » (pp. 286-289).

Quant au cadre spatio-temporel, il mélange la proximité contemporaine avec des éléments « exotiques » appartenant à des temps et à des lieux lointains, voire « surréalistes » ; ils restent dans une indétermination plus ou moins grande, ce qui ne manque pas d'accentuer le caractère proprement fantastique des récits :
– Dix *histoires* relatent des faits explicitement contemporains ou que l'on peut supposer tels (les sept premières, *Petite Discussion avec une momie*, et les deux dernières) : « Il n'y a pas si longtemps, sur la fin d'un soir d'automne, j'étais assis devant la grande fenêtre cintrée du café D... à Londres » (p. 67) ; « C'était à Rome pendant le carnaval de 18.. » (p. 64), par exemple.
– Cinq vont de l'Antiquité au début du XIXe siècle, d'Antioche à Tolède en passant par Londres : « Supposons, gracieux lecteur, que nous sommes en l'an du monde trois mil huit cent trente, et, pour quelques minutes, transportés dans le plus fantastique des habitacles humains, dans la remarquable cité d'Antioche »

(p. 216) – ce qui permet au narrateur omniscient de jouer sur la temporalité en introduisant quelques digressions sur le futur de la ville. « À l'époque où se passe cette histoire, les bouffons de profession n'étaient pas tout à fait passés de mode à la cour » (p. 148) : le drame fait ici penser au tragique « Bal des Ardents », un bal masqué donné en 1393 en l'hôtel Saint-Paul à Paris au cours duquel Charles VI fut sauvé des flammes où périrent brûlés vifs cinq seigneurs, qui s'étaient déguisés comme lui en sauvages. « Une nuit du mois d'octobre, sous le règne chevaleresque d'Édouard III [soit 1327-1377], dans la salle d'une taverne de la paroisse Saint-André, à Londres », permet de situer *Le Roi Peste* (p. 177). Enfin *Le Puits et le pendule* s'achève avec l'entrée des troupes napoléoniennes, menées par le général Lasalle (mort en 1809), à Tolède (p. 146).

– Les trois entretiens philosophiques, ainsi regroupés par Baudelaire, laissent supposer un Au-delà – le Paradis ? – après la destruction de la planète : des âmes dialoguent après « la finale destruction de la terre » (p. 249), désormais loin d'un « monde qui a si épouvantablement péri » (p. 266) sous l'effet catastrophique d'un « feu destructeur » (p. 258), imaginé comme le résultat du choc d'une comète qui anéantit la terre entière (p. 272). Quant à *Silence*, son récit renvoie à un intemporel Démon, assis dans la tombe d'un narrateur défunt.

– Les autres *histoires* ne fournissent que quelques indices vagues : ainsi peut-on imaginer une situation dans la Renaissance italienne par l'atmosphère qui règne au palais du prince Prospero dans *Le Masque de la Mort Rouge*, tandis que le nom de Fortunato donne aussi une touche italienne à *La Barrique d'Amontillado*. Enfin, la fantaisie débridée du *Diable dans le beffroi* et de *Lionnerie* présente l'atemporalité propre au conte de fées.

Les objectifs d'écriture

• Les démons de la terreur et de la *perversité*

Il s'agit d'abord de dire l'indicible et réveiller ainsi les démons les plus archaïques, ceux de la PEUR (p. 108) : « J'ai à raconter une histoire dont l'essence est pleine d'horreur » (p. 87) ; « Tout est mystère et terreur, une histoire qui ne veut pas être racontée » (p. 89) ; « Il y a des secrets qui ne veulent pas être dits » (p. 67). Susciter le mystère, la curiosité, l'interrogation, l'angoisse, en mettant en scène l'« inquiétante étrangeté » (l'expression est de Freud) propre au genre fantastique.

La première histoire peut aussi se lire à la manière d'un programme, comme une sorte de prélude destiné à orchestrer les partitions suivantes : ce long développement théorique examine « comme principe primitif et inné de l'action humaine un je-ne-sais-quoi paradoxal, que nous nommerons *perversité*, faute d'un terme plus caractéristique » (p. 19). « La certitude du péché ou de l'erreur inclus dans un acte quelconque est souvent l'unique *force* invincible qui nous pousse, et seule nous pousse à son accomplissement » (p. 19). C'est donc cette force « démoniaque » que le lecteur doit découvrir à l'œuvre dans plusieurs récits dont les divers narrateurs terrifiés ont pu éprouver la toute-puissance : « Maintenant vous percevrez facilement que je suis une des victimes innombrables du Démon de la Perversité » (p. 22).

Pulsions meurtrières ? Contradictions inhérentes à l'homme englué dans sa « turpitude » (p. 41) et dont l'âme finit par « *se torturer elle-même* » (p. 30) ? Orgueil démesuré, proche de l'*hybris* des tragédies antiques, que la Mort seule pourra « purger » telle une ultime *catharsis* ? Nature humaine foncièrement pervertie dans l'attente d'une impossible rédemption (voir p. 258) ? Sans aucun doute, la présence obsédante de « l'Archidémon » (pp. 22 et 38) réveille des échos autobiographiques pour l'auteur de ces *Histoires* comme pour celui des *Fleurs du Mal* : « Je crois que la perversité est une des primitives impulsions du cœur humain – une des indivisibles premières facultés, ou sentiments, qui donnent la direction au caractère de l'homme. » (p. 30). Pour Baudelaire, Poe est l'un de ceux qui ont le plus « imperturbablement affirmé la méchanceté naturelle de l'homme » (voir préface, p. 7).

• Humour et dérision

Mais la terreur n'exclut pas la fantaisie : il s'agit aussi de susciter le rire par les jeux de langage comme par la parodie.

Le lecteur appréciera les créations verbales (les noms composés mi-anglais, mi-allemands jouant sur les calembours in *Le Diable dans le beffroi*, jeux de mots autour du mot *peste* dans *Le Roi Peste*), comme le pur plaisir « rabelaisien » d'accumuler les termes les plus incongrus (*Lionnerie*, pp. 210-212), ou encore le goût prononcé pour les calembours, comme la supposée inscription hiéroglyphique *Allamistakeo* (= « all a mistake o », p. 227) de *Petite Discussion avec une momie*. Quant au mot même de « tale », il prendra sa pleine acception de « conte merveilleux » avec l'étonnant bourg hollandais de Vondervotteimittiss (= « wonder what time it is ») où tout – habitants, animaux et objets – est placé sous le signe omniprésent de l'horloge et du chou !

Au passage, Poe ne manque pas de railler les prétentieux en tout genre : pour ses lecteurs contemporains, les excès « macabres » de

Bérénice et du *Roi Peste* ne peuvent manquer de pasticher les outrances des revues américaines en matière de fantastique. La parodie peut aussi bien viser le prince de Galles que les pédants et dandys prétentieux éperdus d'admiration pour un spécialiste en « nosologie » (la science des nez !) dans *Lionnerie*. Elle se moque de la vanité des princes dans *Quatre Bêtes en une*, de la mode égyptomaniaque dans *Petite Discussion avec une momie*. Poe y confie à un Égyptien vieux de plus de cinq mille ans le soin de ridiculiser les prétentions littéraires et scientifiques de ses contemporains, imbus des progrès de la technique moderne comme des prétendus avantages du système démocratique. Même conviction dans la dénonciation de la « Démocratie universelle » et de « la Science », contraires à « la majesté de la Nature » (p. 256), dans *Colloque entre Monos et Una*, de la bêtise des savants et des théologiens interprétant la fin du monde dans *Conversation d'Eiros avec Charmion*.

• Sagesse et métaphysique

De fait, qu'elle soit inquiétante ou ludique, la mise en scène de ces *Histoires* conduit à la réflexion sur l'immortalité, la création de l'univers, la puissance divine et le bonheur de l'homme, tout en s'accompagnant d'une condamnation des excès de la science. Une leçon de sagesse « naturelle » qui n'est pas sans rappeler les théories d'un Rousseau : « l'homme qui veut contempler en face la gloire de Dieu sur la terre doit contempler cette gloire dans la solitude » (p. 284).

On peut voir ici l'affirmation d'un « panenthéisme » (présence universelle et illimitée de la Divinité) quasi mystique aux accents néo-platoniciens (voir ci-après) : « J'aime à contempler ces choses pour ce qu'elles sont : les membres gigantesques d'un vaste tout, animé et sensitif – un tout dont la forme (celle de la sphère) est la plus parfaite et la plus compréhensive de toutes les formes […] dont la pensée est celle d'un Dieu » (p. 284).

Structure de l'œuvre

De toute évidence, la traduction et la sélection des *Tales* retenues par Baudelaire pour composer le recueil reflètent la lecture personnelle que l'auteur des *Fleurs du Mal* a pu faire de son *alter ego* : un choix qui ne tient pas compte de l'ordre chronologique de parution, mais invite le lecteur à mettre les récits en permanente « correspondance », comme les fragments d'un tout signifiant et non des pièces isolées.

Les vingt-trois *Histoires* s'ordonnent donc essentiellement autour du thème obsessionnel de la mort (voir Thèmes clés), de la mort infligée (crimes) à la mort subie (tortures, maladies).

Meurtres et assassinats, commis pour des mobiles variés (cupidité, désir de vengeance, folie, pulsions meurtrières incontrôlées), constituent l'élément moteur de plusieurs récits : *Le Démon de la perversité*, *Le Chat noir*, *William Wilson* (➦ 1), *Le Cœur révélateur*, *Hop-Frog*, *La Barrique d'Amontillado*.

Les affres de la mort imminente sont distillées dans *Le Puits et le Pendule* (➥ 4). Des maladies mystérieuses (épilepsie, langueur) emportent les héroïnes de *Bérénice* (➥ 2) et de *La Chute de la Maison Usher* (➥ 3). Sans oublier l'obsédante présence de la peste dans *Le Roi Peste* (➦ 6), qui suscite l'apparition même de la mort comme figure allégorique dans *Le Masque de la Mort Rouge* (➥ 5) et *Ombre*.

Changement de tonalité avec une série de récits comiques : de l'humour macabre du *Roi Peste* à la joyeuse dérision des prétentions du monde moderne par l'*Égyptien* (➦ 7) en passant par la reconstitution pseudo-historique du triomphe ridicule d'Antiochus dans *Quatre Bêtes en une*, le rire semble prendre le pas sur la terreur, l'ensemble culminant avec le pur délire verbal de *Lionnerie* (voir, ci-dessus, les objectifs d'écriture).

Dans les contes en forme de dialogues platoniciens (*Puissance de la parole*, *Colloque entre Monos et Una*, *Conversation d'Eiros avec Charmion*), la mort gagne la dimension d'un débat métaphysique (au sens étymologique du terme puisque ce sont des âmes éthérées qui dialoguent) : la résurrection est envisagée comme l'expérience même de la perception physique de la vie après la mort dans les instants qui suivent le décès (➦ 8). *L'Île de la fée* poursuit la réflexion sur l'Infini.

Avec *Ombre* (sous-titré tantôt « fable », tantôt « parabole » dans sa version originale, voir p. 309) et *Silence*, la présence de la Mort et de la Désolation resurgit dans son aspect le plus fantasmagorique : d'étranges apparitions fantomatiques font naître un merveilleux allégorique, comme le nostalgique voyage de la fée vers les ténèbres dans *L'Île de la fée*. Retour à une tonalité sombre, quasi prophétique (« beaucoup de prodiges et de signes avaient eu lieu », p. 273), proche de la poésie symboliste et surréaliste.

Chef-d'œuvre de concision dans toute sa puissance dramatique et symbolique, *Le Portrait ovale* apporte enfin une conclusion métaphorique au recueil : l'Art a définitivement aboli les frontières de la Vie et de la Mort (➥ 9).

II - LIRE

Pour approfondir votre lecture, LIRE *vous propose une sélection commentée :*
- *de morceaux « classiques » devenus incontournables, signalés par* ●◆ *(droit au but).*
- *d'extraits représentatifs de l'œuvre, signalés par* ◌◆ *(en flânant).*

◌◆ 1 - « Je *est un* autre » de « La vieille et vaste maison... » à « ... pour n'y jamais revenir ».	pp. 53-55

- Mise en place d'un décor en forme d'archétype du genre fantastique : le labyrinthe (voir, ci-après, les pistes de recherches).
- Une rencontre extraordinaire : le tête-à-tête avec le double (voir, ci-après, les lectures croisées).

●◆ 2 - *Les dents de Bérénice* de « Fut-ce mon imagination surexcitée... » à « ... qui s'éparpillèrent çà et là sur le plancher ».	pp. 94-99

- La clôture d'une histoire : l'effet de chute.
- L'intrusion du fantastique.
- L'obsession fétichiste, à rapprocher d'autres récits fantastiques comme *Arria Marcella* ou *Le Roman de la momie* de Théophile Gautier (Pocket Classiques, n° 6049), *La Chevelure* de Maupassant (dans le recueil du *Horla*, Pocket Classiques, n° 6002).
- Baudelaire lecteur de *Bérénice* (pp. 311-312).

●◆ 3 - *La maison Usher*
| de « Pendant toute une journée d'automne… » à « … planait sur tout et pénétrait tout ». | pp. 101-106 |

- L'ouverture d'une histoire : la mise en place du décor et du protagoniste.
- Le romantisme « médiéval » (voir, ci-après, les pistes de recherches).
- La mise en scène de l'insolite et la montée de l'angoisse.
- Diverses interprétations de ce conte (pp. 313-323).

●◆ 4 - *« Toujours plus bas ! »*
| de « Je vis tout cela indistinctement… » à « … j'étais libre ! ». | pp. 136-143 |

- Un chef-d'œuvre de l'épouvante : l'épisode complet du « croissant homicide » (p. 142).
- L'art de la mise en scène : la montée de la terreur vue par le protagoniste-narrateur (focalisation interne).

●◆ 5 - *Mortelle apparition*
| de « Quant à ces pièces-là… » à « … leur empire illimité ». | pp. 173-176 |

- La clôture d'une histoire : le dévoilement de l'allégorie.
- Le bal masqué : de la fête à la terreur, la symbolique des déguisements (voir, ci-après, les pistes de recherches).

↦ 6 - *Un macabre banquet*
| de « En face de la porte d'entrée… » à « … tout rayon de lumière de se glisser dans la rue ». | pp. 183-187 |

- L'humour « noir » : d'étranges convives.
- Les techniques de la description : la mise en scène de l'insolite et du grotesque.

- L'humour parodique : la mode égyptomaniaque (voir, ci-dessus, les objectifs d'écriture).
- Les éléments de science-fiction : la conservation de la vie à travers les siècles.
- La critique des historiens modernes.

- Une expérience « métaphysique » : les moments qui suivent la mort racontés par le défunt lui-même.
- La réflexion sur la mort : l'évocation d'un phénomène « paranormal » (voir les récits de personnes dites mortes « cliniquement » et revenues à la vie).

- Une histoire complète (titre original *Life in Death*, « La Vie dans la Mort ») : un chef-d'œuvre du fantastique où se déploie l'art du conteur dans toute sa concision.
- La réflexion sur les rapports entre l'Art, la Vie et la Mort (voir, ci-après, les Thèmes clés).
- De l'écriture comme peinture : la description du portrait.
- D'un portrait « fantastique » à l'autre : Oscar Wilde, *Le Portrait de Dorian Gray* (pp. 345-348).

• LES THÈMES CLÉS

L'angoisse de la mort

La Mort est toujours terrifiante, qu'elle soit recherchée pour mettre un terme à l'angoisse (« La Mort approche et l'ombre qui la devance a jeté une influence adoucissante sur mon cœur », p. 42), ou redoutée comme la perte irrémédiable du bonheur (« la terreur de l'heure fatale qui accourait pour nous séparer à jamais », p. 254). Les récits font alterner le point de vue du bourreau et celui de la victime (voir, ci-dessus, la structure de l'œuvre) : « Que le résultat fût la mort, et une mort d'une amertume choisie, je connaissais trop bien le caractère de mes juges pour en douter ; le mode et l'heure étaient tout ce qui m'occupait et me tourmentait » (p. 132), mais « l'essence du crime reste inexpliquée » (p. 67).

La personnification de la Mort (la majuscule en fait un personnage à part entière) va jusqu'à l'allégorie d'une apparition hideuse : « la Mort, le spectre qui s'asseyait à tous les festins ! » (p. 253). C'est la Peste, le fléau de Dieu par excellence, qui réveille les plus antiques frayeurs de l'homme (*Le Masque de la Mort Rouge*, *Le Roi Peste*, *Ombre*) : « ce souverain qui n'est pas de ce monde, qui règne sur nous tous, dont les domaines sont sans limites, et dont le nom est : la Mort ! » (p. 189) ; « Et les Ténèbres, et la Ruine, et la *Mort Rouge*, établirent sur toutes choses leur empire illimité » (p. 176).

Mais la Mort est aussi un maître de sagesse pour l'homme, la clef d'une autre Vie : « La Mort nous a révélé à tous deux le penchant de l'homme à définir l'indéfinissable » (p. 254) ; « Tu es troublée, oppressée par la majestueuse nouveauté de la Vie éternelle. Oui, c'était de la Mort que je parlais. Et comme ce mot résonne singulièrement ici, ce mot qui jadis portait l'angoisse dans tous les cœurs – jetait une tache sur tous les plaisirs ! » (p. 253). Elle est même envisagée comme l'épreuve nécessaire à la rédemption de l'humanité moderne qui a perverti les lois naturelles en torturant « l'épiderme de la Terre, cicatrisé par l'Industrie » (p. 257), mais qui redeviendrait alors « un Paradis […] pour l'homme, purgé par la Mort – pour l'homme dont l'intelligence ennoblie ne trouverait plus un poison dans la science, pour l'homme racheté, régénéré, béatifié, désormais immortel, et cependant encore revêtu de matière » (p. 258). À moins qu'une Apocalypse en forme de catastrophe cosmique ne conduise enfin l'homme à « l'excessive majesté du Dieu grand » (p. 272).

La mort est enfin vaincue : par la dérision (*Le Roi Peste*), par le biais d'une invention proche de la science-fiction (le procédé de résurrection à répétition imaginé dans *Petite Discussion avec une momie*), par la réflexion métaphysique (la jouissance de l'immortalité pour les âmes « bavardes » de *Puissance de la parole*, *Col-*

loque entre Monos et Una, Conversation d'Eiros avec Charmion),
enfin par le pouvoir même de la création artistique qui opère la
transsubstantiation finale de la Vie avec la Mort (*Le Portrait ovale*).
Ainsi se clôt le recueil : « criant d'une voix éclatante : "En vérité,
c'est la *Vie* elle-même !" – Il se retourna brusquement pour regarder sa bien-aimée : – elle était morte ! » (p. 295).

Chez Poe, comme chez les romantiques (Gautier, Nerval, Baudelaire, pour ne citer que ceux sur lesquels l'œuvre de l'auteur
américain put avoir une influence directe), suivis par les symbolistes
(voir Mallarmé et son « ciel antérieur où fleurit la Beauté »),
« l'esprit poétique, cette faculté, la plus sublime de toutes, nous
savons cela maintenant » (p. 255) est donc le seul capable de trans-
cender l'usure du Temps et « l'irrémédiable Destruction » (p. 262).

Les excès de la sensibilité

De nombreux narrateurs sont atteints par une « affection mentale » oppressante (p. 103), une hypersensibilité obsessionnelle
comparable aux effets d'une drogue : l'opium (« ses symptômes
s'aggravant par un usage immodéré de l'opium », p. 90) et/ou
l'alcool. On sait que « le démon Intempérance » (p. 29) ne cessa
d'exercer son emprise sur Poe qui prête à son héros William Wilson
une confidence quasi autobiographique : « Je m'étais entièrement
abandonné au vin, et son influence exaspérante sur mon tempérament héréditaire me rendait de plus en plus impatient de tout
contrôle » (p. 64). Aveu dramatique (« l'effet du vin sur son excitable cervelle était aussi puissant qu'instantané », p. 151), plaisam-
ment teinté du repentir (sincère ?) du buveur invétéré qui imagine
ses personnages démoniaques noyés dans des flots de vin (*Le Roi
Peste*).

Ces « hypocondriaques » (p. 111) – l'hypocondrie est une angoisse pathologique qui porte sur le fonctionnement des organes et
suscite la recherche continuelle de soins – souffrent donc d'une véritable affection psychiatrique qui touche à l'irrationnel : « Cette
monomanie, s'il faut que je me serve de ce terme, consistait dans
une irritabilité morbide des facultés de l'esprit que la langue philosophique comprend dans le mot : facultés d'attention. Il est plus que
probable que je ne suis pas compris, mais je crains, en vérité, qu'il
ne me soit absolument impossible de donner au commun des lecteurs une idée exacte de cette nerveuse *intensité d'intérêt* avec laquelle, dans mon cas, la faculté méditative – pour éviter la langue
technique – s'appliquait et se plongeait dans la contemplation des
objets les plus vulgaires du monde » (narrateur de *Bérénice*, p. 90).

C'est une « anormale, intense et morbide attention excitée par des objets frivoles en eux-mêmes » (p. 91), « une acuité morbide des sens » (p. 108), « une idéalité ardente, excessive, morbide » (p. 110), « ce terrible mode de l'existence que subissent les gens nerveux, quand les sens sont cruellement vivants et éveillés, et les facultés de l'esprit assoupies et mornes » (p. 274). Un mal qui affecte principalement la capacité d'audition : « La maladie a aiguisé mes sens – elle ne les a pas détruits –, elle ne les a pas émoussés. Plus que tous les autres, j'avais le sens de l'ouïe très fin » (narrateur du *Cœur révélateur*, p. 79) ; « J'ai dit un mot de l'état morbide du nerf acoustique qui rendait pour le malheureux toute musique intolérable » (au sujet de Roderick Usher, p. 111).

C'est aussi un mal héréditaire : « Je suis le descendant d'une race qui s'est distinguée en tout temps par un tempérament imaginatif et facilement excitable », affirme William Wilson (p. 42) ; « Je savais toutefois qu'il appartenait à une famille très ancienne qui s'était distinguée depuis un temps immémorial par une sensibilité particulière de tempérament », nous renseigne le narrateur au sujet de Roderick Usher (p. 103).

Les frissons de l'épouvante

« LA PEUR ! » (p. 108) : un cri en forme de programme fantastique qui est aussi celui de nombreux contes de Maupassant (voir *La Peur* dans le recueil du *Horla*, Pocket Classiques, n° 6002). Poe est reconnu comme l'un des plus grands maîtres de l'épouvante, et *Le Puits et le pendule* comme un chef-d'œuvre du genre (« le Roi des Épouvantements », p. 145).

III - POURSUIVRE

• LECTURES CROISÉES

Poe et Baudelaire : spleen et correspondances

Baudelaire considérait Poe comme son *alter ego* (voir préface, p. 7) : l'on pourra donc établir le réseau des « correspondances » intimes entre l'auteur et son traducteur. « Il y a une ressouvenance de formes aériennes – d'yeux intellectuels et parlants –, de sons mélodieux mais mélancoliques ; une ressouvenance qui ne veut pas s'en aller ; – une sorte de mémoire semblable à une ombre – vague, variable, indéfinie, vacillante ; et de cette ombre essentielle il me sera impossible de me défaire, tant que luira le soleil de ma raison » (*Bérénice*, p. 88), à rapprocher du fameux poème intitulé « Correspondances » :

> « La nature est un temple où de vivants piliers
> laissent parfois sortir de confuses paroles ;
> L'homme y passe à travers des forêts de symboles
> Qui l'observent avec des regards familiers. »
>
> *Les Fleurs du Mal*, Pocket Classiques, n° 6022.

De même la mélancolie des personnages de Poe (« moi, maladif et enseveli dans ma mélancolie », p. 89 ; voir aussi pp. 106 et 109) peut évoquer le spleen baudelairien.

Poe et Maupassant : l'expérience de la folie

La monomanie des narrateurs (voir ci-dessus) ne manquera pas d'évoquer la folie du *Horla* chez Maupassant (« Mon état s'est encore aggravé. Qu'ai-je donc ? », p. 118, Pocket Classiques, n° 6002), dont on rapprochera le texte de celui du *Cœur révélateur* : « Vrai ! – je suis très nerveux, épouvantablement nerveux –, je l'ai toujours été ; mais pourquoi prétendez-vous que je suis fou ? » (p. 79).

Poe et Musset : la rencontre avec le double

Le récit de William Wilson (•◆ 1) pourra être mis en relation avec le poème de Musset intitulé « La Nuit de décembre » (poème composé en 1835 et recueilli dans *Poésies nouvelles* en 1850) :

> « Devant ma table vint s'asseoir
> Un pauvre enfant vêtu de noir,
> Qui me ressemblait comme un frère. »

On pourra aussi retrouver ce thème du double et de l'Autre, voire de la folie schizophrène, dans l'œuvre de Nerval, de Gautier, de Maupassant.

• PISTES DE RECHERCHES

La femme

Bérénice (*Bérénice*), Lady Madeline (*La Chute de la Maison Usher*) et la jeune femme du *Portrait ovale* constituent les archétypes récurrents d'une poétique classique, la Jeune Fille et la Mort, mêlant Éros et Thanatos. Voir aussi Lénore dans *Le Corbeau* (pp. 349-353) et Annabel Lee dans le poème éponyme (pp. 354-356), comme dans d'autres récits de Poe, tels *Morella* et *Ligeia* dans *Histoires extraordinaires* (Pocket Classiques, n° 6019).

L'angoisse des morts vivants

Liée à la thématique précédente, encore une obsession récurrente chez Poe : la terreur d'être enterré vivant, dont témoignent plusieurs récits (le chat emmuré, p. 38 ; les battements du « cœur révélateur », p. 84 ; ceux de Lady Madeline, p. 124 ; le cadavre palpitant de Bérénice, p. 98 ; l'angoisse d'être enfermé dans un tombeau chez la victime de l'Inquisition, p. 132), y compris celui de la momie, même s'il raconte l'expérience sur un mode humoristique (p. 236).

Le labyrinthe

L'image mythique de cette « enceinte magique » (p. 171) offre un décor lugubre idéal pour plusieurs récits d'angoisse :
- le labyrinthe de l'école de William Wilson : « les subdivisions latérales étaient innombrables, inconcevables, tournaient et retournaient si bien sur elles-mêmes, que nos idées les plus exactes relativement à l'ensemble du bâtiment n'étaient pas très différentes de celles à travers lesquelles nous envisagions l'infini » (p. 45) ;

- le « dédale » des rues londoniennes dans *L'Homme des foules* (« un labyrinthe de chemins détournés », p. 76) ;
- la maison Usher : « un air de mélancolie âpre, profonde, incurable, planait sur tout et pénétrait tout […] un effet que le *physique* des murs gris, des tourelles et de l'étang noirâtre où se mirait tout le bâtiment, avait à la longue créé sur le *moral* de son existence » (p. 109) ;
- les catacombes remplies d'ossements de *La Barrique d'Amontillado* (p. 161) ;
- l'abbaye fortifiée avec ses sept salles aux décors variés dans *Le Masque de la Mort Rouge* ;
- les sinistres bas quartiers de Londres condamnés par l'épidémie de peste (*Le Roi Peste*, pp. 180-182) ;
- la « bizarre architecture » du château où se déroule le drame du *Portrait ovale* (p. 291).

Dans ces ambiances « gothiques », dignes des romans historiques de Walter Scott, on relève une prédilection marquée pour les fenêtres en ogive qui dispensent une lumière feutrée (« À droite et à gauche, au milieu de chaque mur, une haute et étroite fenêtre gothique donnait sur un corridor fermé qui suivait les sinuosités de l'appartement », p. 170).

Les masques

Le carnaval, le bal masqué (le plus souvent italien) et ses déguisements pourront être étudiés dans *William Wilson*, *Hop-Frog*, *La Barrique d'Amontillado*, *Le Masque de la Mort Rouge*.

Le gothique « médiéval »

En rapprochant l'œuvre de Poe du « roman noir » anglais (allusion directe à Ann Radcliffe au début du *Portrait ovale*, p. 291), des romans et pièces historiques à la mode (Walter Scott, Victor Hugo, explicitement cité, p. 172), on pourra dégager les caractéristiques du romantisme « médiéval » à la mode, particulièrement sensible dans *Hop-Frog* (le héros éponyme est un nain fou du roi), dans *Le Masque de la Mort Rouge* et dans *Le Portrait ovale*. Un art du « grotesque », au sens étymologique, marque ce romantisme « baroque » : « c'étaient des conceptions grotesques. C'était éblouissant, étincelant ; il y avait du piquant et du fantastique – beaucoup de ce qu'on a vu dans *Hernani*. Il y avait des figures vraiment arabesques, absurdement équipées, incongrûment bâties ; des fantaisies monstrueuses comme la folie ; il y avait du beau, du licencieux, du bizarre en quantité, tant soit peu du terrible, et du dégoûtant à foison » (p. 172).

Éléments pour une métaphysique « romantique »

Dans ses contes-dialogues (*Puissance de la parole*, *Colloque entre Monos et Una*, *Conversation d'Eiros avec Charmion*), comme dans les récits marqués par l'ésotérisme et le mysticisme (*Ombre*, *Silence*, *L'Île de la fée*), Edgar Poe développe une philosophie personnelle qui débouche sur une métaphysique très « néo-platonicienne » : l'influence de Platon, particulièrement évidente jusque dans la forme des dialogues, est aussi sensible dans la vision éminemment symbolique d'une « île enchantée » (pp. 288-289), à la façon du mythe de la Caverne. De même, les spéculations sur l'Infini dans *L'Île de la fée* (p. 285) ne peuvent manquer de renvoyer aux *Pensées* de Pascal, dont le nom est clairement cité par Poe (p. 257).

Un substrat philosophique sur lequel Poe développe les courants mystiques « souterrains » à la mode en son temps. En effet, le goût du mystère et de l'irrationnel est aux origines « occultes » du romantisme, dans lesquelles l'illuminisme du théosophe suédois Swedenborg (1688-1772) joua un rôle déterminant : les « panthéistes » s'insurgent contre le rationalisme sans foi du courant philosophique des Encyclopédistes pour lui substituer un nouveau mysticisme individualiste qui renoue avec le christianisme primitif et médiéval, imprégné d'occultisme et d'ésotérisme. Après les précurseurs allemands que furent Goethe (1749-1832), Novalis (1772-1801) et Hoffmann (1776-1822), après les romanciers « noirs » anglais qui mirent le baroque « médiéval » à la mode (Matthew Gregory Lewis, Charles Robert Maturin, Ann Radcliffe, voir ci-dessus), cette veine mystique et fantastique se répand en France avec Charles Nodier (1780-1844), Gérard de Nerval (1808-1855), Théophile Gautier (1811-1872). À son tour, Poe (et Baudelaire à travers lui) constitue l'un des représentants les plus marquants de ce mouvement, que poursuivront plus tard les symbolistes (Mallarmé).

• PARCOURS CRITIQUE

• Poe jugé par son traducteur :

« Aucun homme n'a raconté avec plus de magie les *exceptions* de la vie humaine et de la nature. [...] Il analyse ce qu'il y a de plus fugitif, il soupèse l'impondérable et décrit, avec cette manière minutieuse et scientifique dont les effets sont terribles, tout cet imaginaire qui flotte autour de l'homme nerveux et le conduit à mal » (Baudelaire, *Edgar Poe, sa vie son œuvre*, cité pp. 358-361 du

dossier historique et littéraire des *Histoires extraordinaires*, Pocket
Classiques, n° 6019).

• Par Mallarmé :

Il est tour à tour « aérolithe », « stellaire de foudre », « le cas littéraire absolu » ; « tel qu'en Lui-même enfin l'éternité le change »,
« l'ange » qui a donné « un sens plus pur aux mots de la tribu »
(*Médaillons et Portraits*, *Le Tombeau d'Edgar Poe*, voir p. 357).

• Par la critique contemporaine :

Voir l'analyse structurale de *La Chute de la Maison Usher* par
Jean Ricardou (pp. 320-323).

• UN LIVRE / UN FILM

La Chambre des Supplices, de Roger Corman (1961), inspiré
par *Le Puits et le pendule*.

DOSSIER HISTORIQUE ET LITTÉRAIRE

REPÈRES HISTORIQUES

LA VIE D'EDGAR ALLAN POE

1809   19 janvier : Naissance à Boston ; il est le fils de deux acteurs, Elisabeth Arnold, d'origine londonienne, et David Poe, d'origine irlandaise.

1810   Pendant une tournée à New York, David Poe disparaît définitivement.

1811   Elisabeth, sa mère, meurt à Richmond d'une pneumonie tuberculeuse.
Edgar est recueilli par le couple Allan : Frances et John, riche négociant d'origine écossaise.

1815   Le couple Allan, accompagné d'Edgar, arrive en Angleterre où John Allan veut créer une succursale.

1816   École de Mlle Dubourg, près de Chelsea.

1817   Pensionnaire au Manor House, école pour enfants riches près de Londres.

1820   La famille rentre en Amérique, après l'échec commercial de John Allan à Londres.

1823   Un héritage providentiel permet à John Allan de se renflouer, alors que ses affaires allaient mal. Edgar fréquente l'école de William Burke et tombe amoureux de Jane Stanard, mère d'un ami.

1824   Mort de Jane Stanard.
Fin 1824-début 1825 : Amoureux d'Elmira Royster.

1826   Entre autres afin d'être éloigné d'Elmira Royster, Edgar est envoyé à l'université de Virginie (Charlottesville).

En décembre, John Allan, qui refuse de payer ses dettes, vient le retirer de l'Université où il n'est resté que 8 mois.

1827   Edgar refuse de se soumettre à l'ultimatum de John Allan et quitte la maison. Il va à Boston et il parvient à faire publier anonymement *Tamerlan* et quelques poèmes plus courts. Engagement dans un régiment d'artillerie.

1828   John Allan refuse de donner son accord pour qu'Edgar résilie son contrat avec l'armée.

1829   28 février : Frances Allan meurt à Richmond. Il arrive trop tard pour la voir une dernière fois. En avril, il parvient à se libérer de l'armée et, en attendant d'être admis à l'Académie militaire de West Point, il est accueilli à Baltimore par sa tante, Maria Clemm. Parution, peu retentissante, d'*Al Aaraaf, Tamerlan et autres poèmes*.

1830   Entre à West Point. John Allan, qui s'est remarié, lui refuse toujours de l'argent.

1831   Il se fait volontairement exclure de West Point. Parution d'un nouveau recueil de poèmes. Il trouve encore refuge auprès de Maria Clemm à Baltimore. Il n'obtient pas de prix au concours de nouvelles organisé par *The Philadelphia Saturday Courier*, mais cinq de ses récits, dont *Metzengerstein*, sont publiés dans la presse. Mort de son frère aîné Henry, tuberculeux.

1832   Brève idylle avec une voisine, Mary Devereaux.

1833   Avec *Manuscrit trouvé dans une bouteille*, obtient le 1er prix du concours organisé par le *Baltimore Saturday Visiter*.

1834   Mort de John Allan, qui n'a jamais adopté légalement Edgar, mais seulement religieusement, et qui lègue ses biens à ses jumeaux illégitimes. Grande misère de la famille recueillie par Maria Clemm. Edgar veut épouser sa cousine Virginia qui n'a que 12 ans.

1835   Il fait paraître 4 nouvelles, dont *L'Aventure sans pareille d'un certain Hans Pfaall*, qui remporte un grand succès, dans la revue de Richmond, *Southern Literary Messenger*. Début de sa collaboration comme critique littéraire à ce périodique. Il s'installe à Richmond.

1836 16 mai : Il épouse Virginia Clemm.

1837 Il quitte le *Southern Literary Messenger*. Installation à New York. Contrat pour l'édition des *Aventures de Gordon Pym*.

1838 Déménagement à Philadelphie.

1839 Accusé de plagiat pour son *Manuel de conchyliologie*. Engagé comme rédacteur en chef adjoint au *Gentleman's Magazine*. Projette la création de sa propre revue.

1840 Le *Gentleman's Magazine* change de propriétaire et devient le *Graham's Magazine*, auquel Poe continue de collaborer.

1841 Il voudrait obtenir un poste à l'administration des douanes.

1842 Virginia se rompt un vaisseau sanguin en chantant. Il rencontre Dickens venu à Philadelphie. Griswold le remplace au poste de rédacteur du *Graham's Magazine*. Fugue chez Mary Devereaux.

1843 Il n'est pas présenté au Président Tyler, n'obtient pas le poste de fonctionnaire convoité et ne peut pas créer la revue qu'il veut fonder. Il remporte le 1er prix du concours organisé par le *Dollar Newspaper* avec *Le Scarabée d'or*, qui connaît un gros succès.

1844 Edgar et Virginia sont à New York. Succès du canular publié dans le *New York Sun* (*Le Canard au ballon*). Maria Clemm parvient à faire engager Poe au *New York Mirror* comme secrétaire de rédaction.

1845 Entre au *Broadway Journal*. Célébrité soudaine grâce au poème *Le Corbeau* paru dans le *New York Mirror*. Obsession du plagiat et attaques contre Longfellow. Passion pour Frances Sargent Osgood. Scandale lors de la conférence donnée au Lyceum de Boston. Il devient le propriétaire du *Broadway Journal*.

1846 Faillite du *Broadway Journal*. La famille s'installe à Fordham, près de New York. Fin des relations avec Frances Sargent Osgood. Appels dans la presse à la charité publique en faveur des Poe.

1847 30 janvier : Mort de Virginia (tuberculose). Edgar soigné par Maria Clemm et Marie-Louise Shew, à laquelle il déclare sa passion et qui rompt rapidement avec lui.

1848   Il propose le mariage à Sarah Helen Whitman. Amour pour Annie Richmond. La veille du mariage prévu, il rompt avec Sarah Helen Whitman. Parution d'*Eureka*, qui est un échec.

1849   Il part pour le Sud. Il retrouve Elmira Shelton (née Royster), devenue une veuve pieuse et la demande en mariage. Il part pour Philadelphie où il doit corriger les vers d'une poétesse. Le 3 octobre, on le découvre prostré dans une rue de Baltimore : il a sans doute été enivré par un gang électoral. Le 7 octobre, il meurt à l'hôpital de Baltimore [1].

1871   Mort de Maria Clemm.

---

1. Dans *Le Détective volé* (R. Reouven, Denoël, 1988), l'auteur envoie Sherlock Holmes enquêter sur la mort de Poe !

L'AMÉRIQUE DANS LAQUELLE POE A VÉCU

1809	James Madison président de l'Union.
1810	L'Union compte 7 millions d'habitants et 18 États.
1811-1813	Révoltes indiennes.
1812-1815	Seconde guerre d'Indépendance.
1813	Réélection de James Madison.
1817	James Monroe président.
1823	Doctrine de Monroe (« l'Amérique aux Américains »).
1825	John Quincy Adams président.
1826	Pour permettre la colonisation de l'Ouest, les Indiens sont transférés à l'ouest du Mississippi.
1828	Élection d'Andrew Jackson.
1831	Mouvement abolitionniste au Nord.
1832	Réélection de Jackson.
1833	Premiers trade-unions.
1836	Bataille de Fort-Alamo entre Texans et Mexicains.
1836	Élection de Martin Van Buren.
1837	Nombreuses faillites bancaires.
1840	Élection de William Henry Harrison ; l'Union compte 17 millions d'habitants et 27 États.
1841	John Tyler, vice-président, remplace Harrison, mort après un mois de présidence.

1845   Polk président.

1846-1848 Guerre contre le Mexique.

1848   Traité avec le Mexique, qui cède le Texas, le Nouveau-Mexique et la Californie ; élection de Zachary Tyler.

1849   Ruée vers l'or en Californie ; Fillmore élu président.

1850   24 millions d'habitants et 32 États.

QUELQUES ŒUVRES LITTÉRAIRES
PUBLIÉES DU VIVANT D'EDGAR ALLAN POE

1812   Byron : *Childe Harold.*

1814   Walter Scott : *Waverley.*

1816   E.T.A. Hoffmann : *Les Élixirs du diable.*

1817   Byron : *Manfred.*

1818   Mary Shelley : *Frankenstein.*
       Walter Scott : *Ivanhoe.*
       Schopenhauer : *Le Monde comme volonté et représentation.*
       Irving : *Esquisses.*

1820   Charles Robert Maturin : *Melmoth.*
       Charles Nodier : *Smarra ou les Démons de la nuit.*

1824   Irving : *Contes d'un voyageur.*

1826   Fenimore Cooper : *Le Dernier des Mohicans.*

1828   Nathaniel Hawthorne : *Fanshawe.*

1830   Stendhal : *Le Rouge et le Noir.*

1834   David Crockett : *Life of Davy Crockett.*
       Bulwer-Lytton : *Les Derniers Jours de Pompéi.*

1836   Dickens : *Les Aventures de M. Pickwick.*
       Musset : *Confessions d'un enfant du siècle.*

1837   Nathaniel Hawthorne : *Contes racontés deux fois.*
       Dickens : *Oliver Twist.*
       Balzac : *César Birotteau.*

1839   Stendhal : *La Chartreuse de Parme.*
       Henry W. Longfellow : *Les Voix de la nuit.*

1842   Eugène Sue : *Les Mystères de Paris.*

1844   Alexandre Dumas : *Les Trois Mousquetaires.*
Eugène Sue : *Le Juif errant.*

1845   Prosper Mérimée : *Carmen.*

1846   Herman Melville : *Typee.*
Thackeray : *La Foire aux vanités.*
Balzac : *La Cousine Bette.*
George Sand : *La Mare au diable.*
Dostoïevski : *Les Pauvres Gens.*

1847   Charlotte Brontë : *Jane Eyre.*
Longfellow : *Evangeline.*

1848   Emily Brontë : *Les Hauts de Hurlevent.*
Lewis Carroll : *Alice au pays des merveilles.*

1849   Dickens : *David Copperfield.*

LA PUBLICATION DES NOUVELLES ET DE LEURS TRADUCTIONS PAR BAUDELAIRE

Le Démon de la perversité : paru sous le titre *The Imp of the Perverse*, dans le *Graham's Magazine*, juillet 1845. Traduction publiée dans *Le Pays*, 4 septembre 1854.

Le Chat noir : paru sous le titre *The Black Cat* dans le *United States Saturday Post*, 18 août 1843. Version définitive dans *Tales*, 1845. Traduction publiée dans *Paris*, 13 et 14 novembre 1853. Le 27 janvier 1847 était parue une première traduction du *Chat noir* d'Isabelle Meunier dans la *Démocratie pacifique*.

William Wilson : paru sous ce titre dans le *Burton's Gentleman's Magazine*, octobre 1839. Traduction publiée dans *Le Pays*, 14, 15, 18, 19 février 1855.

L'Homme des foules : paru sous le titre *The Man of the Crowd* dans le *Graham's Magazine*, décembre 1840. Version définitive dans *Tales*, 1845. Traduction publiée dans *Le Pays*, 27 et 28 janvier 1855.

Le Cœur révélateur : paru sous le titre *The Tell-Tale Heart* dans *The Pioneer*, janvier 1843. Traduction publiée dans *Paris*, 4 février 1853.

Bérénice : parue sous le titre *Berenice* dans le *Southern Literary Messenger*, mars 1835. Nouvelle version dans le *Broadway Journal*, 5 avril 1845. Traduction publiée dans *L'Illustration*, 17 avril 1852. Traduction définitive dans *Nouvelles Histoires extraordinaires* (1857), où Baudelaire reprend certains passages de la version de 1835.

La Chute de la Maison Usher : parue sous le titre *The Fall of the House of Usher* dans le *Burton's Gentleman's Magazine*, septembre 1839. Traduction publiée dans *Le Pays*, 7, 9, 13 février 1855.

Le Puits et le pendule : paru sous le titre *The Pit and the Pendulum* dans *The Gift*, 1843. Traduction publiée dans *La Revue de Paris*, octobre 1852.

Hop-Frog : paru sous ce titre dans *The flag of our Union*, 17 mars 1849. Traduction publiée dans *Le Pays*, 23, 24, 25 février 1855.

La Barrique d'amontillado : parue sous le titre *The Cask of Amontillado* dans le *Godey's Lady's Book*, novembre 1846. Traduction publiée dans *Le Pays*, 13 septembre 1854.

Le Masque de la Mort Rouge : paru sous le titre *The Masque of the Red Death* dans le *Broadway Journal*, 19 juillet 1845. Traduction publiée dans *Le Pays*, 22 et 23 février 1855.

Le Roi Peste : paru sous le titre *King Pest* dans le *Southern Literary Messenger* avec le sous-titre *A Tale Containing an Allegory*, septembre 1835. Traduction publiée dans *Le Pays*, 23, 26, 27 janvier 1855.

Le Diable dans le beffroi : paru sous le titre *The Devil in the Belfry* dans le *Saturday Chronicle*, 18 mai 1839. Traduction publiée dans *Le Pays*, 20 septembre 1854.

Lionnerie : paru sous le titre *Lion-Izing. A Tale* dans le *Southern Literary Messenger*, mai 1835. Version définitive, trés éloignée de la première, dans *Tales*, 1845. Titre définitif : *Lionizing*. Traduction publiée dans *Le Pays*, 19 et 22 février 1855.

Quatre Bêtes en une. L'Homme caméléopard : paru sous le titre *Epinames* dans le *Southern Literary Messenger*, mars 1836. Titre définitif *Four Beasts in One. The Homo-Cameleopard* dans le *Broadway Journal*, 6 décembre 1845. Traduction publiée dans *Le Pays*, 28 juillet 1854.

Petite Discussion avec une momie : paru sous le titre *Some Words with a Mummy* dans l'*American Review*, avril 1845. Traduction publiée dans *Le Pays*, 11 et 12 décembre 1854.

Puissance de la parole : paru sous le titre *The Power of Words* dans la *Democratic Review*, juin 1845. Traduction publiée dans *Le Pays*, 5 août 1854.

Colloque entre Monos et Una : paru sous le titre *The Collo-quy of Monos and Una* dans le *Graham's Magazine*, août 1841. Traduction publiée dans *Le Pays*, 22 et 23 janvier 1855.

Conversation d'Eiros avec Charmion : paru sous le titre *The Conversation of Eiros and Charmion* dans le *Burton's Gentle-man's Magazine*, décembre 1839. Traduction publiée dans *Le Pays*, 27 juillet 1854. Une première traduction par Isabelle Meunier était parue le 23 juillet 1847 dans la *Démocratie pacifique*.

Ombre : paru sous le titre *Shadow. A Fable* dans le *Southern Literary Messenger*, septembre 1835. Titre définitif : *Shadow. A Parable*. Traduction publiée dans *Le Pays*, 5 août 1854.

Silence : paru sous le titre *Siope. A Fable (in the Manner of the Psychological Autobiographists)* dans *The Baltimore Book 1838*, automne 1837. Titre définitif *Silence. A Fable* en 1845. Traduction publiée dans *Le Pays*, 22 février 1855.

L'Île de la fée : parue sous le titre *The Island of the Fay* dans le *Graham's Magazine*, juin 1841. Traduction publiée dans *Le Pays*, 28 et 30 janvier 1855.

Le Portrait ovale : paru sous le titre *Life in Death* dans le *Graham's Magazine*, avril 1842. Titre définitif *The Ovale Portrait* en 1845. Traduction publiée dans *Le Pays*, 28 janvier 1855.

LES RECUEILS

De son vivant, Poe a publié les recueils suivants :

Tales of the Grotesque and Arabesque, 2 vol., Philadelphie, Lea and Blanchard, 1840.

The Prose Romances of E.A. Poe, Philadelphie, W.-H. Graham, 1843.
Tales, New York, Wiley and Putnam, 1845.
Tales, Londres, Wiley and Putnam, 1845.

R.-W. Griswold, l'exécuteur testamentaire de Poe, a complété le recueil de 1845 pour en faire le volume 1 des 2 volumes des *Œuvres* en 1850.

Charles Baudelaire a sélectionné certaines nouvelles dans le volume 1 de l'édition Griswold. Ses traductions ont été regroupées par lui en trois recueils distincts :

Histoires extraordinaires, Paris, Michel Lévy, 1856, 2e et 3e éd. 1857, 4e éd. 1862, 5e éd. 1864.

Nouvelles Histoires extraordinaires, Paris, Michel Lévy, 1857, 2e éd. 1858, 3e éd. 1862, 4e éd. 1865.

Histoires grotesques et sérieuses, Paris, Michel Lévy, 1865.

LECTURES DE DEUX NOUVELLES HISTOIRES EXTRAORDINAIRES

I - BAUDELAIRE LECTEUR DE *BÉRÉNICE*

Dans Edgar Allan Poe, sa vie et ses ouvrages *(1852), Baudelaire présente l'écrivain et son œuvre au lecteur français. On trouvera ci-après un extrait de sa présentation de* Bérénice.
Il s'agit, certes, plus d'un résumé que d'une analyse, mais la sensibilité baudelairienne sait faire ressortir l'essentiel du récit de Poe. Baudelaire ne résume pas toujours. On remarquera, par exemple, la pertinence de la comparaison (qui ne se trouve pas chez Poe) qu'il fait des dents de Bérénice avec « des dents de cheval mort ». La relation d'Egæus à sa cousine est une variante de celle qu'entretient le jeune baron du Metzengerstein *des* Histoires extraordinaires *avec le cheval aux « dents sépulcrales et dégoûtantes » de la tapisserie fantastique.*

Egæus va épouser sa cousine. Au temps de son incomparable beauté, il ne lui a jamais adressé un seul mot d'amour ; mais il éprouve pour elle une grande amitié et une grande pitié. D'ailleurs, n'a-t-elle pas l'immense attrait d'un problème ? Et, comme il l'avoue, *dans l'étrange anomalie de son existence, les sentiments ne lui sont jamais venus du cœur, et les passions lui sont toujours venues de l'esprit.* Un soir, dans la bibliothèque, Bérénice se trouve devant lui. Soit qu'il ait l'esprit troublé, soit par l'effet du crépuscule, il la voit plus grande que de coutume. Il contemple longtemps sans dire un mot ce fantôme aminci qui, dans une douloureuse coquetterie de femme enlaidie, essaye un sourire, un sourire qui veut dire : Je suis bien changée, n'est-ce pas ? Et alors elle montre entre ses pauvres lèvres tortillées toutes ses dents. « Plût à Dieu que je ne les eusse jamais vues, ou que, les ayant vues, je fusse mort ! »

Voilà les dents installées dans la tête de l'homme. Deux jours et une nuit, il reste cloué à la même place, avec des dents flottantes autour de lui. Les dents sont daguerréotypées dans son cerveau, longues, étroites, comme des dents de cheval mort ; pas une tache, pas une crénelure, pas une pointe ne lui a échappé. Il frissonne d'horreur quand il s'aperçoit qu'il en est venu à leur attribuer une faculté de sentiment et une puissance d'expression morale indépendante même des lèvres : « On disait de Mlle Sallé *que tous ses pas étaient des sentiments*, et de Bérénice, je croyais plus sérieusement que toutes ses dents étaient des idées. »

Vers la fin du second jour, Bérénice est morte ; Egæus n'ose pas refuser d'entrer dans la chambre funèbre et de dire un dernier adieu à la dépouille de sa cousine. La bière a été déposée sur le lit. Les lourdes courtines du lit qu'il soulève retombent sur ses épaules et l'enferment dans la plus étroite communion avec la défunte. Chose singulière, un bandeau qui entourait les joues s'est dénoué. Les dents reluisent implacablement blanches et longues. Il s'arrache du lit avec énergie, et se sauve épouvanté.

II - *LA CHUTE DE LA MAISON USHER*

Dans la hiérarchie de ses contes, Poe mettait La Chute de la Maison Usher *tout de suite après* Ligeia. *Il est certain que ce récit est parmi les plus sophistiqués et les plus fascinants de son auteur. Il a inspiré bien des relectures et des interprétations. Nous en avons sélectionné trois : on y verra* Usher *successivement revisité, de 1918 à 1967 par la musique, la science-fiction... et l'analyse structurale.*

A. *USHER* ET LA MUSIQUE : POE/DEBUSSY

Claude Debussy fait partie des très nombreux Européens du tournant du siècle — Anglo-Saxons exceptés — à avoir été fascinés par Edgar Poe. À la fin de la vie du musicien, cela tournera même à l'obsession.

Déjà, dans son œuvre la plus célèbre, *Pelléas et Mélisande* (1902), qui inaugure la modernité de l'art lyrique du XXᵉ siècle, on pouvait être sensible à la parenté de l'univers de Debussy, et de son librettiste Maeterlinck, avec celui du poète américain, en particulier dans sa *Chute de la Maison Usher*. Dans les deux œuvres, nous rencontrons la même présence obsédante et symbolique d'une eau mortifère, les mêmes souterrains maléfiques, la même passion incestueuse (d'un frère pour la femme de son frère, dans l'opéra). Ces analogies ne sont pas fortuites, les dix dernières années de Debussy le montrent, puisqu'il les consacrera, entre autres, à l'écriture d'un opéra à partir du conte de Poe.

C'est ainsi que, en 1908, Claude Debussy signera avec le directeur du Metropolitan Opera de New York un contrat d'exclusivité pour la création de deux opéras, l'un dramatique, l'autre bouffe, tirés d'Edgar Poe : *La Chute de la Maison Usher* et *Le Diable dans le beffroi*. Aucun de ces projets n'aboutira, mais Debussy travaillera jusqu'à sa mort, en 1918, à *La Chute de la Maison Usher* dont il écrira tout le livret et quelques fragments musicaux. En 1976, un musicien chilien Juan Allende-Blin achèvera la partition. L'opéra sera diffusé pour la première fois intégralement en 1977 par Radio-Francfort, avant d'être créé à Tours et enregistré, en 1983, par le Philharmonique de Monte-Carlo (dir. Georges Prêtre, avec J. Philippe Laffont dans le rôle de Roderick, EMI-La Voix de son Maître, 1984).

Dans son livret, « variation » sur le récit de Poe, le musicien laisse transparaître ses angoisses personnelles (il se sait atteint d'un cancer) et des questionnements et fantasmes très « harmoniques » de ceux de l'écrivain américain. Le désir incestueux de Roderick pour Madeline, juste suggéré chez Poe, devient explicite et conscient chez Debussy : le frère évoque sa sœur défunte comme « celle que tu aimais tant, celle que tu ne devais pas aimer ». Le médecin, apparition fugitive chez Poe, se mue en être diabolique, amoureux de Madeline et donc rival de Roderick. Il guette l'écroulement de la Maison Usher et c'est lui qui enterre vivante la jeune fille. Muette chez Poe, Madeline chante, bien sûr, avec Debussy. Pas n'importe quel chant. De sa voix « qui semble venir de plus loin qu'elle », elle chante « des musiques à damner les anges » (Roderick lui fait interpréter son *Palais hanté*). Même de la tombe, le chant (divin ? démoniaque ?) de la sœur parvient aux oreilles du frère, qui confie à l'Ami (le narrateur de Poe) qu'alors : « l'ombre s'illumine, un parfum plus fort , plus durable que celui des fleurs, monte avec le chant, et les anges de la mort, un doigt sur leurs lèvres, se retirent émerveillés ». Debussy donne ici sa version « fin-de-siècle » (même si nous sommes en début de siècle !) d'un thème cher aux romantiques, celui de la « femme qui chante » (cf. Hoffmann, Nerval…). À la fin, comme dans le récit, la Maison Usher s'écroule.

Chez Poe, Roderick était à la fois peintre, poète et musicien (cf. sa paraphrase de la dernière valse de Weber). Dans l'opéra il est, d'abord, musicien. Mais, même dans cette restriction de la vocation artistique de Roderick Usher, Debussy se retrouve en parfaite communion avec Edgar Poe. En effet ce dernier, dans un article publié dans l'*Aristidean* d'octobre

1845, définissait ainsi *Usher* : « Le thème du conte est le retournement des sentiments qui se produit quand on découvre que des sons pris longtemps à tort pour l'expression de la joie ou de l'indifférence, expriment en fait la souffrance la plus aiguë. » Cette focalisation par Poe lui-même sur l'hypersensitivité auditive et musicale de Roderick est surprenante au premier abord, mais elle annonce Debussy. En 1848, dans son *Essai sur la structure du vers*, où il insiste sur la parenté essentielle de la poésie avec la musique, Poe reviendra sur la dérive possible d'une écoute musicale où « le sentiment est étouffé par la sensation ».

Au-delà de l'interrogation sur l'artistique et le pathologique, c'est, plus généralement, le rapport ambivalent de l'art avec la vie, la mort, l'amour qui est questionné dans *Usher* par l'écrivain américain et le musicien français.

B. *USHER* ET LA SCIENCE-FICTION : POE/BRADBURY

Dans ses célèbres Chroniques martiennes *(1946), Ray Bradbury rend un hommage subtil et plein d'humour à Edgar Poe avec une nouvelle, qui relève d'ailleurs autant du fantastique que de la science-fiction,* Usher II.

Nous sommes en 2005. William Stendahl a fait construire sur Mars une réplique de la Maison Usher. Pourquoi ? Pour venger Poe, dont tous les livres, avec ceux de Lovecraft, Hawthorne, Ambrose Bierce, etc. ont été brûlés en 1975 par ordre du gouvernement (on reconnaît le thème du Fahrenheit 451 *de Bradbury qui sera adapté à l'écran en 1966 par François Truffaut).*

Comme Stendahl l'explique à l'entrepreneur qui vient d'achever sa « Maison » et à qui le nom de Poe ne dit manifestement rien :

[...] Ils ont voté une loi. Oh, ce n'était presque rien au début. Un grain de sable de 1950 à 1960. Ils ont commencé par censurer les albums satiriques, puis les romans policiers et bien entendu les films ; d'une façon ou de l'autre, tel ou tel groupe s'en mêlait, sous des prétextes politiques, ou la pression d'associations variées, pour des préjugés religieux ; il y avait toujours une minorité effarouchée par je ne sais quoi, et une vaste majorité qui avait peur du mystère, du futur, du passé, du présent, peur d'elle-même et de ses ombres.

— Je vois.

— Peur du mot « politique » (finalement devenu synonyme de « communisme » dans les milieux les plus réactionnaires, d'après ce que j'ai cru comprendre, et le seul emploi de ce mot pouvait vous coûter la vie !). Et en bloquant une vis par-ci, un verrou par-là, en poussant, tirant, pressant, l'art et la littérature sont devenus une énorme tresse de guimauve, solidement nouée, ficelée et étranglée qui a perdu pour finir toute souplesse et toute saveur. Ensuite les caméras se sont arrêtées, les salles de spectacles se sont éteintes et les presses à imprimer qui inondaient le monde de lecture n'ont plus distillé qu'au compte-gouttes une copie insipide et absolument inoffensive.

Face à Garrett, « l'inspecteur de l'Hygiène morale » venu faire un rapport sur cette maison avant de la faire détruire, il explosera à nouveau (à noter que Poe aurait très probablement été aussi méchant pour l'écriture d'Hemingway que Bradbury !) :

[...] Oh ! Poe est oublié depuis longtemps maintenant, et Alice et tous les autres. Mais j'avais une retraite cachée. Nous étions une petite minorité à conserver nos bibliothèques quand vous m'avez envoyé vos hommes avec leurs torches et leurs incinérateurs. Vous m'avez déchiré et brûlé mes cinquante mille volumes. Exactement comme vous avez poignardé le carnaval en plein cœur et déclaré à vos producteurs de films que s'ils voulaient travailler, ils n'avaient qu'à adapter et réadapter Ernest Hemingway. Bon Dieu ! Combien de fois ai-je vu fait et refait *Pour qui sonne le glas* ! Trente versions différentes. Toutes réalistes. Oh ! le réalisme ! le réalisme, quelle plaie !

William Stendahl, avec l'aide de Pikes, ancien acteur de films fantastiques, tous aussi brûlés en 1975, a peuplé sa Maison Usher de robots, qui sont autant de clins d'œil à l'univers de Poe. C'est grâce à eux qu'il réalisera sa vengeance lors d'un bal costumé auquel il a invité tous ses ennemis, qui sont, bien sûr, aussi ceux de Poe.

Miss Blunt sera « étranglée par un singe » puis « enfoncée dans une cheminée ». Mr Steffens sera « ligoté et ficelé au fond d'un puits » et « abandonné sous le disque d'un grand pendule d'acier ». Miss Drummond, elle, sera « clouée dans un cercueil et lancée dans les profondeurs de la terre »... Après des morts organisées selon les scénarios du Double Assassinat dans la rue Morgue, *de* Le Puits et le pendule, *de* L'Enterrement prématuré, *vient le tour de Garrett. Celui-ci croit que les « exécutions » n'étaient que des simulacres et les « exécutés » des robots à l'image des vivants. Bref, rien qu'un jeu, de très mauvais goût, de ce Mr Stendahl dont il est venu détruire la maison. Ce dernier l'a déjà fait beaucoup boire... :*

— Un autre verre, Garrett. Voilà, Tenez votre verre droit.

Immobiles, ils regardèrent cinq autres personnages mourir, l'un dans la gueule d'un dragon, les autres lancés et engloutis dans l'étang noir.

— Aimeriez-vous voir ce que nous vous avons préparé ? demanda Stendahl.

— Certainement, dit Garrett. Après tout, cette fichue machine va être bientôt détruite. Vous êtes un vilain bonhomme.

— Alors, venez. Par ici.

Et il conduisit Garrett dans les profondeurs du plancher, par d'innombrables souterrains, des escaliers en spirale, vers le cœur de la terre, vers les catacombes.

— Qu'est-ce que vous voulez me montrer, là-dedans ? dit Garrett.

— Votre propre mort.

— Celle de mon double ?

— Oui. Et autre chose aussi.

— Quoi.

— L'Amontillado, dit Stendahl le précédant en élevant sa lanterne.

Des squelettes se dressaient à demi hors de leurs cercueils béants.

Garrett, une main sur le nez, grimaçait de dégoût.

— Le quoi ?

— Vous n'avez jamais entendu parler de l'Amontillado ?

— Non !

— Vous ne reconnaissez pas ceci ?

Stendahl lui montrait une cellule.

— Est-ce que je devrais ?

— Ou ceci ? Stendahl sortit en souriant une truelle de dessous sa cape.

— Qu'est-ce que c'est ?

— Venez, dit Stendahl.

Ils pénétrèrent dans la cellule. Dans l'ombre, Stendahl se mit à charger de chaînes son compagnon à moitié ivre.

— Mon Dieu ! mais qu'est-ce que vous fabriquez ? cria Garrett dans un entrechoquement d'anneaux.

— Je fais de l'ironie. Il ne faut pas interrompre un homme qui fait de l'ironie, ce n'est pas poli. Voilà !

— Vous m'avez enchaîné !

— En effet.

— Qu'est-ce que vous allez faire ?

— Vous laisser là.

— Vous plaisantez ?

— Une excellente plaisanterie.

— Où est mon double ? On n'assiste pas à sa mort ?

— Il n'y a pas de double.

— Mais... et les autres !

— Les autres sont morts. Ceux que vous avez vu tuer étaient les vivants. Les doubles, les robots, se contentaient de regarder.

Garrett ne dit rien.

— Maintenant, vous êtes censé dire *Pour l'amour de Dieu, Montrésor !* déclara Stendahl. Et je dois répondre *Oui, pour l'amour de Dieu*. Voulez-vous le dire ? Allons, dites-le.

— Idiot.

— Faut-il vous supplier ? Dites-le. Dites *Pour l'amour de Dieu, Montrésor !*

— Certainement pas, imbécile. Sortez-moi d'ici.

Il était dégrisé cette fois.

— Tenez. Mettez ça.

Stendahl lui jeta quelque chose qui tintait et carillonnait.

— Qu'est-ce que c'est ?

— Un bonnet avec des clochettes. Mettez-le et je vous lâcherai peut-être.

— Stendahl !

— Mettez-le, je vous dis !

Garrett obéit. Les clochettes tintèrent.

— Vous n'avez pas la sensation que tout ceci est déjà arrivé ? s'enquit Stendahl en se mettant au travail avec sa truelle, un mortier et des briques.

— Qu'est-ce que vous faites ?

— Je vous emmure. Voilà une rangée. En voici une seconde.

— Vous êtes fou !

— Je ne discuterai pas ce détail.

— Vous répondrez de ceci en justice !

Stendhal cala une brique sur le mortier humide en chantonnant.

Dans le réduit peu à peu envahi par l'obscurité, une tempête de coups de poing et de cris s'éleva. Les briques montaient toujours plus haut.

— Démenez-vous encore plus, je vous prie, dit Stendhal. Que la scène soit tout à fait réussie.

— Détachez-moi, détachez-moi !

Il ne restait plus qu'une brique à mettre en place. Les hurlements ne s'arrêtaient plus.

— Garrett ? appela doucement Stendhal.

Garrett se tut.

— Garrett, dit Stendhal, savez-vous pourquoi je vous ai joué ce tour ? Parce que vous avez brûlé les livres de M. Poe sans les lire vraiment. Vous avez cru ceux qui vous affirmaient qu'il fallait les brûler. Sinon, vous auriez compris ce qui vous attendait ici quand nous sommes descendus tout à l'heure. L'ignorance est fatale, Mr Garrett.

Garrett ne disait plus rien.

— Je veux que ceci soit parfait, dit Stendhal en élevant sa lanterne pour éclairer le visage décomposé de Garrett.

— Agitez vos clochettes.

Les clochettes cliquetèrent.

— Maintenant voudriez-vous dire *Pour l'amour de Dieu, Montrésor*. Je vous libérerai peut-être.

La lanterne éclairait le visage de Garrett. Il hésita un instant, puis, grotesque, répéta :

— *Pour l'amour de Dieu, Montrésor.*

— Ah, fit Stendhal, les yeux clos.

Il plaça la dernière brique et la cimenta avec soin.

— *Requiescat in pace*, mon cher ami.

Puis il s'éloigna d'un pas rapide.

Dans les sept pièces, les douze coups de minuit résonnèrent et tout s'arrêta brusquement. La Mort Rouge apparut.

Stendahl se tourna un moment pour regarder la scène du seuil de la porte. Puis il se mit à courir, franchit le fossé et rejoignit un hélicoptère qui attendait.

— Prêt, Pikes ?

— Prêt.

— Allons-y.

Ils regardèrent la vaste Maison, le sourire aux lèvres.

Une lézarde énorme s'ouvrit au milieu de la façade, comme sous l'effet d'un tremblement de terre et, tandis que Stendahl contemplait le spectacle grandiose, il entendit Pikes réciter derrière lui d'une voix basse et cadencée :

« ... La tête me tourna quand je vis les puissantes murailles s'écrouler en deux. Il se fit un bruit prolongé, un fracas tumultueux comme la voix de mille cataractes, et l'étang profond et croupi placé à mes pieds se referma tristement et silencieusement sur les ruines de la Maison Usher. »

L'hélicoptère s'éleva au-dessus de l'eau bouillonnante et s'éloigna vers l'ouest.

Ray Bradbury, *Usher II*,
in *Chroniques martiennes*, trad. H. Robillot,
Paris, Denoël, 1955.

C. *USHER* ET L'ANALYSE STRUCTURALE : POE/RICARDOU

Jean Ricardou, romancier, théoricien de la littérature, a fait plusieurs lectures perspicaces des nouvelles de Poe, mettant en lumière la modernité de son écriture. Nous citons quelques passages de son analyse de La Chute de la Maison Usher.

L'esthétique de Poe détermine un absolutisme : celui du dénouement. C'est au final qu'est entièrement subordonné le plan de l'œuvre, et cet édifice lui-même exerce à son tour une coercition absolue sur le « porte-plume ». En quelque point du texte qu'il opère, et quelque intention que lui propose à tout instant le mot à mot, le porte-plume travaille dans un parfait état de soumission aux préalables du récit.

Tel principe a produit maints chefs-d'œuvre chez Poe, et

chez quelques autres : on ne peut sérieusement songer à le mettre en cause. Il est toutefois permis d'imaginer, contre cette tyrannie trop aisément accessible, une opération qui enrichirait l'espace homogène de l'histoire en y introduisant un facteur de contestation. Puisque l'histoire ne tolère, sans digression aucune, rien d'autre que son propre récit, on pourrait tenter d'imbriquer deux histoires pareillement totalitaires et qui s'efforceraient chacune de s'imposer à l'autre.

Mais il existe un procédé plus élégant capable, en lui imposant une manière de *narcissisme*, de prendre au mot ce totalitarisme narratif ; puisque l'histoire, dans ses linéaments essentiels, est connue avant que la plume n'attaque le papier, n'est-il pas tentant d'injecter en un quelconque point de son cours certain passage qui en offrirait une sorte de résumé ? C'est par elle-même que l'histoire serait constestée. Tel enrichissement narratif remonte à très loin, et Edgar Poe, nous l'étudierons plus bas, l'a lui-même utilisé. Mais nul en tout cas, semble-t-il, ne l'a mieux évoqué qu'André Gide. On connaît le passage du *Journal* de 1893 :

> J'aime assez qu'en une œuvre d'art, on retrouve ainsi transposé, à l'échelle des personnages, le sujet même de cette œuvre. Rien ne l'éclaire et n'établit plus sûrement les proportions de l'ensemble. Ainsi, dans tels tableaux de Memling ou de Quentin Metsys, un petit miroir convexe et sombre reflète, à son tour, l'intérieur de la scène où se joue la scène peinte. Ainsi, dans le tableau des Ménines de Velasquez (mais un peu différemment). Enfin, en littérature, dans *Hamlet*, la scène de la comédie ; et ailleurs dans bien d'autres pièces. Dans *Wilhelm Meister*, les scènes de marionnettes ou de fête au château. Dans la chute de *la Maison Usher*, la lecture que l'on fait à Roderick, etc.

Notant ensuite l'analogie de cette enclave avec l'inclusion, en héraldique, d'un blason dans un autre, on se souvient que Gide propose de la nommer une « mise en abyme ». C'est ce terme que nous utiliserons désormais.

Reprenant à son compte la notion de mise en abyme, dont il souligne les fonctions de « contestation » et de « révé-

lation » à l'intérieur des récits où elle est mise en œuvre, et l'appliquant au dénouement de Usher*, il conclut :*

> Peut-être n'est-il pas indifférent de comprendre pourquoi le narrateur, soudain, s'est enfui. Un lecteur pressé, inattentif, insuffisant, se contentera sans doute d'invoquer ici la terreur suscitée par cette théâtrale double mort. Mais celui qui, en littérature, entend se rassurer par une psychologie quotidienne, a, croyons-nous, maintes chances de se tromper. Le narrateur n'a-t-il pas surmonté, depuis le début du conte, bien d'autres épreuves ? Quelque événement secret, d'une tout autre envergure, a probablement dû survenir.

En vérité comme il advient souvent en art, cet événement est la superposition de deux phénomènes distincts. Nous indiquerons pour mémoire le premier : il s'accomplit selon le passage d'un *sens figuré à un sens propre.* Avec la conjointe mort de Lady Madeline et de Roderick s'éteint la famille des Usher : c'est, au sens figuré, *la Chute de la Maison Usher.* Comme Poe a pris soin d'insister sur la manière de correspondance peu à peu établie entre le manoir et ses habitants, il est possible d'imaginer le proche écroulement de la demeure, *la Chute de la Maison Usher*, au sens propre cette fois.

Le second phénomène relève de la mise en abyme. Si le narrateur s'enfuit précipitamment du manoir, c'est qu'*il connaît déjà la fin de l'histoire.* Les concordances sonores qui se sont instaurées entre l'histoire qu'il racontait et la scène qu'il a vécue l'induisent à admettre que, par le biais d'une habile transposition, c'est en quelque façon sa propre aventure qu'il a lue. Roderick, rappelons-le, le confirme dans ses soupçons :

> La porte de l'ermite enfoncée, et le râle du dragon et le retentissement du bouclier ! — dites plutôt le bris de sa bière, et le grincement des gonds de fer de sa prison, et son affreuse lutte dans ce vestibule de cuivre !

mais il évite de rappeler une péripétie essentielle : l'intégrale destruction, par Ethelred, de la demeure de l'ermite. Le narrateur ajoute-t-il à ce saccage la fissure *imperceptible*, qu'il a remarquée en arrivant, sur la muraille du manoir, et le voici assuré, aussitôt, de l'imminente *chute de la Maison Usher.*

C'est par le microscopique dévoilement du récit global, donc, que la mise en abyme conteste l'ordonnance préalable de l'histoire. Prophétie, elle perturbe l'avenir en le découvrant avant terme, par anticipation.

Jean Ricardou, *L'Histoire dans l'Histoire*,
in *Problèmes du Nouveau Roman*,
Paris, Le Seuil, 1967, pp. 171-176.

On ajoutera que la même fonction d'annonce, d'anticipation du dénouement est assignable à bien d'autres éléments du récit dans Usher : *ainsi des trois « œuvres » de l'artiste Roderick, sa paraphrase de Weber, son tableau du Souterrain, son poème* Le Palais hanté.

INTERTEXTUALITÉ

I - À PROPOS DE LA FOLIE, UN AUTRE CONTE DE POE :

LE SYSTÈME DU DOCTEUR GOUDRON ET DU PROFESSEUR PLUME

Dans ce conte humoristique (1845) — parfois autoparodique (de la Maison Usher *par exemple, autre maison de fous...) — Poe s'amuse à mettre en scène l'univers de la folie du point de vue d'un narrateur apparemment sain d'esprit, mais bien niais, au point qu'on peut douter qu'il ne soit pas lui-même fou (cf. la « chute » du conte). La folie, le normal et le pathologique, ne seraient-ils qu'une question de « point de vue » ? La question du traitement de la folie par la douceur était à cette époque un sujet à la mode.*

Le conte a été traduit par Baudelaire et publié dans Le Monde illustré *des 7, 14, 21 et 28 janvier 1865. Il est repris dans le troisième recueil de nouvelles de Poe traduites par Baudelaire :* Histoires grotesques et sérieuses *(1865).*

Pendant l'automne de 18..., comme je visitais les provinces de l'extrême sud de la France, ma route me conduisit à quelques milles d'une certaine maison de santé, ou hospice particulier de fous, dont j'avais beaucoup entendu parler à Paris par des médecins, mes amis. Comme je n'avais jamais visité un lieu de cette espèce, je jugeai l'occasion trop bonne pour la négliger, et je proposai à mon compagnon de voyage (un gentleman dont j'avais fait, par hasard, la connaissance quelques jours auparavant) de nous détourner de notre route, pendant une heure à peu près, et d'examiner l'établissement. Mais il s'y refusa, se disant d'abord très pressé et objectant ensuite l'horreur qu'inspire généralement la vue d'un aliéné. Il me pria cependant de ne pas sacrifier à un désir de courtoisie envers lui les satisfactions de ma curiosité, et me dit qu'il continuerait à chevaucher en avant, tout doucement, de sorte que je pusse le rattraper dans la journée, ou, à tout hasard, le jour suivant. Comme il me disait adieu, il me vint à l'esprit que j'éprouverais peut-être quelque difficulté à pénétrer dans le lieu en question, et je lui fis part de mes craintes à ce sujet. Il me répondit qu'en effet, à moins que je ne connusse personnellement M. Maillard, le directeur, ou que je ne possédasse quelque lettre d'introduction, il pourrait bien s'élever quelque difficulté, parce que les règlements de ces maisons particulières de fous étaient beaucoup plus sévères que ceux des hospices publics. Quant à lui, ajouta-t-il, il avait fait, quelques années auparavant, la connaissance de Maillard, et il pouvait me rendre du moins le service de m'accompagner jusqu'à la porte et de me présenter ; mais sa répugnance, relativement à la folie, ne lui permettait pas d'entrer dans la maison.

Je le remerciai, et, nous détournant de la grande route, nous entrâmes dans un chemin de traverse gazonné, qui, au bout d'une demi-heure, se perdait presque dans un bois épais, recouvrant la base d'une montagne. Nous avions fait environ deux milles à travers ce bois humide et sombre, quand enfin la maison de santé nous apparut. C'était un fantastique château, très abîmé, et qui, à en juger par son air de vétusté et de délabrement, devait être à peine habitable. Son aspect me pénétra d'une véritable terreur, et, arrêtant mon cheval, je sentis presque l'envie de tourner bride. Cependant, j'eus bientôt honte de ma faiblesse, et je continuai.

Comme nous nous dirigions vers la grande porte, je m'aperçus qu'elle était entrebâillée, et je vis une figure d'homme qui regardait à travers. Un instant après, cet homme s'avançait, accostait mon compagnon et l'appelant par son nom, lui serrait cordialement la main, et le priait de mettre pied à terre. C'était M. Maillard lui-même, un véritable gentleman de la vieille école : belle mine, noble prestance, manières exquises, et un certain air de gravité, de dignité et d'autorité fait pour produire une vive impression.

Mon ami me présenta et expliqua mon désir de visiter l'établissement ; M. Maillard lui ayant promis qu'il aurait pour moi toutes les attentions possibles, il prit congé de nous, et depuis lors je ne l'ai plus revu.

Quand il fut parti, le directeur m'introduisit dans un petit parloir excessivement soigné, contenant, entre autres indices d'un goût raffiné, force livres, des dessins, des vases de fleurs et des instruments de musique. Un bon feu flambait joyeusement dans la cheminée. Au piano, chantant un air de Bellini, était assise une jeune et très belle femme, qui, à mon arrivée, s'interrompit et me reçut avec une gracieuse courtoisie. Elle parlait à voix basse, et il y avait dans toutes ses manières quelque chose de mortifié. Je crus voir aussi des traces de chagrin dans tout son visage, dont la pâleur excessive n'était pas, selon moi du moins, sans quelque agrément. Elle était en grand deuil d'ailleurs, et elle éveilla dans mon cœur un sentiment combiné de respect, d'intérêt et d'admiration.

J'avais entendu dire à Paris que l'établissement de M. Maillard était organisé d'après ce qu'on nomme vulgairement le *système de la douceur* ; qu'on y évitait l'emploi de tous les châtiments ; qu'on n'avait même recours à la réclusion que fort rarement ; que les malades, surveillés secrètement, jouissaient, en apparence, d'une grande liberté et qu'ils pouvaient, pour la plupart, circuler à travers la maison et les jardins, dans la tenue ordinaire des personnes qui sont dans leur bon sens.

Tous ces détails restant présents à mon esprit, je prenais bien garde à tout ce que je pouvais dire devant la jeune dame ; car rien ne m'assurait qu'elle eût toute sa raison ; et, en effet, il y avait dans ses yeux un certain éclat inquiet qui m'induisait presque à croire qu'elle ne l'avait pas. Je restreignis donc mes observations à des sujets généraux, ou à ceux que je jugeais incapables de déplaire à une folle ou même de l'exciter. Elle répondit à tout ce que je dis d'une manière parfaitement sensée ; et même ses observations personnelles étaient marquées du plus solide bon sens. Mais une longue étude de la physiologie de la folie m'avait appris à ne pas me fier même à de pareilles preuves de santé morale, et je continuai, pendant toute l'entrevue, à pratiquer la prudence dont j'avais usé au commencement.

En ce moment, un fort élégant domestique en livrée apporta un plateau chargé de fruits, de vins et d'autres rafraîchissements, dont je pris volontiers ma part ; la dame, peu de temps après, quitta le parloir. Quand elle fut partie, je tournai les yeux vers mon hôte d'une manière interrogative.

« Non, — dit-il, — oh ! non... c'est une personne de ma famille..., ma nièce, une femme accomplie d'ailleurs.

— Je vous demande mille pardons de mon soupçon, — répliquai-je, — mais vous saurez bien vous-même m'excuser. L'excellente administration de votre maison est bien connue à Paris, et je pensais qu'il serait possible, après tout...

— Oui ! oui ! n'en parlez plus, — ou plutôt c'est moi qui devrais vous remercier pour la très louable prudence que vous avez montrée. Nous trouvons rarement autant de prévoyance chez les jeunes gens, et plus d'une fois nous avons vu se produire de déplorables accidents par l'étourderie de nos visiteurs. Lors de l'application de mon premier système, et quand mes malades avaient le privilège de se promener partout à leur volonté, ils étaient quelquefois jetés dans des crises dangereuses par des personnes irréfléchies, invitées à examiner notre établissement. J'ai donc été contraint d'imposer un rigoureux système d'exclusion, et désormais nul n'a pu obtenir accès chez nous, sur la discrétion de qui je ne pusse pas compter.

— Lors de l'application de votre premier système ? — dis-je, répétant ses propres paroles. — Dois-je entendre par là que le *système de douceur* dont on m'a tant parlé a cessé d'être appliqué chez vous ?

— Il y a maintenant quelques semaines, — répliqua-t-il, — que nous avons décidé de l'abandonner à tout jamais.

— En vérité ! vous m'étonnez.

— Nous avons jugé absolument nécessaire, — dit-il avec un soupir, — de revenir aux vieux errements. Le système de douceur était un effrayant danger de tous les instants, et ses avantages ont été estimés à un trop haut prix. Je crois, monsieur, que, si jamais épreuve loyale a été faite, c'est dans cette maison même. Nous avons fait tout ce que pouvait raisonnablement suggérer l'humanité. Je suis fâché que vous ne nous ayez pas rendu visite à une époque antérieure. Vous auriez pu juger la question par vous-même. Mais je suppose que vous êtes bien au courant du traitement *par la douceur* dans tous ses détails.

— Pas absolument. Ce que j'en connais, je le tiens de troisième ou de quatrième main.

— Je définirai donc le système en termes généraux : un système où le malade était *ménagé*, un système de *laisser faire*. Nous ne contredisions aucune des fantaisies qui entrait dans la cervelle du malade. Au contraire, non seulement nous nous y prêtions, mais encore nous l'encouragions ; et c'est ainsi que nous avons pu opérer un grand nombre de cures radicales.

Il n'y a pas de raisonnement qui touche autant la raison affaiblie d'un fou que la *réduction à l'absurde*. Nous avons eu des hommes, par exemple, qui se croyaient poulets. Le traitement consistait, en ce cas, à reconnaître, à accepter le cas comme fait positif, — à accuser le malade de stupidité en ce qu'il ne reconnaissait pas suffisamment son cas comme fait positif, — et dès lors à lui refuser, pendant une semaine, toute autre nourriture que celle qui appartient proprement à un poulet. Grâce à cette méthode, il suffisait d'un peu de grain et de gravier pour opérer des miracles.

— Mais cette espèce d'acquiescement de votre part à la monomanie, était-ce tout ?

— Non pas. Nous avions grande foi aussi dans les amusements de nature simple, tels que la musique, la danse, les exercices gymnastiques en général, les cartes, certaines classes de livres, etc., etc. Nous faisions semblant de traiter chaque individu pour une affection physique ordinaire, et le mot *folie* n'était jamais prononcé. Un point de grande importance était de donner à chaque fou la charge de surveiller les actions de tous les autres. Mettre sa confiance dans l'intelligence ou la discrétion d'un fou, c'est le gagner corps et âme. Par ce moyen, nous pouvions nous passer de toute une classe fort dispendieuse de surveillants.

— Et vous n'aviez de punitions d'aucune sorte ?

— D'aucune.

— Et vous n'enfermiez jamais vos malades ?

— Très rarement. De temps à autre, la maladie de quelque individu s'élevant jusqu'à une crise, ou tournant soudainement à la fureur, nous le transportions dans une cellule secrète, de peur que le désordre de son esprit n'infectât les autres, et nous le gardions ainsi jusqu'au moment où nous pouvions le renvoyer à ses parents ou à ses amis ; — car nous n'avions rien à faire avec le fou furieux. D'ordinaire, il est transféré dans les hospices publics.

— Et maintenant, vous avez changé tout cela ; et vous croyez avoir fait pour le mieux ?

— Décidément, oui. Le système avait ses inconvénients et même ses dangers. Actuellement, il est, Dieu merci ! condamné dans toutes les maisons de santé de France.

— Je suis très surpris, — dis-je, — de tout ce que vous m'apprenez ; car je considérais comme certain qu'il n'existe pas d'autre méthode de traitement de la folie, actuellement en vigueur, dans toute l'étendue du pays.

— Vous êtes encore jeune, mon ami, — répliqua mon hôte, — mais le temps viendra où vous apprendrez à juger par vous-même tout ce qui se passe dans le monde, sans vous fier au bavardage d'autrui. Ne croyez rien de ce que vous entendez dire, et ne croyez que la moitié de ce que vous voyez. Or, relativement à nos maisons de santé, il est clair que quelque ignare s'est joué de vous. Après le dîner, cependant, quand vous serez suffisamment remis de la fatigue de votre voyage, je serais heureux de vous promener à travers la maison et de vous faire apprécier un système qui, dans mon opinion et dans celle de toutes les personnes qui ont pu en voir les résultats, est incomparablement le plus efficace de tous ceux imaginés jusqu'à présent.

— C'est votre propre système ? — demandai-je ; — un système de votre invention ?

— Je suis fier, — répliqua-t-il, — d'avouer que c'est bien le mien, au moins dans une certaine mesure. »

Je conversai ainsi avec M. Maillard une heure ou deux, pendant lesquelles il me montra les jardins et les cultures de l'établissement.

« Je ne puis pas, — dit-il, — vous laisser voir mes malades immédiatement. Pour un esprit sensitif, il y a toujours quelque chose de plus ou moins répugnant dans ces sortes d'exhibitions, et je ne veux pas vous priver de votre appétit pour le dîner. Car nous dînerons ensemble. Je puis vous offrir du veau *à la Sainte-Menehould*, des choux-fleurs *à la sauce veloutée* ; après cela, un verre de clos-vougeot ; vos nerfs alors seront suffisamment raffermis. »

À six heures, on annonça le dîner, et mon hôte m'introduisit dans une vaste salle à manger, où était rassemblée une nombreuse compagnie, vingt-cinq ou trente personnes en tout. C'étaient, en apparence, des gens de bonne société, certainement de haute éducation, quoique leurs toilettes, à ce qu'il me sembla, fussent d'une richesse extravagante et participassent un peu trop du raffinement fastueux de la vieille cour. J'observai aussi que les deux tiers au moins des convives étaient des dames, et que quelques-unes d'entre elles n'étaient nullement habillées selon la mode qu'un Parisien considère comme le bon goût du jour. Plusieurs femmes, par exemple, qui n'avaient pas moins de soixante et dix ans, étaient parées d'une profusion de bijouterie, bagues, bracelets et boucles d'oreilles, et montraient leurs seins et leurs bras outrageusement nus. Je notai également que très peu de ces costumes étaient bien faits, ou du moins que la plupart étaient mal adaptés aux personnes qui les portaient. En regardant autour de moi, je découvris l'intéressante jeune fille à qui M. Maillard m'avait présenté dans le petit parloir ; mais ma surprise fut grande de la voir accoutrée d'une vaste robe à paniers, avec des souliers à hauts talons et un bonnet crasseux de point de Bruxelles, beaucoup trop grand pour elle, si bien qu'il donnait à sa figure une apparence ridicule de petitesse. La première fois que je l'avais vue, elle était vêtue d'un grand deuil qui lui allait à merveille. Bref, il y avait un air de singularité dans la toilette de toute la société, qui me remit en tête mon idée primitive du *système de douceur*, et me donna à penser que M. Maillard avait voulu m'illusionner jusqu'à la fin du dîner, de peur que je n'éprouvasse des sensations désagréables pendant le repas, me sachant à table avec des lunatiques ; mais je me souvins qu'on m'avait parlé, à Paris, des provinciaux du Midi comme de gens particulièrement excentriques et entichés d'une foule de vieilles idées ; et, d'ailleurs, en causant avec quelques-uns des convives, je sentis bientôt mes appréhensions se dissiper complètement.

La salle à manger, elle-même, quoique ne manquant pas tout à fait de confortable et de bonnes dimensions, n'avait pas toutes les élégances désirables. Ainsi, le parquet était sans tapis ; il est vrai qu'en France on s'en passe souvent. Les fenêtres étaient privées de rideaux, les volets, quand ils étaient fermés, étaient solidement assujettis par des barres de fer, fixées en diagonale, à la manière ordinaire des fermetures des boutiques. J'observai que la salle formait, à elle seule, une des ailes du château, et que les fenêtres occupaient ainsi trois des côtés du parallélogramme, la porte se trouvant placée sur le quatrième. Il n'y avait pas moins de dix fenêtres en tout.

La table était splendidement servie. Elle était couverte de vaisselle plate et surchargée de toutes sortes de friandises. C'était une profusion absolument barbare. Il y avait en vérité assez de mets pour régaler les Anakim [1]. Jamais, de mon vivant, je n'avais contemplé un si monstrueux étalage, un si extravagant gaspillage de toutes les bonnes choses de la vie ; — peu de goût, il est vrai, dans l'arrangement du service ; — et mes yeux, accoutumés à des lumières douces, se trouvaient cruellement offensés par le prodigieux éclat d'une

---

1. Géants évoqués dans la Bible.

multitude de bougies, dans des candélabres d'argent, qu'on avait posés sur la table et disséminés dans toute la salle, partout où on avait pu en trouver la place. Le service était fait par plusieurs domestiques très actifs, et sur une grande table, tout au fond de la salle, étaient assises sept ou huit personnes avec des violons, des flûtes, des trombones et un tambour. Ces gaillards, à de certains intervalles, pendant le repas, me fatiguèrent beaucoup par une infinie variété de bruits, qui avaient la prétention d'être de la musique, et qui, à ce qu'il paraissait, causaient un vif plaisir à tous les assistants, — moi excepté, bien entendu.

En somme, je ne pouvais m'empêcher de penser qu'il y avait passablement de bizarrerie dans tout ce que je voyais ; mais, après tout, le monde est fait de toutes sortes de gens, qui ont des manières de penser fort diverses et une foule d'usages tout à fait conventionnels. Et puis, j'avais trop voyagé pour n'être pas un parfait adepte du *nil admirari* [1] ; aussi je pris tranquillement place à la droite de mon amphitryon, et, doué d'un excellent appétit, je fis honneur à toute cette bonne chère.

La conversation, cependant, était animée et générale. Les dames, selon leur habitude, parlaient beaucoup. Je vis bientôt que la société était composée, presque entièrement, de gens bien élevés, et mon hôte était, à lui seul, un trésor de joyeuses anecdotes. Il semblait assez volontiers disposé à parler de sa position de directeur d'une maison de santé ; et, à ma grande surprise, la folie elle-même devint le thème de causerie favori de tous les convives.

« Nous avions ici autrefois un gaillard, — dit un gros petit monsieur, assis à ma droite, — qui se croyait théière ; et, soit dit en passant, n'est-ce pas chose remarquable que cette lubie particulière entre si souvent dans la cervelle des fous ? Il n'y a peut-être pas en France un hospice d'aliénés qui ne puisse fournir une théière humaine. *Notre* monsieur était une théière de fabrique anglaise, et il avait soin de se polir lui-même tous les matins avec une peau de daim et du blanc d'Espagne.

— Et puis, — dit un grand homme, juste en face, — nous avons eu, il n'y a pas bien longtemps, un individu qui s'était fourré dans la tête qu'il était un âne ; — ce qui, métaphoriquement parlant, direz-vous, était parfaitement vrai. C'était

---

1. Devise stoïcienne citée par Horace : « ne s'émouvoir de rien ».

un malade très fatigant, et nous avions beaucoup de peine à l'empêcher de dépasser toutes les bornes. Pendant un assez long temps, il ne voulut manger que des chardons ; mais nous l'avons bientôt guéri de cette idée en insistant pour qu'il ne mangeât pas autre chose. Il était sans cesse occupé à ruer avec ses talons... comme ça, tenez... comme ça.

— Monsieur de Kock ! je vous serais bien obligée, si vous pouviez vous contenir ! — interrompit alors une vieille dame, assise à côté de l'orateur. — Gardez, s'il vous plaît, vos coups de pieds pour vous. Vous avez abîmé ma robe de brocart ! Est-il indispensable, je vous prie, d'illustrer une observation d'une manière aussi matérielle ? Notre ami, que voici, vous comprendra tout aussi bien sans cette démonstration physique. Sur ma parole, vous êtes presque un aussi grand âne que ce pauvre insensé croyait l'être lui-même. Votre jeu est tout à fait *nature*, aussi vrai que je vis !

— Mille pardons, mam'zelle ! — répondit M. de Kock, ainsi interpellé, — mille pardons ! je n'avais pas l'intention de vous offenser. Mam'zelle Laplace, M. de Kock sollicite l'honneur de prendre le vin avec vous. »

Alors, M. de Kock s'inclina, baisa cérémonieusement sa propre main, et prit le vin avec mam'zelle Laplace.

« Permettez-moi, mon ami, — dit M. Maillard en s'adressant à moi, — permettez-moi de vous envoyer un morceau de ce veau *à la Sainte-Menehould* ; vous le trouverez particulièrement délicat. »

Trois vigoureux domestiques avaient réussi à déposer sans accident sur la table un énorme plat, ou plutôt un bateau, contenant ce que j'imaginais être le *monstrum horrendum, informe, ingens, cui lumen ademptum*[1]. Un examen plus attentif me confirma toutefois que c'était seulement un petit veau rôti, tout entier, appuyé sur ses genoux, avec une pomme entre les dents, selon la mode usitée en Angleterre pour servir un lièvre.

« Non, je vous remercie, — répliquai-je, — pour dire la vérité, je n'ai pas un faible bien déterminé pour le veau *à la Sainte*... comment dites-vous ? car je ne trouve pas générale-

---

1. « Le monstre horrible, informe, gigantesque, à qui la lumière du jour a été ravie. » Citation du livre III de l'*Énéide* de Virgile qui désigne le Cyclope Polyphème dont Ulysse a crevé l'œil unique.

ment qu'il me réussisse. Je vous prierai de faire changer cette assiette et de me permettre d'essayer un peu de lapin. »

Il y avait sur la table quelques plats latéraux, contenant ce qui me semblait être du lapin ordinaire, à la française, un délicieux morceau que je puis vous recommander.

« Pierre ! — cria mon hôte, — changez l'assiette de monsieur, et donnez-lui un morceau de ce lapin *au chat*.

— De ce... quoi ? — dis-je.

— De ce lapin *au chat*.

— Eh bien, je vous remercie. Toutes réflexions faites, non. Je vais me servir moi-même un peu de jambon. »

En vérité, pensais-je, on ne sait pas ce qu'on mange à la table de ces gens de province. Je ne veux pas goûter de leur lapin *au chat*, pas plus, et pour la même raison que je voudrais de leur *chat au lapin*.

« Et puis, — dit un personnage à figure cadavéreuse, placé au bas de la table, reprenant le fil de la conversation où il avait été brisé, — entre autres bizarreries, nous avons eu, à une certaine époque, un malade qui s'obstinait à se croire un fromage de Cordoue, et qui se promenait partout, un couteau à la main, invitant ses amis à couper, seulement pour y goûter, un petit morceau de sa cuisse.

— C'était sans doute un grand fou, — interrompit une autre personne ; — mais il n'est pas à comparer à un individu que nous avons tous connu, à l'exception de ce gentleman étranger. Je veux parler de l'homme qui se prenait pour une bouteille de champagne, et qui *partait*, toujours avec un pan... pan !... et un pschi... i... i... i...! de cette manière... »

Ici, l'orateur, très grossièrement, à mon sens, fourra son pouce droit sous sa joue gauche, l'en retira brusquement avec un bruit ressemblant à la pétarade d'un bouchon qui saute, et puis, par un adroit mouvement de la langue sur les dents, produisit un sifflement aigu, qui dura quelques minutes, pour imiter la mousse du champagne. Cette conduite, je le vis bien, ne fut pas précisément du goût de M. Maillard ; cependant, il ne dit rien, et la conversation fut reprise par un petit homme très maigre, avec une grosse perruque.

« Il y avait aussi, — dit-il, — un imbécile qui se croyait une grenouille, animal auquel, pour le dire en passant, il ressemblait considérablement. Je voudrais que vous l'eussiez vu, monsieur, — c'était à moi qu'il s'adressait, — ça vous aurait fait du bien au cœur de voir les airs naturels qu'il prenait. Monsieur, si cet homme n'était pas une grenouille,

je puis dire que c'est un grand malheur qu'il ne le fût pas.
Son coassement était à peu près cela : O... o... o... gh...! o...
o... o... gh ! — C'était vraiment la plus belle note du monde,
— un si bémol ! et, quand il plaçait ses coudes sur la table
de cette façon, après avoir pris un ou deux verres de vin, et
qu'il distendait sa bouche ainsi, et qu'il roulait ses yeux
comme ça, et puis qu'il les faisait clignoter avec une excessive
rapidité, — comme ça, voyez-vous, — eh bien, monsieur, je
puis vous affirmer de la manière la plus positive que vous
seriez tombé en extase devant le génie de cet homme.

— Je n'en doute pas, — répondis-je.

— Il y avait aussi, — dit un autre, — il y avait aussi Petit-
Gaillard, qui se croyait une pincée de tabac, et qui était désolé
de ne pouvoir se prendre lui-même entre son index et son
pouce.

— Nous avons eu aussi Jules Deshoulières, qui était vraiment un singulier génie, et qui devint fou de l'idée qu'il était
une citrouille. Il persécutait sans cesse le cuisinier pour se faire
mettre en pâtés, chose à laquelle le cuisinier se refusait avec
indignation. Pour ma part, je n'affirmerai pas qu'une tourte
à la Deshoulières ne fût un des mets des plus délicats, en
vérité !

— Vous m'étonnez ! — dis-je, — et je regardais M. Maillard
d'un air interrogatif.

— Ha ! ha ! — fit celui-ci, — hé ! hé ! hi ! hi ! ho ! ho !
hu ! hu ! — Excellent, en vérité ! Il ne faut pas vous étonner, mon ami ; notre ami est un original, un farceur ; il ne
faut pas prendre à la lettre ce qu'il dit.

— Oh ! mais, — dit une autre personne de la société, —
nous avons connu aussi Buffon-Legrand, un autre personnage très extraordinaire dans son genre. Il eut le cerveau
dérangé par l'amour, et se figura qu'il était possesseur de deux
têtes. Il affirmait que l'une d'elles était celle de Cicéron ;
quant à l'autre, il se la figurait composite, étant celle de
Démosthène depuis le haut du front jusqu'à la bouche, et celle
de lord Brougham[1] depuis la bouche jusqu'au bas du menton. Il ne serait pas impossible qu'il se trompât ; mais il vous
aurait convaincu qu'il avait raison ; car c'était un homme

1. Lord-chancelier d'Angleterre et auteur célèbre d'articles littéraires dans l'*Edinburgh Review*, souvent moqué par Edgar Poe.
Ici il se paye sa tête...

d'une grande éloquence. Il avait une véritable passion pour l'art oratoire, et ne pouvait se retenir de la montrer. Par exemple, il avait l'habitude de sauter ainsi sur la table et puis... »

En ce moment, un ami de l'orateur, assis à son côté, lui mit la main sur l'épaule et lui chuchota quelques mots à l'oreille ; là-dessus, l'autre cessa soudainement de parler et se laissa retomber sur sa chaise.

« Et puis, — dit l'ami, celui qui avait parlé bas, — il y a eu Boulard aussi, le toton [1]. Je l'appelle le toton parce qu'il fut pris, en réalité, de la manie, singulière peut-être, mais non absolument déraisonnable, de se croire métamorphosé en toton. Vous auriez crevé de rire à le voir tourner. Il pirouettait à l'heure sur un seul talon, de cette façon, voyez... »

Alors, l'ami qu'il avait interrompu, un instant auparavant, par un avis dit à l'oreille, lui rendit, à son tour, exactement le même office.

« Mais alors, — cria une vieille dame d'une voix éclatante, — votre M. Boulard était un fou, et un fou très bête, pour le moins. Car, permettez-moi de vous le demander, qui a jamais entendu parler d'un toton humain ? La chose est absurde. Madame Joyeuse était une personne plus sensée, comme vous savez. Elle avait aussi sa lubie, mais une lubie inspirée par le sens commun, et qui procurait du plaisir à tous ceux qui avaient l'honneur de la connaître. Elle avait découvert, après mûre réflexion, qu'elle avait été, par accident, changée en jeune coq ; mais, en tant que coq, elle se conduisait normalement. Elle battait des ailes, comme ça comme ça, avec un effort prodigieux ; et, quant à son chant, il était délicieux ! Co... o... o... o... queri... co... o... o... o... ! Co... o... o... que... ri... co... co... co... o... o... o... o... ! »

— Madame Joyeuse, je vous prie de vouloir bien vous contenir ! — interrompit notre hôte avec colère. — Si vous ne voulez pas vous conduire décemment comme une dame doit le faire, vous pouvez quitter la table immédiatement. À votre choix ! »

La dame (que je fus très étonné d'entendre nommer madame Joyeuse, après la description de madame Joyeuse qu'elle-même venait de faire) rougit jusqu'aux sourcils, et sembla profondément humiliée de la réprimande. Elle baissa

---

1. Dé tournant sur une cheville.

la tête et ne répondit pas une syllabe. Mais une autre dame plus jeune reprit le sujet de conversation en train. C'était ma belle jeune fille du parloir.

« Oh ! — s'écria-t-elle, — Madame Joyeuse *était* une folle ! mais il y avait, en somme, beaucoup de sens dans l'opinion d'Eugénie Salsafette. C'était une très belle jeune dame, d'un air contrit et modeste, qui jugeait la mode ordinaire de s'habiller très indécente, et qui voulait toujours se vêtir en se mettant *hors* de ses habits au lieu de se mettre *dedans*. C'est une chose bien facile à faire, après tout. Vous n'avez qu'à faire comme ça... et puis comme ça... et puis ensuite..., et enfin... »

— Mon Dieu ! mam'zelle Salsafette ! s'écrièrent une douzaine de voix ensemble, — que faites-vous ? — Arrêtez ! — c'est suffisant. — Nous voyons bien comment cela peut se faire ! — Assez ! assez ! »

Et quelques personnes s'élançaient déjà de leur chaise pour empêcher mam'zelle Salsafette de se mettre sur le pied d'égalité avec la Vénus de Médicis, quand le résultat désirable fut soudainement et efficacement amené par suite de grands cris ou de hurlements, provenant de quelque partie du corps principal du château. Mes nerfs furent, pour dire vrai, très affectés par ces hurlements ; mais, quant aux autres convives, ils me firent pitié. Jamais de ma vie je n'ai vu une compagnie de gens sensés aussi complètement effrayée. Ils devinrent tous pâles comme autant de cadavres ; ils se ratatinaient sur leur chaise, frissonnaient et baragouinaient de terreur, et semblaient attendre d'une oreille anxieuse la répétition du même bruit. Il se répéta, en effet, plus haut et comme se rapprochant, — et puis une troisième fois, très fort, très fort, — enfin une quatrième, mais avec une vigueur évidemment décroissante. À cet apaisement apparent de la tempête, toute la compagnie reprit immédiatement ses esprits, et l'animation et les anecdotes recommencèrent de plus belle. Je me hasardai alors à demander quelle était la cause de ce trouble.

« Une pure bagatelle, — dit M. Maillard. — Nous sommes blasés là-dessus, et nous nous en inquiétons vraiment fort peu. Les fous, à des intervalles réguliers, se mettent à hurler de concert, l'un excitant l'autre, comme il arrive quelquefois, la nuit, dans une troupe de chiens. Il arrive aussi de temps en temps que ce concert de hurlements est suivi d'un effort simultané de tous pour s'évader ; dans ce cas, il y a naturellement lieu à quelques appréhensions.

— Et combien en avez-vous maintenant d'emprisonnés ?

— Pour le moment, nous n'en avons pas plus de dix en tout.

— Principalement des femmes, je suppose ?

— Oh ! non. — Tous des hommes, et de vigoureux gaillards, je puis vous l'affirmer.

— En vérité ! j'avais toujours entendu dire que la majorité des fous appartenait au sexe aimable.

— En général, oui ; mais pas toujours. Il y a quelque temps, nous avions ici environ vingt-sept malades, et, sur ce nombre, il n'y avait pas moins de dix-huit femmes ; mais, depuis peu, les choses ont beaucoup changé, comme vous voyez.

— Oui..., ont beaucoup changé, comme vous voyez, — interrompit le monsieur qui avait brisé les tibias de mam'zelle Laplace.

— Oui..., ont beaucoup changé, comme vous voyez, — carillonna en chœur toute la société.

— Retenez vos langues, tous ! entendez-vous ! » — cria mon amphitryon, dans un accès de colère. Là-dessus, toute l'assemblée observa, pendant une minute à peu près, un silence de mort. Il y eut une dame qui obéit à la lettre à M. Maillard, c'est-à-dire que, tirant sa langue, une langue d'ailleurs excessivement longue, elle la prit avec ses deux mains, et la tint ainsi avec beaucoup de résignation jusqu'à la fin du festin.

« Et cette dame, — dis-je à M. Maillard en me penchant vers lui, et lui parlant à voix basse, — cette excellente dame qui parlait tout à l'heure, et qui nous lançait son coquerico, elle est, je présume, inoffensive, tout à fait inoffensive, hein ?

— Inoffensive ! — s'écria-t-il avec une surprise non feinte ; — comment ? que voulez-vous dire ?

— Elle n'est que légèrement atteinte ? — dis-je en me touchant le front. — Je suppose qu'elle n'est pas particulièrement, dangereusement affectée, hein ?

— Mon Dieu ! qu'imaginez-vous là ! Cette dame, ma vieille et particulière amie, madame Joyeuse, a l'esprit aussi sain que moi-même. Elle a ses petites excentricités sans doute ; mais, vous savez, toutes les vieilles femmes, toutes les *très* vieilles femmes sont plus ou moins excentriques !

— Sans doute, — dis-je, — sans doute ! — Et le reste de ces dames et de ces messieurs... ?

— Tous sont mes amis et mes gardiens, — interrompit

M. Maillard en se redressant avec hauteur, — mes excellents amis et aides.

— Quoi ! eux tous ? — demandai-je, — et les femmes aussi, sans exception ?

— Assurément, — dit-il. — Nous ne pourrions rien faire sans les femmes ; ce sont les meilleurs infirmiers du monde pour les fous ; elles ont une manière à elles, vous savez ? leurs yeux produisent des effets merveilleux ; quelque chose comme la fascination du serpent, vous savez ?

— Certainement, — dis-je, — certainement ! — Elles se conduisent d'une façon un peu bizarre, n'est-ce pas ? Elles ont quelque chose d'original, hein ? ne trouvez-vous pas ?

— Bizarre ! original !... Quoi ! vraiment ! vous pensez ainsi ? À vrai dire, nous ne sommes pas bégueules dans le Midi ; nous faisons assez volontiers tout ce qui nous plaît ; nous jouissons de la vie, — et toutes ces habitudes-là, vous comprenez...

— Parfaitement, — dis-je, — parfaitement.

— Et puis ce clos-vougeot est peut-être un peu capiteux, vous comprenez ? — un peu chaud, n'est-ce pas ?

— Certainement, — dis-je, — certainement. Par parenthèse, monsieur, ne vous ai-je pas entendu dire que le système adopté par vous, à la place du fameux *système de douceur*, était d'une rigoureuse sévérité ?

— Nullement. La réclusion est nécessairement rigoureuse ; mais le traitement, — le traitement médical, veux-je dire, — est plutôt agréable pour les malades.

— Et le nouveau système est de votre invention ?

— Pas absolument. Quelques parties du système doivent être attribuées au professeur Goudron, dont vous avez nécessairement entendu parler ; et il y a dans mon plan des modifications que je suis heureux de reconnaître comme appartenant de droit au célèbre Plume, que vous avez eu l'honneur, si je ne me trompe, de connaître intimement.

— Je suis bien honteux d'avouer, — répliquai-je, — que, jusqu'ici, je n'avais jamais entendu prononcer les noms de ces messieurs.

— Bonté divine ! — s'écria mon hôte, retirant brusquement sa chaise et levant les mains au ciel. — Il est probable que je vous ai mal compris ! vous n'avez pas voulu dire, n'est-ce pas, que vous n'avez jamais ouï parler de l'érudit docteur Goudron, ni du fameux professeur Plume ?

— Je suis forcé de reconnaître mon ignorance, — répondis-je ; — mais la vérité doit être respectée avant toute chose. Toutefois, je me sens on ne peut plus humilié de ne pas connaître les ouvrages de ces deux hommes, sans aucun doute extraordinaires. Je vais m'occuper de chercher leurs écrits, et je les lirai avec un soin studieux. Monsieur Maillard, vous m'avez réellement, — je dois le confesser, — vous m'avez réellement fait rougir de moi-même ! »

Et c'était la pure vérité.

« N'en parlons plus, mon jeune et excellent ami, — dit-il avec bonté, en me serrant la main ; — prenons cordialement ensemble un verre de ce sauternes. »

Nous bûmes. La société suivit notre exemple sans discontinuer. Ils bavardaient, ils plaisantaient, ils riaient, ils commettaient mille absurdités. Les violons grinçaient, le tambour multipliait ses rantamplans, les trombones beuglaient comme autant de taureaux de Phalaris [1], — et toute la scène, s'exaspérant de plus en plus à mesure que les vins augmentaient leur empire, devint à la longue, une sorte de Pandémonium [2] *in petto*. Cependant M. Maillard et moi, avec quelques bouteilles de sauternes et de clos-vougeot entre nous deux, nous continuions notre dialogue à tue-tête. Une parole prononcée sur le diapason ordinaire n'avait pas plus de chance d'être entendue que la voix d'un poisson au fond du Niagara.

« Monsieur, — lui criai-je dans l'oreille, — vous me parliez avant le dîner du danger impliqué dans l'ancien *système de douceur*. Quel est-il ?

— Oui, — répondit-il, — il y avait quelquefois un très grand danger. Il n'est pas possible de se rendre compte des caprices des fous ; et, dans mon opinion, aussi bien que dans celle du docteur Goudron et celle du professeur Plume, il n'est *jamais* prudent de les laisser se promener librement et sans surveillants. Un fou peut être *adouci*, comme on dit, pour un temps, mais à la fin il est toujours capable de turbulence. De plus, sa ruse est proverbiale et vraiment très grande. S'il a un projet en vue, il sait le cacher avec une merveilleuse hypocrisie ; et l'adresse avec laquelle il contrefait la *sanité* offre à

1. C'est dans un taureau d'airain que Phalaris, tyran d'Agrigente au IVe siècle av. J.-C., faisait rôtir ses ennemis, d'où les « beuglements »...
2. Capitale imaginaire du Royaume des Enfers.

l'étude du philosophe un des plus singuliers problèmes psychiques. Quand un fou paraît *tout à fait* raisonnable, il est grandement temps, croyez-moi, de lui mettre la camisole.

— Mais le *danger*, mon cher monsieur, le danger dont vous parliez ? D'après votre propre expérience, depuis que cette maison est sous votre contrôle, avez-vous eu une raison matérielle, positive, de considérer la liberté comme périlleuse dans un cas de folie ?

— Ici ? — D'après ma propre expérience ? — Certes, je peux répondre : oui ! Par exemple, *il n'y a pas très longtemps* de cela, une singulière circonstance s'est présentée dans cette maison même. Le *système de douceur*, vous le savez, était alors en usage, et les malades étaient en liberté. Ils se comportaient *remarquablement* bien, à ce point que toute personne de sens aurait pu tirer d'une si belle sagesse la preuve qu'il se brassait parmi ces gaillards quelque plan démoniaque. Et, en effet, un beau matin, les gardiens se trouvèrent pieds et poings liés, et jetés dans des cabanons, où ils furent surveillés comme fous par les fous eux-mêmes, qui avaient usurpé les fonctions de gardiens.

— Oh ! que me dites-vous là ? Je n'ai jamais, de ma vie, entendu parler d'une telle absurdité !

— C'est un fait. Tout cela arriva, grâce à un sot animal, un fou, qui s'était, je ne sais comment, fourré dans la tête qu'il était inventeur du meilleur système de gouvernement dont on eût jamais ouï parler, — gouvernement de fous, bien entendu. Il désirait, je suppose, faire une épreuve de son invention, — et ainsi il persuada aux autres malades de se joindre à lui dans une conspiration pour renverser le pouvoir régnant.

— Et il a réellement réussi ?

— Parfaitement. Les gardiens et les gardés eurent à troquer leurs places respectives, avec cette différence importante, toutefois, que les fous avaient été libres, mais que les gardiens furent immédiatement séquestrés dans des cabanons et traités, je suis fâché de l'avouer, d'une manière très cavalière.

— Mais je présume qu'une contre-révolution a dû s'effectuer promptement. Cette situation ne pouvait pas durer longtemps. Les campagnards du voisinage, les visiteurs venant voir l'établissement auront donné sans doute l'alarme.

— Ici, vous êtes dans l'erreur. Le chef des rebelles était trop rusé pour que cela pût arriver. Il n'admit désormais aucun visiteur, — à l'exception, une seule fois, d'un jeune gentleman, d'une physionomie très niaise et qui ne pouvait lui inspirer aucune défiance. Il lui permit de visiter la maison, comme pour y introduire un peu de variété et pour s'amuser de lui. Aussitôt qu'il l'eut suffisamment fait poser, il le laissa sortir et le renvoya à ses affaires.

— Et combien de temps a duré le règne des fous ?

— Oh ! fort longtemps, en vérité ! — un mois certainement ; combien en plus, je ne saurais le préciser. Cependant, les fous se donnaient du bon temps, — vous en pourriez jurer. Ils jetèrent là leurs vieux habits râpés et en usèrent à leur aise avec la garde-robe de famille et les bijoux. Les caves du château étaient bien fournies de vin et ces diables de fous sont des connaisseurs qui savent bien boire. Ils ont largement vécu, je puis vous l'affirmer !

— Et le traitement ? Quelle était l'espèce particulière de traitement que le chef des rebelles avait mis en application ?

— Ah ! quant à cela, un fou n'est pas nécessairement un sot, comme je vous l'ai déjà fait observer, et c'est mon humble opinion que son traitement était un bien meilleur traitement que celui auquel il était substitué. C'était un traitement vraiment capital, — simple, — propre, — sans aucun embarras, — réellement délicieux, — c'était... »

Ici, les observations de mon hôte furent brusquement coupées par une nouvelle suite de cris, de même nature que ceux qui nous avaient déjà déconcertés. Cette fois, cependant, ils semblaient provenir de gens qui se rapprochaient rapidement.

« Bonté divine ! — m'écriai-je ; — les fous se sont échappés, sans aucun doute.

— Je crains bien que vous n'ayez raison », répondit M. Maillard, devenant alors excessivement pâle.

À peine finissait-il sa phrase, que de grandes clameurs et des imprécations se firent entendre sous les fenêtres ; et, immédiatement après, il devint évident que quelques individus du dehors s'ingéniaient à entrer de force dans la salle. On battait la porte avec quelque chose qui devait être une espèce de bélier ou un énorme marteau et les volets étaient secoués et poussés avec une prodigieuse violence.

Une scène de la plus horrible confusion s'ensuivit. M. Maillard, à mon grand étonnement, se jeta sous le buffet. J'aurais attendu de sa part plus de résolution. Les membres de l'orchestre, qui, depuis un quart d'heure, semblaient trop ivres pour accomplir leurs fonctions, sautèrent sur leurs pieds et sur leurs instruments, et, escaladant leur table, attaquèrent d'un commun accord un *Yankee Doodle**, qu'ils exécutèrent, sinon avec justesse, du moins avec une énergie surhumaine, pendant tout le temps que dura le désordre.

Cependant le monsieur qu'on avait empêché, à grand-peine, de sauter sur la table, y sauta cette fois au milieu des bouteilles et des verres. Aussitôt qu'il y fut commodément installé, il commença un discours qui, sans aucun doute, eût paru de premier ordre, si seulement on avait pu l'entendre. Au même instant, l'homme dont toutes les prédilections étaient pour le toton se mit à pirouetter tout autour de la chambre, avec une immense énergie, les bras ouverts et faisant angle droit avec son corps, si bien qu'il avait l'air d'un toton véritable, renversant, culbutant tous ceux qui se trouvaient sur son passage. Et puis, entendant d'incroyables pétarades et des sifflements inouïs de champagne, je découvris que cela provenait de l'individu qui, pendant le dîner, avait si bien joué le rôle de bouteille. En même temps, l'homme-grenouille coassait de toutes ses forces, comme si le salut de son âme dépendait de chaque note qu'il proférait. Au milieu de tout cela s'élevait, dominant tous les bruits, le braiment non interrompu d'un âne. Quant à ma vieille amie, madame Joyeuse, elle semblait dans une si horrible perplexité, que j'aurais pu pleurer sur la pauvre dame. Elle se tenait debout dans un coin, près de la cheminée, et elle se contentait de chanter, à toutes volées, son « coquericoooo !... »

Enfin arriva la crise suprême, la catastrophe du drame. Comme les cris, les hurlements et les coquericos étaient les seules formes de résistance, les seuls obstacles opposés aux efforts des assiégeants, les deux fenêtres furent très rapidement et presque simultanément enfoncées. Mais je n'oublierai jamais mes sensations d'ébahissement et d'horreur, quand je vis sautant par les fenêtres et se ruant pêle-mêle parmi nous, et jouant des pieds, des mains, des griffes, une véritable armée hurlante de monstres, que je pris d'abord pour des chimpanzés, des orangs-outangs ou de gros babouins noirs du cap de Bonne-Espérance.

Je reçus une terrible rossée, après laquelle je me pelotonnai

---

* Air populaire américain. Le lecteur, amateur de la vérité locale, peut y substituer mentalement l'air de la *Carmagnole*, ou tout autre air français (C. B.).

sous un canapé, où je me tins coi. Après être resté là quinze
minutes environ, pendant lesquelles j'écoutai de toutes mes
oreilles ce qui se passait dans la salle, j'obtins enfin, avec le
dénouement, une explication satisfaisante de cette tragédie.
M. Maillard, à ce qu'il me parut, en me contant l'histoire
du fou qui avait excité ses camarades à la rébellion, n'avait
fait que relater ses propres exploits. Ce monsieur avait été,
en effet, deux ou trois ans auparavant, directeur de l'établissement ; puis sa tête s'était dérangée, et il était passé au
nombre des malades. Ce fait n'était pas connu du compagnon
de voyage qui m'avait présenté à lui. Les gardiens, au nombre
de dix, avaient été soudainement terrassés, puis bien goudron-
nés, puis soigneusement emplumés, puis enfin séquestrés dans
les caves. Ils étaient restés emprisonnés ainsi plus d'un mois,
et, pendant toute cette période, M. Maillard leur avait accordé
généreusement non seulement le goudron et les plumes (ce
qui constituait *son système*), mais aussi un peu de pain et de
l'eau en abondance. Journellement une pompe leur envoyait
leur ration de douches. À la fin, l'un d'eux, s'étant échappé
par un égout, rendit la liberté à tous les autres.

Le *système de douceur*, avec d'importantes modifications,
a été repris au château ; mais je ne puis m'empêcher de reconnaître, avec M. Maillard, que son traitement, à lui, était, dans
son espèce, un traitement capital. Comme il le faisait justement observer, c'était un traitement *simple, — propre et ne
causant aucun embarras, — pas le moindre*.

Je n'ai que quelques mots à ajouter. Bien que j'aie cherché dans toutes les bibliothèques de l'Europe les œuvres du
docteur *Goudron* et du professeur *Plume*, je n'ai pas encore
pu, jusqu'à ce jour, malgré tous mes efforts, m'en procurer
un exemplaire.

II - UN AUTRE PORTRAIT FANTASTIQUE :
LE PORTRAIT DE DORIAN GRAY D'OSCAR WILDE

Dans Le Portrait ovale *Edgar Poe se laisse tenter par un procédé qu'il blâme chez autrui (Nathaniel Hawthorne par exemple), l'allégorie. Le thème illustré par le récit, l'ambiguïté des rapports de l'art avec la Vie et la Mort, sera repris après lui, en particulier par Mallarmé et Valéry.*

Dans son roman fantastique — allégorie morale aussi —, Le Portrait de Dorian Gray *(1890), Oscar Wilde (1854-1900) s'inscrit dans la lignée de l'auteur du* Portrait ovale. *On y trouve aussi l'écho d'autres récits de Poe, comme* William Wilson.

Le jeune et très beau Dorian Gray a fait le vœu et obtenu que le vieillissement, physique et moral, l'épargnerait et se reporterait sur le portrait qu'a peint de lui son ami Basil Hallward. Il mène une vie de débauche et de crime (il tue son ami peintre, etc.). Il reste toujours aussi jeune et séduisant ; c'est son portrait qui vieillit et enlaidit. Mais Dorian finit par se lasser de cette « double » vie et désire revenir vers « la pureté sans tache de son enfance ».

Nous sommes à la fin du roman. Dorian vient de renoncer à séduire la jeune et naïve Hetty Merton... :

Une vie nouvelle, c'était son but, son désir. Il l'espérait. Elle commençait déjà. Il avait épargné un être innocent. Il ne chercherait plus jamais à séduire l'innocence. Il serait bon.

En pensant à Hetty Merton, il se demanda si le portrait là-haut avait changé. Il n'était certainement plus aussi horrible. Peut-être que sa vie, en devenant pure, parviendrait à effacer du portrait tous les stigmates de la perversion. Peut-être qu'ils avaient déjà disparu. Il voulut aller voir.

Il prit la lampe sur la table, monta l'escalier sans bruit. Lorsqu'il enleva les barres de la porte, un sourire joyeux illumina son visage si merveilleusement jeune, s'attarda sur ses lèvres. Oui, il allait être bon et l'immonde portrait qu'il avait dû cacher ne le terroriserait plus. Il se sentait déjà soulagé d'un grand poids.

Il entra tranquillement, verrouilla la porte derrière lui comme d'habitude, écarta la tenture pourpre qui recouvrait le tableau. Un cri de douleur et d'indignation lui échappa. Il ne vit aucun changement si ce n'est une expression rusée dans le regard et près de la bouche la ride sinueuse de l'hypocrisie. Le portrait était toujours repoussant, plus repoussant encore si possible qu'auparavant. La rosée écarlate qui tachait la main paraissait briller davantage, évoquait mieux encore le sang fraîchement répandu. Il trembla, la vanité seule avait inspiré son unique bonne action. Peut-être aussi un désir de sensation nouvelle ainsi que l'insinuait Lord Henry avec son sourire moqueur ? Ou bien encore ce besoin de se donner la comédie qui nous incite à nous surpasser nous-mêmes.

Pourquoi la tache rouge était-elle plus large que jamais ? Une horrible maladie semblait se répandre sur toute la main ridée. Les pieds semblaient éclaboussés de sang. Même la main qui n'avait pas tenu le couteau saignait. Avouer ? Cela signifiait-il qu'il allait avouer, renoncer, être pendu. Il se mit à rire, l'idée était monstrueuse. D'ailleurs même s'il avouait, qui le croirait. Il ne restait aucune trace du meurtre, nulle part. Tout ce qui avait appartenu au cadavre était détruit. Il avait brûlé lui-même ce qui était resté en bas. On dirait simplement qu'il était fou. On l'enfermerait, s'il continuait à raconter cette histoire... Pourtant c'était son devoir d'avouer. Il fallait qu'il fût déshonoré, qu'il expiât publiquement. Dieu demande aux hommes de confesser leurs péchés à la face du monde aussi bien qu'à la face des cieux. Mais Dieu ne saurait le laver de son crime tant qu'il n'aurait pas avoué. Son crime ? Il haussa les épaules. La mort de Basil Hallward lui semblait sans importance. Il pensait à Hetty Merton. Le miroir de son âme était un miroir injuste. Vanité ? Curiosité ? Hypocrisie ? Son renoncement ne représentait rien de plus ? Si, du moins il le croyait. Mais peut-on jamais dire ? Non, il n'y avait rien eu de plus. Il l'avait épargnée par vanité. Il avait emprunté le masque de la bonté par hypocrisie. Il avait fait l'expérience du sacrifice par curiosité pure. Il le reconnaissait maintenant.

Mais ce meurtre, allait-il le poursuivre toute sa vie ? Subirait-il toujours le fardeau de son passé ? Allait-il vraiment avouer ? Jamais. Il ne subsistait contre lui aucune preuve. Si ! le portrait, c'était la preuve ! Il allait le détruire. Pourquoi l'avait-il conservé si longtemps ? Il avait jadis ressenti du plaisir à le voir changer et vieillir. Mais ce spectacle ne lui procurait plus aucune joie désormais. Ce tableau lui avait coûté tant de nuits sans sommeil ! Loin de Londres, il vivait dans la crainte que quelqu'un pût le voir. Ses passions en étaient devenues mélancoliques. Le seul souvenir du portrait avait assombri bien des heures de joie. Cette image avait été sa conscience. Oui, sa conscience. Il allait la détruire.

Il regarda tout autour de lui et il aperçut le couteau qui avait frappé Basil Hallward. Il l'avait nettoyé plusieurs fois, jusqu'à ce qu'il ne restât plus la moindre tache. Il était net et brillant. Il avait tué le peintre. Il tuerait son œuvre à son tour avec tout ce qu'elle représentait. Il tuerait le passé, et alors, il serait sauvé. Il tuerait cette âme monstrueuse qui habitait le portrait. Délivré de ses avertissements hideux il connaîtrait la paix. Il saisit l'arme et transperça la toile. On entendit un cri, un craquement. Ce cri d'agonie était si horrible qu'il éveilla les domestiques. Pleins d'effroi, ils sortirent de leurs chambres. Deux gentilshommes qui traversaient le square s'arrêtèrent et levèrent les yeux vers cette vaste demeure. Ils allèrent à la rencontre d'un policeman et le ramenèrent avec eux. Le policeman sonna plusieurs fois sans obtenir de réponse. Toute la maison était dans l'obscurité à l'exception d'une des fenêtres du dernier étage où brillait une lumière. Le policeman, au bout d'un moment, se retira sous un porche voisin et il attendit.

« Qui habite là, Monsieur l'agent ? » demanda le plus âgé des deux gentilshommes.

« Mr. Dorian Gray, Monsieur », répondit l'agent.

Les deux passants se regardèrent et s'éloignèrent en ricanant. L'un d'eux était l'oncle d'Henry Ashton.

À l'intérieur de la maison, dans la partie réservée au service, les domestiques à demi vêtus, se concertaient longuement à voix basse. La vieille Mrs. Leaf pleurait en se tordant les mains. Francis était pâle comme un mort. Au bout d'un quart d'heure il se décida à monter avec le cocher et un des valets de pied. Ils frappèrent à la porte. On ne répondit pas.

Ils appelèrent. Le silence demeurait total. Enfin, après avoir essayé, en vain, de forcer la porte, ils passèrent sur le toit, et gagnèrent le balcon. Les fenêtres cédèrent facilement, les serrures étaient très vieilles.

En entrant, ils virent contre le mur un magnifique portrait de leur maître tel qu'ils l'avaient vu pour la dernière fois, dans tout le merveilleux éclat de sa belle jeunesse. Un cadavre en habit de soirée gisait par terre, le cœur transpercé d'un poignard. Son visage était flétri, ridé, repoussant. Seul l'examen de ses bagues permit d'identifier le mort.

Oscar Wilde, *Le Portrait de Dorian Gray,*
trad. M. Etienne, Paris, Presses Pocket, n° 1773.

POE POÈTE

I - *LE CORBEAU*

On trouvera ci-après, dans la traduction de Mallarmé (1889 — version corrigée de celle de 1875), le plus célèbre poème d'Edgar Poe, Le Corbeau. *(Première parution dans l'*Evening Mirror, *à New York, le 29 janvier 1845).*

En 1846 dans The Philosophy of Composition *(que Baudelaire traduit sous le titre* La Genèse d'un poème*), Poe insistera sur l'aspect en fait totalement dominé, construit, de ce poème « inspiré ». Mais on ne manquera pas d'être sensible à la très grande proximité des univers du* Corbeau *et des meilleurs contes de terreur de Poe.*

Ainsi, le locuteur du poème manifeste les mêmes obsessions schizoïdes (retrait du monde, fascination pour les savoirs ésotériques, érotisme nécrophile, etc.) que, par exemple, l'Egæus de Bérénice, Roderick Usher, *ou les héros-narrateurs du* Portrait ovale *et, dans les* Histoires extraordinaires, *de* Morella *et* Ligeia. *Quant au fameux corbeau, venu du « rivage plutonien de Nuit », et qu'implore l'amant nocturne d'une Lenore perdue (« ôte ton bec de mon cœur »), il est un cousin très proche du Pluton du* Chat noir, *et de son double persécuteur qui, la nuit, tel l'incube du* Cauchemar *de Füssli, vient peser de tout « son immense poids » sur le « cœur » du narrateur.*

Une fois, par un minuit lugubre, tandis que je m'appesantissais, faible et fatigué, sur maint curieux et bizarre volume de savoir oublié, — tandis que je dodelinais la tête, somnolant presque, soudain se fit un heurt, comme de quelqu'un frappant doucement, frappant à la porte de ma chambre, — cela seul et rien de plus.

Ah ! distinctement je me souviens que c'était en le glacial Décembre : et chaque tison, mourant isolé, ouvrageait son spectre sur le sol. Ardemment je souhaitais le jour ; — vainement j'avais cherché d'emprunter à mes livres un sursis au chagrin — au chagrin de la Lénore perdue — de la rare et rayonnante jeune fille que les anges nomment Lénore, — de nom ! pour elle ici, non, jamais plus !

Et de la soie l'incertain et triste bruissement en chaque rideau purpural me traversait — m'emplissait de fantastiques terreurs pas senties encore : si bien que, pour calmer le battement de mon cœur, je demeurais maintenant à répéter : « C'est quelque visiteur qui sollicite l'entrée, à la porte de ma chambre — quelque visiteur qui sollicite l'entrée, à la porte de ma chambre ; c'est cela et rien de plus. »

Mon âme se fit subitement plus forte et, n'hésitant davantage : « Monsieur, dis-je, ou madame, j'implore véritablement votre pardon ; mais le fait est que je somnolais, et vous vîntes si doucement frapper, et si faiblement vous vîntes heurter, heurter à la porte de ma chambre, que j'étais à peine sûr de vous avoir entendu. » — Ici j'ouvris grande la porte : les ténèbres et rien de plus.

Loin dans l'ombre regardant, je me tins longtemps à douter, m'étonner et craindre, à rêver des rêves qu'aucun mortel n'avait osé rêver encore ; mais le silence ne se rompit point et la quiétude ne donna de signe : et le seul mot qui se dit, fut le mot chuchoté « Lénore ! » Je le chuchotai — et un écho murmura de retour le mot « Lénore ! » purement cela et rien de plus.

Rentrant dans la chambre, toute l'âme en feu, j'entendis bientôt un heurt en quelque sorte plus fort qu'auparavant. « Sûrement, dis-je, sûrement c'est quelque chose à la persienne de ma fenêtre. Voyons donc ce qu'il y a et explorons ce mystère ; — que mon cœur se calme un moment et explore ce mystère ; c'est le vent et rien de plus.

Au large je poussai le volet, quand, avec maints enjouement et agitation d'ailes, entra un majestueux corbeau des saints jours de jadis. Il ne fit pas la moindre révérence, il ne s'arrêta ni n'hésita un instant : mais, avec une mine de lord ou de lady, se percha au-dessus de la porte de ma chambre, — se percha sur un buste de Pallas, juste au-dessus de la porte de ma chambre, — se percha, siégea et rien de plus.

Alors cet oiseau d'ébène induisant ma triste imagination au sourire, par le grave et sévère décorum de la contenance qu'il eut : « Quoique ta crête soit chenue et rase, non ! dis-je, tu n'es pas, pour sûr, un poltron, spectral, lugubre et ancien Corbeau, errant loin du rivage de Nuit — dis-moi quel est ton nom seigneurial au rivage plutonien de Nuit. » Le Corbeau dit : « Jamais plus. »

Je m'émerveillai fort d'entendre ce disgracieux volatile s'énoncer aussi clairement, quoique sa réponse n'eût que peu de sens et peu d'à-propos ; car on ne peut s'empêcher de convenir que nul homme vivant n'eut encore l'heur de voir un oiseau au-dessus de la porte de sa chambre, — un oiseau ou toute autre bête sur le buste sculpté au-dessus de la porte de sa chambre, — avec un nom tel que : « Jamais plus. »

Mais le Corbeau perché solitairement sur ce buste placide, parla ce seul mot comme si son âme, en ce seul mot, il la répandait. Il ne proféra donc rien de plus ; il n'agita donc pas de plume, — jusqu'à ce que je fisse à peine davantage que marmotter : « D'autres amis déjà ont pris leur vol, — demain il me laissera comme mes espérances déjà ont pris leur vol. » Alors l'oiseau dit : « Jamais plus. »

Tressaillant au calme rompu par une réplique si bien parlée : « Sans doute, dis-je, ce qu'il profère est tout son fonds et son bagage, pris à quelque malheureux maître que l'impitoyable Désastre suivit de près et de très près suivit jusqu'à ce que ses chansons comportassent un unique refrain ; jusqu'à ce que les chants funèbres de son Espérance comportassent le mélancolique refrain de « Jamais — jamais plus. »

Le Corbeau induisant toute ma triste âme encore au sourire, je roulai soudain un siège à coussins en face de l'oiseau, et du buste, et de la porte ; et m'enfonçant dans le velours, je me pris à enchaîner songerie à songerie, pensant à ce que cet augural oiseau de jadis, — à ce que ce sombre, disgracieux, sinistre, maigre et augural oiseau de jadis signifiait en croassant : « Jamais plus. »

Cela, je m'assis occupé à le conjecturer, mais n'adressant pas une syllabe à l'oiseau dont les yeux de feu brûlaient, maintenant, au fond de mon sein ; cela et plus encore, je m'assis pour le deviner, ma tête reposant à l'aise sur la housse de velours des coussins que dévorait la lumière de la lampe, housse violette de velours qu'Elle ne pressera plus, ah ! jamais plus.

L'air, me sembla-t-il, devint alors plus dense, parfumé selon un encensoir invisible balancé par les Séraphins dont le pied, dans sa chute, tintait sur l'étoffe du parquet. « Misérable ! m'écriai-je, ton Dieu t'a prêté — il t'a envoyé par ces anges le répit — le répit et le népenthès dans ta mémoire de Lénore ! Bois ! oh ! bois ce bon népenthès et oublie cette Lénore perdue ! » Le Corbeau dit : « Jamais plus ! »

« Prophète, dis-je, être de malheur ! prophète, oui, oiseau ou démon ! Que si le Tentateur t'envoya ou la tempête t'échoua vers ces bords, désolé et encore tout indompté, vers cette déserte terre enchantée, — vers ce logis par l'horreur hanté : dis-moi véritablement, je t'implore ! y a-t-il du baume en Judée ? — Dis-moi, je t'implore. » Le Corbeau dit : « Jamais plus ! »

« Prophète, dis-je, être de malheur ! prophète, oui, oiseau ou démon ! Par les cieux sur nous épars, — et le Dieu que nous adorons tous deux, — dis à cette âme de chagrin chargée si, dans le distant Eden, elle doit embrasser une jeune fille sanctifiée que les anges nomment Lénore, — embrasser une rare et rayonnante jeune fille que les anges nomment Lénore. » Le Corbeau dit : « Jamais plus ! »

Que ce mot soit le signal de notre séparation, oiseau ou malin esprit, hurlai-je en me dressant. « Recule en la tempête et le rivage plutonien de Nuit ! Ne laisse pas une plume noire ici comme un gage du mensonge qu'a proféré ton âme. Laisse inviolé mon abandon ! quitte le buste au-dessus de ma porte ! ôte ton bec de mon cœur et jette ta forme loin de ma porte ! » Le Corbeau dit : « Jamais plus ! »

Et le Corbeau, sans voleter, siège encore, — siège encore sur le buste pallide de Pallas, juste au-dessus de la porte de ma chambre, et ses yeux ont toute la semblance des yeux d'un démon qui rêve, et la lumière de la lampe, ruisselant sur lui, projette son ombre à terre : et mon âme, de cette ombre qui gît flottante à terre, ne s'élèvera — jamais plus.

II - *ANNABEL LEE*

Dans son dernier poème, qui sera publié à New York dans le Daily Tribune *du 9 octobre 1849, Poe, une fois de plus, traite de ce qui est pour lui « le plus poétique sujet du monde » : « la mort d'une belle femme » (in* Genèse d'un Poème*). Cette « belle femme », ce pourrait être, par exemple, l'épouse du peintre du* Portrait ovale *: « C'était une jeune fille d'une très rare beauté, et qui n'était pas moins aimable que pleine de gaieté. »*

Comme c'est sans doute dans ce poème qu'Edgar Poe a poussé le plus loin ses recherches sur la musique du vers, avant d'en proposer la traduction par Mallarmé en 1872 (qui permute les deux dernières strophes), nous en reproduisons la version américaine :

It was many and many a year ago,
    In a kingdom by the sea,
That a maiden there lived whom you may know
    By the name of ANNABEL LEE ;
And this maiden she lived with no other thought
    Than to love and be loved by me.

I was a child and *she* was a child,
    In this kingdom by the sea :
But we loved with a love that was more than love —
    I and my ANNABEL LEE ;
With a love that the winged seraphs of heaven
    Coveted her and me.

And this was the reason that, long ago,

In this kingdom by the sea,
A wind blew out of a cloud, chilling
    My beautiful ANNABEL LEE ;
So that her highborn kinsmen came
    And bore her away from me,
To shut her up in a sepulchre
    In this kingdom by the sea.

The angels, not half so happy in heaven,
    Went envying her and me —
Yes ! — that was the reason (as all men know,
    In this kingdom by the sea)
That the wind came out of the cloud by night,
    Chilling and killing my ANNABEL LEE.

But our love it was stronger by far than the love
    Of those who were older than we —
    Of many far wiser than we —
And neither the angels in heaven above,
    Nor the demons down under the sea,
Can ever dissever my soul from the soul
    Of the beautiful ANNABEL LEE !

For the moon never beams, without bringing me dreams
    Of the beautiful ANNABEL LEE ;
And the stars never rise, but I feel the bright eyes
    Of the beautiful ANNABEL LEE ;
And so, all the night-tide, I lie down by the side
Of my darling, — my darling, — my life and my bride,
    In her sepulchre there by the sea,
    In her tomb by the sounding sea.

Il y a mainte et mainte année, dans un royaume près de la mer, vivait une jeune fille, que vous pouvez connaître par son nom d'ANNABEL LEE, et cette jeune fille ne vivait avec aucune autre pensée que d'aimer et d'être aimée de moi.

J'étais un enfant, et *elle* était un enfant, dans ce royaume près de la mer ; mais nous nous aimions d'un amour qui était plus que de l'amour — moi et mon ANNABEL LEE ; d'un amour que les séraphins ailés des Cieux convoitaient à elle et à moi.

Et ce fut la raison qu'il y a longtemps — un vent souffla d'un nuage, glaçant ma belle ANNABEL LEE ; de sorte que ses proches de haute lignée vinrent et me l'enlevèrent, pour l'enfermer dans un sépulcre, en ce royaume près de la mer.

Les anges, pas à moitié si heureux aux cieux, vinrent, nous enviant, elle et moi. Oui ! ce fut la raison (comme tous les hommes le savent dans ce royaume près de la mer) pourquoi le vent sortit du nuage la nuit, glaçant et tuant mon ANNABEL LEE.

Car la lune jamais ne rayonne sans m'apporter des songes de la belle ANNABEL LEE ; et les étoiles jamais ne se lèvent que je ne sente les yeux brillants de la belle ANNABEL LEE ; et ainsi, toute l'heure de nuit, je repose à côté de ma chérie, — de ma chérie, — ma vie et mon épouse, dans ce sépulcre près de la mer, dans sa tombe près de la bruyante mer.

Mais, pour notre amour, il était plus fort de tout un monde que l'amour de ceux plus âgés que nous ; — de plusieurs de tout un monde plus sages que nous, — et ni les anges là-haut dans les cieux, ni les démons sous la mer, ne peuvent jamais disjoindre mon âme de l'âme de la très belle ANNABEL LEE.

LE TOMBEAU D'EDGAR POE

En 1875 un comité fait ériger un monument sur la tombe d'Edgar Poe à Baltimore. Sollicité pour un volume commémoratif, Mallarmé envoie en 1876 un sonnet : Le Tombeau d'Edgar Poe. *Ironisant par ailleurs sur la lourdeur du monument dont il a vu une photographie (« un bloc de basalte que l'Amérique appuya sur l'ombre légère du Poète, pour sa sécurité qu'elle ne ressortît jamais »), il grave ici une sorte de stèle intersidérale pour l'Américain « aérolithe », « stellaire de foudre » en qui il voit « le cas littéraire absolu » (in* Médaillons et portraits).*

Tel qu'en Lui-même enfin l'éternité le change,
Le Poëte suscite avec un glaive nu
Son siècle épouvanté de n'avoir pas connu
Que la mort triomphait dans cette voix étrange !

Eux, comme un vil sursaut d'hydre oyant jadis l'ange
Donner un sens plus pur aux mots de la tribu
Proclamèrent très haut le sortilège bu
Dans le flot sans honneur de quelque noir mélange.

Du sol et de la nue hostiles, ô grief !
Si notre idée avec ne sculpte un bas-relief
Dont la tombe de Poe éblouissante s'orne,

Calme bloc ici-bas chu d'un désastre obscur,
Que ce granit du moins montre à jamais sa borne
Aux noirs vols du Blasphème épars dans le futur.

BIBLIOGRAPHIE

Les deux éditions de référence sont les suivantes :

E.A. POE, *Œuvres en prose,* trad. de Ch. Baudelaire, éd. par Y.-G. Le Dantec, Paris, Gallimard, coll. La Pléiade, 1951.

E.A. POE, *Contes. Essais. Poèmes,* trad. de Baudelaire et Mallarmé, de J.-M. Maguin et Cl. Richard, éd. par Cl. Richard, Paris, Robert Laffont, coll. Bouquins, 1989.

On se reportera également à l'édition des *Histoires extraordinaires* dans Presses Pocket (n° 6019), collection Lire et Voir les Classiques.

Il existe une biographie récente :

Claude Delarue, *Edgar Allan Poe. Scènes de la vie d'un écrivain,* Paris, Balland, 1984.

On mentionnera enfin les principales études critiques publiées en français :

BONAPARTE Marie, *Edgar Allan Poe. Étude psychanalytique,* 2 vol., Paris, Denoël et Steele, 1933 et 3 vol., Paris, P.U.F., 1958.

CABAU Jacques, *Edgar Poe par lui-même,* Paris, Le Seuil, 1960.

DERRIDA Jacques, « Le Facteur de la vérité », *Poétique,* 21, 1975, pp. 96-147.

FORCLAZ Roger, *Le Monde d'Edgar Allan Poe,* Berne, Francfort, Peter Lang, 1974.

LACAN Jacques, « Séminaire sur *La Lettre volée* », in *Écrits,* Paris, Le Seuil, Coll. Le champ freudien, 1966, pp. 11-61.

LAWRENCE D.H., *Études sur la littérature classique américaine,* trad. Th. Aubray, Paris, Le Seuil, 1945.

RICARDOU Jean, *L'Histoire dans l'histoire* in *Problèmes du Nouveau Roman*, Paris, Le Seuil, 1967, pp. 171-190.

L'Herne, « Edgar Allan Poe », cahier dirigé par Cl. Richard, 1974.

FILMOGRAPHIE

À partir du *Chat noir* :

Die schwartze Katze, in *Fünf unheimliche Geschichten*, All., 1919, par Richard Oswald, avec Conrad Veidt.

Die schwartze Katze, in *Unheimliche Geschichten*, All., 1932, par Richard Oswald, avec Paul Wagener.

The Black Cat, U.S.A., 1934, par Edgar Georg Ulmer, avec Boris Karlov, Bela Lugosi, David Manners, Jacqueline Wells.

The Black Cat (combiné avec *Le Système du docteur Goudron et du professeur Plume* — traduit par Baudelaire dans *Histoires grotesques et sérieuses* — et *The Suicide club* de R.L. Stevenson), U.S.A., 1941, par Albert S. Rogell, avec Gale Sondergaard, Basil Rathbone, Broderick Crawford, Bela Lugosi, Anne Gwynne.

Tales of Terror (Le Chat noir combiné avec *Morella* et *La Vérité sur le cas de Monsieur Valdemar)*, U.S.A., 1961, par Roger Corman, avec Vincent Price, Peter Lorre, Basil Rathbone, Debra Paget.

Apokal, All., 1971, par Paul Anczykowski, avec Rothraut de Neve, Christoph Nel, Cornelia Niemann, Heinrich Glasing.

Le Chat noir, U.S.A., 1990, par Lewis Coates.

À partir de *William Wilson* :

William Wilson, in *Histoires extraordinaires* (avec *Metzengerstein* par Roger Vadim et *Il ne faut jamais parier sa tête avec le diable* par Federico Fellini), Fr., 1968, par Louis Malle, avec Alain Delon, Brigitte Bardot.

À partir du *Cœur révélateur* :

The Avenging Conscience, U.S.A., 1914, par David Wark Griffith, avec Henry B. Walthall.

The Tell-Tale Heart, Angl., 1934, par Brian Desmond Hurst, avec Norman Dryden, John Kelt, Yolande Terrell.

The Tell-Tale Heart, U.S.A., 1941, par Jules Dassin, avec Joseph Schildkraut.

The Tell-Tale Heart (dessin animé), U.S.A., 1954, par Stephen Bosustow.

A Bucket of Blood, U.S.A., 1959, par Roger Corman, avec Dick Miller, Barbara Morris, Anthony Carbone, Julian Burton, Ed Nelson.

The Tell-Tale Heart, Angl., 1960, par Ernest Morris, avec Laurence Payne, Adrienne Corri, Dermot Walsh, John Scott.

Das verräterische Herz, All., par Paul Anczykowski (CM).

Un cœur qui bat, TV, Pol., par Jan Laskowski, avec Olgierd Lukaszewicz (CM).

À partir de *La Chute de la Maison Usher* :

The Fall of the House of Usher, U.S.A., 1928, par John Watson jr., avec Herbert Stern, Hildegarde Watson, Melville Webster.

La Chute de la Maison Usher (combinée avec *Le Portrait ovale*), Fr., 1928, par Jean Epstein, avec Jean Debucourt, Marguerite Abel-Gance, Charles Lamy.

The Fall of the House of Usher, Angl., 1952, par Ivan Barnett, avec Kay Tendecer, Gwendoline Watford, Irving Steen.

House of Usher, U.S.A., 1960, par Roger Corman, avec Vincent Price, Myrna Fahey, Mark Damon.

The haunted palace, U.S.A., 1963, par Roger Corman, avec Vincent Price, Debra Paget, Lon Chaney jr., Frank Maxwell, Leo Gordon.

La Chute de la Maison Usher, U.S.A., 1989, par A. Birkinshaw.

À partir de *Le Puits et le pendule* :

Le Puits et le pendule, Fr., 1911, par Henri Desfontaines.

The Pit and the Pendulum, U.S.A., 1961, par Roger Corman, avec Vincent Price, Barbara Steele, John Kerr, Luna Anders.

Le Puits et le pendule, T.V., Fr., par Alexandre Astruc, avec Maurice Ronet (MM).

Die Schlangengrube und das Pendel, All., 1963, par Harald Reinl, avec Lex Barker, Christopher Lee, Karin Dor, Karl Lange, Christiane Rücker, Vladimir Medar.

À partir de *Hop-Frog* :

Hop-Frog, Fr., 1911, par Henri Desfontaines.

À partir de *La Barrique d'amontillado* :

Histoires extraordinaires, Fr., 1949, par Jean Faurez, avec Fernand Ledoux, Jules Berry, Suzy Carrier.

À partir du *Masque de la Mort Rouge* :

Un fantôme erre à travers l'Europe, U.R.S.S., 1923, par Vladimir Gardine.

The Masque of the Red Death, U.S.A., 1964, par Roger Corman, avec Vincent Price, Hazel Court, Jane Asher, Skip Martin.

Masque of the Red Death, U.S.A., 1989, par Larry Brand, avec Patrick Macnee, Adrian Paul.

Le Masque de la Mort Rouge, U.S.A., 1990, par A. Birkinshaw.

À partir de *L'Île de la fée* :

L'Île de l'oubli, U.R.S.S., 1917, par Viatcheslav Tourjanski.

À partir du *Portrait ovale* :

Voir *La Chute de la Maison Usher*, Fr., 1928, par Jean Epstein.

TABLE DES MATIÈRES

POCKET CLASSIQUES

collection dirigée par Claude AZIZA

Imprimé en France sur Presse Offset par

BRODARD & TAUPIN

GROUPE CPI

7968 – La Flèche (Sarthe), le 04-07-2001
Dépôt légal : mars 1998

POCKET – 12, avenue d'Italie - 75627 Paris cedex 13
Tél. : 01.44.16.05.00

Notes

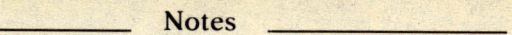

Notes